mtb

Zum Buch:

Versuchung pur

Eden Carlborough ist von ihrem Verlobten verlassen worden und fängt jetzt neu an. In direkter Nachbarschaft zu einer Apfelplantage gründet die Bostonerin ein Sommercamp für junge Mädchen. Hier endlich kann sie ihren Seelenfrieden wiederfinden. Bis zu dem Tag, an dem sie aus einem der Apfelbäume fällt ... und direkt ihrem attraktiven Nachbarn in die Arme. Er ist das Gegenteil der Ruhe, die sie zu finden hoffte.

Sommer, Sonne und dein Lächeln

Mit ihrem Kollegen Sidney reist die Fotografin Blanche einen Sommer lang durch die USA. Von Anfang an machen beide klar, dass dieser Auftrag nichts mit Gefühlen zu tun hat. Denn beide sind geschieden und nicht an einer neuen Beziehung interessiert. Und trotzdem ist da diese magische Anziehungskraft. Ist eine neue Liebe denkbar, die die Schatten der Vergangenheit verblassen lässt?

»Man kann Wunschträume leider nicht in Flaschen abfüllen. Aber Nora Roberts weiß genau, wie man sie zu Papier bringt.«

New York Times

»Erneut berührt die meisterhafte Autorin unsere Herzen mit einer bewegenden Liebesgeschichte und lebendig geschilderten Charakteren.«

Romantic Times Book Reviews

Zur Autorin:

Die preisgekrönte Schriftstellerin sitzt jeden Tag acht Stunden am Schreibtisch. Inzwischen hat sie mehr als 214 Romane geschrieben, die weltweit regelmäßig auf den Bestsellerlisten landen. Vom New Yorker wurde sie zu »Amerikas Lieblingsautorin« ernannt. Auch in Deutschland erfreut sich Nora Roberts einer großen Fangemeinde. Sie lebt mit ihrem Ehemann in Maryland.

Nora Roberts

Das Leuchten der Liebe

MIRA® TASCHENBUCH

FSC
MIX
Papier
FSC® C014496

1. Auflage: August 2020
Neuausgabe im MIRA Taschenbuch

Originaltitel: »Temptation«
erschienen bei: Silhouette Books, Toronto

Originaltitel: »One Summer«
erschienen bei: Silhouette Books, Toronto

Published by arrangement with
HARLEQUIN ENTERPRISES II B.V./SARL

Umschlaggestaltung: Nele Schütz Design, München
Umschlagabbildung: shutterstock/oneinchpunch, Steve Bower, Nopphinan
Satz: GGP Media GmbH, Pößneck
Printed in Germany
Dieses Buch wurde auf FSC®-zertifiziertem Papier gedruckt.
ISBN 978-3-7457-0077-0

www.mira-taschenbuch.de

Nora Roberts

Versuchung pur

Roman

Aus dem amerikanischen Englisch von
Sonja Sajlo-Lucich

mtb

1. Kapitel

»Wenn ich etwas hasse«, murmelte Eden, »dann sechs Uhr in der Früh.«

Die Morgensonne strahlte durch die dünnen Vorhänge ins Blockhaus. Sie malte Muster auf den Holzboden, auf das Bettgestell aus Metall und auf Edens Gesicht. Laut hallte das Läuten des Weckers in ihrem Kopf nach. Auch wenn sie dieses schrille Klingeln erst seit drei Tagen kannte – Eden hatte bereits eine inbrünstige Abneigung dagegen entwickelt.

Einen fantastischen Moment lang vergrub sie das Gesicht unter dem Kopfkissen und träumte sich in ihr großes Himmelbett. Die feine Bettwäsche roch nach Zitrone, ganz leicht nur, ein Hauch. Die Vorhänge in dem luftigen, in Pastellfarben gehaltenen Schlafzimmer waren gegen die aufdringliche Morgensonne fest zugezogen, und frische Blumen versüßten mit ihrem Duft die Luft.

Doch dieser Kissenbezug hier roch nach Federn und Desinfektionsmittel.

Mit einem leisen Fluch schleuderte Eden das Kissen zu Boden. Der Wecker hatte inzwischen sein aufdringliches Schrillen eingestellt, dafür hörte man jetzt das aufgeregte Krächzen der Krähen. Aus der Hütte direkt gegenüber ertönte laute Rockmusik. Mit schläfrigem Blick sah Eden zu, wie Candice Bartholomew schwungvoll aus ihrem schmalen Feldbett sprang.

»Guten Morgen!« Ein strahlendes Lächeln zog auf Candys vorwitziges Elfengesicht. Mit beiden Händen fuhr sie sich durch den leuchtend roten Haarschopf und zerzauste ihn dabei nur noch mehr. Für Eden bestand Candys Wesen hauptsächlich aus Energie. »Was für ein wunderschöner Tag!«, verkündete sie mit bester Laune und reckte sich ausgiebig in ihrem Rüschenbabydoll.

Eden gab nur einen unverständlichen Laut von sich. Sie streckte die nackten Beine unter dem Bettzeug hervor und setzte sich auf. Als ihre Füße den Holzboden berührten, gratulierte sie sich im Stillen zu dieser erstaunlichen Leistung.

»Wenn du so weitermachst, fange ich noch an, dich zu hassen«, brummelte sie schlaftrunken. Mit geschlossenen Augen strich sie sich das wirre blonde Haar aus dem Gesicht.

Candy grinste und stieß die Tür auf, um frische Morgenluft ins Zimmer zu lassen. Dann drehte sie sich um und musterte die Freundin. In der frühen Sommersonne wirkte Eden fein und zerbrechlich. Das helle Haar fiel ihr in Stirn und Wangen, die Lider waren geschlossen. Ihre schmalen Schultern sackten zusammen, bevor sie ausgiebig gähnte.

Candy hielt sich mit Kommentaren weise zurück. Sie wusste, dass Eden ihre eigene Begeisterung für den Sonnenaufgang keineswegs teilte.

»Die Nacht kann doch unmöglich schon vorbei sein!«, murmelte Eden jetzt gerade. »Ich bin doch eben erst ins Bett gegangen.« Sie stützte die Ellbogen auf die Knie und schlug die Hände vors Gesicht. Sie hatte einen hellen Teint, ihre Wangen waren leicht rosig. Ihre Nase war klein, und die Nasenspitze zeigte ein wenig aufwärts. Wäre da nicht der volle, großzügige Mund, hätte man ihr Gesicht als kühl und aristokratisch bezeichnen können.

Candy machte noch ein paar tiefe Atemzüge an der offenen Tür, dann schloss sie sie wieder. »Du brauchst nur eine Dusche und einen Kaffee, dann sieht die Welt schon wieder ganz anders aus. Die erste Woche im Camp ist immer die schlimmste, das weißt du doch.«

Eden richtete große dunkelblaue Augen auf Candy. »Du hast gut reden! Du bist ja auch nicht in Giftefeu gefallen.«

»Juckt es noch?«

»Ein bisschen.« Edens schlechtes Gewissen regte sich. Es gab keinen Grund, ihre üble Laune an der Freundin auszulassen. Und so versuchte Eden sich an einem Lächeln. Sofort wurden ihre Gesichtszüge nachgiebig und weich, die Augen, der Mund, sogar die Stimme. »Es ist ja auch das erste Mal, dass wir die Leiterinnen des Camps sind und nicht die Camper.« Noch einmal gähnte sie mit offenem Mund, dann stand sie auf und zog den Morgenmantel über. Die Luft war erfrischend, aber auch eiskalt. Eden wünschte, sie könnte sich daran erinnern, was sie mit ihren Pantoffeln angestellt hatte.

»Versuch's mal unter dem Bett«, schlug Candy vor.

Eden beugte sich vor und schaute nach. Tatsächlich, da waren sie. Bestickte pinkfarbene Seidenpantöffelchen, wenig geeignet für ein Feriencamp. Aber irgendwie war es Eden nicht lohnenswert erschienen, sich andere zu besorgen.

Das Anziehen der Pantoffeln lieferte ihr immerhin den passenden Vorwand, sich wieder zu setzen. »Meinst du wirklich, fünf aufeinanderfolgende Sommer in Camp Forden haben uns ausreichend auf das hier vorbereitet?«

Candy hatte mit ihren eigenen Zweifeln zu kämpfen. Sie verschränkte die Hände. »Hast du jetzt etwa Bedenken, Eden?«

Weil sie das Zögern in Candys sonst immer so quicklebendiger Stimme hörte, schob Eden die eigenen Unsicherheiten beiseite. Schließlich hatten sie beide ein sowohl finanzielles als auch emotionales Interesse daran, dass das neu gegründete

Camp Liberty ein Erfolg wurde. Herumzujammern würde sie sicherlich nicht dorthin bringen.

Sie schüttelte den Kopf, ging zu Candy und legte ihr die Hand auf die Schulter. »Ich bin einfach nur ein hoffnungsloser Morgenmuffel. Lass mich schnell unter die Dusche springen. Dann bin ich auch bereit, mich unseren siebenundzwanzig Campern zu stellen.«

»Eden.« Candy hielt sie auf, bevor sie die Badezimmertür hinter sich schloss. »Es wird klappen. Für uns beide. Ich weiß es.«

»Ja, davon bin ich auch überzeugt.« Doch kaum hatte sie die Tür geschlossen, lehnte Eden sich mit dem Rücken dagegen. Jetzt, da sie allein war, konnte sie es zugeben: Sie hatte eine Heidenangst. Ihren letzten Cent und ihre letzte Hoffnung hatte sie in die sechs Blockhütten, die Ställe und den Speisesaal von Camp Liberty gesteckt. Was verstand Eden Carlbough aus Philadelphia schon von der Leitung eines Sommercamps für Mädchen? Gerade genug, um sich selbst in Angst und Schrecken zu versetzen.

Wenn sie versagte – würde sie dann die Scherben aufsammeln und weitermachen können? Gäbe es dann überhaupt noch Scherben zum Aufsammeln? Zuversicht und Selbstvertrauen, das war es, was hier gebraucht wurde, sagte sie sich, als sie sich in die enge Duschkabine zwängte. Dann drehte sie das Wasser auf; den Hahn, auf dem »Heiß« stand, sogar bis zum Anschlag. Lauwarm tröpfelte das Wasser aus dem Duschkopf. Zuversicht und Selbstvertrauen, sagte Eden sich erneut, fröstelnd unter dem kümmerlichen Strahl. Sowie ein dickes Bündel Banknoten und eine ganze Wagenladung Glück.

Sie griff nach der Seife und begann sich zu waschen. Ein feiner Duft stieg ihr in die Nase. Die parfümierte französische Seife war eines der wenigen Dinge, die sie sich noch gönnte. Vor einem Jahr hätte sie wahrscheinlich gelacht, hätte man zu ihr gesagt, dass sie einmal ein Seifenstück als Luxus betrachten würde.

Vor einem Jahr.

Eden drehte sich, damit das schnell abkühlende Wasser auch ihren Rücken erreichte. Vor einem Jahr wäre sie um acht Uhr morgens aufgestanden, hätte in aller Ruhe eine prasselnde heiße Dusche genommen, dann Frühstück mit duftendem Kaffee und frischem Toast und vielleicht noch luftigen Rühreiern. Gegen zehn wäre sie dann zur Bibliothek gefahren, zu ihrer ehrenamtlichen Arbeit. Danach hätte sie sich zum Lunch mit Eric im französischen Edelrestaurant Deux Cheminées getroffen. Schließlich hätte sie am Nachmittag dem Museum ihre Dienste zur Verfügung gestellt oder Tante Dottie bei einer ihrer vielen Wohltätigkeitsveranstaltungen geholfen.

Die schwierigste Entscheidung des Tages wäre gewesen, ob sie das rosa Seidenkostüm oder doch lieber das elfenbeinfarbene Leinenensemble anziehen sollte. Sie hätte einen geruhsamen, friedlichen Abend zu Hause verbracht. Oder sie wäre zu einer der eleganten Dinnerpartys in Philadelphia eingeladen gewesen.

Kein Druck. Keine Probleme. Aber vor einem Jahr hatte ihr Vater ja auch noch gelebt.

Mit einem leisen Seufzer wusch Eden sich die Seife von der Haut. Der feine Duft haftete an ihr, auch als sie sich mit den eher zweckdienlichen als flauschigen Handtüchern des Camps abtrocknete.

Als ihr Vater noch lebte, da hatte sie Geld als etwas betrachtet, das lediglich dazu da war, um ausgegeben zu werden. Damit war sie aufgewachsen. Sie war dazu erzogen worden, ein Menü zu planen – nicht dazu, es zu kochen. Sie war dazu erzogen worden, einen Haushalt zu führen – nicht zu putzen.

Sie hatte eine sorgenfreie und glückliche Kindheit verbracht. Sie war bei ihrem verwitweten Vater aufgewachsen, in der zeitlosen Eleganz der Carlbough-Villa in Philadelphia. Es hatte immer hübsche Kleider gegeben und Debütantinnenbälle, Teegesellschaften und Reitstunden. Der Name Carlbough war ein altehrwürdiger Name, ein respektierter Name. Das Vermögen der Carlboughs war schlicht immer da gewesen.

Wie schnell sich die Dinge doch ändern konnten.

Jetzt nahm sie keine Reitstunden mehr, sondern unterrichtete sie. Und sie jonglierte mit Zahlen, in der unsinnigen Hoffnung, dass eins und eins vielleicht doch mehr als zwei ergab.

Mit dem rauen Handtuch wischte Eden den beschlagenen kleinen Spiegel über dem ebenso kleinen Waschbecken sauber. Mit einer Fingerspitze nahm sie etwas von der Gesichtscreme. Einen halben Tiegel hatte sie noch, der würde den Sommer über halten müssen. Wenn *sie* diesen Sommer durchhielt, würde sie sich zur Belohnung einen neuen Topf kaufen.

Als Eden aus dem Bad kam, war die Blockhütte bereits leer. So, wie sie Candy kannte – was man nach zwanzig Jahren Freundschaft sicher sagen konnte –, war der Rotschopf längst zu den Mädchen gegangen. Wie mühelos ihre Freundin sich doch den Umständen angepasst hat, dachte Eden. Dann ermahnte sie sich, dass es auch für sie höchste Zeit war, sich daran zu gewöhnen. Sie nahm Jeans und ein rotes T-Shirt hervor und zog sich an.

Selbst als Teenager hatte Eden sich selten so lässig gekleidet. Sie hatte ihr Gesellschaftsleben genossen – die Partys, die Skiurlaube in Vermont, die Einkaufstrips und Theaterbesuche in New York, die Reisen nach Europa. Das Konzept, seinen Lebensunterhalt durch Arbeit verdienen zu müssen, hätte sie niemals für sich in Betracht gezogen, ebenso wenig wie ihr Vater. Die Frauen der Carlboughs arbeiteten nicht. Sie saßen diversen Komitees vor.

Das College hatte eher dazu gedient, ihre Erziehung zu vervollständigen, nicht als Grundlage für eine bestimmte Karriere. Und jetzt, im Alter von dreiundzwanzig Jahren, musste Eden sich eingestehen, dass sie über keinerlei Qualifikationen verfügte, um einen Beruf auszuüben.

Sie könnte ihrem Vater die Schuld dafür geben. Doch wie sollte sie einem so nachsichtigen und liebevollen Mann etwas vorwerfen? Sie hatte Brian Carlbough angebetet. Nein. Sie hatte sich selbst die Verantwortung zuzuschreiben. Sie war es, die naiv und kurzsichtig gewesen war! Ihr Vater konnte nichts dafür. Auch ein Jahr nach seinem plötzlichen und unerwarteten Tod saß die Trauer immer noch tief.

Doch damit konnte sie umgehen. Denn wenn sie etwas gelernt hatte, dann, ihre Gefühle unter würdevoller Haltung zu verbergen. Eiserne Selbstbeherrschung. Tag für Tag, Woche um Woche würde sie in diesem Sommer mit den Mädchen im Camp und den Betreuerinnen, die Candy angeheuert hatte, zusammen sein. Und keiner von ihnen würde merken, wie sehr sie noch immer um ihren Vater trauerte. Oder welch vernichtenden Schlag Eric Keeton ihrem Stolz zugefügt hatte.

Eric – der vielversprechende junge Banker aus der Firma ihres Vaters, immer charmant, immer aufmerksam. Ein überaus untadeliger junger Mann. In ihrem letzten Jahr im College hatte Eden seinen Ring angenommen.

Es tat immer noch weh. Eden beeilte sich, den Schmerz unter einer ordentlichen Portion Groll zu begraben. Vor dem Spiegel band sie resolut ihr Haar zu einem kurzen

Pferdeschwanz zusammen. Bei dieser Frisur hätte ihren ehemaligen Coiffeur das kalte Grausen ergriffen.

Nun, es ist aber praktisch, sagte Eden trotzig zu ihrem Spiegelbild. Schließlich war Eden Carlbough jetzt eine praktische Frau. Seidiges Haar, das sanft um die Schultern wehte, wäre beim morgendlichen Reitunterricht wohl eher störend. Und genau der stand jetzt auf dem Programm.

Für einen Moment presste sie ihre Hände gegen die Stirn. Warum waren die Morgen immer am schlimmsten? Wenn sie aufwachte, hatte sie oft das Gefühl, aus einem bösen Traum aufzutauchen und wieder zu Hause zu sein. Dabei war die Villa gar nicht mehr ihr Zuhause. Fremde wohnten jetzt dort. Und Brian Carlboughs Tod war kein Albtraum, sondern grausame Realität.

Ein völlig unerwarteter Herzinfarkt ohne jegliche Vorwarnung hatte ihn über Nacht dahingerafft. Bevor Eden Zeit gehabt hatte, den Schock überhaupt zu begreifen, war schon der nächste gefolgt.

Plötzlich waren da überall Anwälte in strengen dunklen Anzügen, die lange und trockene Monologe hielten. Ihre Kanzleien rochen nach altem Leder und frischer Möbelpolitur. Mit ernsten Mienen und verschränkten manikürten Fingern hatten sie Edens Welt zum Einsturz gebracht.

Unüberlegte Investitionen war der Ausdruck, der immer wieder fiel. Schlechte Marktlage, Hypotheken, zweite Hypotheken, Kredite mit kurzer Laufzeit … Nachdem alle Details gesichtet waren, stand fest: Es blieb kein Cent vom Familienvermögen übrig.

Brian Carlbough war ein Spieler gewesen. Zum Zeitpunkt seines Todes hatte er sich inmitten einer Pechsträhne befunden. Ihm war keine Zeit mehr geblieben, seine Verluste wettzumachen.

Seine Tochter sah sich gezwungen, den gesamten Besitz zu liquidieren, um die aufgelaufenen Forderungen begleichen zu können. Das Haus, in dem sie aufgewachsen war und das sie so sehr liebte, musste verkauft werden. Noch von Trauer betäubt, stand sie plötzlich ohne Heim und ohne Einkommen da. Erics Verrat hatte dem Ganzen dann die Krone aufgesetzt.

Eden riss die Tür des Blockhauses auf. Die frische Bergluft strich sanft über ihre Wangen. Doch sie sah nichts von den grünen Hügeln, nahm den strahlend blauen Himmel nicht wahr. Sie glaubte sich wieder in Philadelphia.

Der Skandal. Auf dem Weg zu der großen Hütte, in der der Speisesaal untergebracht war, hörte sie Erics nüchterne Stimme. *Sein* Ruf. *Seine* Karriere. *Ihr* war alles genommen worden, was sie liebte. Doch er dachte nur daran, welche Auswirkungen es *für ihn* haben könnte.

Er hatte sie nie geliebt. Eden steckte die Hände in die Taschen und ging weiter. Wie dumm von ihr, das nicht von Anfang an zu erkennen. Aber sie hatte etwas gelernt. Auf die harte Tour.

Für Eric wäre eine Heirat mit ihr nichts anderes als eine geschäftliche Verbindung gewesen, bei der ihm der Name der Carlboughs, das Vermögen der Carlboughs und die Reputation der Carlboughs zugefallen wären. Als diese Dinge nicht mehr existierten, hatte er sich aus dem Deal zurückgezogen. Schadensbegrenzung nannte man so etwas wohl in der Welt der Finanzen.

Eden verlangsamte ihre Schritte, als sie merkte, dass sie außer Atem war. Nicht weil sie zu schnell gegangen wäre, sondern weil Wut in ihr aufschäumte. Es wäre nicht gut, mit erhitzten Wangen und blitzenden Augen beim Frühstück aufzutauchen. Sie blieb einen Moment stehen, um tief durchzuatmen, und schaute sich um.

Der Morgen war noch kühl, doch bis zum Vormittag würde die Sonne die Luft aufgewärmt haben. Der Sommer hatte gerade erst Einzug gehalten.

Es war wunderschön hier. Ein halbes Dutzend kleiner Blockhäuser stand auf dem Gelände. Die Fensterläden waren alle geöffnet, um die frische Luft hereinzulassen. Helles Mädchenlachen schallte aus dem Speisesaal, wehte über den Platz. Am Wegrand zwischen Haus vier und Haus fünf wetteiferten erblühte Anemonen mit ihrer Farbenpracht. Weiter hinten stand ein alter Hartriegelstrauch, an dem sich trotzig ein paar hartgesottene Blüten hielten. Über Haus zwei zwitscherte eine Spottdrossel im Geäst.

Jenseits des Hauptplatzes fielen grüne Hügel sanft gen Westen ab. Pferde grasten friedlich, vereinzelte Bäume würden später Schatten und Schutz vor der Frühsommersonne spenden. Es war eine weite, offene Landschaft, mit einem unglaublichen Gefühl von Raum und Platz, das Eden noch immer nicht recht begreifen konnte. Ihr Leben war bisher in der Stadt verlaufen. Straßen, Verkehr, Hochhäuser, Menschenmengen – das war es, woran sie gewöhnt war.

Manchmal verspürte sie einen flüchtigen Stich von Sehnsucht nach dem, was einst gewesen war. Sie könnte es immer noch haben. Tante Dottie hatte Eden ihre Liebe angeboten – und ein Zuhause. Niemand würde jemals erfahren, wie lange und hart Eden mit der Versuchung gerungen hatte, die Einladung ihrer Tante anzunehmen. Und sich weiter durchs Leben treiben zu lassen.

Aber vielleicht lag ja auch ihr das Spielen im Blut. Warum sonst hätte sie auf die Idee kommen sollen, alles, was ihr geblieben war, in ein Sommercamp für Mädchen zu stecken?

Weil sie es versuchen musste! Deshalb. Sie musste irgendetwas tun, musste selbst etwas wagen. Ihr Leben als wohlbehütete, zerbrechliche Porzellanfigur würde sie nie wieder aufnehmen können. Hier, in dieser endlosen Weite, würde sie Zeit haben, sich selbst kennenzulernen. Wer war Eden Carlbough? Was steckte in ihr? Vielleicht, nur vielleicht, würde sie ihren Platz im Leben finden, wenn sie ihren Horizont erweiterte.

Candy hatte völlig recht. Eden holte ein letztes Mal tief Luft. Es würde klappen. Sie würden es schaffen.

»Hunger?« Mit noch feuchtem Haar, welche Dusche auch immer sie benutzt hatte, kam Candy auf Eden zu.

»Ich komme um vor Hunger.« Eden legte freundschaftlich einen Arm um Candys Schultern. »Wohin bist du denn abgetaucht?«

»Du kennst mich. Ich kann hier nichts unbeaufsichtigt lassen.« Wie auch Eden vorhin, so ließ Candy jetzt den Blick über den Platz schweifen. Auf ihrer Miene stand alles zu lesen, was sie in diesem Moment empfand – die Freude, die Angst, der Stolz. »Ich mache mir Sorgen um dich.«

»Candy, du weißt doch, dass ich ein schrecklicher Morgenmuffel bin.« Sie blickte einer Gruppe Mädchen nach, die fröhlich schnatternd auf den Speisesaal zustrebten.

»Wir sind beste Freundinnen, praktisch, seit wir in den Windeln lagen, Eden. Niemand weiß besser als ich, was du durchmachst.«

Nein, das wusste niemand. Und da Candy die Person war, die Eden am meisten liebte, musste sie sich noch mehr anstrengen, um die offenen Wunden vor ihr zu verbergen. »Ich habe das alles hinter mir gelassen, Candy.«

»Mag sein. Aber die Idee mit diesem Camp stammt ursprünglich von mir. Ich habe dich da mehr oder weniger mit hineingezogen.«

»Du hast mich in nichts hineingezogen. Ich wollte ein

bisschen Geld investieren. Wir beide wissen doch, dass die Summe lächerlich gering war.«

»Nicht für mich. Dein Geld hat es ermöglicht, die Pferde mit ins Programm aufzunehmen. Und als du dann auch noch zugesagt hast, die Reitstunden zu übernehmen …«

»Ich muss doch meine Investition im Auge behalten«, erwiderte Eden leichthin. »Und nächstes Jahr will ich keine Teilzeit-Reitlehrerin und -Buchhalterin mehr sein. Ich bin dann eine vollwertige Betreuerin. Ich bereue gar nichts, Candy.« Und dieses Mal meinte sie es auch so. »Das Camp gehört uns.«

»Und der Bank.«

Ein Detail, das Eden mit einem Schulterzucken abtat. »Wir brauchen dieses Camp. Du, weil du so etwas schon immer wolltest und darauf hingearbeitet hast. Und ich …« Sie zögerte, dann seufzte sie. »Machen wir uns nichts vor: Ich habe nichts anderes. Das Camp garantiert mir ein Dach über dem Kopf und drei Mahlzeiten am Tag. Und es steckt mir ein Ziel. Ich werde beweisen, dass ich es schaffen kann.«

»Alle halten uns für verrückt.«

Der Stolz kehrte zurück, zusammen mit dem Gefühl einer tollkühnen Verwegenheit, die Eden gerade erst zu schätzen lernte. »Sollen sie ruhig.«

Lachend zupfte Candy an Edens Pferdeschwanz. »Komm, gehen wir frühstücken.«

Zwei Stunden später brachte Eden den ersten Reitunterricht des Tages zu Ende. Das war ihr Beitrag zu der Partnerschaft, die Candy und sie eingegangen waren. Eden war auch die Buchhaltung überantwortet worden, schon aus dem einfachen Grund, weil es auf der ganzen Welt niemanden gab, der so schlecht mit Zahlen umgehen konnte wie Candice Bartholomew.

Candy hatte die Bewerbungsgespräche geführt und die Betreuer, eine Ernährungsexpertin und eine Krankenschwester eingestellt. Sie hofften, eines Tages auch einen eigenen Swimmingpool und einen Schwimmlehrer zu haben. Doch im Moment schwammen die Mädchen noch in dem nahe gelegenen See – unter Aufsicht natürlich –, und es wurden Kunst- und Bastelkurse, Wandern und Bogenschießen angeboten.

Candy hatte das Programm ausgearbeitet, während Eden den Etat aufgestellt hatte. Sie konnte nur hoffen, dass das Geld reichte.

Im Gegensatz zu Candy war Eden sich keineswegs sicher, dass die erste Woche im Camp die schwierigste sein würde. Candy hatte die Ausbildung und die Qualifikationen, um ein Sommercamp zu leiten. Aber Edens optimistische Partnerin besaß ebenso das beneidenswerte Talent, Details wie rote Zahlen in den Bilanzen vollkommen zu ignorieren.

Eden verdrängte die Gedanken und gab den Mädchen von der Mitte des Reitplatzes aus ein Zeichen. »Für heute war's das.« Sie besah sich die sechs jungen Gesichter unter den schwarzen Reitkappen. »Ihr macht euch gut.«

»Wann lernen wir denn zu galoppieren, Miss Carlbough?«

»Nachdem ihr Traben gelernt habt.« Sie klopfte einem der Pferde auf die Flanke. Wie wunderbar wäre es, über die hügelige Landschaft zu galoppieren, so schnell, dass nicht einmal die Erinnerungen folgen konnten. Albern, schimpfte Eden sich in Gedanken und richtete ihre Aufmerksamkeit wieder auf die Mädchen. »Steigt jetzt ab und geht eure Pferde versorgen. Denkt daran: Sie sind auf euch angewiesen.« Der Wind blies ihr die Haarsträhnen ins Gesicht, und sie strich sie abwesend zurück. »Vergesst nicht, das Zaumzeug wieder an seinen Platz zu hängen, damit die nächste Gruppe es findet.«

Wie erwartet, erfolgte ein kollektives Stöhnen. Reiten und mit den Pferden spielen war eine Sache, die Arbeit danach eine ganz andere. Dass sie Disziplin erreicht hatte, ohne Trotz und Aufsässigkeit geschürt zu haben, verbuchte Eden als Erfolg für sich.

In der letzten Woche hatte sie gelernt, die Namen der Mädchen den Gesichtern zuzuordnen. Der Enthusiasmus der elf- bis zwölfjährigen Mädchen ihrer Gruppe ließ sie durchhalten, vor allem, weil sie in dreien von ihnen wahre Pferdenarren erkannt hatte. Das war sie in ihrer Teenagerzeit auch gewesen. Es war ein gutes Gefühl, die aufgeregten Fragen der erhitzten Mädchen zu beantworten. Schließlich jedoch hatte sie alle so weit, dass eine nach der anderen mit den Pferden in Richtung Ställe zog.

»Eden!«

Sie drehte sich um und sah, dass Candy auf sie zurannte. Selbst auf die Entfernung hin war zu erkennen, wie aufgelöst sie war.

»Was ist denn passiert?«

»Es fehlen drei Mädchen!«

»Was?!« Panik rollte heran, wollte Eden verschlingen, doch Jahre der Erziehung hielten sie im Zaum. »Was heißt das, sie fehlen?«

»Das heißt, sie sind nirgendwo im Camp zu finden. Roberta Snow, Linda Hopkins und Marcie Jamison.« Wenn Candy sich mit den Fingern durchs Haar fuhr, dann war das immer ein Zeichen von Anspannung. »Barbara wollte mit ihrer Gruppe zum Rudern gehen, doch die drei sind nicht aufgetaucht. Wir haben sie überall gesucht.«

»Wir dürfen nicht in Panik ausbrechen.« Damit ermahnte Eden sich selbst ebenso wie Candy. »Roberta Snow? Ist das nicht die kleine Brünette, die einem anderen Mädchen eine

Eidechse in die Bluse gesteckt hat? Und die die Weckglocke am ersten Tag auf drei Uhr morgens eingestellt hat?«

»Richtig, das ist sie. Der kleine Engel«, meinte Candy mit zusammengebissenen Zähnen. »Richter Snows Enkelin. Falls sie sich auch nur die Knie aufschlägt, landen wir wahrscheinlich vor dem Kadi.« Candy schüttelte leicht den Kopf. »Das letzte Mal, als sie gesehen wurde, soll sie in diese Richtung gegangen sein.« Mit einem von ihrem Malkurs farbverschmierten Finger zeigte sie nach Osten. »Die anderen Mädchen hat niemand gesehen, aber ich gehe jede Wette ein, dass sie mit Roberta zusammen sind. Die süße Kleine ist nämlich die geborene Unruhestifterin.«

»Wenn sie in diese Richtung gehen, landen sie dann nicht auf der Apfelplantage?«

»Genau.« Candy schloss die Augen. »Ich würde ja selbst gehen, aber in zehn Minuten habe ich meine nächste Gruppe – Töpfern. Eden, ich bin eigentlich ziemlich sicher, dass sie zu der Plantage gelaufen sind. Eines der anderen Mädchen hat zugegeben, dass sie sich ein paar Äpfel zum Probieren holen wollten. Wir wollen wirklich keinen Ärger mit dem Besitzer bekommen. Er lässt uns den See auf seinem Land nur benutzen, weil ich ihn schamlos angebettelt habe. Er war nicht unbedingt begeistert, ein Sommercamp für Mädchen als neue Nachbarn zu bekommen.«

»Nun, jetzt hat er uns aber als Nachbarn«, meinte Eden resolut, »und wir alle müssen uns daran gewöhnen. Da ich diejenige bin, die hier am leichtesten erübrigt werden kann, gehe ich ihnen nach.«

»Ich hatte gehofft, dass du das sagen würdest. Ehrlich, Eden, wenn sie sich in die Apfelplantage geschlichen haben – und ich verwette meinen letzten Cent darauf, dass sie das getan haben –, dann sind wir dran. Der gute Mann hat keinen

Zweifel daran gelassen, wie er zu seinem Privatbesitz steht.«

»Drei kleine Mädchen können ein paar Apfelbäumen wohl nicht allzu viel antun, oder?« Eden setzte sich in Bewegung.

Candy lief hektisch neben ihr her. »Wir reden von Chase Elliot! Du weißt schon, von Elliot Apples. Saft, Cidre, Mus, Gelee, Apfelstückchen in Schokolade – alles, was sich aus Äpfeln produzieren lässt, produzieren sie auch. Er hat unmissverständlich klargemacht, dass er keine kleinen Mädchen in seinen Bäumen herumklettern sehen will.«

»Er wird sie auch nicht sehen. Weil ich sie vorher finde und da raushole.« Eden kletterte über einen Zaun und ließ Candy zurück.

»Roberta legst du besser an die Leine, sobald du sie findest!«, rief Candy ihr nach.

Eden verschwand im Espenhain. Ein zerknülltes Bonbonpapier lag auf dem Boden. Roberta. Mit einem grimmigen Lächeln hob Eden es auf und steckte es sich in die Tasche. Richter Snows Enkelin war bereits allseits bekannt für den Vorrat an Süßigkeiten, den sie mitgebracht hatte.

Inzwischen war es warm geworden. Der Pfad schlängelte sich unter hohen Espen hindurch. Die Sonne fiel durch das Blätterdach und ließ goldene Punkte auf dem Waldboden tanzen. Dieser Spaziergang, obwohl eine Mission, war auch angenehm. In den Baumkronen hüpften Eichhörnchen von Ast zu Ast, sie ließen sich von Eden nicht stören. Einmal jagte sogar ein Kaninchen quer über den Weg und verschwand raschelnd im Unterholz. Irgendwo hämmerte ein Specht an einen Baumstamm.

Eden schoss der Gedanke in den Kopf, dass sie noch nie so allein gewesen war. Kein einziges Zeichen von Zivilisation. Sie bückte sich erneut, um ein weiteres Papierchen aufzuheben. Nun gut – fast kein Zeichen.

Neue Gerüche strömten auf sie ein – Erde, Waldtiere, Pflanzen. Wildblumen reckten ihre Blütenköpfe aus dem Grün, weit widerstandsfähiger als Rosen aus dem Gewächshaus.

Eden freute sich darüber, dass sie inzwischen einige sogar mit Namen nennen konnte. Diese Blumen wuchsen Jahr für Jahr neu, ohne dass sich jemand um sie kümmerte. Sie kamen immer wieder zurück, begnügten sich mit dem, was sich ihnen bot, und machten das Beste daraus. Sie waren wie ein Symbol der Hoffnung für Eden. Sie könnte hier ihren Platz finden. Nein, sie hatte ihn schon gefunden, verbesserte sie sich still. Ihre Freunde in Philadelphia mochten sie für verrückt halten. Aber sie fing an, es hier zu genießen.

Der Espenhain war abrupt zu Ende. Die Sonne stand strahlend am Himmel und blendete Eden. Blinzelnd beschattete sie die Augen mit der Hand und sah zu der Elliot-Plantage hinüber.

Apfelbäume, so weit das Auge reichte. Nach Norden, Süden, Westen, Osten. Reihe um Reihe zogen sie sich über die sanften Hügel, manche alt und knorrig, andere jung und schlank. Eden stellte sich vor, wie wunderschön es hier im Frühling sein musste, wenn die Bäume in voller Blüte standen und die Luft mit ihrem süßen Duft erfüllten.

Überwältigend schön, dachte sie und trat an den Zaun, der den Besitz begrenzte. Ein Meer aus zarten weißen Blüten, inmitten hellgrüner Blätter, das musste einfach betörend sein. Jetzt waren die Blätter von einem dunklen, kräftigen Grün. Eden konnte in den Bäumen, die ihr am nächsten standen, die Früchte hängen sehen. Klein, schimmernd und grün, warteten sie darauf, dass die warme Sommersonne sie reifen lassen würde.

Wie oft in ihrem Leben hatte sie schon Apfelmus gegessen, das seinen Weg genau hier begonnen hatte? Bei dem Gedanken musste sie lächeln, während sie über den Zaun kletterte. Vor allem, weil sie sich immer einen kleinen Apfelhain vorgestellt hatte, gepflegt und gehegt von einem liebenswerten alten Kauz im Overall. Ein malerisches Bild, zudem ein schiefes, das mit der beeindruckenden Realität nichts gemeinsam hatte.

Ein Kichern drang an ihre Ohren. Eden drehte sich in die Richtung, aus der es gekommen war. Ein Apfel fiel von einem Baum und rollte ihr genau vor die Füße. Eden bückte sich und warf ihn mit Schwung fort, während sie auf den Baum zuging. Als sie aufschaute, sah sie drei Paar Turnschuhe auf den Ästen zwischen den Blättern leuchten.

»Meine Damen.« Eden hielt ihre Stimme kühl, prompt erfolgten drei erschreckte leise Laute. »Anscheinend habt ihr euch auf dem Weg zum See verlaufen.«

Robertas sommersprossiges Gesicht erschien zwischen den Blättern. »Hi, Miss Carlbough. Möchten Sie auch einen Apfel?«

Das freche Gör! Doch noch während sie das dachte, musste Eden sich ein Grinsen verkneifen. »Runter«, sagte sie nur und trat näher an den Stamm, um zu helfen.

Die drei brauchten keine Hilfe. Innerhalb kürzester Zeit standen drei Mädchen sicher auf dem Boden vor Eden.

Die eine Augenbraue kritisch hochzog – eine Geste, die einschüchternd wirken sollte. »Ich bin mir sicher, ihr wisst, dass das Verlassen des Camps ohne Aufsicht und ohne Erlaubnis gegen die Regeln verstößt.«

»Ja, Miss Carlbough.« Die Antwort hätte betreten wirken können, wäre da nicht das spitzbübische Funkeln in Robertas Augen gewesen.

»Da offensichtlich keiner von euch Lust hatte, heute rudern zu gehen … In der Küche bei Mrs. Petrie gibt es jede

Menge zu tun.« Eden war zufrieden mit sich über ihren Einfall. Candy würde bestimmt dazu gratulieren. »Ihr meldet euch erst bei Miss Bartholomew und danach zum Küchendienst bei Mrs. Petrie.«

Nur zwei der Mädchen ließen die Köpfe hängen und starrten auf ihre Fußspitzen.

»Halten Sie es für fair, uns Küchendienst aufzubrummen, Miss Carlbough?« Roberta, den angebissenen Apfel noch immer in der Hand, hob ihr Kinn. »Immerhin bezahlen unsere Eltern für das Camp.«

Edens Handflächen wurden feucht. Richter Snow war ein extrem wohlhabender und einflussreicher Mann. Zudem war allgemein bekannt, dass er seine Enkelin anbetete. Sollte dieses kleine Biest sich beschweren … *Nein!* In Gedanken atmete Eden tief durch. Sie würde sich nicht von diesem aufmüpfigen Zwerg einschüchtern oder gar erpressen lassen.

»Richtig, Roberta. Eure Eltern haben dafür bezahlt, dass ihr schöne Ferien verbringt und etwas lernt. Disziplin gehört ebenso dazu. Als sie euch in Camp Liberty angemeldet haben, geschah das in dem Einverständnis, dass ihr euch an die aufgestellten Regeln haltet.« Sie blickte die Mädchen nacheinander an. »Aber wenn ihr darauf besteht, kann ich natürlich gern eure Eltern anrufen und den Vorfall mit ihnen besprechen.«

»Nein, Ma'am, das wird nicht nötig sein.« Roberta wusste, wann sie den Rückzug anzutreten hatte. »Wir helfen Mrs. Petrie gern in der Küche, und es tut uns leid, dass wir die Regeln nicht beachtet haben«, fügte sie mit einem gewinnenden Lächeln hinzu.

Sicher, und wenn ich nicht aufpasse, verkaufst du mir auch noch eine Waschmaschine, dachte Eden, doch sie ließ sich nichts anmerken. »Gut. Dann auf jetzt, zurück zum Camp.«

»Meine Kappe!« Roberta wäre auf den Baum zurückgeklettert, hätte Eden sie nicht im letzten Moment festgehalten. »Sie hängt noch da oben an dem Ast. Bitte, Miss Carlbough!«, quengelte der kleine Satansbraten. »Das ist meine Phillies-Kappe! Da sind Autogramme von allen Spielern drauf!«

Eden nickte. Ihre eigene Begeisterung für Baseball hielt sich in Grenzen, selbst wenn es um das Team ihrer Heimatstadt ging. Aber sie konnte sich durchaus vorstellen, was eine handsignierte Kappe der Philadelphia Phillies einem Fan bedeutete. Noch dazu einem zwölfjährigen Mädchen. Noch dazu der Enkelin von Richter Snow. »Ihr geht zurück. Ich hole sie«, bestimmte sie. »Miss Bartholomew soll sich nicht noch länger Sorgen um euch machen.«

»Wir entschuldigen uns bei ihr.«

»Das ist auch mehr als angebracht.« Eden sah den dreien nach, wie sie über den Zaun kletterten. »Und keine Umwege!«, rief sie. »Oder ich konfisziere die Kappe.« Ein Blick auf Roberta überzeugte sie, dass diese Drohung ausreichte. »Monster«, murmelte sie grinsend, als die drei über den Weg unter den Espen rannten.

Sie drehte sich wieder um und schaute an dem Baum hoch. Das Grinsen schwand. Alles, was sie nun tun musste, war, dort hinaufzuklettern. Bei Roberta und ihren Komplizinnen hatte es eigentlich recht einfach ausgesehen. Jetzt allerdings wirkte es irgendwie nicht mehr so leicht.

Eden reckte die Schultern, machte einen Schritt vor und griff nach einem tief hängenden Ast. Früher war sie alljährlich in die Schweiz gefahren, zum Bergsteigen. So viel schwerer konnte das hier nicht sein.

Sie zog sich hoch und verkantete den Fuß am ersten Aststumpf, der sich bot. Die Rinde fühlte sich rau an ihren

Händen an. Eden konzentrierte sich auf ihre Aufgabe und ignorierte die Abschürfungen. Beide Füße sicher verankert, griff sie nach dem nächsten Ast. Stück für Stück arbeitete sie sich nach oben. Blätter streiften über ihr Gesicht.

Dann sah sie die Kappe. Sie hing an einem kurzen Ast, knapp einen Meter über ihr. Als Eden den Fehler machte und nach unten sah, zog sich ihr Magen ungut zusammen. Also sieh nicht hinunter, befahl sie sich. Was du nicht sehen kannst, kann dir auch nichts antun. Hoffte sie. Inständig.

Vorsichtig reckte sie sich nach der Kappe. Als ihre Finger sie endlich fühlten und fassten, stieß Eden einen erleichterten Seufzer aus. Sie setzte sich die Kappe auf. Dann wurde ihr Blick unwillkürlich von dem Bild angezogen, das sich ihr darbot.

Von hier oben aus der Vogelperspektive konnte sie die ganze Plantage übersehen. Die perfekte Symmetrie der Anlage fesselte sie. Es war unsagbar faszinierend. Hinter dem Wäldchen konnte sie noch das leuchtende Blau des Sees erkennen. Weiter hinten lagen scheunenähnliche große Gebäude und etwas, das wie ein Gewächshaus aussah. Vielleicht eine Viertelmeile entfernt stand ein Pick-up auf einer staubigen Lehmstraße geparkt. Jetzt, da es wieder still geworden war, nahmen die Vögel ihren Gesang erneut auf. Eden drehte den Kopf, als ein zitronengelber Schmetterling vorbeiflog, und sah ihm nach.

Die Aromen von Blättern, Obst und Erde vermischten sich zu einem urwüchsigen Geruch. Eden konnte nicht widerstehen, sie streckte die Hand aus und pflückte einen sonnenwarmen Apfel.

Der eine wird sicher nicht fehlen, entschied sie und biss herzhaft hinein. Der Apfel war noch nicht ganz reif, und sein herber Geschmack ließ in Sekundenbruchteilen ihre

Geschmacksknospen aufblühen. Eden erschauerte leicht. Es war eine geradezu sinnliche Erfahrung. Sie nahm den zweiten Bissen. Köstlich! Das war alles, was sie denken konnte. Köstlich und aufregend. Aber das sagte man ja wohl im Allgemeinen von verbotenen Früchten. Ein Lächeln breitete sich auf ihrem Gesicht aus, als sie zum dritten Mal in den Apfel biss.

»Was, zum Teufel, tust du da?«

Erschreckt zuckte Eden zusammen. Sie wäre fast vom Baum gefallen, als die donnernde Stimme zu ihr hinaufschallte. Erst schluckte sie hastig den Bissen im Mund herunter, bevor sie nach unten schaute.

Er hatte die Hände in die Hüften gestemmt. Schlanke Hüften. Ein Hemd aus ausgewaschenem Jeansstoff spannte sich über breiten Schultern, aufgerollte Hemdsärmel gaben den Blick auf gebräunte, athletische Unterarme frei.

Mit einem mulmigen Gefühl richtete Eden die Augen auf sein Gesicht. Es war sonnengebräunt wie seine Arme. Er hatte ausgeprägte Wangenknochen und eine lange Nase, die nicht wirklich gerade war. Die vollen Lippen presste er jetzt gerade zusammen. Ungebändigtes schwarzes Haar fiel ihm in die Stirn und über den Hemdskragen. Helle grüne Augen, unglaublich klar, sahen böse zu ihr auf.

Ein Apfel, Eden und jetzt auch noch die Schlange. Der Vergleich schoss ihr in den Kopf, ohne dass sie richtig überlegt hatte. Na großartig! Da war sie also vom Vorarbeiter beim Apfelstibitzen erwischt worden. Da unauffälliges Verschwinden unmöglich war, öffnete sie den Mund, um zu einer Erklärung anzusetzen.

»Gehörst du etwa zum Camp, junge Lady?«

Die Frage und der Ton ließen Eden die Stirn runzeln. Sie mochte keinen Cent mehr haben, sie mochte ihren Lebensunterhalt zusammenkratzen müssen, aber sie war immer noch eine Carlbough. Und eine Carlbough konnte ganz sicherlich mit dem Vorarbeiter einer Apfelplantage umgehen. »Stimmt, ich gehöre zum Camp. Ich würde gern ...«

»Dir ist klar, dass das hier Privatbesitz ist, in den du unbefugt eingedrungen bist?«

Das Blau ihrer Augen verdunkelte sich, das einzige sichtbare Zeichen von Verlegenheit und Wut. »Ja, das weiß ich, aber ...«

»Diese Bäume hier wurden nicht gepflanzt, damit kleine Mädchen darauf herumklettern können.«

»Ich glaube kaum ...«

»Komm sofort da runter.« Das war definitiv ein Befehl. »Ich werde dich zur Leiterin des Camps bringen.«

Das Temperament, das Eden bisher immer mühelos im Zaum hatte halten können, begann zu brodeln. Sie spielte ernsthaft mit dem Gedanken, ob sie diesem Mann da nicht ihren angebissenen Apfel an den Kopf werfen sollte. Niemand, aber wirklich absolut niemand gab Eden Carlbough Befehle. »Das wird kaum nötig sein.«

»Ich entscheide, was nötig ist und was nicht. Komm runter.«

Oh ja, sie würde von dem Baum herunterkommen. Und dann würde sie diesen Rüpel mit ein paar wohl gewählten Worten auf den Platz verweisen, auf den er gehörte.

Der Ärger beflügelte sie auf dem Weg nach unten. Ast um Ast ließ er keinen Raum, daran zu denken, dass sie nicht besonders viel Erfahrung darin hatte, auf Bäumen herumzuklettern. Die zwei Kratzer, die sie sich zuzog, spürte sie nicht einmal. Ihr Rücken war dem Mann zugekehrt, als sie den Fuß in eine Astgabelung setzte. Es würde ihr ein immenses Vergnügen sein, den Kerl mit eiskalter Würde und vernichtender Distanziertheit in Grund und Boden zu rammen. Nur weil er sie am falschen Ort zur falschen Zeit ertappt hatte! Sie malte sich schon aus, wie er immer kleiner wurde und hilflos stotternd um Entschuldigung bat.

Genau in diesem Moment rutschte ihr Fuß ab. Ihr reflexartiger Griff verfehlte den nächsten Ast nur um einen Zentimeter. Mit einem Aufschrei, der sowohl Schreck wie auch Überraschung ausdrückte, fiel sie rückwärts.

Die Luft wich aus ihren Lungen, als sie gegen etwas Hartes fiel. Die muskulösen sonnengebräunten Arme, die sie von oben aus dem Baum gesehen hatte, hielten sie jetzt umschlungen. Der Aufprall warf sie beide zu Boden, und sie kullerten über das Gras.

Als die Welt endlich aufhörte sich zu drehen, fand Eden sich unter einem sehr großen, sehr knackigen Männerkörper wieder.

Robertas Baseballkappe war ihr bei dem Sturz vom Kopf gefallen. Edens Gesicht war jetzt nicht mehr verdeckt, die Sonne schien direkt hinein. Chase starrte sie an. An seiner Brust fühlte er weiche Rundungen.

»Sie sind ja gar nicht zwölf Jahre alt«, murmelte er.

»Mit Sicherheit nicht.«

Amüsiert verlagerte er sein Gewicht, aber er machte keinerlei Anstalten, aufzustehen. »Da oben in dem Baum konnte ich Ihr Gesicht nicht genau erkennen.« Die Zeit nahm er sich allerdings jetzt. »Sie sind ja ein echter Glücksfall.« Unbekümmert strich er ihr das Haar aus der Stirn. Seine Fingerspitzen waren rau. So ähnlich hatte sich die Baumrinde an ihren Handflächen angefühlt. »Was tun Sie in einem Sommercamp für kleine Mädchen?«

»Ich leite es«, antwortete sie kühl. Es war ja keine komplette Lüge. Und da es ihren Stolz heftig angekratzt hätte, sich unter ihm zu winden, entschied sie sich für einen eisigen

Blick. »Dürfte ich Sie wohl bitten …?« Die hochgezogene Augenbraue war eindeutig.

»Sie leiten es?« Da sie aus einem seiner Bäume gefallen war, sah er auch keinen Grund, ihrer Aufforderung nachzukommen. »Ich habe die Leiterin doch getroffen. Bartholomew, nicht wahr? Rote Locken, hübsches Gesicht.« Er musterte Edens klassische Gesichtszüge. »Sie sind das auf jeden Fall nicht.«

»Ganz offensichtlich nicht. Ich bin ihre Partnerin. Eden Carlbough.«

»Von den Carlboughs aus Philadelphia?«

Sein amüsierter Ton war ein weiterer Anschlag auf ihren Stolz. Den Eden mit einem vernichtenden Blick parierte. »Das ist korrekt.«

Interessantes kleines Ding, dachte Chase. Die Verkörperung der Etikette aus vornehmem Stall. »Es ist mir ein Vergnügen, Ihre Bekanntschaft zu machen, Miss Carlbough. Ich bin Chase Elliot, von den Elliots aus South Mountain.«

2. Kapitel

Na bravo, das passte ja bestens! Eden starrte in sein Gesicht. Also nicht der Vorarbeiter, nein, sondern gleich der vermaledeite Besitzer. Ertappt beim Apfelstehlen – vom Besitzer. Vom Baum gefallen – auf den Besitzer. Auf dem Boden festgehalten – vom Besitzer.

Eden atmete tief durch. »Sehr erfreut. Wie geht es Ihnen, Mr. Elliot?«

Als säße sie im eleganten Teesalon. Für so viel Haltung musste Chase sie bewundern. Dann brach er in lautes Lachen aus. »Danke, mir geht es bestens, Miss Carlbough. Und Ihnen?«

Er lachte sie aus. Trotz Skandal und Schande hatte niemand es gewagt, sie auszulachen. Zumindest nicht offen. Ihre Lippen begannen zu beben, kurz nur, dann beherrschte sie sich. Sie würde diesem Rüpel nicht die Befriedigung gönnen und ihn sehen lassen, wie wütend er sie machte.

»Mir geht es auch gut, danke. Oder besser, mir würde es gut gehen, wenn Sie mich aufstehen ließen.«

Stadtmanieren, dachte er. Absolut korrekt – und absolut bedeutungslos. Sein Benehmen war zwar nicht so geschliffen, aber dafür ehrlicher. »Gleich. Ich finde diese Unterhaltung faszinierend.«

»Vielleicht könnten wir sie dann im Stehen fortführen.«

»Also, ich liege bequem.« Was nicht ganz stimmte. Die weichen Kurven ihres Körpers verursachten ihm einige Probleme. Statt sich darüber Sorgen zu machen, beschloss Chase, die Situation zu genießen. Und sie. »Nun, wie gefällt Ihnen das Leben in der Wildnis?«

Er machte sich noch immer über sie lustig, gab sich nicht einmal die Mühe, es zu verbergen. Eden konnte die Wut regelrecht auf ihrer Zunge schmecken. Sie schluckte sie wieder hinunter. »Mr. Elliot ...«

»Chase«, fiel er ihr sofort ins Wort. »Ich denke, unter den gegebenen Umständen können wir auf die Formalitäten verzichten.«

Eden versuchte, ihn von sich zu drücken, aber sie hätte sich genauso gut an einem Felsen versuchen können. »Das ist ja lächerlich. Sie müssen mich aufstehen lassen!«

»Ich *muss* gar nichts. Eigentlich muss ich nur selten etwas tun.« Er sprach lässig, lang gezogen. Es war nicht zu übersehen, dass er sich in seiner Unverschämtheit sonnte. Dennoch fehlte seinen Worten nichts von der Kraft, mit der er sie vorhin angedonnert hatte.

»Ich habe viel über Sie gehört, Eden Carlbough.« Und er hatte die Fotos in den Zeitungen gesehen. Jetzt allerdings wurde ihm klar, dass die Bilder ihr nicht gerecht wurden. Diese kühle Sinnlichkeit konnte zweidimensional nicht wiedergegeben werden. »Ich hätte niemals damit gerechnet, dass eines Tages eine Carlbough aus Philadelphia aus meinen Apfelbäumen fällt.«

Edens Atem flatterte. Da hatte man ihr jahrelang beigebracht, Gefühlsausbrüche herunterzuschlucken und mit Höflichkeit auf jedwede Provokation zu reagieren. Und dann löste sich all dieses Training angesichts eines Farmers Stückchen für Stückchen in Wohlgefallen auf. »Ich hatte nicht die Absicht, aus Ihren Bäumen zu fallen.«

»Sie wären nicht gefallen, wenn Sie nicht hineingeklettert wären.« Er lächelte. Wie gut, dass er beschlossen hatte, den

Kontrollgang durch ausgerechnet diesen Teil der Plantage selbst zu übernehmen.

Das Ganze hier konnte unmöglich wirklich passieren! Für einen kurzen Moment schloss Eden die Augen, in der Hoffnung, dass alles wieder an seinen rechten Platz rücken würde. Es war schlicht unmöglich, dass sie auf dem Rücken im Gras lag, einen fremden Mann auf sich. »Mr. Elliott.« Ihre Stimme klang ruhig und vernünftig, als sie zu einem neuerlichen Versuch ansetzte. »Wenn Sie mich aufstehen lassen, werde ich Ihnen gerne alles erklären.«

»Die Erklärung zuerst.«

Ihr stand schlichtweg der Mund offen. »Sie sind der unverschämteste und ungehobeltste Mann, der mir je untergekommen ist.«

»Mein Land, meine Regeln«, bemerkte er knapp. »Also, dann lassen Sie mal Ihre Erklärung hören.«

Fast war es zu viel, den Fluss von Beschimpfungen zurückzuhalten, der ihr auf der Zunge lag. Sie musste blinzeln, wenn sie ihn anschauen wollte, weil ihr die Sonne ins Gesicht schien. Hinter ihren Schläfen begann es bereits schmerzhaft zu pochen. »Drei meiner Mädchen haben sich aus dem Camp geschlichen. Unglücklicherweise sind sie über den Zaun auf Ihren Besitz geklettert. Ich habe sie gesucht und gefunden, habe sie angewiesen, aus dem Baum zu kommen, und ins Camp zurückgeschickt, wo sie in diesem Moment ihre Strafe erhalten.«

»Teeren und federn?«

»Sie würden das wahrscheinlich vorziehen, doch wir haben uns auf Küchendienst geeinigt.«

»Klingt auch gut. Das erklärt aber immer noch nicht, wieso Sie aus meinem Baum und in meine Arme gefallen sind. Über Letzteres beschwere ich mich ja gar nicht. Sie riechen nach

Paris.« Zu Edens völliger Verblüffung vergrub er sein Gesicht in ihrem Haar. »Aufregende Nächte in Paris.«

»Hören Sie auf mit dem Unsinn.« Jetzt hörte sich ihre Stimme ganz und gar nicht mehr beherrscht und ruhig an.

Chase konnte ihren hämmernden Herzschlag an seiner Brust spüren. Eigentlich würde er gern mehr als nur eine Kostprobe ihres Dufts erleben. Doch als er den Kopf hob, schaute sie ihn mit weit aufgerissenen Augen an. Und außer dem Tiefblau darin erkannte er noch etwas – Furcht.

»Eine Erklärung«, sagte er leichthin. »Mehr will ich im Moment gar nicht.«

Edens Herz schlug ihr bis zum Hals. Wie von allein fiel ihr Blick auf seine Lippen. Hatte sie jetzt den Verstand verloren? Glaubte sie wirklich, seine Lippen schmecken zu können? Sie fühlte, wie ihre Muskeln erschlafften, und sofort spannte sie sich wieder an. Ja, sie musste verrückt geworden sein. Wenn er eine Erklärung hören wollte, dann würde sie ihm eine geben. Und dann würde sie zusehen, dass sie so schnell wie möglich von ihm wegkam.

»Eines der Mädchen …« Verärgert dachte sie an Roberta. »Eines von ihnen hat seine Kappe im Baum hängen lassen.«

»Also sind Sie hochgeklettert, um sie zu holen.« Nickend akzeptierte er ihre Begründung. »Nur weiß ich noch immer nicht, wieso Sie sich von meinen Äpfeln bedient haben.«

»Er war sowieso mehlig.«

Grinsend fuhr er mit einem Finger an ihrem Kinn entlang. »Das bezweifle ich. Ich kann mir eher vorstellen, der Apfel war hart und sauer und köstlich. Ich habe in meinem Leben schon mehr als genug Bauchweh gehabt, weil ich unreife Äpfel verschlungen habe. Aber der Geschmack ist es wert.«

Etwas höchst Unerwünschtes breitete sich plötzlich in ihr aus – ein warmes, prickelndes Gefühl, dass von ihrem

Bauch in jede Faser ihre Körpers ausstrahlte. Was war das? Vor Schreck machte Eden sich ganz steif. Ihr Blick und ihre Stimme wurden eisig. »Sie haben Ihre Erklärung bekommen. Und ich habe mich entschuldigt.«

Er feixte. »Eine Entschuldigung habe ich bisher nicht gehört.«

Eden wurde heiß. Das fehlte noch! Sie würde sich eher die Zunge abbeißen, als jetzt noch bei ihm zu Kreuze zu kriechen. »Ich wünsche, dass Sie mich sofort aufstehen lassen!«, bemerkte sie beherrscht. »Ich kann Sie nicht davon abhalten, Anzeige zu erstatten, wenn Sie das wegen zweier wurmstichiger Äpfel unbedingt tun müssen. Aber im Moment habe ich wirklich genug von Ihrer lächerlichen hinterwäldlerischen Arroganz.«

Seine Äpfel waren die besten im ganzen Land. Und doch genoss Chase die Vorstellung, wie Miss Carlbough aus Philadelphia mit ihren hübschen weißen Zähnen auf einen Wurm stieß. »Bis jetzt haben Sie noch keine Erfahrung mit meiner hinterwäldlerischen Arroganz gemacht. Vielleicht sollten Sie das.«

»Das wagen Sie nicht«, setzte sie an. Doch sein Mund brachte sie zum Schweigen.

Der Kuss überrumpelte sie. Er war rau und fordernd und herb wie der Apfel. Verbotene Früchte. Als Frau, die an galantes Werben und geistreichen Charme gewöhnt war, ließ dieser drängende Kuss sie reglos verharren. Sie war zu keiner Bewegung fähig, reagierte in keiner Weise. Weder protestierte sie, noch wehrte sie sich. Dann streichelten seine Hände über ihr Gesicht. Wie auch sein Kuss waren seine Handflächen rau und erregend.

Er bereute es nicht. Obwohl er ein Mann war, der niemals von einer Frau nahm, was ihm nicht angeboten wurde, bereute er es nicht. Nicht, wenn die Frucht so süß und verlockend war. Zwar rührte sie sich nicht, aber er konnte die erschreckte Erregung auf ihren Lippen schmecken. Oh ja, so süß. So unschuldig. Und sehr gefährlich. Er hob den Kopf, als sie anfing, sich unter ihm zu winden.

»Langsam«, murmelte er. Noch immer streichelte er mit dem Daumen über ihr Kinn. »Es scheint, als wären Sie keineswegs die Frau von Welt, als die Sie überall dargestellt werden.«

»Lassen Sie mich sofort los.« Ihre Stimme zitterte, aber sie war längst über den Punkt hinaus, dass sie das noch stören würde.

Chase richtete sich auf und zog sie mit sich auf die Füße. »Brauchen Sie Hilfe, um den Staub abzuschlagen?«

»Sie sind der unausstehlichste Mann, den ich je getroffen habe.«

»Das glaube ich Ihnen gern. Zu schade, dass Sie so lange behütet und verwöhnt wurden.« Eden drehte sich bereits ab, doch er legte eine Hand auf ihre Schulter und zog sie wieder zu sich herum. »Es wird interessant sein zu sehen, wie lange Sie es hier aushalten – ohne die grundlegenden Dinge des Lebens wie Ihren Butler und Ihren Coiffeur.«

Er war nicht anders als alle anderen! Eden bemühte sich um Contenance. Den verletzten Stolz und die Selbstzweifel umhüllte sie mit einem Hauch Überheblichkeit. »Ich komme zu spät zu meiner nächsten Unterrichtsstunde. Wenn Sie mich dann entschuldigen wollen, Mr. Elliot.«

Er ließ seine Hand von ihrer Schulter sinken. »Halten Sie Ihre Mädchen von meinen Bäumen fern!«, warnte er. »Bei so einem Sturz kann viel passieren.«

Sein Lächeln ließ alle möglichen Beschimpfungen für ihn in ihrem Kopf aufblitzen, doch Eden biss sich auf die Zunge.

Sie drehte sich um und beeilte sich, dass sie über den Zaun kam.

Chase sah ihr nach, bis sie im Espenwald verschwand. Sein Blick fiel auf die Kappe, die zu seinen Füßen lag. Er bückte sich, um sie aufzuheben. Das ist so gut wie eine Einladung, dachte er und stopfte sie sich in die Hosentasche.

Den Rest des Tages bemühte Eden sich mit aller Macht, nicht zu denken. An nichts. Candy erzählte sie ganz bewusst von ihrem Zusammenstoß mit Chase Elliot nichts. Das würde nämlich bedeuten, dass sie dann darüber nachdenken müsste.

Die Erniedrigung, in einem Baum erwischt zu werden, war schlimm genug. Unter anderen Umständen hätten Candy und sie vielleicht sogar noch darüber lachen können. Unter anderen Umständen.

Doch schlimmer als die Peinlichkeit, schlimmer als die Wut waren die Gefühle. Eden hätte sie nicht definieren können, dennoch hielt sich jede einzelne Empfindung, die sie dort in dem Apfelhain gehabt hatte, deutlich und intensiv in ihrer Erinnerung. Weder konnte sie sie abschütteln noch betäuben. Davon, dass sie sie gänzlich ausblenden könnte, ganz zu schweigen. Nur eines war ihr völlig klar: Es war immens wichtig, dass sie diese Gefühle irgendwie eindämmte, bevor sie sich vermehrten.

Lächerlich. Das war wirklich ganz und gar lächerlich! Sie kannte Chase Elliot ja nicht einmal. Und sie wollte ihn auch gar nicht kennenlernen. Zugegeben: Sie konnte nicht vergessen, was passiert war. Aber sie konnte auf jeden Fall dafür sorgen, dass sich so etwas nicht noch einmal wiederholte.

Während des letzten Jahres hatte sie gezwungenermaßen ihr Leben in die eigene Hand genommen. Sie wusste jetzt, was es hieß, kämpfen zu müssen, sie wusste auch, wie Misserfolge sich anfühlten. Dennoch würde sie die Zügel nie wieder aus der Hand geben. Enttäuschung und Ernüchterung hatten sie stärker gemacht. Das war immerhin ein Lichtstreif am Horizont.

Und weil sie diese Entscheidung für sich getroffen hatte, erkannte sie in Chase Elliot auch einen Mann, der die Zügel für sein Leben in der Hand hielt – und zwar sehr, sehr straff. Er war unhöflich und dreist, aber sie hatte auch die Stärke und Autorität in ihm erkannt.

Nun, von dominanten Männern hatte sie die Nase voll. Ob ungeschliffen oder weltgewandt, unter der Oberfläche waren sie alle gleich. Seit der Erfahrung mit Eric war Edens Meinung über Männer im Allgemeinen auf einen Tiefststand gerutscht. Und die Begegnung mit Chase hatte nicht dazu beigetragen, diese aufzuwerten.

Sich mit der Routine des Camps anzufreunden, reichte aus, um ihre Gedanken zu beschäftigen. Da sie nicht Candys Ausbildung und jahrelange Erfahrung als Pädagogin vorzuweisen hatte, hielt sich ihre Verantwortung in Grenzen. Aber zumindest hatte sie das befriedigende Bewusstsein, mehr als nur ein Zuschauer zu sein, sogar sehr viel mehr.

Ehrgeiz war plötzlich zu einem bisher ungekannten Phänomen in ihrem Leben geworden. Wenn sie die Ställe jetzt schon selbst ausmisten musste, würde es in Camp Liberty die saubersten Ställe überhaupt geben. Und wenn sie die Pferde jetzt schon persönlich striegelte, würden sie das schimmerndste Fell in ganz Pennsylvania haben. Dazu war Eden fest entschlossen. Die erste Blase an ihren Fingern hatte Eden als eine Art Orden betrachtet.

Die einsetzende Hektik, sobald die Glocke zum Abendessen rief, schüchterte Eden noch immer ein. Siebenundzwanzig Mädchen im Alter zwischen zehn und vierzehn stürmten dann den Speisesaal. Es gehörte zu Edens neuen Aufgaben, Ordnung zu halten. Aus dem Lärm ließen sich Gesprächsfetzen auffangen, normalerweise drehten sich die Themen um Jungs und Rockstars, um dann wieder zu Jungs zurückzukehren. Mit ein wenig Glück ließen sich Schubsen und Stoßen an der Essenausgabe vermeiden. Aber für dieses Glück waren Adleraugen unerlässlich.

Die Hochglanzbroschüren von Camp Liberty hatten gesunde Vollwertkost versprochen. Das heutige Abendmenü bestand aus knusprigem Grillhähnchen, Kartoffelpüree und gedünstetem Brokkoli. Geschirr klapperte, während die Mädchen sich geordnet in einer Reihe an der Essenausgabe vorbeischoben.

»Ein guter Tag.« Candy stand neben Eden und schaffte es, den ganzen Raum mit ihrem Blick zu überwachen.

»Und fast vorbei.« Noch während sie es aussprach, stellte Eden erfreut fest, dass ihr Rücken heute lange nicht mehr so schmerzte wie noch in den ersten beiden Tagen. »Da sind zwei Mädchen bei mir im morgendlichen Reitkurs, die echtes Talent zeigen. Ich hatte gedacht, ich könnte ihnen vielleicht ein wenig Extrazeit widmen, vielleicht an zwei weiteren Tagen in der Woche.«

»Toll. Wir sehen uns nachher zusammen den Plan an.« Candy beobachtete, wie eine der Betreuerinnen ein Mädchen dazu überredete, doch von dem Brokkoli zu nehmen. »Ich wollte dir noch sagen, dass du den kleinen Zwischenfall mit Roberta und ihren Komplizinnen großartig gemeistert hast. Der Küchendienst war eine brillante Idee.«

»Danke.« Wie weit war sie gesunken, wenn ein kleines Lob ihre Brust schon vor Stolz anschwellen ließ?! »Ich habe allerdings ein schlechtes Gewissen, dass ich die drei Mrs. Petrie aufgehalst habe.«

»Laut Mrs. Petrie waren die drei stramme kleine Soldaten.«

»Roberta?!«

»Ja, kaum vorstellbar, ich weiß.« Mit einem schiefen Lächeln sah Candy zu dem Mädchen hinüber. »Da wartet man nur darauf, dass das dicke Ende noch kommt. Sag, erinnerst du dich noch an Marcia Delacroix in Camp Forden?«

»Wie könnte ich die vergessen!« Nachdem alle Kinder an den Tischen saßen, stellten Eden und Candy sich an. »Sie war es doch, die die Ringelnatter in Miss Fordens Wäscheschublade gelegt hat, oder?«

»Genau.« Candy sah noch einmal zu Roberta hinüber. »Glaubst du eigentlich an Reinkarnation?«

Lachend empfing Eden ihre Kelle Kartoffelpüree. »Okay, von jetzt an werde ich meine Unterwäsche genauestens überprüfen.« Sie nahm ihr Tablett hoch und steuerte auf die Tische zu. »Weißt du, Candy, ich …« Und dann sah sie es. Es lief vor ihr ab wie in Zeitlupe.

Roberta, ein teuflisches Funkeln in den Augen, hielt ihre Gabel senkrecht vor sich. An den Gabelzinken haftete ein ansehnlicher Klumpen Püree. Sie bog die Gabel zurück und zielte, ließ die Gabel dann vorschnellen. Noch bevor Eden den Mund aufmachen konnte, landete der Brei in den Haaren von Robertas Gegenüber. Damit brach das Chaos aus.

Kartoffelpüree flog durch die Luft, aus allen und in alle Richtungen. Mädchen kreischten. Mehr Klümpchen segelten durch die Luft. Innerhalb von Sekunden waren Stühle, Tische und Mädchen mit einer dicken Lage goldgelben Breis überzogen.

Wie ein General marschierte Candy in die Mitte des Kampfgetümmels und hob die Trillerpfeife an die Lippen. Bevor sie dazu kam, die Pfeife auch zu blasen, traf eine Ladung Kartoffelbrei sie knapp über dem Auge.

Sofort senkte sich erschreckte Stille über den Saal.

Das Tablett noch in den Händen, blieb Eden reglos stehen. Sie wagte nicht zu atmen. Nur die kleinste, die allerkleinste Bewegung, und sie würde in hilfloses Lachen ausbrechen. Schon jetzt wollte sich das Kichern in ihrer Kehle hocharbeiten. Es raubte ihr den Atem.

Mit den Fingern zog Candy sich das Püree von der Augenbraue. »Meine Damen!« Bei Candys Ton blieb sogar Eden das Herz stehen. »Ihr werdet eure Mahlzeit in aller Stille zu Ende essen, und wenn ich ›in aller Stille‹ sage, dann meine ich auch genau das damit. Danach werdet ihr alle euch Eimer, Schrubber und Lappen holen und den Speisesaal putzen, bis er blitzt und funkelt.«

»Ja, Miss Bartholomew.« Allgemein zerknirschte Zustimmung wurde gemurmelt, nur Robertas Stimme klang klar und hell durch den Raum. Mit brav gefalteten Händen bot sie das Bild eines wahren Unschuldsengels.

Gute zehn Sekunden ließ Candy die gedrückte Stimmung noch wirken, dann drehte sie sich um, kam zu Eden zurück und hob ihr Tablett auf. »Wenn du jetzt anfängst zu lachen, lasse ich dich deine eigene Zunge verschlucken.«

»Wer lacht denn hier?« Eden hüstelte verkrampft. »Ich auf jeden Fall nicht.«

»Doch, du lachst.« Candy rauschte wie ein Schlachtschiff zum Tisch, an dem die Betreuer saßen. »Du bist nur clever genug, es zu verstecken.«

Eden setzte sich und breitete die Serviette über ihren Schoß. »Du hast Kartoffelpüree in der Augenbraue.« Als Candy sie empört anfunkelte, hob sie hastig die Kaffeetasse an die Lippen, um das Grinsen zu verstecken. »Steht dir irgendwie.«

Candy sah vielsagend auf den eigenen Teller. »Möchtest du es mal selbst ausprobieren?«

»Bist du nicht immer diejenige, die mir Vorträge hält, dass

wir mit gutem Beispiel vorangehen müssen?« Eden biss herzhaft in ihr Hähnchen. »Mrs. Petrie ist wirklich ein Schatz, nicht wahr?«

Es dauerte gute zwei Stunden, bevor der Speisesaal wieder sauber war und auch die Pfützen der jungen unerfahrenen Reinigungscrew trocken gewischt waren. Als es hieß »Licht aus«, hatten die Mädchen keine Energie mehr für die üblichen allabendlichen Verzögerungen. Angenehme Stille senkte sich über das Camp.

Waren die Morgen für Eden schlimm, so genoss sie die Abende umso mehr. Nach dem langen Tag mit den vielen Aktivitäten war sie abends angenehm müde und entspannt. Die Geräusche der Nacht, die Laute der Tiere und das Summen der Insekten, wurden ihr langsam vertraut.

Inzwischen freute sie sich auf die ruhige Stunde, in der sie in den funkelnden Sternenhimmel emporschauen konnte. Hier gab es keine Theatervorstellungen, für die man sich umziehen musste, keine Partyeinladungen, die man wahrnehmen musste. Je länger Eden ohne ihr ehemaliges Leben auskommen musste, desto weniger vermisste sie es.

Vermutlich wurde sie endlich erwachsen. Ein Gedanke, der ihr behagte. Erwachsen werden bedeutete wohl, letztendlich zu erkennen, was wirklich wichtig im Leben war. Dieses Camp hier war wichtig. Die Freundschaft mit Candy war sogar extrem wichtig. Die Mädchen, die einen Sommer lang unter ihrer Obhut standen, waren wichtig, auch das raffinierte Früchtchen Roberta Snow.

Eden wurde jäh klar, dass sie, selbst wenn man ihr alles das wieder anbieten würde, was sie einst gehabt hatte, ihr altes Leben nie wieder so aufnehmen würde, wie sie es einst geführt hatte.

Sie hatte sich verändert. Ihr gefiel diese neue Eden Carlbough, auch wenn sie sicher war, dass der Prozess der Veränderungen noch lange nicht abgeschlossen war. Die neue Eden war unabhängig. Nun gut, nicht finanziell. Aber emotional. Ihr war nie klar gewesen, wie sehr sie sich auf ihren Vater verlassen hatte, auf ihren Verlobten, auf das Hauspersonal. Die neue Eden löste ihre Probleme selbst, die kleinen und die großen. Sorgfältig manikürte Hände hatte sie nicht mehr, stattdessen waren ihre Nägel kurz geschnitten und unlackiert. Praktisch eben, dachte sie. Zupackend. Sie hielt eine Hand hoch, um sie zu betrachten. Ihr gefiel, was sie sah.

Ein letzter Kontrollgang zu den Ställen gehörte mit zu Edens allabendlichem Ritual. Es festigte ihr neues Selbstbewusstsein, sobald sie die Ställe betrat.

Hier drinnen roch es nach Heu und Leder und Pferden. Das hier war ihr Beitrag. Auf den meisten anderen Gebieten musste sie sich auf ihren Stolz und ihre Courage verlassen, auf diesem hier jedoch besaß sie fundiertes Wissen. Candy mochte eine gotische Kathedrale aus Pappmaschee bauen können, doch die Freundin verstand nichts von gezerrten Sehnen oder gespaltenen Hufen.

Eden blieb bei der ersten Pferdebox stehen, vor Courage, dem gescheckten Wallach. Sie hatte eine Papiertüte mit sechs Apfelhälften dabei. Es war ein allabendliches Ritual, an das die Pferde sich sehr schnell gewöhnt hatten. Courage steckte den Kopf über das Tor und schmiegte seine Schnauze in Edens Hand.

»Ja, du bist ein guter Junge«, murmelte sie und griff in die Tüte. »Manche Mädchen kennen den Unterschied zwischen einem Sattel und einem Steigbügel noch immer nicht. Aber das werden wir ändern, nicht wahr?« Auf der flachen Hand bot sie dem Pferd den Apfel an.

Während Courage zufrieden kaute, ging Eden in die Box, um ihn sich anzusehen. Den Wallach hatte sie günstig erstanden. Er war alt und hatte einen Senkrücken. Aber sie hatte ja nicht nach Vollblütern gesucht, sondern nach zuverlässigen und friedfertigen Tieren. Zufrieden, dass er gründlich gestriegelt worden war, verriegelte sie die Boxtür hinter sich und ging zum nächsten Pferd.

Nächsten Sommer würden sie mindestens drei weitere Stuten anschaffen. Ein Lächeln auf dem Gesicht, ging Eden von Box zu Box. Die Frage, ob es Camp Liberty im nächsten Sommer noch gab, stellte sie sich erst gar nicht. Natürlich würde es das Camp nächsten Sommer geben. Und sie würde dazugehören. Als fester Bestandteil.

Viel mehr als ihr Geld und ihr Händchen für Pferde hatte sie eigentlich nicht mitgebracht. Candy war diejenige mit der Ausbildung. Candy, die mit drei Schwestern aufgewachsen war, in einer Familie, in der Tradition immer wichtiger gewesen war als Geld. Im Gegensatz zu Eden hatte Candy immer gewusst, dass sie für ihren Lebensunterhalt würde arbeiten müssen, und hatte sich darauf vorbereitet. Aber Eden lernte schnell. Wenn Camp Liberty zu seiner zweiten Saison eröffnete, dann würde sie mit mehr als nur ihrem Namen Partner sein.

Die ehrgeizigen Pläne wuchsen schnell. In wenigen Jahren würde Camp Liberty für sein Reitprogramm im ganzen Land bekannt sein. Der Name Carlbough würde wieder ein respektierter Name sein. Irgendwann würde es vielleicht sogar eine Zeit geben, da ihre Bekannten aus Philadelphia ihre Kinder zu ihr ins Sommercamp schickten. Eine Ironie des Schicksals, die Eden durchaus zusagte.

Nachdem die fünfte Apfelhälfte verteilt war, ging Eden schließlich zur letzten Box. Hier stand Patience, eine alte

Stute. Sie ertrug mit Engelsgeduld jeden Reiter, so schlecht er auch sein mochte – solange sie nur genügend Zuneigung und Streicheleinheiten bekam. Die alten Knochen schmerzten, und Eden fühlte mit ihr. Oft verbrachte sie eine zusätzliche Stunde damit, die Stute mit Salbe einzureiben.

»Hier, mein Schatz.« Während Patience auf ihrem Apfel herumkaute, hob Eden Huf um Huf an. »Da war aber jemand nachlässig, nicht wahr?«, murmelte sie und holte ihr Hufmesser aus der Tasche. »Wer hat dich denn zuletzt geritten? Die kleine Marcie, nicht wahr? Da steht dann wohl ein ernsteres Gespräch über Verantwortung an.«

Eden seufzte. »Ich verabscheue ernste Gespräche über Verantwortung. Vor allem, wenn ich diejenige sein muss, die sie aufbringt.« Patience schnaubte verständnisvoll. »Aber ich kann ja Candy nicht die ganzen unangenehmen Aufgaben überlassen, oder? Auf jeden Fall bin ich sicher, dass Marcie nicht absichtlich so gedankenlos war. Sie hat immer noch ein bisschen Angst vor Pferden. Aber wir werden ihr zeigen, was für eine nette alte Lady du bist. Da, schon geschafft. Was hältst du von einer kleinen Massage?« Eden steckte das Hufmesser zurück in die Tasche und legte die Wange an den Pferdehals. »Ach, Patience, die könnte ich auch gebrauchen. Eine schöne Massage mit einem fein duftenden Öl. Dann liegt man da, mit geschlossenen Augen, und alle Verspannungen werden wegmassiert. Danach fühlt sich deine Haut so weich an wie Samt, und alle Muskeln sind ganz entspannt und locker.«

Eden lachte leise und richtete sich auf. »Nun, da du mir den Gefallen nicht tun kannst, werde ich das zumindest für dich machen. Lass mich nur eben das Mittel holen.« Sie klopfte der Stute auf den Hals und drehte sich um.

Und schnappte erschreckt nach Luft.

Chase Elliot lehnte an der offenen Tür von Patiences Box.

Schatten fielen auf sein Gesicht und betonten seine maskulinen Gesichtszüge. Im dämmrigen Licht sahen seine Augen aus wie grüne Gischt.

Eden wollte einen Schritt zurückweichen, doch hinter ihr stand die Stute und blockierte den Weg. Chase lächelte über ihr Dilemma.

Und genau das rührte an ihrem Stolz. Wofür sie dankbar sein sollte. Es überrumpelte sie, dass er im Halbdunkel fast noch attraktiver aussah als im strahlenden Sonnenschein. Noch … unwiderstehlicher. Keineswegs gut aussehend, fügte sie hastig an. Jedenfalls nicht an den artigen, gesitteten Maßstäben gemessen, mit denen sie bisher das Äußere eines Mannes beurteilt hatte.

Alles an Chase Elliot war unverfälscht. Jedoch nicht schlicht, dachte sie. Nein, elementar. So wie sein Kuss heute Vormittag elementar gewesen war. Ein warmes Prickeln lief über ihre Haut.

»Ich helfe Ihnen gern mit der Massage.« Er lächelte noch immer. »Bei der Stute. Oder bei Ihnen.«

»Nein, vielen Dank.« Ihr wurde bewusst, dass dieses Treffen sie noch mehr aufwühlte als das erste heute Morgen. Und dass sie streng nach Pferd roch. »Kann ich Ihnen helfen, Mr. Elliot?«

Ihr Stil gefiel ihm, entschied Chase. Sie mochte in einem Stall stehen, aber sie war dennoch eine Lady aus dem Teesalon. »Sie haben gute Tiere hier. Das Durchschnittsalter mag etwas hoch sein, aber sie sind alle sehr solide.«

Eden unterdrückte die aufflammende Freude über das Lob. Es war völlig unwichtig, was er dachte. »Danke. Aber Sie sind sicherlich nicht hier, um sich die Pferde anzusehen.«

»Nein.« Dennoch trat er in die Box. Die Stute bewegte sich einen Schritt zur Seite, um ihm Platz zu machen.

»Offensichtlich kennen Sie sich mit Pferden aus.« Er strich dem Tier über den Hals. Ein schlichter goldener Ring blitzte an seiner rechten Hand auf. Eden würdigte still Wert und Alter des Ringes, ebenso wie die Kraft des Mannes, der ihn trug.

»Offensichtlich.« Da sie nicht an ihm vorbeikam, verschränkte sie die Finger und wartete. »Sie haben noch immer nicht gesagt, weshalb Sie hier sind, Mr. Elliot.«

Es zuckte um Chases Lippen, während er weiter den Hals der Stute streichelte. Aha! Miss Philadelphia war also nervös. Sie kaschierte es sehr gut mit den kühlen, höflichen Manieren, aber ihre Nerven flatterten.

Es war ihm eine tiefe Befriedigung, dass sie den impulsiven Kuss von heute Morgen offensichtlich ebenso wenig vergessen konnte wie er. »Nein, das habe ich wohl nicht.« Bevor sie ihn daran hindern konnte, hatte er nach ihrer Hand gefasst. Ein Opal funkelte auf, eingefasst in Diamanten. Bei Tageslicht musste dieser Ring ein wahres Feuerwerk versprühen.

»Ist das nicht die falsche Hand für einen Verlobungsring?« Seltsam, dass diese Tatsache ihm so sehr gefiel. Es gefiel ihm sogar sehr viel besser, als es sollte. »Wie ich hörte, wollten Sie und Eric Keeton im Frühjahr heiraten. Es ist wohl nicht dazu gekommen.«

Am liebsten hätte Eden geflucht, geschrien und getobt. Aber das war ja genau das, was er wollte. Also überließ sie ihm ihre Hand und blieb völlig passiv. »Nein, ist es nicht. Für einen … sagen wir … Gentleman vom Lande zeigen Sie reges Interesse am Gesellschaftsklatsch von Philadelphia, Mr. Elliot. Lasten Ihre Äpfel Sie nicht genügend aus?«

Er bewunderte jeden, der gleichzeitig zielte und lächelte. »Nun, ich schinde hier und da ein wenig Zeit für mich heraus. Es hat mich nur interessiert, weil Keeton zur Familie gehört.«

»Tut er nicht.«

Dieses Mal hatte er sie aufgerüttelt. Seit sie ihre anfängliche Überraschung schnell verwunden hatte, war es das erste Mal, dass sie ihn direkt anschaute. Sieh ruhig genau hin, dachte Chase, du wirst keine Ähnlichkeit entdecken. »Entfernte Verwandtschaft, sicher. Meine Großmutter war eine Winthrop und eine Cousine seiner Großmutter.« Er nahm auch ihre andere Hand und drehte die Handflächen nach oben. »Ihre Philadelphia-Hände haben Blasen. Sie sollten sich darum kümmern.«

»Eine Winthrop?« Der Name überraschte Eden genug, dass sie ihre Hände vergaß.

»Über die Generationen haben wir das Blut ein wenig verdünnt.« Sie sollte Handschuhe tragen, dachte er und strich mit dem Daumen behutsam über eine Blase. »Allerdings hatte ich eine Einladung zur Hochzeit erwartet und mich gefragt, warum Sie ihn abserviert haben.«

»Ich habe ihn nicht abserviert.« Die Worte kamen ungewollt über ihre Lippen. »Aber um Ihre Neugier zu befriedigen, und um Ihre unfeine Umschreibung zu nutzen: *Er* hat *mich* abserviert. Wenn Sie jetzt meine Hände wieder mir überlassen könnten … Dann kann ich endlich die letzte Aufgabe des Tages erledigen.«

Chase befolgte ihre Aufforderung, doch er rührte sich nicht von der Stelle. »Ich hatte Eric ja nie für besonders helle gehalten, aber auch nie für wirklich dumm.«

»Welch liebenswürdiges Kompliment. Und jetzt entschuldigen Sie mich bitte, Mr. Elliot.«

»Kein Kompliment.« Er strich ihr den Pony aus der Stirn zurück. »Nur eine Beobachtung.«

»Hören Sie auf, mich ständig anzufassen.«

»Das ist eine Angewohnheit von mir. Ich mag Ihr Haar, Eden. Es ist weich, aber es tut, was es will.«

»Noch mehr Komplimente.« Für einen winzigen Schritt zurück hatte sie Platz, also machte sie ihn auch. Chase hatte ihren Puls wieder zum Rasen gebracht. Sie wollte aber nicht berührt werden. Sie wollte niemanden an sich heranlassen, weder physisch noch emotional. Ihr Instinkt warnte sie, wie leicht es Chase Elliot gelingen würde, beides zu erreichen. »Mr. Elliot …«

»Chase.«

»Dann Chase.« Sie bestätigte es mit einem würdevollen Nicken. »Meine Nacht ist um sechs Uhr morgen früh zu Ende, und ich habe heute Abend noch einiges zu tun. Also – wenn es einen bestimmten Grund für Ihre Anwesenheit gibt, könnten wir uns dem dann widmen?«

»Ich wollte Ihnen Ihre Kappe zurückbringen.« Er griff an seine hintere Hosentasche und zog Robertas Kappe hervor.

»Ich verstehe.« Eden starrte auf den Phillies-Schriftzug. »Sie gehört nicht mir, aber ich werde sie gerne ihrem rechtmäßigen Besitzer zurückgeben. Vielen Dank für Ihre Mühe.«

»Sie haben sie getragen, als Sie aus meinem Baum gefallen sind.« Chase ignorierte ihre ausgestreckte Hand und setzte ihr die Kappe stattdessen auf den Kopf. »Passt doch.«

»Wie ich Ihnen bereits erklärte …«

Edens eisige Erwiderung wurde von dem Getrappel kleiner Füße unterbrochen. »Miss Carlbough! Miss Carlbough!« Roberta, in einem herzallerliebsten pinkfarbenen Nachthemd, kam schlitternd vor der offenen Stalltür zum Stehen. Ihr Teenagerherz schmolz sofort dahin. »Hi.«

»Hi.«

»Roberta.« Mit ihrer strengsten Stimme und zusammengebissenen Zähnen trat Eden vor. »Es ist schon eine Stunde über die Schlafenszeit hinaus.«

»Ich weiß, Miss Carlbough, und es tut mir auch wirklich sehr leid.« Bei dem engelsgleichen Lächeln könnte man ihr das tatsächlich fast abnehmen. »Ich konnte nicht einschlafen, weil ich die ganze Zeit an meine Kappe denken musste. Sie haben doch versprochen, sie mir wiederzugeben. Ich habe Mrs. Petrie geholfen, ganz ehrlich, Sie können sie fragen. Da waren mindestens eine Million Pfannen und Töpfe. Ich habe auch Kartoffeln geschält, und …«

»Roberta!« Der scharfe Ton reichte aus, um den Redefluss zu stoppen. »Mr. Elliot war so freundlich und hat deine Kappe zurückgebracht.« Sie zog sich die Mütze vom Kopf und drückte sie dem Mädchen in die Hand. »Ich denke, du solltest dich bei ihm bedanken und dich gleichzeitig für das unbefugte Eindringen entschuldigen.«

»Oh, danke.« Die Kleine lächelte ihn strahlend an. »Und das sind alles Ihre Bäume?«

»Genau.« Chase tippte den Schirm ihrer geliebten Kappe nach unten. Er hatte nun mal eine Schwäche für schwarze Schafe, und in Roberta erkannte er eine verwandte Seele.

»Die sind toll. Ihre Äpfel schmecken viel besser als die, die wir zu Hause kriegen.«

»Roberta.«

Bei der Ermahnung rollte das Mädchen mit den Augen, aber Eden konnte es nicht sehen, nur Chase. »Ich entschuldige mich dafür, dass ich nicht genügend Respekt für Ihren Besitz gezeigt habe.« Sie sah erwartungsvoll zu Eden, ob die Entschuldigung ausreichen würde.

»Gut, Roberta. Und jetzt marsch, zurück ins Bett.«

»Ja, Ma'am.« Sie warf einen letzten Blick auf Chase, und ihr kleines Herz machte einen Hüpfer. Die Hand auf ihrer heiß geliebten Kappe, rannte sie zum Stalltor.

»Roberta.«

Kaum dass sie Chases Stimme hörte, wirbelte sie herum. Er grinste ihr zu. »Bis dann.«

»Ja, bis dann.« Bis über beide Ohren verliebt, schwebte Roberta im siebten Himmel zum Stall hinaus. Als das Tor zufiel, stieß Eden einen Seufzer aus.

»Es hat keinen Zweck«, sagte Chase.

»Was hat keinen Zweck?«

»So zu tun, als hätten Sie keinen Spaß an der Göre. Bei so einem Kind kann man einfach nicht anders.«

»Sie würden anders urteilen, wenn Sie gesehen hätten, was Roberta alles mit Kartoffelpüree machen kann.« Dennoch konnte Eden sich das Grinsen nicht verkneifen. »Sie ist ein Biest, aber ein erfrischendes. Allerdings … hätten wir diesen Sommer siebenundzwanzig Robertas im Camp, würde ich in der Anstalt landen.«

»Manche Leute stiften eben Unruhe.«

Eden dachte an das Abendessen zurück. »Unruhe ist zu harmlos. Chaos beschreibt es genauer.«

»Ohne ein bisschen Chaos wird das Leben schnell langweilig.«

Sie wandte ihm das Gesicht zu. Da hatte sie doch ihre Achtsamkeit so weit fahren lassen, dass sie sich tatsächlich auf eine Unterhaltung mit ihm eingelassen hatte. Ihr war auch klar, dass sie längst nicht mehr von Roberta sprachen. Plötzlich schienen die Ställe sehr still und sehr einsam. »Nun, da wir das also geklärt haben …«

Er machte einen Schritt vor, sie einen zurück. Ein Lächeln spielte um seine Lippen, als er nach ihrer Hand griff. Eden stieß mit dem Rücken an die ruhig dastehende Stute, hob abwehrend die andere Hand und legte sie an seine Brust.

»Was wollen Sie?« Warum flüsterte sie? Und warum bebte ihre Stimme so?

Chase wusste nicht genau, was er wollte. Sein Blick flog über Edens Gesicht und heftete sich dann wieder auf ihre Augen. Oder vielleicht wusste er es doch. »Einen Spaziergang im Mondschein mit Ihnen machen. Glaube ich. Auf die nächtlichen Schreie der Eulen lauschen und auf den Gesang der Nachtigall warten.«

Die Schatten waren weitergewandert und ineinander übergegangen. Die Stute stand regungslos, atmete leise. Chases Hand war irgendwie in Edens Haar gewandert – so als würde sie dorthin gehören. »Ich muss wieder rein«, murmelte Eden. Doch sie rührte sich nicht.

»Eden und der Apfel«, murmelte er. »Sie können nicht ahnen, wie verlockend ich diese Kombination finde. Kommen Sie, gehen wir zusammen spazieren.«

»Nein.« Etwas baute sich in ihr auf, viel zu schnell. Er berührte sie, nicht nur ihre Hand, viel mehr als nur ihr Haar. Er hatte etwas gefunden, von dem er nicht hätte wissen dürfen, dass es in ihr existierte.

»Früher oder später.« Er war schon immer ein geduldiger Mann gewesen. Er konnte auf sie warten, so wie er wartete, bis ein neu gesetzter Baum Früchte trug. Seine Finger glitten zu ihrem Hals, streichelten ihn flüchtig. Er spürte den leisen Schauer, der sie durchlief. »Ich komme wieder, Eden.«

»Das wird nichts ändern.«

Mit einem Lächeln zog er ihre Hand an seine Lippen, küsste die Innenfläche. »Ich komme trotzdem wieder.«

Eden lauschte auf seine Schritte. Das Tor quietschte, als er es öffnete und wieder hinter sich schloss.

3. Kapitel

Im Camp spielte sich Routine ein, und Eden passte sich ihr an. Das frühe Aufstehen und die langen Tage, angefüllt mit körperlichen Aktivitäten, und das schlichte, nahrhafte Essen bedeuteten für sie sowohl Trost als auch Herausforderung. Das Selbstvertrauen, für das sie vor nicht allzu langer Zeit so hart hatte arbeiten müssen, festigte sich mehr und mehr.

Im ersten Monat gab es Abende, an denen sie in der festen Überzeugung ins Bett fiel, sich am nächsten Morgen ganz sicher nicht rühren zu können. Ihre Muskeln schmerzten vom Rudern, vom Reiten und von den langen Wanderungen. Ihr schwirrte der Kopf von den Etatplänen und der Buchführung. Doch wenn am nächsten Morgen dann die Sonne aufging, stand auch Eden wieder auf.

Mit jedem Tag wurde es einfacher für sie. Sie war jung und gesund. Die tägliche körperliche Ertüchtigung trainierte Muskeln, die bis dahin nur von gelegentlichen Tennismatches beansprucht worden waren. Das Gewicht, das sie seit dem Tode ihres Vaters verloren hatte, kehrte zurück. Inzwischen sah sie nicht mehr ganz so zerbrechlich aus.

Zu ihrer Überraschung begann Eden, die Mädchen mit der Zeit richtig gern zu haben. Sie waren längst nicht mehr nur eine Gruppe, die beschäftigt und beaufsichtigt werden musste, oder gesichtslose Namen, die in den Bilanzen auftauchten. Sie waren richtige kleine Individuen geworden. Fast noch mehr erstaunte Eden, dass ihre Zuneigung erwidert wurde.

Dass die Mädchen Candy lieben würden, dessen war Eden sich von Anfang an sicher gewesen. Jeder liebte Candy. Sie war warm und herzlich, lustig und kompetent.

Für sich selbst hatte Eden eigentlich nur darauf gehofft, dass man sie tolerieren und akzeptieren würde. An dem Tag, als Marcie ihr einen Strauß Wiesenblumen gepflückt hatte, da war Eden so verdattert, dass sie nicht mehr als ein »Danke schön« stammeln konnte. Und dann war da noch der Nachmittag gewesen, an dem sie Linda Hopkins eine zusätzliche Reitstunde gegeben hatte. Nach dem ersten Galopp war Linda Eden begeistert um den Hals gefallen.

Das Camp hatte Edens Leben verändert – in sehr viel mehr als nur einer Hinsicht. Und sehr viel mehr, als sie je erwartet hätte.

Mit dem Juli kam die Hitze. Die Mädchen liefen in Shorts über das Gelände. Schwimmen im See wurde zum erlösenden Luxus für alle. Die Fenster und Türen der Hütten blieben auch nachts offen, um die kühle Brise hereinzulassen. Roberta hatte eine Ringelnatter gefangen und terrorisierte ihre Mitbewohnerinnen. Bienen summten unablässig um die Wildblumen, Bienenstiche waren nahezu an der Tagesordnung.

Die Tage verschmolzen miteinander, gingen zufrieden ineinander über. Langeweile kam jedoch nie auf. Es war leicht, zu glauben, der Sommer würde ewig dauern. Und während die Zeit verging, kam Eden langsam zu der Überzeugung, Chase hätte sein Versprechen – oder besser: seine Drohung – vergessen, wiederzukommen.

Ein- oder zweimal war sie versucht gewesen, zur Apfelplantage zu wandern. Doch sie hatte der Versuchung widerstanden.

Es ergab überhaupt keinen Sinn, warum sie noch immer so angespannt und nervös war. Chase war nichts als ein kurzes

Ärgernis gewesen, das sagte sie sich immer wieder. Und doch ertappte sie sich jedes Mal dabei, dass sie auch auf das kleinste Geräusch lauschte, wenn sie ihren allabendlichen Gang zu den Ställen machte. Und dass sie wartete.

Die Hitze des Tages hing noch in der Luft, als Eden sich an diesem Abend auf ihr Bett legte. Angesichts des Lagerfeuers, das für morgen geplant war, war bei den Mädchen schon früh Ruhe eingekehrt.

Entspannt und angenehm matt malte Eden sich aus, wie es werden würde: Würstchen und Marshmallows über dem Feuer grillen, die Wangen heiß von den flackernden Flammen und Rauch, der sich in der warmen Abendluft kräuselte. Eden freute sich darauf wie ein kleines Kind. Die Arme hinter dem Kopf verschränkt, schaute sie verträumt an die Decke, während Candy in der Hütte auf und ab marschierte.

»Ich bin ziemlich sicher, dass es zu schaffen sein müsste, Eden.«

»Hm?«

»Die Party.« Candy blieb vor dem Fußende des Bettes stehen und hielt das Klemmbrett in ihrer Hand hoch. »Die Party für die Mädchen, von der ich gesprochen hatte. Weißt du nicht mehr?«

»Doch, natürlich.« Eden vertrieb die Träumereien und zwang ihre Gedanken zurück zum Geschäftlichen. »Was ist damit?«

»Ich finde, wir sollten es einfach tun! Und wenn sie ein Erfolg wird, dann nehmen wir sie ins feste Programm auf! Und dann machen wir eine alljährliche große Veranstaltung draus!« Selbst nachdem sie sich auf Edens Bettkante hatte fallen lassen, schien Candys Begeisterung selbstständig im Raum herumzuhüpfen. »Das Camp der Jungs ist nur zwanzig Meilen von hier entfernt. Die machen bestimmt mit!«

»Wahrscheinlich.« Ein Tanzabend. Das hieß Getränke und Knabberzeug für möglicherweise hundert Leute, Musik, Dekorationen. Sofort schossen Eden die roten Zahlen im Haushaltsbuch in den Kopf, dann dachte sie an den Spaß, den die Mädchen haben würden. Irgendwie musste es einen Weg geben, um die roten Zahlen zu umgehen. »Wenn wir die Tische im Speisesaal an die Seiten stellen, müsste dort genügend Platz sein.«

»Richtig. Und die meisten Mädchen haben Musik dabei. Die Jungs sollen ihre auch mitbringen.« Candy schrieb schon Notizen auf. »Die Dekorationen basteln wir selbst.«

»Die Erfrischungen müssen aber auf jeden Fall simpel bleiben. Punsch, Kekse, Limonade, so was in der Art«, warf Eden ein, bevor Candys Begeisterung mit ihr durchging.

»Wir planen es für die letzte Woche, sozusagen als krönenden Abschluss.«

Die letzte Woche. Schon seltsam. Die erste war so entsetzlich anstrengend gewesen. Und jetzt stiegen beim Gedanken an das Ende des Camps Bedauern und Panik in Eden auf. Nein, natürlich würde der Sommer nicht ewig dauern. Und im September würde sie sich der nächsten Herausforderung stellen. Sie musste sich eine neue Arbeit suchen, sich ein neues Ziel stecken. Candy würde in ihren alten Job als Erzieherin zurückkehren. Eden jedoch würde einen Lebenslauf schreiben und Stellenangebote durchforsten müssen.

»Eden? Eden, was hältst du davon?«

»Wovon?«

»In der letzten Woche einen Tanzabend zu organisieren.«

»Ich finde, wir sollten das zuerst mit dem Jungscamp besprechen.«

»Süße, ist alles in Ordnung mit dir?« Candy beugte sich vor und legte ihre Hand auf Edens. »Machst du dir Sorgen, weil du in ein paar Wochen nach Hause zurückkehren musst?«

»Nein, keine Sorgen.« Sie setzte sich auf und drückte Candys Hand. »Aber ich denke darüber nach.«

»Als ich dir sagte, dass du nicht sofort einen Job finden musst, meinte ich das ernst. Mein Gehalt reicht für die Miete und das Essen. Und dann habe ich ja auch noch das kleine Polster, das meine Großmutter mir hinterlassen hat.«

»Candy, ich liebe dich! Du bist die beste Freundin, die man sich vorstellen kann.«

»Das beruht auf Gegenseitigkeit, Eden.«

»Und genau aus dem Grund werde ich nicht faul herumsitzen, während du die Miete zahlst und das Essen auf den Tisch stellst. Es ist mehr als anständig von dir, dass ich bei dir wohnen kann.«

»Eden, du weißt doch, dass ich viel lieber mit dir zusammenwohne als allein. Wenn du es als einen Gefallen ansiehst, dann übt das nur Druck auf dich aus, und das ist absolut albern. Außerdem hast du in den letzten Monaten dafür gesorgt, dass Essen auf dem Tisch stand.«

»Aber nur der geringste Teil davon war genießbar.«

»Stimmt auch wieder.« Candy grinste. »Immerhin, ich brauchte nicht zu kochen. Hör zu, lass dir noch ein wenig Zeit, um überhaupt herauszufinden, was du tun willst.«

»Was ich will, ist arbeiten.« Lachend legte Eden sich auf das Bett zurück. »Erstaunlich, nicht? Ich will wirklich arbeiten und meinen Lebensunterhalt verdienen. Die letzten Wochen haben mir klargemacht, was für ein gutes Gefühl es ist, sich auf sich selbst verlassen zu können und für sich selbst sorgen zu können. Ich spiele mit dem Gedanken, vielleicht eine Anstellung in irgendeinem Reitstall zu bekommen, vielleicht sogar in dem, wo ich früher mein Pferd untergestellt habe. Und falls das nicht klappt …« Sie zuckte mit den Schultern. »Dann finde ich etwas anderes.«

»Das wirst du.« Candy legte das Klemmbrett ab. »Nächsten Sommer haben wir mehr Mädchen, mehr Betreuer und machen vielleicht sogar einen kleinen Gewinn.«

»Nächsten Sommer weiß ich dann auch, wie man eine Sturmlampe aus einer Thunfischdose bastelt.«

»Und ein Kissen aus zwei Waschlappen.«

»Und Topflappen.«

Candy dachte an Edens einzigen kläglich misslungenen Versuch zurück. »Na, vielleicht solltest du es langsam angehen lassen.«

»Nichts kann mich aufhalten!«, feixte Eden. »Und in der Zwischenzeit setze ich mich mit dem Leiter des Jungscamps in Verbindung. Wie hieß es noch? Habichtnest?«

»Adlerhorst«, berichtigte Candy lachend. »Wir werden uns prächtig amüsieren, Eden. Bei den Jungs gibt es Betreuer. *Männliche* Betreuer.« Sie reckte sich und seufzte laut. »Weißt du eigentlich, wie lange es her ist, dass ich mich mit einem Mann unterhalten habe?«

»Letzte Woche. Mit dem Elektriker.«

»Der ist mindestens hundertundzwei! Nein, ich meine einen Mann, der noch alle Zähne im Mund und Haare auf dem Kopf hat.« Candy zog die Nase kraus. »Wir verbringen schließlich nicht alle unsere Abende Händchen haltend in den Ställen.«

Eden plusterte sich sofort auf. »Ich habe nicht Händchen gehalten!«, verteidigte sie sich. »Ich habe dir doch erklärt, was passiert ist.«

»Roberta Snow, ihres Zeichens Meisterspionin, hat da aber etwas völlig anderes erzählt. Bei ihr klang es eher nach Liebe auf den ersten Blick.«

»Ich bin sicher, sie wird es überleben.«

»Und du?«

»Ich auch.«

»Nein! Ich meinte: Bist du denn gar nicht interessiert, nicht einmal ein winziges bisschen?« Candy zog die Beine unter und beugte sich verschwörerisch vor. »Du darfst nicht vergessen, dass ich ihn mir genau ansehen konnte, als ich mit ihm über die Nutzung des Sees verhandelt habe. Also, es gibt bestimmt keine Frau auf diesem Erdboden, die bei einem Blick in diese unsagbar grünen Augen nicht ein wenig ins Schwitzen gerät.«

»Ich schwitze nie.«

Mit einem wissenden Schmunzeln stützte Candy die Arme hinter sich auf und lehnte sich zurück. »Eden, du sprichst hier mit dem Menschen, der dich durch und durch kennt. Der Mann war interessiert genug, um abends zu dir in die Ställe zu kommen. Denk doch mal an die Möglichkeiten.«

»Möglich ist, dass er lediglich Robertas Kappe zurückbringen wollte.«

»Sicher, es ist auch möglich, dass Schweine fliegen lernen. Warst du nicht einmal versucht, allein zu der Plantage zu gehen? Wenigstens ein- oder zweimal?«

»Nein.« Ungefähr hundertmal. »Hast du einen Apfelbaum gesehen, hast du alle Apfelbäume gesehen.«

»Das gilt aber nicht für die Besitzer von Apfelbäumen. Vor allem nicht, wenn sie fast zwei Meter groß und so ein Schnittchen sind …« Bei allem Augenzwinkern, schwang doch ein sorgenvoller Unterton in Candys Stimme mit. Sie hatte ihre Freundin leiden sehen. Sich hilflos gefühlt, weil sie nicht mehr für sie hatte tun können, als Trost zu spenden. »Du solltest mehr Spaß haben, Eden. Du hast es verdient.«

»Ich glaube nicht, dass Chase Elliot in die Kategorie Spaß

fällt.« Eher: Gefahr, Erregung, Sinnlichkeit und, oh ja, Versuchung. Eden schwang die Beine vom Bett und ging zum Fenster. Nachtfalter flatterten hektisch gegen das Fliegennetz.

»Du hast Bammel.«

»Mag sein.«

»Eric ist kein Maßstab, Süße.«

»Das weiß ich.« Seufzend drehte Eden sich zu Candy um. »Und ich grüble ja auch nicht mehr seinetwegen oder schmachte ihm hinterher.«

Das knappe Schulterzucken war Candys Art, jemanden auszugrenzen, den sie für einen unwürdigen Wurm hielt. »Weil du nie wirklich verliebt in ihn warst.«

»Ich wollte ihn heiraten.«

»Weil es dir als das Richtige erschien. Eden, ich kenne dich besser als jeder andere. Mit Eric war es so selbstverständlich. Alles hat perfekt ineinandergegriffen. Klick, klick, klick.«

Amüsiert schüttelte Eden den Kopf. »Und was ist daran falsch?«

»Alles. Die Liebe macht dich schwindlig und albern und kopflos vor Sehnsucht. So etwas hast du bei Eric nie verspürt.« Candy sprach aus Erfahrung. Noch bevor sie zwanzig gewesen war, hatte sie sich mindestens ein Dutzend Mal verliebt. »Ja, du hättest ihn geheiratet, wahrscheinlich wärst du sogar zufrieden gewesen. Ihr hattet ähnliche Interessen, euer Geschmack ähnelte sich, eure Familien kamen gut miteinander zurecht.«

Das Lächeln auf Edens Gesicht verschwand. »Bei dir hört sich das so kalt und gefühllos an.«

»Das war es auch. Aber du bist nicht so.« Candy hob die Hände. Hoffentlich war sie nicht zu weit gegangen. »Eden, du bist zu einem bestimmten Benehmen und Leben erzogen worden, und dann ist deine Welt von einem Tag auf den anderen zusammengebrochen. Ich kann wirklich nur vermuten, wie traumatisch das für dich gewesen sein muss. Du hast dich wieder aufgerappelt, und doch hältst du bestimmte Seiten an dir noch immer unter Verschluss. Glaubst du nicht, es wird Zeit, mit der Vergangenheit abzuschließen? Wirklich und endgültig?«

»Das versuche ich ja.«

»Ich weiß.« Candy tätschelte Edens Arm. »Und das Camp und deine Einstellung zur Zukunft sind ein wirklich guter Start. Aber vielleicht solltest du jetzt noch mehr in Angriff nehmen und etwas für dich selbst tun.«

»Ein Mann?«

»Gemeinsame Zeit, gemeinsame Unternehmungen, gegenseitige Zuneigung. Du bist viel zu clever, um einen Mann zu brauchen, damit du im Leben zurechtkommst. Aber alle Männer für immer aus deinem Leben zu verbannen, nur weil einer eine erbärmliche Niete war, ist doch auch nicht das Richtige.« Candy kratzte sich mit Hingabe rote Plakatfarbe vom Fingernagel. »Ich glaube eben immer noch daran, dass jeder Mensch einen Partner braucht.«

»Vielleicht hast du ja recht. Aber im Moment habe ich genug damit zu tun, Scherben aufzusammeln und wieder zu kitten und mich über das Resultat zu freuen. Komplikationen kann ich jetzt wirklich nicht gebrauchen. Vor allem nicht, wenn sie zwei Meter groß sind.«

»Du warst doch immer die Romantische von uns beiden, Eden. Weißt du noch, die Gedichte, die du geschrieben hast?«

»Da waren wir noch Kinder.« Rastlos ließ Eden die Schultern kreisen. »Ich musste erwachsen werden.«

»Erwachsen werden bedeutet nicht, dass man aufhört zu träumen.« Candy stand auf. »Hier versuchen wir zusammen, einen Traum zu verwirklichen. Ich wünsche mir, dass du noch andere Träume hast.«

»Wenn die Zeit reif dafür ist.« Gerührt drückte Eden der Freundin einen Kuss auf die Wange. »Wir veranstalten deinen Tanzabend und bezirzen die Betreuer der Jungs.«

»Wir könnten ja auch ein paar Nachbarn einladen ...«

»Überspann den Bogen nicht.« Lachend ging Eden zur Tür. »Ich mache noch einen Spaziergang, bevor ich nach den Pferden sehe. Lass ein Nachtlicht an, ja?«

Die Nachtluft war ruhig und doch voller Geräusche. In den ersten Nächten hatte die Stille auf dem Land Eden nervös gemacht. Inzwischen jedoch konnte sie die Nachtmusik hören. Das Zirpen der Grillen, den Schrei der Eule, ab und an das Muhen der Kühe auf der nahe gelegenen Farm vermischten sich zu einer nächtlichen Symphonie, untermalt vom Rascheln kleiner Waldtiere im Unterholz.

Der zunehmende Mond und die funkelnden Sterne am samtschwarzen Himmelszelt untermalten die Idylle mit weichem Licht und dramatischen Schatten. Glühwürmchen stoben wie Funkenregen durch die Luft.

Je näher Eden dem See kam, desto lauter waren das Quaken der Frösche und das leichte Schlagen der Wellen zu hören. Es roch sumpfig, die Luftfeuchtigkeit wurde drückend, und so umrundete Eden den See, hin zu dem kleinen Wäldchen, wo die Luft kühler war.

In Gedanken noch bei dem Gespräch mit Candy, bückte sie sich und pflückte einen wild wachsenden Sonnenhut, drehte den Stängel zwischen den Fingern und betrachtete die Blütenblätter, die leuchtend gelb von der tiefbraunen Mitte ausgingen.

War sie eine Romantikerin? Früher hatte sie Gedichte geschrieben. Verträumte Gedichte voller Optimismus, die sich meist um die Liebe drehten. Die Art Liebe, die von langen sehnsüchtigen Blicken zehrte, die selbstlose Opfer brachte und rein und unschuldig war. Sehr romantisch, aber völlig unrealistisch. Sie hatte schon lange nicht mehr geschrieben.

Nicht mehr, seit sie Eric getroffen hatte, das wurde ihr mit einem Mal klar. Sie war von einem verträumten jungen Mädchen zu einer adretten jungen Dame geworden, hatte romantische Gedichte gegen einen goldenen Käfig ausgetauscht. Jetzt gehörten beide der Vergangenheit an.

Das ist auch besser so, beschloss Eden, warf die Blüte in den See und sah zu, wie sie leicht schaukelnd auf der Wasseroberfläche dahintrieb.

Candy hatte recht. Mit Eric, das war keine Liebe gewesen. Sondern das Erfüllen von vorgegebenen Erwartungen. Und als er sich von ihr abwandte, da hatte er nicht ihr Herz gebrochen, sondern ihren Stolz. Und noch immer war ihr Stolz nicht geheilt.

Eric hatte ihr den richtigen Diamanten gekauft, hatte ihr Rosen zur richtigen Zeit geschenkt und hatte ihr die richtigen Komplimente gemacht. Das war keine Romantik, und ganz sicher war es keine Liebe. Wahrscheinlich hatte sie selbst beides auch nicht verstanden.

Waren Ritter in schimmernder Rüstung und holde Jungfrauen romantisch? Chopin und Kerzenlicht? Oder wenn man ganz oben in der Gondel im Riesenrad saß? Müsste sie wählen, dann Letzteres. Sie lachte leise.

»Das sollten Sie öfter tun.«

Eden wirbelte herum, schlug sich erschreckt eine Hand an den Hals. Chase stand nur wenige Meter entfernt unter den Bäumen im Schatten. Es war das dritte Mal, dass sie sich trafen, blitzte es in ihr auf, und jedes Mal hatte er sie überrascht.

Das musste unbedingt aufhören, bevor es zur Gewohnheit wurde.

»Haben Sie das geübt, andere Leute zu erschrecken? Oder ist es eine natürliche Begabung?«

»Ich kann mich nicht entsinnen, dass das jemals passiert ist, bevor ich Sie getroffen habe.« Um genau zu sein: Sie hatte ihn erschreckt, nicht umgekehrt. Als die Abenddämmerung einsetzte, hatte er sich auf einen Spaziergang gemacht. Er war am Ufer des Sees stehen geblieben, hatte aufs Wasser gestarrt und an Eden gedacht. »Sie haben Farbe bekommen.« Ihr Haar war noch heller geworden, schimmerte umso feiner im Kontrast zu ihrem goldbraunen Gesicht. Chase hätte es gern berührt. War es noch immer so seidig und duftig?

»Ich bin ja auch viel draußen.« Es verwunderte sie, dass sie tatsächlich mit sich kämpfen musste. Sollte sie nicht den Drang verspüren, auf dem Absatz kehrtzumachen und wegzurennen? Chase im Mondlicht am See zu treffen, hatte etwas Mystisches, ja Fantastisches. Fast so, als sei es vom Schicksal vorbestimmt.

»Sie sollten einen Sonnenhut tragen.« Er sagte es abwesend, zerstreut, weil sein rasender Puls ihn verwirrte. Sie hätte genauso gut eine Vision sein können. Ihre schlanken langen Glieder schimmerten im silbrigen Licht des Mondes, das Haar offen und ebenso silbern wie der Mond selbst. Sie trug Weiß. Selbst das schlichte T-Shirt und der Rock schienen zu glitzern. »Ich hatte mich schon gefragt, ob Sie öfter hier spazieren gehen.«

Jetzt trat er aus dem Schatten, und das Zirpen der Grillen baute sich zu einem donnernden Crescendo in Edens Ohren auf. »Ich dachte mir, unter den Bäumen würde es kühler sein.«

»Etwas.« Er kam näher. »Ich mag warme Nächte.«

»In den Hütten wird es dann so stickig.« Hastig warf sie einen Blick zurück. Sie hatte sich wohl weiter vom Gelände fortbewegt, als sie vorgehabt hatte. Das Camp mit seinen beruhigenden Lichtern und der fröhlichen Gesellschaft schien endlos weit weg. »Mir war nicht klar, dass ich mich schon auf Ihrem Land befinde.«

»Ich bin nur ein Despot, wenn es sich um meine Bäume handelt.« Aus der Nähe betrachtet war sie weniger Illusion, dafür mehr Frau. »Sie haben vorhin gelacht. Woran dachten Sie?«

Ihr Mund war staubtrocken. Obwohl sie zurücktrat, war er ihr viel zu nah. »An Riesenräder.«

»Riesenräder? Gefällt es Ihnen besser, wenn sie ansteigen oder wenn sie wieder herunterkommen?« Um sein Bedürfnis zu besänftigen, fasste er nach ihrem Haar.

Bei seiner Berührung sackte ihr der Magen in die Knie. »Ich muss wieder zurück.«

»Lassen Sie uns zusammen ein Stück gehen.«

Ein Spaziergang im Mondschein. Eden musste an seine Worte denken. Und an das Schicksal. »Nein, ich kann nicht. Es ist schon spät.«

»Es kann erst halb zehn sein.« Amüsiert nahm er ihre Hand und schaute auf ihre Handfläche hinunter. Sie hatte Hornhaut bekommen. »Sie haben gearbeitet.«

»Manche Leute müssen tatsächlich für ihren Lebensunterhalt arbeiten.«

»Sie brauchen nicht bissig zu werden.« Er drehte ihre Hand und fuhr mit dem Daumen leicht über ihre Knöchel. War das noch eine Begabung von ihm? Das Blut einer Frau mit einer harmlosen Berührung zum Brodeln zu bringen?

»Sie sollten Handschuhe tragen«, fuhr er fort. »Um Ihre Philadelphia-Hände zu schützen.«

»Ich bin aber nicht in Philadelphia.« Sie zog ihre Hand zurück, doch Chase nahm einfach die andere. »Und da ich im Moment Ställe ausmiste und nicht Tee serviere, scheint mir das auch von eher geringer Bedeutung zu sein.«

»Sie werden auch wieder Tee servieren.« Er konnte sie vor sich sehen, in einem eleganten Salon, in einem altrosa Seidenkleid, eine Teekanne aus feinstem Porzellan in der Hand. Doch im Moment lag ihre Hand warm in seiner. »Sehen Sie nur, der Mond steht genau über dem See.«

Sie drehte den Kopf. Die Strahlen des Mondes versilberten die dunklen Wasser des Sees und die Baumkronen. Sie erinnerte sich an die Legende der Mondspinnerinnen, die sie irgendwann gehört hatte: Drei Wassernymphen spinnen das Mondlicht auf ihre Spindeln, damit die Welt für ein paar Stunden ganz dunkel wird. Noch mehr Romantik. Doch selbst die neue, praktische Eden konnte nicht widerstehen.

»Es ist wunderschön. Der Mond sieht zum Greifen nah aus.«

»Manche Dinge sind weiter entfernt, als sie scheinen. Dafür sind andere gar nicht so weit weg.« Er begann zu laufen, und da er noch immer ihre Hand hielt und sie fasziniert war, ging Eden mit ihm.

»Sie haben vermutlich immer hier gelebt.« Small Talk, mehr nicht, sagte sie sich. Es interessierte sie ja gar nicht.

»Den größten Teil meines Lebens, ja. Es war schon immer der Hauptsitz der Firma.« Er wandte sich ihr zu und sah sie an. »Das Haus ist über hundert Jahre alt. Es würde Ihnen wahrscheinlich gefallen.«

Sie dachte an ihr Heim zurück und an die Generationen von Carlboughs, die dort gelebt hatten. Jetzt wohnten Fremde dort. »Ja, ich mag alte Häuser.«

»Läuft im Camp alles glatt?«

Nein, an die Bücher würde sie jetzt nicht denken. »Die Mädchen halten uns auf Trab.« Das Lachen kam von allein, leicht und heiter. »Das ist untertrieben. Sagen wir einfach: Ihre Energie erstaunt uns immer wieder.«

»Wie geht es Roberta?«

»Sie ist unverbesserlich.«

»Freut mich, das zu hören.«

»Letzte Nacht hat sie eine ihrer Zimmergenossinnen angemalt.«

»Angemalt?«

Da war das Lachen wieder, leise, unbeschwert. »Das süße Engelchen muss wohl zwei Farbtöpfe aus dem Malkurs geschmuggelt haben. Als Marcie heute Morgen aufwachte, sah sie aus wie ein Indianer auf Kriegspfad.«

»Unsere Roberta ist einfallsreich.«

»So kann man es auch nennen. Sie hat mir erzählt, dass sie unbedingt die erste Präsidentin des Obersten Gerichtshofes werden will.«

Chase lächelte. Einfallsreichtum und Ehrgeiz waren die Eigenschaften, die er am meisten bewunderte. »Wahrscheinlich schafft sie es auch.«

»Ich weiß. Eine erschreckende Vorstellung.«

»Setzen wir uns. Dann können wir uns die Sterne ansehen.«

Sterne? Sie hatte fast vergessen, mit wem sie zusammen war und warum sie es so unbedingt vermeiden wollte, mit ihm zusammen zu sein. »Ich glaube nicht, dass ich …« Sie hatte den Satz noch nicht ausgesprochen, als er sie auch schon bei der Hand nahm und neben sich ins Gras zog. »Da wundert man sich doch, dass Sie sich überhaupt die Mühe machen, zu fragen.«

»Das sind meine guten Manieren«, meinte er lässig und

legte Eden ebenso lässig den Arm um die Schultern. Während sie sich sofort verspannte, blieb er völlig locker. »Sehen Sie sich den Himmel an! Wie oft bemerkt man ihn überhaupt in der Stadt?«

Eden konnte nicht widerstehen, sie legte den Kopf in den Nacken. Der Himmel wirkte wie der tiefschwarze Hintergrund, auf dem unzählige Stecknadelköpfe erstrahlten. Blinkend, blitzend, in zeitlosem Glanz funkelten sie von oben herab und erfüllten Eden mit einer schmerzhaften Sehnsucht. »Das ist nicht der gleiche Himmel wie über der Stadt.«

»Doch, ist es, Eden. Es sind die Menschen, die anders sind.« Er legte sich flach auf den Rücken, streckte die Beine aus. »Da ist Kassiopeia.«

»Wo?« Neugierig suchte Eden nach dem Sternbild, sah jedoch nur Millionen von Sternen.

»Von hier können Sie es besser erkennen.« Er zog sie neben sich hinunter, und bevor sie protestieren konnte, zeichnete er auch schon mit dem ausgestreckten Arm die Form nach. »Da. Um diese Jahreszeit sieht sie aus wie ein W.«

»Oh ja!« Voller Entzücken fasste Eden impulsiv nach seinem Handgelenk und fuhr an der Konstellation entlang. »Ich habe noch nie ein Sternbild erkennen können.«

»Sie müssen nur richtig hinschauen. Da ist Pegasus.« Chase bewegte den Arm. »Man kann seine hundertsechsundsechzig Sterne mit bloßem Auge erkennen. Sehen Sie nur! Er fliegt geradewegs nach oben.«

Mit leicht zusammengekniffenen Augen schaute Eden konzentriert nach oben und versuchte, das geflügelte Pferd zu erkennen. Mondschein fiel auf ihr Gesicht. »Oh ja, jetzt erkenne ich es.«

Sie rückte ein Stückchen näher, um wieder mit seiner Hand zu zeichnen. »Mein erstes Pony habe ich Pegasus genannt.

Manchmal stellte ich mir vor, dass ihm Flügel wachsen würden und ich dann auf ihm fliegen konnte. Zeigen Sie mir noch ein Sternbild.«

Er betrachtete ihr Gesicht, wie die Sterne sich in ihren Augen spiegelten, wie das Lächeln ihren Mund großzügig und weich machte. »Orion«, murmelte er.

»Wo?«

»Er steht da, das Schwert hinter sich, den Schild vor sich. Der rötliche Stern, tausendmal heller als die Sonne, ist seine Schulter.«

»Wo ist er? Ich …« Eden drehte den Kopf und schaute direkt in Chases Augen. Sie vergaß die Sterne und das Mondlicht und das weiche Gras unter sich. Der Griff ihrer Finger um sein Handgelenk wurde fester, bis sein Puls dem ihren den Rhythmus vorgab.

Sie spannte sich leicht an, wartete auf den Kuss. Doch seine Lippen streiften nur flüchtig ihre Schläfe. Eine angenehme Wärme floss durch sie hindurch, sanft und süß, so wie der Duft des Geißblatts durch die Luft schwebte. Sie hörte den Ruf einer Eule, die der Nacht galt oder den Sternen oder einem Geliebten.

»Was tun wir hier nur?«, brachte sie stockend hervor.

»Wir genießen die Gesellschaft des anderen.« Ohne Eile ließ er seine Lippen über ihr Gesicht gleiten.

Genießen? Das Wort war viel zu schwach, um das Feuer zu beschreiben, das in ihr aufbrandete. Niemand hatte sie je so fühlen lassen, so matt und doch gleichzeitig so voller Energie, so stark und so verletzlich zugleich. Sein Mund war weich und zärtlich, seine Hand, die an ihrer Wange lag, rau. Edens Herz begann wild zu schlagen, galoppierte davon, und die Zügel entglitten ihren Händen.

Sie drehte leicht den Kopf, fand seinen Mund. Ihre Arme

schlangen sich um seinen Nacken, und ihre Lippen öffneten sich zum Kuss.

In ihrem ganzen Leben hatte Eden wahres Verlangen nie gekannt. Bis jetzt. Es war atemberaubend, schmerzhaft, wunderbar.

Chase hätte eine solch bedingungslose Leidenschaft nie erwartet. Er war darauf vorbereitet, es langsam angehen zu lassen, sanft. So, wie es die Unschuld verlangte, die er in ihr spürte. Doch jetzt bewegte sie sich unter ihm. Ihre Finger gruben sich in seinen Rücken, ihre Lippen lagen heiß und fordernd auf seinen. Die Geduld, die so in seiner Natur lag, wurde von Verlangen überflutet.

Die Empfindungen … so neu, so wunderbar, so mitreißend. Eden schmiegte sich an seinen muskulösen Körper. Die Götter und Göttinnen wachten am Himmel über sie. Er roch nach dem Gras und der Erde, und er schmeckte nach Feuer. Die Geräusche der Nacht hallten in ihrem Kopf wider, und ihr hingebungsvoller Seufzer stieg als ein leises Echo in die Luft, als sein Mund an ihrem Hals hinabwanderte.

Sie murmelte seinen Namen und vergrub ihre Finger in seinem Haar. Er wollte sie berühren, überall. Er wollte sie in Besitz nehmen, jetzt gleich. Als sie ihre Hand an seine Wange legte, bedeckte er sie mit seiner und fühlte den glatten Opal.

Da gab es so vieles, das er wissen wollte. So wenig, dessen er sicher war. Verlangen und die Hitze des Moments reichten nicht aus. Wer war sie? Er hob den Kopf und sah hinunter in ihr Gesicht. Wer, zum Teufel, war sie? Und warum machte sie ihn wahnsinnig?

Er zog sich von ihr zurück, versuchte den festen Boden unter den Füßen wiederzufinden. »Du steckst voller Überraschungen, Eden Carlbough von den Carlboughs aus Philadelphia.«

Einen Moment lang konnte sie nur stumm starren. Sie hatte zu der Fahrt auf dem Riesenrad angesetzt, eine wilde, schwindelerregende Fahrt. Und dann war sie irgendwo auf halber Höhe aus der Gondel gestoßen worden, um hart auf den Boden zurückzufallen. »Lass mich aufstehen.«

»Ich verstehe dich nicht, Eden.«

»Das verlangt auch keiner von dir.« Am liebsten hätte sie losgeheult. Sich zusammengerollt und geweint, nur konnte sie den Grund nicht ausmachen, warum sie so fühlen sollte. Ärger war da ein klareres Gefühl, an dem sie sich festhalten konnte. »Ich hatte dich gebeten, mich aufstehen zu lassen.«

Chase richtete sich auf und bot ihr seine Hand, um ihr beim Aufstehen zu helfen. Eden ignorierte es und rappelte sich allein auf.

»Ich habe es immer für konstruktiver gehalten, wenn man seinen Ärger herauslässt«, sagte er.

Sie warf ihm einen vernichtenden Blick zu. Erniedrigung. Dabei hatte sie sich geschworen, dieses Gefühl nie wieder durchmachen zu müssen. »Das glaube ich unbesehen. Wenn du mich dann jetzt entschuldigen würdest …«

»Verdammt!« Er packte sie beim Arm und zog sie wieder herum. »Heute Abend ist etwas mit uns geschehen. Das bestreite ich nicht, so dumm bin ich nicht. Aber ich will wissen, worauf ich mich einlasse.«

»Wir haben die Gesellschaft des anderen genossen. Das waren doch deine Worte, nicht wahr?« Mehr nicht. Eden wiederholte es unablässig in Gedanken. Nicht mehr als ein kurzer Moment des Vergnügens. »Und jetzt ist es zu Ende. Also gute Nacht.«

»Es ist alles andere als zu Ende. Und genau das ist es, was mir Sorgen bereitet.«

»Nun, ich würde sagen, das ist dein Problem, Chase.« Dennoch durchlief sie eine Welle der Angst – oder der Vorfreude? Denn sie wusste, er hatte recht.

»Richtig, das ist mein Problem.« Herrgott, wie war es möglich, dass er so rasant von Neugier zu Interesse zu brennendem Verlangen gekommen war? »Und da es mein Problem ist, möchte ich eine Frage stellen. Ich will wissen, wieso Eden Carlbough Interesse an einem Sommercamp für Mädchen vorgaukelt, anstatt auf einer Jacht zwischen den griechischen Inseln herumzuschippern. Ich will wissen, wieso sie Ställe ausmistet, anstatt als Mrs. Eric Keeton elegante Dinnerpartys zu arrangieren.«

»Das ist meine Sache.« Ihre Stimme wurde lauter. Die neue Eden war lange nicht so gut darin, ihre Gefühle unter Kontrolle zu halten. »Aber wenn du deine Neugier befriedigen musst, warum rufst du nicht einen deiner Verwandten an? Ich bin sicher, sie werden dich bereitwillig über alles informieren.«

»Ich frage *dich*.«

»Ich schulde dir keine Erklärung.« Sie riss ihren Arm los und stand zitternd vor Wut vor ihm. »Ich schulde dir rein gar nichts!«

»Mag sein.« Der Ärger hatte die Leidenschaft abkühlen lassen und seinen Verstand wieder geklärt. »Aber ich will wissen, mit wem ich schlafe.«

»Darüber musst du dir keine Gedanken machen, das kann ich dir versichern.«

»Wir werden beenden, was wir hier begonnen haben, Eden.« Ohne näher zu kommen, fasste er wieder nach ihrem Arm. Der Griff war alles andere als zärtlich, alles andere als geduldig. »Das kann *ich* dir versichern.«

»Betrachte die Angelegenheit als erledigt.«

Zu ihrer Überraschung lächelte er nur. Wut kochte in ihr hoch. Er lockerte den Griff und streichelte kurz über ihren Arm. Hilflos erschauerte sie. »Wir beide wissen es doch besser.« Er berührte ihre Lippen mit einer Fingerspitze, als wollte er sie daran erinnern, wonach er für sie geschmeckt hatte. »Denk an mich.«

Und damit verschwand er wieder in den nächtlichen Schatten.

4. Kapitel

Es war die perfekte Sommernacht für ein Lagerfeuer. Nur einige dünne Wolkenfetzen zogen sich am Mond vorbei. Sie verdunkelten ihn kurz und ließen sein Licht dann wieder frei auf Camp Liberty scheinen. Eine angenehme Brise hatte die Hitze des Tages vertrieben und frische, laue Nachtluft zurückgelassen.

Den ganzen Tag hatten die Mädchen Äste und Zweige gesammelt und auf einer Lichtung sorgfältig eine mannshohe Pyramide gebaut. Alle hatten sie mitgemacht, und jetzt saßen sie allesamt um das Lagerfeuer herum. Sie warteten gespannt darauf, dass die Flammen sich knisternd durch das Holz fressen und in den dunklen Himmel auflodern würden.

Unmengen von Würstchen und Marshmallows lagen auf einem Tisch bereit, daneben Dutzende von gesäuberten und angespitzten dünnen Holzstöcken. Der Gartenschlauch war bis hierher gezogen worden. Einige Eimer, schon mit Wasser gefüllt, standen etwas abseits, nur zur Sicherheit.

Candy nahm lange Streichhölzer zur Hand und hielt sie hoch. Sie steigerte die Spannung, während die Mädchen anfingen zu johlen und zu klatschen. »Das erste alljährliche Lagerfeuer von Camp Liberty wird nun entzündet!«, rief sie schließlich. »Meine Damen! Bewaffnet euch mit Würstchen und macht euch bereit zum Grillen!«

Unter Jubel und Gelächter entzündete Candy das Streichholz und hielt es an das trockene Holz. Rauch kräuselte sich, Holz knackte, Flammen leckten auf und suchten gierig nach mehr Nahrung, folgten dem Kreis des flüssigen Anzünders. Gefesselt sahen alle zu, wie die Flammen hochschlugen, höher und höher. Eden und alle anderen applaudierten begeistert.

»Toll!« Sie sah dem Rauch nach, der in die Nachtluft aufstieg. Das war der Geruch von Herbst, auch wenn er noch einen ganzen Sommer entfernt war. »Mir hat davor gegraut, dass wir es nicht zum Brennen kriegen.«

»Du hast es hier mit einem Profi zu tun.« Die Zungenspitze im Mundwinkel, spießte Candy ein Würstchen auf den Stock. Hinter ihr schimmerten leuchtend rot die Flammen. »Ich hatte nur Angst, dass es vielleicht regnen könnte, aber sieh dir nur die Sterne an! Es ist perfekt.«

Eden legte den Kopf in den Nacken. Mühelos und ohne zu suchen fand sie Pegasus. Er stand klar und deutlich am Nachthimmel, so wie er auch vor vierundzwanzig Stunden schon dort gestanden hatte. Ein Tag, eine Nacht. Wie war es möglich, dass in dieser Zeit so viel geschah? Das Gesicht zum Himmel gewandt, fragte sich Eden, ob dieser wilde, verrückte Moment mit Chase überhaupt wirklich passiert war.

Ja, das war er. Die Erinnerung daran war zu real, zu mächtig, um nur ein Traum gewesen zu sein. Der Moment hatte stattgefunden, und daraus war ein Wirrwarr aus Gefühlen und Empfindungen entstanden. Ganz bewusst wandte Eden den Kopf und richtete den Blick auf eine formlose Ansammlung von Sternen.

Es änderte weder etwas an den Erinnerungen noch an dem, was sie fühlte. Es ist passiert, dachte sie, und genauso schnell war es wieder vorbei gewesen. Doch sie war nicht wirklich sicher, ob es vorbei war.

»Warum scheint hier irgendwie alles anders zu sein, Candy?«

»Weil hier alles anders *ist*.« Tief sog Candy die Luft ein, roch den Rauch, den Geruch des warmen Grases und den Duft der gegrillten Würstchen. »Ist es nicht wunderbar? Keine überheizten Salons, keine langweiligen Dinnerpartys, keine sich endlos ziehenden Klavierkonzerte. Willst du ein Würstchen?«

Das Wasser lief ihr schon im Mund zusammen, und so nahm Eden das eher kohlschwarze Würstchen an. »Du hältst immer alles so unkompliziert.« Sie klemmte das Würstchen zwischen ein aufgeschnittenes Brötchen und gab großzügig Ketchup darauf. »Ich wünschte, ich könnte das auch.«

»Das wirst du, wenn du endlich damit aufhörst, dir Vorwürfe zu machen, dass du angeblich den Namen Carlbough entehrst, nur weil dir ein Würstchen vom Lagerfeuer schmeckt.« Candy klopfte Eden freundschaftlich auf die Schulter, als deren Mund vor Verblüffung offen stand. »Du solltest unbedingt auch die Marshmallows probieren«, empfahl sie und ging, um noch einen Stock zu holen.

Eden schloss den Mund und kaute geistesabwesend. War es das, was sie tat? Vielleicht war es das wirklich, wenn auch nicht ganz so simpel, wie Candy es ausgedrückt hatte. Sie war diejenige gewesen, die das alte Herrenhaus hatte verkaufen müssen, das seit vier Generationen in der Familie gewesen war. Sie war es gewesen, die eine Inventarliste von Silber, kostbarem Porzellan und Kunstwerken für den Auktionator hatte aufstellen müssen. Sie hatte den gesamten Familienbesitz und damit die altehrwürdige Carlbough-Tradition veräußern müssen, um die Schulden abzahlen zu können. Sie war es, die ein neues Kapitel aufschlagen musste.

Weil es nicht anders möglich gewesen war. Doch während die neue Eden die Notwendigkeit akzeptierte, trauerte die alte Eden noch immer um den Verlust. Und sie fühlte sich schuldig.

Mit einem Seufzer trat Eden ein paar Schritte zurück. Die Szene, die sich vor ihr abspielte, war wie eine Erinnerung aus ihrer eigenen Jugend. Der graue Rauch stieg kräuselnd in die Luft, die Flammen züngelten um das Holz, rotgold und gierig. Ein kräftiger Duft nach Gegrilltem lag in der Luft: das Symbol des Sommers, so wie es auch in ihrer eigenen Jugend in Camp Forden gewesen war.

Einen Moment lang wünschte Eden sich, sie könnte in jene sorglose Zeit zurückkehren, als das Leben so einfach gewesen war und die Eltern sich um alles gekümmert hatten.

»Miss Carlbough.«

Aus ihren Träumereien gerissen, sah Eden auf das Mädchen hinunter, das vor ihr stand. »Hi, Roberta. Macht es dir Spaß?«

»Und wie! Es ist super!« Wie zum Beweis ihrer Begeisterung zierte ein dicker Klecks Ketchup Robertas Kinn. »Mögen Sie etwa keine Lagerfeuer?«

»Doch, natürlich.« Lächelnd schaute Eden auf das flackernde Feuer und legte automatisch die Hand auf Robertas Schulter. »Sogar sehr.«

»Ich habe Ihnen ein Marshmallow gemacht. Weil Sie so traurig aussehen.«

Das Geschenk hing tropfend, schwarz und verschrumpelt von einer Stockspitze. Edens Kehle wurde eng, genau wie damals, als Marcie ihr einen Strauß Wildblumen geschenkt hatte. »Danke, Roberta, das ist lieb von dir. Aber ich bin eigentlich gar nicht traurig. Ich hänge nur ein paar Erinnerungen nach.« Mit spitzen Fingern zog Eden das klebrige Marshmallow vom Stock. Die Hälfte davon fiel auf dem Weg zum Mund zu Boden.

»Die sind tückisch«, sagte Roberta. »Ich mache Ihnen noch eins.«

Mit Todesmut schluckte Eden die übrig gebliebene

schwarze Kruste herunter. »Danke, aber das ist wirklich nicht nötig, Roberta.«

»Ach, das mach ich doch gern.« Mit einem einnehmenden Lächeln sah das Mädchen zu Eden auf. »Wissen Sie, zuerst dachte ich ja, dass das Sommercamp schrecklich langweilig wird, aber das ist es gar nicht. Vor allem die Pferde sind toll. Miss Carlbough …« Roberta starrte auf ihre Fußspitzen und schien dort den Mut zu finden. »Ich weiß, ich kann nicht so gut mit Pferden umgehen wie Linda, aber ich habe mich gefragt, ob Sie vielleicht … nun, ob ich vielleicht mehr Zeit mit den Pferden verbringen kann.«

»Natürlich, Roberta.« Eden rieb Zeigefinger und Daumen aneinander, um die klebrige Masse irgendwie loszuwerden, doch leider erfolglos. »Und du brauchst mich auch nicht mit Marshmallows zu bestechen.«

»Ehrlich?«

»Ja, ehrlich.« Die jähe Welle der Zuneigung für die Kleine erstaunte Eden, sie zauste ihr das Haar. »Miss Bartholomew und ich werden das in dein Programm einarbeiten.«

»Oh toll! Danke, Miss Carlbough.«

»Aber du musst an deiner Haltung arbeiten.«

Roberta krauste die Nase. »Na gut. Ich wünschte nur, wir könnten Hindernisspringen machen. Das hab ich im Fernsehen gesehen.«

»Na, da bin ich mir nicht ganz sicher. Aber wer weiß – vielleicht schaffst du ja bis zum Ende des Sommers kleine Galoppsprünge.«

Für diese Aussicht wurde Eden mit riesengroßen leuchtenden Augen von Roberta belohnt. »Wirklich?«

»Wirklich! Wenn du deine Haltung verbesserst.«

»Das werde ich! Ich werde sogar noch besser sein als Linda. Galoppsprünge, wow!« Roberta drehte sich einmal um die eigene Achse. »Danke, Miss Carlbough! Vielen, vielen Dank!«

Dann spurtete sie los wie der Blitz, ganz offensichtlich, um die großen Neuigkeiten zu verbreiten. So wie Eden die Kleine kannte – und langsam, aber sicher kannte sie sie immer besser –, sah Roberta sich bereits bei den nächsten Olympischen Spielen in der Dressur-Equipe, mit einer Goldmedaille um den Hals.

Während Eden beobachtete, wie Roberta von Grüppchen zu Grüppchen rannte, schlich sich ein Lächeln auf ihre Lippen. Sie dachte nicht mehr an die Vergangenheit, und sie bedauerte auch nichts. Sie hörte zu, als eine der Betreuerinnen die ersten Töne auf der Gitarre anschlug, und schleckte sich Marshmallow-Reste von den Fingern.

»Brauchst du Hilfe damit?«

Den Finger noch immer im Mund, drehte Eden sich um. Sie hätte wissen müssen, dass er kommen würde. Vielleicht hatte sie insgeheim ja sogar darauf gehofft. Jetzt musste sie feststellen, dass sie wie ein ertapptes Schulmädchen hastig die noch immer klebrigen Finger hinter dem Rücken versteckte.

Chase fragte sich, ob ihr überhaupt klar war, wie hübsch sie aussah, mit dem Feuerschein im Rücken und dem schimmernden Haar, das ihr offen über die Schultern floss. Jetzt stand eine tiefe Falte auf ihrer Stirn, doch das erfreute Aufblitzen ihrer Augen war ihm nicht entgangen.

Wenn er sie jetzt küsste, würde er dann noch den süßen Geschmack auf ihren Lippen schmecken, den sie sich gerade von den Fingern geleckt hatte? Und würde er darunter wieder die schwelende, erwartungsvolle Hitze finden, die er schon einmal geschmeckt hatte? Seine Bauchmuskeln spannten sich an, selbst als er lässig die Daumen in die Hosentaschen hakte und zum Feuer schaute.

»Eine gute Nacht für ein Lagerfeuer.«

»Candy behauptet, dass sie das schöne Wetter vorbestellt hat.« Da der Abstand zwischen ihnen groß genug war und jede Menge Menschen um sie herum standen, erlaubte Eden es sich, sich zu entspannen. »Wir hatten keine Besucher erwartet.«

»Ich sah den Rauch.«

Sie schaute auf. Erst jetzt erkannte sie, wie weit der Rauch zog. »Hoffentlich haben wir dich nicht beunruhigt. Wir haben bei der Feuerwehr Bescheid gegeben.«

Drei Mädchen schlenderten heran und stellten sich hinter die beiden. Chase grinste ihnen zu, und die drei kicherten prompt.

Eden kaute auf ihrer Unterlippe herum. »Wie lange hast du gebraucht, bis du ihn so perfekt beherrschtest?«

Das Grinsen noch immer auf dem Gesicht, drehte er sich wieder zu ihr. »Wovon sprichst du?«

»Diesen tödlichen Charme, bei dem dir alle weiblichen Wesen zu Füßen sinken.«

»Oh, den.« Das Grinsen wurde noch breiter. »Damit bin ich geboren worden.«

Das Lachen bahnte sich einen Weg, bevor Eden es aufhalten konnte. Um dieses unverzeihliche Versäumnis zu überspielen, verschränkte sie die Arme vor der Brust und trat einen Schritt zurück. »Das Feuer ist ziemlich warm.«

»Wir haben an jedem Halloween ein Lagerfeuer auf der Farm gemacht. Mein Vater hat immer den größten Kürbis ausgehöhlt, den er auftreiben konnte, und dann einen ausgedienten Arbeitsoverall und ein altes Flanellhemd mit Stroh ausgestopft. In einem Jahr hat er sich als der kopflose Reiter kostümiert und die Kinder in der Nachbarschaft fast zu Tode erschreckt.«

Chase schaute den Flammen zu und fragte sich, wieso er bisher nicht auf die Idee gekommen war, diese Tradition fortzusetzen. »Meine Mutter gab jedem Kind einen Paradiesapfel, und dann setzten wir uns ums Lagerfeuer und erzählten Gruselgeschichten, bis wir alle vor Angst schlotterten. Wenn ich heute daran zurückdenke, glaube ich, meinem Vater hatte es mehr Spaß gemacht als uns Kindern.«

Eden konnte das Bild genau vor sich sehen. Sie lächelte. Für sie hatte Halloween immer aus gesitteten Kostümfesten bestanden, auf denen sie als Prinzessin oder Ballerina verkleidet gewesen war. Sie erinnerte sich gerne daran, aber sie hätte auch gern die Gruselgeschichten am Lagerfeuer und den kopflosen Reiter miterlebt.

»Seit wir den Abend geplant hatten, freue ich mich schon genau wie die Mädchen voller Aufregung auf heute. Vermutlich hört sich das albern an, nicht wahr?«

»Nein, es klingt vielversprechend.« Eine Hand an ihrer Wange, drehte er sie sanft zu sich herum. Sie versteifte sich leicht, doch ihre Haut fühlte sich warm und weich an. »Hast du an mich gedacht?«

Da war es wieder – dieses Gefühl zu ertrinken, zu treiben, ein drittes Mal unterzugehen. »Ich war beschäftigt.«

Sie ermahnte sich, von ihm wegzutreten, doch ihre Beine wollten ihr nicht gehorchen. Der Gesang der Mädchen und das Gitarrenspiel schienen plötzlich nur noch wie aus weiter Ferne zu kommen, die Melodie und die Worte des Liedes waren ihr mit einem Mal entfallen. Das Einzige, das sie noch wahrnahm und dessen sie sich bewusst war, war seine Hand an ihrer Wange.

»Es … es ist nett, dass du vorbeigeschaut hast.« Sie bemühte sich verzweifelt, wieder festen Boden unter den Füßen zu gewinnen.

»Heißt das, ich bin entlassen?« Wie selbstverständlich fuhr er mit der Hand von ihrer Wange in ihr Haar.

»Du hast doch sicher wichtigere Dinge zu tun.« Jetzt lagen seine Finger an ihrem Nacken und strichen leicht über ihre Haut. Jede Faser ihres Körpers vibrierte. »Hör auf damit!«

Der Rauch stieg in die Nachtluft auf, das Feuer knisterte. Licht und Schatten tanzten auf ihrem Gesicht, spiegelten sich in ihren Augen. Er hatte an sie gedacht. Viel zu oft. Und jetzt konnte er nur daran denken, wie es sein musste, sie am warmen Feuer zu lieben, in der hereinbrechenden Nacht. »Du bist lange nicht mehr am See spazieren gegangen.«

»Wie ich schon sagte: Ich habe viel zu tun.« Warum gelang es ihr nicht, ihre Stimme kühl und beherrscht zu halten? »Ich trage die Verantwortung für die Mädchen und das Camp, und …«

»Ganz allein?« Wie sehr er sich wünschte, mit ihr ein Stück zu laufen! Zu reden und sich die Sterne anzusehen. Sie zu küssen … und noch einmal ihre Leidenschaft und ihre Unschuld zu schmecken. »Ich bin ein sehr geduldiger Mann, Eden. Du kannst mir nicht ewig aus dem Weg gehen.«

»Länger, als du glaubst«, murmelte sie und stieß leise einen erleichterten Seufzer aus, als Roberta direkt auf sie zusteuerte.

»Hi!« Verzückt über den Hüpfer, den ihr kleines Herz machte, strahlte Roberta Chase an.

»Hi, Roberta«, sagte er, und sie war absolut hingerissen, dass er sich an ihren Namen erinnerte. Er schenkte ihr sein Lächeln und seine Aufmerksamkeit, ohne die Hand von Edens Nacken zu nehmen. »Wie ich sehe, passt du jetzt besser auf deine Kappe auf.«

Roberta kicherte und schob den Schirm zurück. »Miss Carlbough hat mich gewarnt – sie nimmt sie mir ab, wenn ich mich noch einmal auf Ihre Plantage wage. Aber wenn Sie uns einladen zu einer offiziellen Führung … dann würden wir doch etwas für unsere Bildung tun, nicht wahr?«

»Roberta!« Dieses Kind schien immer allen einen Schritt voraus zu sein. Eden bedachte sie mit einem strengen Blick.

»Miss Bartholomew hat doch gesagt, wir sollen uns interessante Dinge überlegen.« Roberta setzte ihr unschuldigstes Gesicht auf. »Und ich finde die Apfelbäume unglaublich interessant.«

»Danke für den Vorschlag.« Chase konnte Edens Zähne regelrecht knirschen hören. »Wir werden ihn gewiss besprechen.«

»Fein.« Roberta war zufrieden und streckte Chase den Arm entgegen. In der Hand hielt sie etwas längliches Schwarzes. »Ich habe Ihnen ein Würstchen gegrillt. Bei einem Lagerfeuer muss man wenigstens ein Würstchen essen.«

»Sieht gut aus.« Roberta war begeistert, als er ein großes Stück abbiss. »Danke.« Und nur Chase und sein Magen wussten, dass das Würstchen außen schwarz und innen kalt war.

»Ich habe auch Marshmallows mitgebracht.« Sie reichte die Stöcke weiter. »Es ist einfach viel lustiger, wenn man sie selbst ins Feuer hält.« Und da Roberta auf der Schwelle vom Kind zur Frau stand, war es für sie ein Leichtes, zu spüren, was um sie herum in der Luft lag. »Bei den Ställen ist niemand. Ich meine, wenn Sie beide allein sein wollen. Zum Küssen und so.«

»Roberta!« Eden berief sich auf ihre beste Campleiterinnenstimme. »Das reicht jetzt.«

»Meine Eltern sind manchmal auch gern allein.« Unbeeindruckt grinste das Mädchen Chase an. »Vielleicht sehen wir uns ja bald wieder.«

»Bestimmt, Kleine.« Während Roberta zu den anderen zurückhüpfte, drehte Chase sich zu Eden um. Sobald er den ersten Schritt auf sie zumachte, hielt sie ihr aufgespießtes Marshmallow übers Feuer. »Was ist? Hast du Lust auf Küssen – und so?«

Es lag nur an der Hitze des Feuers, dass ihre Wangen plötzlich brannten, versicherte Eden sich selbst. »Du scheinst es ja sehr amüsant zu finden, dass Roberta zu Hause erzählen wird, wie sich eine der Campleiterinnen die ganze Zeit mit einem Mann in den Ställen herumgetrieben hat. Das wird dem Ruf von Camp Liberty richtig guttun.«

»Du hast recht. Du solltest mit zu mir kommen.«

»Geh einfach, Chase.«

»Ich habe mein Würstchen noch nicht aufgegessen. Komm zu mir zum Dinner.«

»Ich habe schon gegessen, vielen Dank.«

»Na schön, dann werde ich dir kein Würstchen servieren. Wir können das morgen besprechen.«

»Nein, wir besprechen das morgen nicht.« Es war die Wut, die sie atemlos machte, so wie es auch die Wut war, die sie unvorsichtig werden ließ. Sie drehte sich zu ihm. »Wir werden morgen überhaupt nichts besprechen.«

»Auch gut. Man muss ja nicht immer reden.« Um zu zeigen, wie einsichtig er sein konnte, beendete er das Gespräch damit, dass er seinen Mund auf ihre Lippen presste. Er hielt sie nicht fest; dennoch dauerte es lange, träge Sekunden, bevor Edens Körper dem Befehl ihres Verstandes folgte und von Chase Abstand nahm.

»Hast du denn überhaupt keine Manieren?«, brachte sie benommen hervor.

»Nicht besonders viele.« Er blickte in ihre blauen Augen, so blau wie ein See. In diesem Moment entschied er, dass er ein Nein als Antwort nicht akzeptieren würde. »Machen wir es gleich morgen früh! Sagen wir ... um neun, am Eingang zur Plantage?«

»Morgen früh um neun – was?«

»Die Führung.« Grinsend überreichte er ihr seinen Stock. »Man muss doch was für die Bildung tun.«

Da stand sie mitten auf einem großen offenen Feld und fühlte sich dennoch in eine Ecke gedrängt. »Wir haben nicht die Absicht, deinen Tagesablauf zu stören.«

»Das ist kein Problem. Ich sage Miss Bartholomew Bescheid, wenn ich gehe. Dann kann niemand behaupten, ihr wärt nicht beide informiert worden.«

Eden holte tief Luft. »Du hältst dich für besonders clever, nicht wahr?«

»Ich bin nur gewissenhaft, mehr nicht, Eden. Ach, übrigens ... dein Marshmallow brennt.«

Die Hände lässig in den Hosentaschen vergraben, schlenderte er davon. Eden versuchte derweil wütend, den in Flammen stehenden Zuckerball an ihrem Stock auszupusten.

Eden hatte um Regen gefleht, doch ihre inbrünstige Hoffnung wurde enttäuscht. Der Morgen kündigte sich mit strahlendem Sonnenschein an. Sie hatte auch auf Candys Unterstützung gehofft, sah sich jedoch nur deren überschwänglicher Begeisterung für den Ausflug auf eine der bekanntesten Apfelplantagen des Landes gegenüber. Die Mädchen waren natürlich allesamt begeistert von der Abwechslung. Und so fand sich Eden auf dem kurzen Weg zur Elliot-Plantage, den sie zu Fuß gingen, als Einzige von der allgemeinen Begeisterung ausgeschlossen.

»Du könntest dir ein wenig mehr Mühe geben.« Candy pflückte eine kleine blaue Blume vom Wegrand und steckte sie sich ins Haar. »Du siehst aus, als müsstest du den Gang zur Guillotine antreten. Das ist doch ein tolles Erlebnis! Für die Mädchen«, fügte sie hastig hinzu.

»Davon hast du mich ja überzeugt, sonst wäre ich gar nicht hier«, brummte Eden.

»Hm, miesepetrig.«

»Ich bin nicht miesepetrig«, bestritt Eden. »Ich mag es nur nicht, wenn ich manipuliert werde.«

»Lass dir einen Rat geben.« Candy pflückte noch eine Blume und drehte den Stiel zwischen den Fingern. »Wäre ich von einem Mann manipuliert worden, dann würde ich dafür sorgen, dass es von Anfang an so aussieht, als wäre es meine Idee gewesen. Stell dir nur sein verdattertes Gesicht vor, wenn du mit einem strahlenden Lächeln durch sein Tor wanderst und vor Begeisterung geradezu überschäumst.«

»Vielleicht.« Eden ließ sich das durch den Kopf gehen, bis ihre Lippen schließlich zu zucken begannen. »Ja, vielleicht.«

»Na siehst du! Noch etwas mehr Übung, und du wirst erkennen, dass man mit List in manchen Fällen viel weiter kommt als mit Würde.«

»Beides wäre nicht nötig, wenn ich im Camp hätte bleiben können.«

»Herzchen, wenn mich nicht alles täuscht, hätte ein gewisser Apfelbaron jeden Stein nach dir umgedreht. Und dann hätte er dich über seine wundervollen breiten Schultern geworfen, nur damit du an unserem kleinen Ausflug teilnimmst – ob dir das nun passt oder nicht.«

Mit einem Seufzer blieb Candy stehen. »Weißt du, wenn ich jetzt so darüber nachdenke … Das wäre eigentlich viel aufregender gewesen.«

Da Eden sich die Szene sehr genau vorstellen konnte, erstarb das Lächeln auf ihrem Gesicht. »Von meiner besten

Freundin hätte ich mehr Unterstützung erwartet. Ich hätte angenommen, dass ich mich auf sie verlassen kann.«

»Das kannst du auch, hundertprozentig.« Freundschaftlich schlang Candy den Arm um Edens Schulter. »Aber so ganz klar ist mir das, ehrlich gesagt, nicht. Wieso solltest du meine Unterstützung brauchen, wenn du da einen umwerfenden Mann hast, der dich heiß und leidenschaftlich küsst?«

»Genau das ist es doch!« Mehrere Köpfe drehten sich, als sie laut wurde, und so nahm Eden sich schnell zusammen. »Er hat kein Recht, so etwas vor aller Augen abzuziehen.«

»Sicher, im Privaten macht es mehr Spaß.«

»Mach nur weiter so! Dann findest du bald eine Ringelnatter in deiner Unterwäsche!«

»Frag ihn doch mal, ob er vielleicht einen Bruder hat oder einen Cousin. Ein Onkel würde es auch tun. Ah, da sind wir ja«, wechselte Candy das Thema, bevor Eden Zeit für eine entsprechende Erwiderung hatte. »Jetzt lächle und sei charmant, wie man es dir beigebracht hat.«

»Dafür wirst du bezahlen, das verspreche ich dir«, murmelte Eden. »Ich weiß noch nicht, wann, und ich weiß noch nicht, wie. Aber du wirst bezahlen.«

Die Gruppe war vor einer Weggabelung angekommen. Auf dem linken Weg erhoben sich zu beiden Seiten steinerne Pfosten. Zwischen ihnen war in einem schmiedeeisernen Bogen der Name ELLIOT zu lesen. Eine mannshohe Mauer, gut dreißig Zentimeter dick, ging von den Pfeilern ab und schlängelte sich in die Landschaft. Die Mauer war alt und verwittert, ein solider Beweis, dass das Bedürfnis der Familie Elliot nach Privatsphäre nicht erst mit Chase begonnen hatte.

Die Allee, eben und gepflegt, führte über eine Anhöhe und verschwand dahinter. Mächtige Eichenbäume säumten den Weg, noch älter und noch wuchtiger als die Mauer.

Es war das Gesamtbild, das Eden fesselte – die gleiche Symmetrie, die sie schon bei den Apfelbäumen bewundert hatte. Alles hier war seit Generationen so, wie es war – die Steine, die Bäume, die Straße. Eden sah sich um und konnte nachvollziehen, warum Chase so stolz darauf war. Auch sie hatte einst ein Erbe gehabt.

Dann trat er hinter der Mauer hervor, und sie verdrängte hastig selbst dieses kleine Gefühl von Gemeinsamkeit.

Er trug Jeans und T-Shirt, war voller Energie. Auf seinen Armen schimmerte ein feiner Schweißfilm, offensichtlich hatte er schon früh am Morgen gearbeitet. Gegen ihren Willen wurde Edens Blick von seinen Händen angezogen. Starke Hände, fähige Hände und doch so unendlich sanfte Hände, wenn sie eine Frau berührten.

»Guten Morgen, meine Damen.« Er zog das Tor für die Gruppe auf.

»Was für ein Mann!«, hörte Eden eine der Betreuerinnen murmeln. Eden nahm sich Candys Rat zu Herzen und lächelte, was das Zeug hielt.

»Das ist Mr. Elliot, Mädels. Ihm gehört die Apfelplantage, die wir uns heute ansehen. Vielen Dank für die Einladung, Mr. Elliot.«

»Ist mir ein Vergnügen, Miss Carlbough.«

Das zustimmende Geraune unter den Mädchen wurde zu entzücktem Jauchzen, als ein Hund herantrottete und sich an Chases Seite gesellte. Sein Fell hatte die Farben von Aprikosen und schimmerte im Sonnenlicht, als wäre es poliert worden. Mit großen Augen studierte er die Gruppe der Mädchen, bevor er sich an Chases Bein drückte. Ein schmächtigerer Mann wäre vielleicht getaumelt, schoss es Eden durch den Kopf. Der Hund hatte gut einen Meter Stockmaß, er war eher ein junger Löwe als ein Haustier. Als er sich setzte, brauchte

Chase sich nicht einmal leicht zu bücken, um die Hand auf seinen Kopf zu legen.

»Das ist Squat. Ob ihr es glaubt oder nicht, er war der Kleinste in seinem Wurf. Er ist noch immer ein wenig schüchtern.«

Candy ließ einen erleichterten Seufzer hören, als sie den massigen Hundeschwanz auf den Boden klopfen hörte. »Aber er ist doch sicher ein freundlicher Hund?«

»Squat hat eine Schwäche für weibliche Wesen.« Chase ließ den Blick über die Gruppe schweifen. »Besonders, wenn sie alle so hübsch sind. Er hofft darauf, dass er die Führung mitmachen darf.«

»Er ist süß.« Roberta hatte ihre Entscheidung sofort gefällt. Sie ging zu dem Hund und streichelte seinen Kopf. »Du kannst mit mir mitkommen, Squat.«

Zufrieden stand der Hund auf und ging voran.

Zum Apfelgeschäft gehörte viel mehr, als Eden sich bis dahin überhaupt vorgestellt hatte. Da gab es mehr, als nur Bäume zu hegen und reife Früchte zu pflücken und diese dann in Körben zum Markt zu transportieren. Weil so viele verschiedene Sorten hier wuchsen, beschränkte sich die Ernte nicht nur auf den Herbst. Die Erntesaison, so erklärte Chase, begann bereits im Frühsommer und zog sich bis in den späten Herbst hinein.

Die Äpfel waren auch nicht allein für den direkten Verzehr bestimmt. Selbst das Gehäuse und die Schale wurden für die Herstellung von Cidre verwendet oder getrocknet und dann für die Herstellung von Saft und bestimmten Sektsorten nach Europa verschifft. Der Duft von reifendem Obst hing über der Plantage und ließ mehr als einem Mädchen das Wasser im Mund zusammenlaufen.

Der Baum des Lebens, dachte Eden, als ihr das süße Aroma

in die Nase stieg. Verbotene Früchte. Sie achtete darauf, immer von einem Kreis Mädchen umgeben zu sein, und rief sich ins Gedächtnis, dass dieser Ausflug allein aus pädagogischen Gründen stattfand.

Chase erklärte jetzt, dass die schnell wachsenden Bäume in fünfzehn Meter Abstand zwischen jenen Bäumen angepflanzt wurden, die mehr Zeit zum Wachsen brauchten, und dann ausgedünnt wurden, sobald mehr Platz nötig war. Ein kühl kalkuliertes Unternehmen, erinnerte Eden sich. Strikt durchorganisiert, um den größtmöglichen Profit zu erzielen und so wenig Arbeitskraft und Ressourcen wie möglich zu verschwenden. Die Romantik der Apfelblüte im Frühling blieb dennoch erhalten.

Unzählige Arbeiter waren mit der Sommerernte beschäftigt. Während sie den Männern und den großen Maschinen zusahen, beantwortete Chase die Fragen der Mädchen.

»Die sehen aber noch gar nicht reif aus«, kam es von Roberta.

»Sie sind ausgewachsen.« Eine Hand auf Robertas Schulter, pflückte Chase einen Apfel vom Baum. »Das, was nach dem Wachstumsprozess am Baum passiert, ist ein chemischer Prozess im Innern des Apfels. Dazu braucht der Apfel den Baum nicht. Das Fruchtfleisch ist noch hart, aber die Kerne im Innern sind schon braun. Sieh her.« Mit einer geübten Bewegung schnitt Chase den Apfel mit einem Taschenmesser in zwei Hälften. »Die Äpfel, die jetzt geerntet werden, sind besser als die, die noch hängen bleiben.« Robertas Miene richtig deutend, gab er ihr die eine Apfelhälfte. Die andere verschlang Squat mit aufgerissenem Maul.

»Vielleicht wollt ihr ja selbst welche pflücken«, fuhr Chase fort und stieß mit dem Vorschlag auf allgemeine Begeisterung. Er streckte den Arm nach oben, um den Mädchen zu zeigen, wie es ging. »Ihr müsst die Frucht vom Stiel drehen. So bricht man den Zweig nicht ab und verliert kein tragendes Holz.«

Bevor Eden überhaupt etwas sagen konnte, waren die Mädchen schon ausgeschwärmt. Jetzt fand sie sich allein mit Chase, ihm direkt gegenüber. Vielleicht lag es daran, wie seine Lippen sich zu einem Lächeln verzogen. Vielleicht war es aber auch sein Blick, der warm und bewundernd auf ihr lag. Auf jeden Fall schien ihr Kopf mit einem Schlag völlig leer zu sein.

»Du führst einen faszinierenden Betrieb.« Für die Plattitüde hätte sie sich treten mögen.

»Mir gefällt's.«

»Ich … äh …« Es musste doch eine Frage geben, eine intelligente Frage, die sie stellen konnte. »Vermutlich muss das Obst schnell vertrieben werden?«

Chase bezweifelte, dass einer von ihnen sich im Moment auch nur einen Deut um Äpfel scherte, aber er war bereit, auf das Spiel einzugehen. »Die Früchte werden sofort nach der Ernte bei null Grad Celsius gelagert. Ich mag es, wie du dein Haar zusammengebunden hast. Es reizt mich, an dem Band zu ziehen und zuzusehen, wie es dir über die Schultern fällt.«

Ein Summen setzte in ihr ein, doch sie tat, als würde sie es nicht hören. »Es gibt sicherlich auch diverse Verfahren zur Qualitätskontrolle.«

»Wir achten auf die Reichhaltigkeit.« Er ließ einen Apfel zwischen den Händen hin und her wandern, ohne den Blick von Edens Mund zu nehmen. »Auf Geschmack.« Er sah, wie ihre Lippen sich unwillkürlich öffneten, so als fühlte sie ihn auf der Zunge. »Auf Festigkeit«, murmelte er und legte eine Hand an ihren Nacken. »Und Feinheit.«

Ihr Atem stockte, und sie seufzte leise. Fast war es zu spät, bevor sie sich zusammennahm. »Es wäre angebracht, beim Thema zu bleiben.«

»Welches Thema?« Sein Daumen streichelte über ihre Wange.

»Äpfel.«

»Ich möchte mit dir schlafen, Eden. Hier unter den Bäumen, im warmen Sonnenschein, mit dem duftenden Gras im Rücken.«

Was sie am meisten erschreckte, war die Tatsache, dass sie es sich genau vorstellen konnte. Allein, mit ihm ... »Wenn du mich dann jetzt entschuldigen würdest.«

»Eden.« Er griff nach ihrer Hand, wohl wissend, dass er zu schnell vorging, sich zu weit vorwagte, zu sehr drängte, und doch konnte er sich nicht zurückhalten. »Ich will dich. Eigentlich viel zu sehr.«

Obwohl er leise sprach, seine Stimme kaum mehr als ein Flüstern war, begannen ihre Nerven zu vibrieren. »Du kannst solche Dinge doch nicht einfach zu mir sagen! Nicht hier. Wenn die Kinder ...«

»Geh mit mir essen.«

»Nein.« Sie würde hart bleiben, sagte sie sich. Sie würde sich nicht manipulieren, nicht herumkommandieren lassen. »Ich habe hier eine Aufgabe zu erledigen, Chase, eine, bei der ich im wahrsten Sinne des Wortes vierundzwanzig Stunden im Dienst bin. Selbst wenn ich mit dir essen gehen wollte – was ich nicht will –, wäre es nicht möglich.«

Sicher, es hörte sich vernünftig an. Sachlich. Nüchtern. Aber das taten viele Ausflüchte. »Hast du Angst davor, mit mir allein zu sein? Ich meine, wirklich allein, nur wir beide?«

Die Wahrheit war schlicht und einfach. Eden beschloss, sie zu ignorieren. »Bilde dir nur nichts ein.«

»Die Routine im Camp wird nicht zusammenbrechen, nur weil du mal abends ein paar Stunden nicht da bist. Deine auch nicht.«

»Du weißt nichts über die Routine im Camp.«

»Ich weiß, dass deine Partnerin und die Betreuerinnen durchaus in der Lage sind, die Mädchen zu beaufsichtigen. Und ich weiß, dass du deinen letzten Reitunterricht um vier Uhr nachmittags gibst.«

»Woher …?«

»Ich habe Roberta gefragt«, antwortete er leichthin. »Sie hat mir auch erzählt, dass es um sechs Uhr Abendessen gibt, danach Freizeit oder Aktivitäten nach Wahl von sieben bis neun. Um zehn wird das Licht ausgemacht. Du verbringst deine Zeit nach dem Abendessen meist mit den Pferden. Manchmal reitest du nachts auch aus, wenn du glaubst, dass jeder im Camp schläft.«

Eden öffnete den Mund, schloss ihn wieder. Was sollte sie darauf schon sagen können?! Sie hatte wirklich gedacht, niemand wüsste von ihren nächtlichen Ausritten. Dass sie allein ihr gehörten.

»Warum reitest du nachts allein aus, Eden?«

»Weil ich es genieße.«

»Dann genieß den heutigen Abend mit mir.«

Eden versuchte, sich daran zu erinnern, dass da eine Menge junger Mädchen zwischen den Bäumen herumliefen. Sie versuchte, sich daran zu erinnern, dass ein Wutausbruch eigentlich immer am peinlichsten für denjenigen war, der die Beherrschung verlor.

»Scheinbar hast du Schwierigkeiten damit, eine höfliche Absage zu verstehen. Dann drücken wir es doch anders aus: Das Letzte, was ich heute Abend oder zu jedem anderen Zeitpunkt tun will, ist, mit dir zusammen zu sein.«

Er rollte die Schultern, bevor er einen Schritt auf sie zumachte. »Vermutlich können wir das sofort klären, hier und jetzt.«

»Das wagst du nicht …« Den Rest ließ sie offen. Dabei wusste sie von vornherein, dass er es natürlich doch wagen würde. Ein schneller Seitenblick zeigte ihr, dass Roberta und Marcie vergnügt kauend an einem Baumstamm lehnten und die Show aufmerksam mitverfolgten. »Na gut. Aber hör auf damit!« So viel also zu ihrem festen Entschluss, sich nicht manipulieren zu lassen. »Mir ist schleierhaft, warum du so unbedingt mit jemandem essen willst, der dich nicht ausstehen kann.«

»Ja, mir auch. Aber das können wir dann heute Abend besprechen. Halb acht.« Er warf Eden den Apfel zu und schlenderte zu Roberta hinüber.

Eden fing den Apfel auf, während sie in Gedanken eine perfekte Zielscheibe auf Chases Rücken malte. Dann jedoch stieß sie nur einen empörten Laut aus und biss herzhaft hinein.

5. Kapitel

Energisch zog Eden die Bürste durch ihr Haar. Trotz der barschen Behandlung sprang es schwungvoll auf ihre Schultern zurück und legte sich weich um ihr Gesicht. Sie würde sich keine Mühe geben, so wie sie sich bei anderen Verabredungen immer sorgfältig zurechtgemacht hatte. Nein, sie würde ihr Haar unfrisiert tragen und einfach offen lassen. Aber so ungeschliffen wie Chase war, würde er solch diskrete weibliche Botschaften sicherlich gar nicht verstehen.

Sie würde auch keinen Schmuck anlegen, nur die schlichten Perlstecker, die sie auch im Camp immer trug. Um kühl und distanziert auszusehen, zog sie eine hochgeschlossene weiße Bluse an. Am liebsten hätte Eden noch den feinen Spitzenrand an den Manschetten abgetrennt, damit die Bluse noch nüchterner wirkte. Zusammen mit dem schlichten weißen Rock versuchte sie, einen unnahbaren, eisigen Eindruck zu erwecken. Tatsächlich jedoch erreichte sie damit nur, dass sie unendlich fein und zerbrechlich wirkte. Das jedoch erkannte sie in dem schmalen Wandspiegel nicht.

Fest entschlossen, überdeutlich werden zu lassen, wie wenig Mühe sie sich gegeben hatte, verzichtete sie auf Make-up – nun ja, fast. Vor sich hinmurmelnd, trug sie etwas Rouge auf. Schlichte weibliche Eitelkeit, mehr nicht, sagte sie sich und zog auch noch den farblosen Lipglossstift über die Lippen. Immerhin gab es einen Riesenunterschied zwischen »wenig Mühe« und »ungepflegt«. Sie griff schon nach der Parfümflasche, als sie sich zusammennahm und die Hand wieder sinken ließ. Nein, das wäre definitiv zu viel Aufwand. Mehr als Seife würde Chase nicht bekommen! In dem Moment, als sie sich vom Spiegel abwandte, kam Candy herein.

»Wow!« Candy blieb im Türrahmen stehen und musterte Eden kritisch. »Du siehst umwerfend aus!«

»Tu ich das?« Mit gerunzelter Stirn drehte Eden sich wieder zum Spiegel um. »›Umwerfend‹ war eigentlich nicht das, was ich erreichen wollte. Eher eine Art von ›unscheinbar‹.«

»Du würdest niemals unscheinbar aussehen, und wenn du dich in Sack und Asche hüllst. So wie ich niemals fein und grazil aussehen würde, selbst nicht mit Spitzenborte an den Handgelenken.«

Mit einem entnervten Laut zupfte Eden an der verräterischen Spitze. »Ich wusste es! Ich wusste, dass es ein Fehler ist. Aber vielleicht kann ich sie ja abreißen …«

»Wag es bloß nicht!« Lachend eilte Candy in den Raum, um Eden davon abzuhalten, die Bluse zu ruinieren. »Außerdem kommt es nicht auf die Kleider an, sondern auf die Haltung, nicht wahr?«

Eden zupfte ein letztes Mal an der Spitze. »Candy, bist du auch wirklich sicher, dass hier alles in Ordnung ist? Ich könnte immer noch absagen …«

»Alles ist in Ordnung.« Candy ließ sich auf ihr Bett fallen und schälte die Banane, die sie mitgebracht hatte. »Eigentlich ist alles sogar in bester Ordnung. Ich nehme mir nur fünf Minuten Zeit, um dir viel Spaß für heute Abend zu wünschen und mich vollzustopfen.« Zum Beweis biss sie ein großes Stück Banane ab. »Denn gleich treffen wir uns alle im Speisesaal, um die Musik für unsere Party durchzusehen. Die Mädchen wollen ein bisschen üben für den großen Abend.«

»Dann könntest du wohl eine zusätzliche Aufsicht gut gebrauchen.«

Candy winkte mit der halb gegessenen Banane ab. »Die nächsten Stunden werden sich in den gleichen vier Wänden abspielen. Du geh und genieß dein Dinner. Und hör auf, dir Sorgen zu machen. Wohin geht ihr überhaupt?«

»Weiß ich nicht.« Sie steckte sich noch ein Taschentuch in die Handtasche. »Und es ist mir auch egal.«

»Komm schon, nach sechs Wochen gesunder, gutbürgerlicher Küche … Freust du dich nicht wenigstens ein bisschen auf köstliche Austern und edle Weinbergschnecken?«

»Nein.« Nervös spielte Eden mit dem Verschluss ihrer Tasche, klappte sie auf und wieder zu. »Ich habe nur zugesagt, weil das einfacher war, als eine Szene zu machen.«

Candy zog den letzten Bissen aus der Bananenschale. »Der Mann weiß, wie er seinen Kopf durchsetzt, was?«

»Es wird höchste Zeit, dass das aufhört.« Mit einem endgültig klingenden Klicken verschloss Eden ihre Tasche. »Und zwar noch heute Abend.«

Als ein Wagen sich näherte, stützte Candy sich auf einen Ellbogen auf. Sie sah, dass Eden nervös an ihrer Unterlippe kaute, sagte jedoch nichts, sondern winkte nur mit der Bananenschale Richtung Tür. »Na dann, viel Glück.«

Ihr Schmunzeln war Eden nicht entgangen. Bei der Tür blieb sie noch einmal stehen. »Sag mal, auf wessen Seite stehst du eigentlich?«

»Auf deiner, Eden.« Candy streckte sich. »Definitiv auf deiner.«

»Ich bin früh zurück.«

Candy lächelte wissend, enthielt sich klugerweise aber jeglichen Kommentars, bis das Fliegengitter hinter Eden zufiel.

So viel Mühe Eden sich auch gab, unnahbar, eisig und gelangweilt auszusehen – Chase stockte der Atem, als sie aus dem Blockhaus trat. Noch stand die Abendsonne am

Himmel, die letzten Strahlen fingen sich in Edens Haar und ließen es aufschimmern. Der Rock schwang um ihre bloßen Beine, die Haut von den langen Stunden im Freien golden gebräunt. Das Kinn hatte sie leicht angehoben, ob aus Ärger oder Trotz, wusste er nicht zu sagen. Er hatte nur Augen für die elegante Linie ihres Halses. Kaum dass sie den ersten Schritt auf das Gras setzte, setzte sich auch in ihm der gleiche tiefe, verlangende Puls wie heute Vormittag in Gang.

Eden hatte erwartet, dass er in formeller Garderobe weniger … weniger gefährlich aussehen würde. Nun musste sie feststellen, dass sie ihn erneut unterschätzt hatte. Das Sportjackett kaschierte seine Muskeln nicht, sondern betonte im Gegenteil noch die breiten Schultern. Das Hemd, ob nun Zufall oder bewusst gewählt, passte zu seinen Augen und stand am Hals lässig offen. Ein gelöstes Lächeln zog langsam auf seine Lippen, und Eden lächelte automatisch zurück.

»Genau so habe ich dich mir vorgestellt.« In Wirklichkeit war er sich nicht einmal sicher gewesen, ob sie kommen würde. Oder wie er reagiert hätte, wenn sie sich in der Hütte eingeschlossen und sich geweigert hätte, mit ihm auszugehen. »Ich freue mich, dass du mich nicht enttäuschst.«

Schon merkte sie, wie ihr fester Vorsatz zu wanken begann. Angestrengt riss sie sich zusammen. »Ich habe dir schließlich zugesagt«, setzte sie an und verstummte prompt, als er ihr einen Strauß Anemonen überreichte. Offensichtlich hatte er ihn am Straßenrand selbst gepflückt. Er ist nicht süß, ermahnte sie sich in Gedanken. Und sie war auch nicht empfänglich für solche Gesten. Dennoch konnte sie nicht anders, sie barg das Gesicht in den farbenfrohen Blüten.

Ein Bild, das er sein ganzes Leben lang nie vergessen würde, das wusste Chase schon jetzt mit Sicherheit: Eden, einen Strauß Wiesenblumen mit beiden Händen umfassend. Die Augen, in denen Entzücken und Verwirrung standen, waren über den Blütenblättern zu ihm erhoben.

»Danke.«

»Ist mir ein Vergnügen.« Er nahm ihre Hand und führte sie an seine Lippen. Sie hätte sie wegziehen müssen; sie wusste, dass sie das hätte tun sollen. Und doch … in diesem Moment lag etwas so Einfaches, so Richtiges, ganz so, als würde sie ihn wiedererkennen, aus einem Traum vor langer Zeit. Benommen machte sie einen Schritt vor, doch dann ertönte ein leises Kichern und brach den Bann.

Sofort versuchte sie, ihre Hand zurückzuziehen. »Die Mädchen.« Sie schaute sich um und erhaschte gerade noch einen Blick auf die Phillies-Kappe, bevor diese mit ihrer Trägerin um die Ecke einer Blockhütte verschwand.

»Nun, dann wollen wir sie doch nicht enttäuschen, oder?« Chase drehte ihre Hand um und setzte einen Kuss auf die Innenfläche. Eden spürte, wie eine Hitzewelle durch ihren Körper lief.

»Du bist absichtlich unmöglich.« Dennoch schloss sie die Finger um den Kuss, so als wolle sie das Gefühl auf immer festhalten.

»Richtig.« Er lächelte und widerstand dem Impuls, sie in seine Arme zu ziehen und sich das zu holen, was ihre Augen, wenn auch nur kurz, versprochen hatten.

»Wenn du mich dann loslassen könntest, würde ich die Blumen erst gern in eine Vase stellen.«

»Das übernehme ich.« Candy stieß sich vom Türrahmen ab und kam nach draußen. Nicht einmal Edens Blick wischte das zufriedene Lächeln von Candys Gesicht. »Sie sind wunderhübsch, nicht wahr? Amüsiert euch gut, ihr beiden!«

»Das werden wir, bestimmt.« Chase verschränkte seine

Finger mit Edens und zog sie zu seinem Wagen. Eden versuchte sich davon zu überzeugen, dass die Sonne sie geblendet haben musste. Denn warum sonst wäre ihr wohl der weiße Lamborghini nicht aufgefallen, der vor der Blockhütte parkte? Sie setzte sich auf den Beifahrersitz und warnte sich selbst. Sie musste auf der Hut bleiben.

Sobald der Motor aufheulte, erhob sich auch ein ganzer Chor von Abschiedsrufen. Alle Mädchen und Betreuerinnen standen plötzlich aufgereiht da und winkten ihnen zu. Eden kaschierte ihr Kichern mit einem Hüsteln.

»Das hier scheint einer der Höhepunkte des diesjährigen Sommercamps zu werden.«

Chase streckte die Hand aus dem Fenster und winkte zurück. »Dann sehen wir doch mal, ob wir es nicht auch zu einem unserer Höhepunkte machen können.«

Etwas in seinem Ton ließ sie ihm das Gesicht zuwenden, gerade lange genug, um das spitzbübische Grinsen auf seiner Miene zu erkennen. In dieser Sekunde fasste Eden einen Entschluss: Oh ja, sie würde ganz sicher auf der Hut sein. Aber sie würde den Teufel tun und sich einschüchtern lassen.

»Na schön.« Sie lehnte sich in die Polster zurück. »Seit Wochen habe ich keine Mahlzeit mehr gegessen, die nicht auf einem Plastiktablett stand.«

»Dann lasse ich das wohl besser weg, was?«

»Ich würde das wirklich sehr zu schätzen wissen.« Eden lachte, um sich dann hastig in Gedanken zu versichern, dass ein Lachen nicht gleich bedeutete, ihre Vorsicht fahren zu lassen. »Halte mich ja auf, falls ich anfangen sollte, Besteck zu sortieren.«

Der Fahrtwind, der durch das offene Fenster hereinwehte, war warm und frisch wie die Blumen, die Chase ihr mitgebracht hatte. Eden hielt das Gesicht in die Brise. »Das ist schön. Vor allem, weil ich eigentlich eher mit einem Pick-up gerechnet hatte.«

»Auch wir Landeier wissen einen schnittigen Wagen zu schätzen.«

»So meinte ich das nicht.« Eine erklärende Entschuldigung auf den Lippen, sah sie zu ihm hin und sah, dass er lächelte. »Vermutlich wäre es dir auch gleich, selbst wenn ich es so gemeint hätte.«

»Ich weiß, was ich bin, was ich will und was ich kann.« Er drosselte das Tempo, um eine Kurve zu nehmen. Kurz blickte er sie an. »Doch die Meinungen bestimmter Leute sind mir wichtig. Wie auch immer: Ich ziehe die offene Landschaft jedem Verkehrsstau vor. Was ist mit dir, Eden?«

»Ich habe mich noch nicht entschieden.« Das stimmte tatsächlich, wie ihr in diesem Augenblick klar wurde. Innerhalb weniger Wochen hatten ihre Prioritäten sich verschoben, hatten ihre Hoffnungen eine andere Richtung eingeschlagen. In Gedanken versunken, wäre ihr der geschwungene Namenszug über den beiden Steinpfeilern fast nicht aufgefallen. »Wohin fahren wir?«

»Zum Dinner.«

»Auf der Plantage?«

»In meinem Haus.« Er schaltete den Gang herunter und rollte über die Auffahrt.

Eden bemühte sich, ihrer aufsteigenden Besorgnis keine Aufmerksamkeit zu schenken. Es war sicherlich nicht das volle – und damit sichere – Restaurant, das sie erwartet hatte. Nun, sie war vorher schon zu privaten Dinnern gegangen, oder etwa nicht? Von Kindesbeinen an war sie dazu erzogen worden, sich auf jedem gesellschaftlichen Parkett zurechtzufinden. Doch die Anspannung blieb. Ein Dinner mit Chase allein würde nicht, *konnte* gar nicht sein wie irgendein anderer gesellschaftlicher Anlass.

Noch während sie sich überlegte, wie sie einen höflichen Protest formulieren sollte, fuhr der Wagen über eine letzte Anhöhe. Das Haus lag vor ihnen.

Es war ganz aus Stein gebaut. Eden wusste nicht zu sagen, ob die Quader aus einem Steinbruch aus der Gegend stammten. Aber sie konnte sehen, dass es ein wahrhaft stattliches Haus war, würdevoll und wunderschön in der Witterung gealtert. Auf den ersten Blick schien es nur grau zu sein, doch bei genauerem Betrachten sah man, wie die verschiedensten Farben auffunkelten: Bernstein, ein rötliches Braun, Umbra und hier und da ein Hauch Grün. Die Sonne hatte noch genug Kraft, um die Quarzsplitter glitzern zu lassen. Es gab drei Stockwerke, das oberste wurde von einem breiten Balkon umrundet. Eden nahm das Rot von Geranien und das kräftige Gelb von Tagetes wahr, die üppig in Balkonkästen wuchsen, und sie roch den Lavendel bereits, bevor sie den Steingarten sah.

Eine breite geschwungene Steintreppe, die Stufen in der Mitte unmerklich ausgetreten, führte hinauf zu einer gläsernen Flügeltür. In einem alten Holzfass neben der Eingangstür nickten in der Abendbrise Gänseblümchen dem Ankömmling huldvoll zu.

Es war nicht das, was sie erwartet hatte, und doch … alles an dem Haus erkannte sie wieder.

Dass er so nervös war, verdutzte Chase. Eden sagte kein Wort, als er den Wagen abbremste. Sagte immer noch nichts, als er um die Kühlerhaube herumkam und die Beifahrertür für sie öffnete. Es war ihm wichtig, mehr, als er je geahnt hätte, was sie denken, was sie fühlen, was sie über sein Heim sagen mochte.

Sie legte ihre Hand in seine, und er wusste, es war eine eher automatische Geste, eine Gewohnheit. Dann stand sie neben ihm und sah sich an, was das Seine war seit seiner Geburt. Die Anspannung schnürte ihm die Kehle zu.

»Oh Chase, es ist wunderschön!« Sie hob die freie Hand und beschattete ihre Augen gegen die Sonne, die hinter dem Haus stand. »Kein Wunder, dass du dein Heim so sehr liebst.«

»Mein Urgroßvater hat es gebaut.« Die Anspannung verflog von einer Sekunde auf die andere, ohne dass er sich dessen bewusst geworden wäre. »Er hat sogar mitgeholfen, die Steine zu hauen. Er wollte etwas erschaffen, das Bestand haben und immer einen Teil von ihm in sich tragen sollte, solange es existiert.«

Eden dachte an das Heim, in dem Generation um Generation ihrer Familie gelebt hatte. Das altbekannte Gefühl wallte auf, brannte hinter ihren Augen. Das Heim, das sie verloren hatte. Verkauft hatte. Der Drang, Chase davon zu erzählen, wurde nahezu übermächtig. Sie wusste, er würde es verstehen.

Er konnte ihren Stimmungswandel spüren, noch bevor er sie ansah und das feuchte Schimmern von Tränen in ihren Augen entdeckte. »Was ist denn, Eden?«

»Nichts.« Nein, sie konnte ihm nichts davon sagen. Manche Wunden versteckte man besser, ließ andere nichts davon wissen. »Ich musste nur daran denken, wie wichtig Tradition ist.«

»Du vermisst deinen Vater noch immer.«

»Ja.« Die Tränen waren heruntergeschluckt, der Moment vorbei. »Ich würde es mir gern von innen ansehen.«

Chase zögerte den Bruchteil einer Sekunde. Er wusste, dass da noch mehr gewesen war, dass sie kurz davor gestanden hatte, sich ihm anzuvertrauen. Er konnte warten – auch wenn sein Geduldsfaden immer dünner wurde. Er würde warten *müssen*, bis sie diesen einen Schritt auf ihn zu machte, anstatt ständig vor ihm zurückzuweichen.

Ihre Hand noch immer in seiner, stieg er mit ihr die Treppe empor zur Tür. Innen in der Diele lag ein aprikosenfarbener Fellhügel. Squat. Selbst als Chase die Tür geräuschvoll aufschob, schnarchte der Hund seelenruhig weiter.

»Bist du sicher, dass du einen so gefährlichen Wachhund einfach so herumliegen lassen kannst, ohne ihn anzuketten?«

»Ich halte überzeugt an der Theorie fest, dass jeder Einbrecher es sich zweimal überlegen wird, ob er über Squat steigen will.« Chase fasste Eden um die Taille und hob sie über den Hund.

Die Steinwände hielten die Sommerhitze ab, in der Halle war es angenehm kühl. Hohe, offene Decken schufen die Illusion von unbegrenztem Platz. Eine Landschaft von Monet zog Edens Blick an, doch bevor sie eine Bemerkung machen konnte, hatte Chase sie schon durch eine hohe schwere Mahagonitür gezogen.

Es war ein gemütlicher Raum mit Fenstersitzen. Die Fenster zeigten nach Osten und Westen. Eden stellte sich vor, wie schön es sein musste, in den gepolsterten Nischen zu sitzen und mitzuverfolgen, wie die Sonne aufging oder unterging. Dieser Raum strahlte eine wunderbare Behaglichkeit aus. Blau war die vorherrschende Farbe, angefangen vom blassesten Aquamarin bis hin zum tiefsten Indigo. Handgewebte Teppiche bildeten Farbtupfer zwischen antiken Möbeln. In einer großen runden Vase stand ein üppiger Strauß frischer Blumen, ein Detail, das Eden bei einem Junggesellen nicht zu sehen erwartet hätte. Vor allem nicht bei einem, der mit seinen Händen arbeitete.

In Gedanken versunken, ging Eden zum Westfenster. Die untergehende Sonne warf lange Schatten über die Gebäude, durch die Chase sie und die Mädchen am Vormittag geführt hatte. Sie erinnerte sich an die Fließbänder, die Sortiermaschinen, an die vielen Arbeiter und den geschäftigen Lärm. Doch hinter ihr lag ein kleiner eleganter Raum mit Kupferschalen und Bauernrosen.

Ruhe und Herausforderung in Harmonie. Eden seufzte, ohne zu wissen, warum. »Es muss wunderschön sein, wenn die Sonne untergeht.«

»Meine Lieblingsaussicht.« Seine Stimme erklang direkt hinter ihr. Und dieses Mal versteifte sie sich nicht, als er ihr die Hände auf die Schultern legte. Er versuchte sich einzureden, es sei reiner Zufall, dass sie sich ausgerechnet an dieses Fenster gestellt hatte. Doch fast mochte er glauben, dass es sein Wunsch gewesen war, der sie hierhin geführt hatte – sein Wunsch, dass sie sah und verstand. Aber es wäre unklug, zu vergessen, wer sie war und wie sie sich zu leben entschieden hatte. »Hier gibt es keine Konzertsäle und keine Museen.«

Behutsam massierten seine Finger ihre Schultern, doch seine Stimme war nicht das, was man sanft nennen würde. Fragend wandte Eden sich um. Er hob die Hände, damit sie sich drehen konnte, ließ sie wieder zurück auf ihre Schultern fallen.

»Ich kann mir nicht vorstellen, dass sie hier vermisst werden. Und wenn, dann kannst du hinfahren und wieder hierher zurückkommen.« Ohne nachzudenken hob sie die Hand und strich ihm das Haar aus der Stirn. Noch während sie sich dabei ertappte, fasste er nach ihrem Handgelenk. »Chase, ich …«

»Zu spät«, murmelte er und küsste ihre Fingerspitzen, eine nach der anderen. »Zu spät für dich. Zu spät für mich.«

Sie wollte es sich nicht erlauben, seinen Worten zu glauben. Sie durfte nicht zulassen, dass sie weich und empfindsam wurde. So sehr sie sich auch danach sehnte, sich ihm zu öffnen, wieder vertrauen zu können, wieder Träume und Wünsche aufkeimen zu lassen. Wie furchtbar es war, verletzlich zu sein! »Bitte, tu das nicht. Es wäre ein Fehler, für uns beide.«

»Wahrscheinlich hast du sogar recht.« Er selbst war sich dessen nahezu sicher. Und doch strich er sacht mit dem Mund über ihr Handgelenk, dort, wo ihr Puls wild hämmerte. Es war ihm gleich. »Jedermann hat das Recht, einen großen Fehler in seinem Leben zu machen.«

»Küss mich jetzt nicht, bitte.« Sie hob eine Hand, krallte die Finger in sein Hemd. »Dann kann ich nicht denken.«

»Das eine hat mit dem anderen nichts zu tun.«

Als seine Lippen die ihren berührten, fühlte es sich zärtlich an, zögernd und fragend. *Zu spät.* Die Worte hallten unablässig in ihrem Kopf nach, als sie sein Gesicht umfasste und sich fallen ließ. Das hier war es, was sie gewollt hatte, ganz gleich, wie viele Gegenargumente sie sich zurechtgelegt hatte, ganz gleich, wie viele Verteidigungsmauern sie aufgebaut hatte. Sie wollte sich an ihn schmiegen, von ihm gehalten werden und in einen Traum sinken, von dem sie nie mehr aufwachen würde.

Chase fühlte, wie sie die Finger in seinem Haar vergrub, und er musste sich zusammennehmen, um sie nicht zu bedrängen. Glühendes Verlangen schoss in ihm hoch, doch er musste es zügeln, bis sie ihm vertraute. Für sich, mit seinem Herzen, hatte er längst erkannt, dass sie mehr war als die Herausforderung, die er zu Anfang in ihr gesehen hatte. Sie war mehr als der Sommerflirt, den er vorgezogen hätte. Doch als ihr schlanker, weicher Körper sich an ihn presste und ihr warmer, williger Mund sich öffnete, da konnte er nur noch daran denken, wie sehr er sie wollte – in genau diesem Moment, als die Sonne im Westen hinter den Hügeln unterging.

»Chase.« Das wilde, unbändige Hämmern ihres Herzens ängstigte sie am meisten. Sie zitterte. Eden fühlte das Beben tief in sich einsetzen. Es breitete sich aus, in ihrem ganzen Sein, wuchs an zu einer überwältigenden Kombination aus Angst und Erregung. Wie konnte sie gegen Ersteres ankämpfen und sich dem Zweiten ergeben? »Chase, bitte.«

Er zog sich zurück, Zentimeter um Zentimeter, einer schmerzhafter als der andere. Er hatte nicht vorgehabt, so weit zu gehen. Zuzulassen, dass sie beide so weit gingen, so schnell. Oder vielleicht doch, dachte er, als er sich mit den Fingern durchs Haar fuhr. Vielleicht hatte er sie beide auf die Antwort zutreiben wollen, die noch immer so weit entfernt schien.

»Die Sonne geht unter.« Seine Hände zitterten unmerklich, als er Eden wieder zum Fenster umdrehte. »Nicht mehr lange, und das Licht wird ein völlig anderes sein.«

Eden konnte ihm nur dankbar sein, dass er ihr Zeit und Gelegenheit bot, um ihre Fassung zurückzufinden. Erst viel später würde ihr klar werden, welche Anstrengung es ihn gekostet haben musste.

Eine Weile standen sie so da, sahen schweigend zu, wie die Berge in ein erstes Rosé getaucht wurden. Ein heiseres, aber vernehmliches Hüsteln durchbrach die angespannte Stille. Eden zuckte zusammen.

»'Tschuldigung.«

Der Mann, der in der Tür stand, hatte einen struppigen Bart, lang genug, dass er ihm bis auf das rot karierte Hemd reichte. Er war nicht viel größer als Eden, doch mit dem massigen, kräftigen Körperbau war er eine imposante Erscheinung. Die Falten in seinem Gesicht verdeckten fast die dunklen Augen. Dann grinste er, und Eden erhaschte das Blitzen eines Goldzahns.

Aha. Das war also die kleine Lady, die seinem Boss so langsam, aber sicher den Verstand raubte! Hübscher als ein Korb voll frisch gepflückter Äpfel, beschied er und nickte ihr anerkennend zu. »Dinner ist serviert. Wenn ihr es nicht kalt essen wollt, solltet ihr euch besser in Bewegung setzen.«

»Eden Carlbough – Delaney.« Chase zog leicht eine Augenbraue in die Höhe. Er wusste, Delaney hatte die Situation mit einem Blick erfasst. »Er kann kochen, ich nicht. Das ist auch der Grund, warum ich ihn nicht schon längst gefeuert habe.«

Er bekam ein kehliges Lachen als Antwort. »Er feuert mich nicht, weil ich ihm seine Rotznase geputzt und die Schnürsenkel gebunden habe.«

»Vielleicht sollten wir noch hinzufügen, dass das inzwischen immerhin dreißig Jahre her ist.«

Eden erkannte sofort, wie zugeneigt die beiden einander waren – und wie gereizt Chase plötzlich reagierte. Es freute sie irgendwie, dass es also doch jemanden gab, der ihn aus der Ruhe bringen konnte. »Nett, Sie kennenzulernen, Mr. Delaney.«

»Einfach nur Delaney, Ma'am.« Das breite Grinsen noch immer auf dem Gesicht, strich er sich über den langen Bart. »Hübsch, wirklich hübsch«, sagte er an Chase gewandt. »Wenn man schon daran denkt, sesshaft zu werden, dann besser mit jemandem, der einem nicht schon beim Frühstück mit seinem Anblick den Appetit verdirbt. Das Essen wird kalt«, fügte er noch hinzu und war schon verschwunden.

Eden hatte bei Delaneys kleiner Rede höflich geschwiegen, doch ein Blick in Chases Miene reichte, und sie brach in helles Lachen aus. Ein Laut, der Chase erst recht daran denken ließ, Delaney an seinem eigenen Bart aufzuhängen.

»Freut mich, dass du dich amüsierst.«

»Sogar ganz prächtig! Ich erlebe zum ersten Mal, dass dir die Worte fehlen. Und natürlich fühle ich mich geschmeichelt, weil mein Anblick niemandem den Appetit verdirbt.« Sie nahm ihm den Wind aus den Segeln, indem sie ihm ihre Hand bot. »Komm. Das Essen wird sonst kalt.«

Statt ins Esszimmer führte Chase sie auf eine verglaste Veranda. Zwei große Ventilatoren drehten sich träge an der Decke und verteilten die frische Abendluft, die durch die gekippten Fenster strömte. Ein Windspiel klingelte leise zwischen zahllosen Blumenampeln, aus denen sich üppig blühende Fuchsien ergossen.

»Dein Haus bietet eine Überraschung nach der anderen«, sagte Eden, als ihr Blick auf das dick gepolsterte Zweiersofa und die Korbmöbel fiel. »Jeder Raum scheint allein auf Entspannung und eine wunderschöne Aussicht ausgerichtet zu sein.«

Der Tisch war mit Tongeschirr in kräftigen Farben gedeckt. Obwohl noch das Licht des Tages in der Luft hing, brannten bereits zwei hohe Kerzen auf dem Tisch. Neben Edens Teller lag eine einzelne Rose.

Romantik, dachte sie. Die Romantik, von der sie einst geträumt hatte und vor der sie sich nun in Acht nehmen musste. Doch ob Zweifel oder nicht, sie nahm die Rose auf und lächelte Chase zu. »Danke. Oder ist das vielleicht deine?« Während sie lachte, rückte Chase ihr den Stuhl zurecht.

»Setzt euch, setzt euch und esst, solange es warm ist.« Trotz seiner Körperfülle legte Delaney ein erstaunliches Tempo an den Tag, als er mit einem großen Tablett auf die

Veranda kam. Da sie befürchtete, einfach niedergewalzt zu werden, kam Eden seiner Aufforderung nur allzu willig nach.

»Hoffentlich haben Sie Hunger mitgebracht. Sie könnten durchaus ein wenig mehr auf den Rippen gebrauchen, Mädchen. Nun, ich habe ja schon immer eine Vorliebe für etwas drallere Frauenzimmer gehabt.«

Beim Sprechen servierte Delaney einen köstlich aussehenden Meeresfrüchtesalat. »Ich habe meine Spezialität zubereitet: Chicken Delaney. Wenn ihr mit dem Salat nicht zu lange trödelt, bleibt es unter der Haube warm. Der Apfelkuchen steht auf der Wärmeplatte, Kekse sind da unter der Haube.«

Ungezwungen ließ er eine Weinflasche in den Eiskübel fallen. »Das ist der besondere Wein, den du wolltest«, sagte er zu Chase, trat zurück, begutachtete seine Arbeit mit zusammengekniffenen Augen und schnaubte dann zufrieden. »Ich geh jetzt nach Hause. Lasst das Hühnchen nicht kalt werden.«

Er wischte sich die Hände an der Jeans ab, drehte sich um und ließ die Tür hinter sich ins Schloss fallen.

»Delaney ist ein Original, nicht wahr?« Chase nahm die Weinflasche aus dem Kübel und schenkte zwei Gläser ein.

»Allerdings«, stimmte Eden zu. Es war wahrhaft erstaunlich, dass diese kräftigen Hände etwas so Delikates wie den Meeresfrüchtesalat vor ihr geschaffen hatten.

»Seine Kekse sind die besten in ganz Pennsylvania.« Chase hob sein Glas und prostete ihr zu. »Und sein Beef Wellington ist unerreicht.«

»Beef Wellington?« Kopfschüttelnd nippte Eden an ihrem Wein. Er war gekühlt, frisch, fruchtig. »Versteh mich bitte nicht falsch, aber er wirkt doch eher wie jemand, der ein saftiges Steak auf den Grill wirft.« Sie tauchte ihre Gabel in den Salat. »Aber ...«

»… der äußere Eindruck kann täuschen«, beendete Chase den Satz für sie. Er freute sich über ihre genüsslich geschlossenen Augen bei ihrem ersten Bissen. »Delaney kocht hier schon, solange ich denken kann. Mein Großvater hat ihm vor etwa vierzig Jahren geholfen, ein Cottage zu bauen; seitdem lebt er dort. Mal von Naseputzen und Schnürsenkelbinden abgesehen – er gehört zur Familie.«

Eden nickte nur stumm und senkte den Blick auf ihren Teller. Sie erinnerte sich nur allzu gut daran, wie schwer es gewesen war, den langjährigen Hausangestellten zu sagen, dass sie verkaufen musste. Vielleicht waren sie nicht so informell und salopp miteinander umgegangen wie Chase und Delaney, dennoch hatten sie alle zur Familie gehört.

Da war es wieder – dieses düstere Aufflackern von Trauer, das er schon vorher in ihren Augen gesehen hatte. Chase wollte helfen und legte über dem Tisch seine Hand auf ihre. »Eden?«

Viel zu hastig zog sie ihre Hand unter der seinen hervor und begann wieder zu essen. »Das hier ist großartig. Zu Hause habe ich eine Tante, die würde dir Delaney sofort nach dem ersten Bissen wegschnappen.«

Zu Hause, dachte er und zog sich unwillkürlich zurück. Philadelphia war noch immer zu Hause für sie.

Das Hühnchen Delaney machte seinem Namen alle Ehre. Während die Sonne versank, genossen Eden und Chase ein köstliches Mahl in angeregter Unterhaltung, auch wenn sie bei praktisch allen Themen gegensätzliche Meinungen vertraten.

Sie las Keats, er Agatha Christie. Sie liebte Bach, er Metalbands wie Haggard. Doch das schien nicht wichtig, als das rosige Licht der Dämmerung durch die Glaswände fiel. Die Kerzen brannten langsam nieder. Wein glitzerte in kristallenen Gläsern, lud ein zum Trinken und Genießen. In der Nähe erklang der klare, helle Ruf der Wachteln.

»Was für ein hübscher Laut.« Eden stieß einen zufriedenen Seufzer aus. »Wenn sich am Abend Stille über das Camp legt, dann hören wir die Vögel. Ein Ziegenmelker hat beschlossen, jeden Morgen vor unserer Hütte ein Ständchen zum Besten zu geben. Man kann fast die Uhr nach ihm stellen.«

»Die meisten von uns sind Gewohnheitstiere«, murmelte er. Er fragte sich, welche Gewohnheiten sie wohl haben mochte und welche Gewohnheiten sie geändert hatte. Er nahm ihre Hand und drehte die Handfläche nach oben. Die Schwielen hatten sich verhärtet. »Du hast meinen Rat nicht befolgt.«

»Welchen?«

»Dass du Handschuhe tragen solltest.«

»Es schien mir wenig Sinn zu machen. Außerdem …« Ihre Stimme erstarb, sie hob ihr Weinglas an.

»Außerdem?«, hakte er nach.

»Hornhaut ist ein Zeichen dafür, dass ich etwas getan habe. Man muss sie sich verdienen«, sprudelte es aus ihr heraus. Sofort verfluchte sie sich in Gedanken. Wahrscheinlich würde er sie jetzt auslachen.

Er lachte nicht. Musterte sie nur schweigend und strich mit dem Daumen über die harte Haut. »Gehst du wieder zurück?«

»Wohin?«

»Nach Philadelphia.«

Es wäre töricht, ihm zu erzählen, wie sehr sie versuchte, nicht darüber nachzudenken. Also ließ sie die neue, die praktische Eden antworten. »Das Sommercamp schließt in der letzten Woche im August. Wohin sollte ich sonst gehen?«

»Sicher, wohin sonst?«, stimmte er zu. Doch als er ihre Hand losließ, verspürte sie einen Hauch von Verlust anstatt

Erleichterung. »Vielleicht kommt für jeden irgendwann die Zeit, da man sich seine Möglichkeiten sehr genau ansehen muss.«

Er stand auf, und Edens Hände ballten sich unwillkürlich zu Fäusten. Er machte einen Schritt vor, und das Herz schlug ihr bis in den Hals. »Ich bin gleich zurück.«

Als sie allein war, atmete Eden zitternd aus. Was hatte sie eigentlich erwartet? Was hatte sie sich erhofft? Sie war etwas wackelig, als sie sich erhob, doch das konnte auch am Wein liegen. Aber der Wein hätte sie aufwärmen müssen. Stattdessen verspürte sie einen Kälteschauer. Sie rieb sich die Arme. Die Luft war still und klar, der Himmel von einem tiefen Blau. Nur am Horizont schimmerte noch ein roter Schein. Sie konzentrierte sich auf diesen glutroten Streifen. Sie wagte kaum, daran zu denken, wie der Himmel aussehen würde, wenn die Sterne aufgingen.

Vielleicht würden Chase und sie sich ja wieder zusammen die Sterne ansehen. Dann würde sie die Sternbilder suchen, und dann würde sie erneut von diesem wunderbaren Gefühl erfüllt werden, das ihr sagte, dass ihre Bedürfnisse und Träume sich vermischten. Mit seinen.

Eden presste die Hand vor den Mund und versuchte, den Gedankengang aufzuhalten. Es war nur … Dieser Abend war viel schöner, als sie ihn sich vorgestellt hatte. Es war nur … Chase und sie hatten mehr gemein, als sie es für möglich gehalten hatte. Es war nur … Er besaß eine innere Sanftheit, die sie berührte, wenn sie es am wenigsten erwartete. Und wenn er sie küsste, fühlte sie sich, als würde die ganze Welt ihr zu Füßen liegen.

Nein. Unruhig grub sie die Finger in ihre Oberarme. Sie verlor sich schon wieder in Romantik und Tagträumereien. Dabei konnte sie es sich doch gar nicht leisten, zu träumen.

Sie hatte doch gerade erst angefangen, ihr Leben umzukrempeln, es selbst in die Hand zu nehmen. Es war schlicht unmöglich, sich vorzustellen, Chase könnte ein Teil davon werden.

In diesem Moment hörte sie die Musik. Sie kannte das Stück nicht, dennoch sandte die melancholische Melodie ihr einen prickelnden Schauer über den Rücken. Sie musste gehen, sofort. Sie hatte sich von der Atmosphäre einfangen lassen. Vom Haus, vom Sonnenuntergang, vom Wein. Von ihm. Sie würde ihm sagen, dass sie jetzt zurück zum Camp wollte. Sie würde ihm für den Abend danken, und dann … dann würde sie schnellstmöglich die Flucht ergreifen.

Als Chase zurückkam, stand Eden neben dem Tisch. Kerzenschein flackerte über ihre Haut. Das heranziehende Dunkel der Nacht schien hinter ihrem Rücken zu wirbeln. Der Duft der Bauernrosen wehte durch die Fenster herein, sacht und schwer wie ein süßer Seufzer. Er fragte sich, ob sie sich in Luft auflösen würde, sollte er sie berühren.

»Chase, ich denke, ich sollte jetzt besser …«

»Schhh.« Nein, sie würde sich nicht auflösen, beruhigte er sich. Sie war real. So wie er auch. Mit einer Hand griff er nach ihrer, die andere legte er an ihre Taille. Nach einem kurzen Zögern begann Eden, sich zusammen mit ihm zu bewegen. »Das Schöne an Countrymusik ist, dass man zu ihr tanzen kann.«

»Ich … äh … Ich kenne das Lied nicht.« Doch es fühlte sich so gut und so richtig an, sich mit ihm zusammen zum Rhythmus zu wiegen, während die Dunkelheit sich senkte.

»Der Song handelt von einem Mann, einer Frau und Leidenschaft. Die besten Songs handeln alle davon.«

Eden schloss die Augen. Sein Jackett strich sanft über ihre Wange, sie fühlte seine Hand an ihrem Rücken. Er roch nach

Seife, doch keine, die eine Frau benutzen würde. Der Duft war durch und durch männlich. Sie wollte ihn schmecken. Sie legte den Kopf an seine Schulter, sodass ihre Lippen seinen Hals berührten.

Sein Puls schlug hart und kräftig und schnell. Eden ließ die Vorsicht fahren und schmiegte sich enger an ihn, konnte fühlen, wie sein Puls zu rasen begann. Ihr eigenes Herz pochte wie wild. Eden ließ einen verträumten Seufzer hören und fuhr mit der Zungenspitze über seine Haut.

Chase wollte sich zurückziehen. Er hatte es wirklich vor! Als er die Veranda verlassen hatte, da hatte er sich versprochen, das Tempo so weit zurückzudrosseln, dass sie beide damit zurechtkommen konnten. Doch jetzt war Eden eng an ihn gepresst, ihr Körper bewegte sich im Einklang mit seinem, ihre Finger lagen leicht an seinem Nacken, und ihr Mund ... Mit einem leisen Fluch zog Chase sie an sich und ergab sich seinem Verlangen.

Der Kuss war drängend, fordernd, mitreißend. Und obwohl sie so etwas noch niemals erfahren hatte, war auch sofort ein Gefühl von Vertrautheit dabei. Wie als Zeichen der Kapitulation lehnte Eden den Kopf zurück. Ihre Lippen öffneten sich. Hier und jetzt, in diesem Augenblick, wollte sie das Feuer und die Leidenschaft erfahren, die bisher nur als Ahnung unter der Oberfläche durchgeschimmert waren.

Vielleicht hatte er sie mit auf das kleine Sofa gezogen, vielleicht war sie es gewesen, die ihn dorthin gelenkt hatte, doch plötzlich lagen sie eng umschlungen auf den dicken Polstern. Der Schrei einer Eule war zu hören, einmal, zweimal, dann wurde es wieder still.

Er hatte sich vorgestellt, dass sie so leidenschaftlich sein würde. Er hatte sich ausgemalt, wie seine Lippen ihren Mund in Besitz nahmen und dass er dort unendliche Süße und Freigiebigkeit finden würde. Jetzt schwindelte ihm, denn das, was er gefunden hatte und was er in seinen Armen hielt, war so viel mehr als alles, was er sich je hätte vorstellen können.

Mit einer Hand strich er über ihre Seite und erhielt ein lustvolles Erschauern als Antwort. Sie bog sich ihm entgegen und stöhnte leise. Durch den dünnen Stoff ihrer Bluse konnte er fühlen, wie heiß ihre Haut war. Es lockte ihn, er wollte sie berühren, immer und immer wieder.

Er knöpfte den ersten Knopf ihrer Bluse auf, dann den zweiten. Folgte seinen Fingern mit den Lippen. Sie erschauerte und schob die Hände in sein Haar. Der Spitzenbesatz ihrer Manschetten strich über seine Wangen. Eden war, als würde ihr Körper mit Gefühlen geflutet, von denen sie früher nur geträumt hatte. Jetzt waren diese Empfindungen so wirklich und klar, dass sie jede einzelne mit jeder Faser ihres Körpers fühlen konnte.

Die Kissen an ihrem Rücken waren flauschig und weich, sein Körper war stark und warm. Die Brise, die das Windspiel in Bewegung hielt, brachte den Duft von Blumen mit. Hinter ihren geschlossenen Lidern konnte sie das Flackern des Kerzenscheins erkennen. Die Zikaden stimmten einen tausendstimmigen Chorus an. Doch noch viel intensiver nahm sie das Murmeln wahr, mit dem ihr Name über seine Lippen kam und auf ihrer Haut vibrierte.

Plötzlich lag sein Mund wieder heiß und gierig auf ihrem. In diesem Kuss konnte sie alles schmecken – sein Begehren, sein Verlangen, seine Leidenschaft, die jegliche Vernunft hinter sich zu lassen drohte. Sie selbst geriet in diesen Strudel, ihre Sinne taumelten. Sie stöhnte auf. Sie war dabei, sich Hals über Kopf zu verlieben.

Für einen kurzen Moment ergab sie sich dem Rausch, der Verzückung, dem Bewusstsein, ihn gefunden zu haben. Ihr

Traum und die Realität, es gab sie tatsächlich. Sie musste sie nur mit offenen Armen empfangen und zusehen, wie sie eins wurden …

Dann plötzlich setzte die Panik ein. Sie konnte nicht zulassen, dass es wahr wurde. Wie könnte sie das riskieren? Sie hatte ihr Vertrauen und ihr Versprechen schon verschenkt, wenn nicht sogar ihr Herz. Und sie war betrogen worden. Sollte sich das wiederholen, würde sie sich nie wieder davon erholen. Und wenn ihr das mit Chase passieren würde, würde sie sich auch gar nicht davon erholen *wollen*.

»Chase, nicht.« Sie drehte den Kopf zur Seite und versuchte, ihre Gedanken zu ordnen. »Bitte, wir müssen damit aufhören.«

Ihr Geschmack explodierte noch immer in seinem Mund, ihr Körper bebte unter seinem mit der gleichen Leidenschaft, die auch durch ihn hindurchraste. »Eden, Herrgott.« Mit übermenschlicher Anstrengung hob er den Kopf und sah in ihr Gesicht. Sie hatte Angst, er erkannte es und mühte sich, die eigenen Bedürfnisse im Zaum zu halten. »Ich werde dir nicht wehtun.«

Worte, die sie zutiefst aufwühlten. Er meinte es ernst, dessen war sie sicher, doch das hieß nicht, dass es nicht dennoch passieren würde. »Chase, es ist nicht richtig. Nicht für mich und für dich auch nicht.«

»Nicht?« Ein Knoten bildete sich in seinem Magen, er zog sie an sich. »Kannst du mir in die Augen sehen und sagen, dass es sich vor einer Minute nicht richtig angefühlt hat?«

»Nein, das kann ich nicht.« In einer Mischung aus Angst und Verwirrung fuhr sie sich mit beiden Händen durchs Haar. »Aber das ist nicht das, was ich will. Bitte versteh, dass es nicht das sein *kann*, was ich will. Nicht jetzt.«

»Du verlangst viel.«

»Mag sein. Aber es bleibt keine andere Wahl.«

Ihre Bemerkung machte ihn richtig wütend. Sie war es doch, die ihm die Wahl nahm. Einfach damit, dass sie existierte. Er hatte nicht darum gebeten, dass sie in seinem Leben auftauchte. Er hatte es nicht darauf angelegt, dass sie zum Zentrum seines Seins wurde. Sie hatte ihn an einen Punkt gebracht, an dem er fast wahnsinnig wurde. Und jetzt zog sie sich zurück und verlangte auch noch, dass er Verständnis aufbrachte.

»Nun gut, dann spielen wir eben nach deinen Regeln.« Seine Stimme klirrte vor Kälte, als er von ihr abrückte.

Eden schauderte. In Sekundenbruchteilen wurde ihr klar, dass seine Wut tödlich sein konnte. »Das ist kein Spiel.«

»Nein? Nun, was es auch ist, du beherrschst es gut.«

Eden presste die Lippen zusammen, sah ein, dass sie zumindest einen Teil seines schneidenden Vorwurfs verdient hatte. »Bitte, verdirb nicht, was passiert ist.«

Er ging zum Tisch, nahm sein Glas auf, studierte angelegentlich den Wein durch das Kristall. »Was ist denn passiert?«

Ich habe mich in dich verliebt. Doch statt es auszusprechen, schloss sie nur mit fahrigen Fingern die Knöpfe ihrer Bluse.

»Ich sage dir, was passiert ist.« Er stürzte seinen restlichen Wein hinunter, doch es half ihm nicht, sich zu beruhigen. »Nicht zum ersten Mal in unserer höchst interessanten Beziehung wechselst du ohne erkennbaren Grund von heiß auf kalt. Da frage ich mich doch automatisch, ob Eric die Hochzeit vielleicht aus reinem Selbstschutz abgeblasen hat.«

Er sah, wie ihre Finger reglos am obersten Knopf verharrten. Selbst in dem schwachen Licht konnte er mitverfolgen, wie alle Farbe aus ihrem Gesicht wich. Wie in Zeitlupe setzte er das leere Glas zurück auf den Tisch. »Entschuldige, Eden. Das war völlig unangemessen.«

Der Kampf um Selbstbeherrschung und Haltung war schwer. Eden gewann ihn. Sie zwang ihre Finger zum Beenden der angefangenen Aufgabe, dann erhob sie sich langsam. »Um dein reges Interesse zu befriedigen, werde ich dir sagen, dass Eric die Beziehung aus sehr viel pragmatischeren Gründen beendet hat. Vielen Dank für die Einladung, Chase. Das Essen war köstlich. Bitte richte auch Delaney meinen Dank aus.«

»Verdammt, Eden.«

Als er auf sie zugehen wollte, versteifte sie sich wie ein überspannter Bogen. »Würdest du mich jetzt bitte zurückbringen? Und bitte sag nichts mehr. Gar nichts.«

Damit drehte sie sich um und verschwand aus dem Kerzenschein.

6. Kapitel

In der ersten Augustwoche schien im Camp eine Katastrophe auf die nächste zu folgen. Zuerst gab es eine regelrechte Giftefeuepidemie. Innerhalb von vierundzwanzig Stunden liefen zehn der Mädchen und drei der Betreuerinnen dick mit Zinksalbe eingeschmiert herum. Die drückend schwüle Hitze half keineswegs dabei, den Juckreiz erträglicher zu machen.

Als der Ausschlag endlich unter Kontrolle gebracht war, regnete es drei Tage ununterbrochen. Da das Camp sich praktisch in einen lehmigen Sumpf verwandelte, wurden alle Aktivitäten im Freien gestrichen. Die allgemeine Laune sank entsprechend. Gleich zweimal an einem Tag musste Eden zwischen Streithähne gehen, die sich sonst noch gegenseitig sämtliche Haare ausgerissen hätten. Um das Maß vollzumachen, schlug auch noch der Blitz in einen Baum ein. Immerhin sorgte die Aufregung eine kurze Weile für Ablenkung.

Als die Sonne sich endlich wieder blicken ließ, hatten sie genügend Topflappen, Schlüsselbänder, Geldbeutel und Kopfkissen gebastelt, um damit einen Laden für Kunsthandwerk zu eröffnen.

Männer mit Motorsägen und Pick-ups kamen, um den umgestürzten Baum wegzuräumen. Eden stellte einen Scheck aus und hoffte inständig, dass die Krisen nun endlich vorbei wären.

Wahrscheinlich war der Scheck noch nicht einmal eingelöst worden, als der gebrauchte Restaurantherd, den sie und Candy gekauft hatten, von jetzt auf gleich seine Dienste verweigerte. Während der drei Tage, die auf die bestellten Ersatzteile gewartet werden musste, blieb keine andere Möglichkeit, als die Mahlzeiten nach der einzig wahren Sommercampart zuzubereiten – auf dem offenen Feuer.

Courage, der Wallach, bekam eine Infektion, die sich in seinen Lungen festsetzte. Jeder im Camp machte sich Sorgen um ihn, bemutterte und verwöhnte ihn. Der Tierarzt spritzte Penicillin. Drei Nächte verbrachte Eden in den Ställen, kümmerte sich um das Tier und betete, dass das Pferd wieder gesund werden würde.

Irgendwann schließlich fraß Courage wieder mit Appetit, die Pfützen auf dem Gelände trockneten aus, und der Herd funktionierte, wie er sollte. Eden sagte sich, dass das Schlimmste vorbei sei und sich jetzt wieder die normale Routine einstellen konnte.

Seltsamerweise jedoch weckte die zurückgekehrte Ruhe eine Rastlosigkeit in Eden, die sie während der hektischen Krisenzeit hatte ignorieren können. In der Abenddämmerung ging sie wie immer mit einer Tüte halber Äpfel zu den Ställen. Es war ganz natürlich, dass sie Courage ein wenig mehr Aufmerksamkeit zukommen ließ als den anderen Pferden. Außerdem hatte er sich während seiner Krankheit sehr schnell an die besondere Pflege gewöhnt. Eden steckte ihm nicht nur die Apfelhälfte, sondern auch noch eine Möhre zu.

Dennoch … Während Eden von Box zu Box ging, musste sie feststellen, dass die eingespielte Routine sie nicht ausfüllte. Die Notfälle in den letzten beiden Wochen hatten sie zu beschäftigt gehalten, um überhaupt Luft zu holen, geschweige denn, nachzudenken. Jetzt, da wieder Ruhe einkehrte, ließ sich das Nachdenken jedoch nicht vermeiden.

An den Abend mit Chase erinnerte sie sich so deutlich, als wäre es gestern gewesen. Jedes Wort, das gesagt worden war, jede Berührung, jede Geste, jeder Blick hatten sich in ihre Erinnerung eingebrannt. Das stürmische, schwindelerregende Gefühl, sich kopfüber verliebt zu haben, war noch genauso intensiv. Und auch genauso beängstigend.

Sie hatte weder damit gerechnet, noch war sie darauf vorbereitet gewesen. Ihr ganzes Leben war immer sehr genau geplant gewesen – eine Folge von Vorbereitungen und daraus resultierenden Ereignissen. Auch ihre Verlobung war ein durchdachter Schritt auf einem ebenen, vorgezeichneten Pfad gewesen. Seither hatte sie gelernt, mit den Biegungen und Wendungen umzugehen. Doch Chase war wie eine plötzlich aufgetauchte Einbahnstraße, die auf keiner Karte verzeichnet war.

Unwichtig, sagte sie sich in Gedanken, während sie Patience einrieb. Auch damit würde sie umgehen können. Sie würde umdrehen und wieder in die richtige Richtung steuern. Sich an diesem Punkt in ihrem Leben die Möglichkeiten zur Wahl nehmen zu lassen, kam nicht infrage. Das würde sie nicht zulassen. Selbst dann nicht, wenn das Aufgeben der Alternativen einen unglaublichen Reiz beinhaltete und so wunderbar erschien.

»Ich dachte mir, dass ich dich hier finde.« Candy lehnte an der Boxtür und klopfte der Stute auf den Hals. »Wie geht es Courage heute?«

»Gut.« Eden ging zu dem kleinen Waschbecken in der Stallecke. »Ich denke, er hat es überstanden. Um ihn brauchen wir uns keine Sorgen mehr zu machen.«

»Freut mich. Dann kannst du ja auch wieder dein Bett benutzen anstatt auf einem Heuballen zu schlafen.«

Eden legte die Hände an den Rücken und reckte sich. Nicht einmal das hitzigste Tennismatch hatte je solche Schmerzen verursacht. Komischerweise war es aber auch ein gutes Gefühl. »Ich hätte nie gedacht, dass ich mich einmal auf dieses schmale Feldbett freue.«

»Nun, da du jetzt nicht mehr um den Wallach besorgt bist, kann ich dir ja sagen, dass ich mir um dich Sorgen mache.«

»Um mich?« Das Handtuch in den Händen, drehte Eden sich erstaunt zu Candy um. »Wieso?«

»Du treibst dich zu sehr an.«

»Unsinn. Ich tue doch kaum etwas hier.«

»Das entspricht schon seit der zweiten Woche nicht einmal mehr annährend der Wahrheit.« Jetzt, da sie einmal angefangen hatte, holte Candy tief Luft. »Verdammt, Eden, du bist vollkommen erschöpft.«

»Müde«, korrigierte Eden. »Nichts, was sich mit einer Nacht in dem schmalen Bett nicht kurieren lässt.«

»Hör zu, es ist völlig in Ordnung, dass du das Thema mit jedem anderen vermeidest, sogar mit dir selbst. Aber mach das nicht mit mir!«

Es kam selten vor, dass Candy Eden gegenüber diesen festen, sachlichen Ton anschlug. Eden hob eine Augenbraue und nickte. »Okay. Also, welches Thema meinst du?«

»Chase Elliot.« Candy sah, wie Eden steif wie ein Stock wurde. »Ich habe dir keine Fragen gestellt, seit du von dem Dinner zurückgekommen bist.«

»Und ich schätze das. Wirklich.«

»Nun, das kannst du dir sparen. Denn jetzt frage ich dich.«

»Wir haben gegessen, uns über Literatur und Musik unterhalten, und dann hat er mich zurückgefahren.«

Candy schob die Stalltür zu. »Ich dachte, ich sei deine Freundin.«

»Oh, Candy, das bist du doch auch.« Seufzend schloss Eden für einen Moment die Augen. »Wir haben genau das gemacht, was ich aufgezählt habe, nur … Irgendwann zwischen unserer Unterhaltung und der Rückfahrt sind die Dinge eben ein wenig außer Kontrolle geraten.«

»Welche Dinge?«

Eden hatte nicht einmal mehr die Energie, um zu lachen. »Du warst noch nie neugierig, Candy.«

»Und du warst noch nie jemand, der sich in Trübsinn suhlt.«

»Tu ich das denn?« Eden blies sich den Pony aus der Stirn. »Vielleicht, ja.«

»Sagen wir es mal so ... Du hast ein Problem nach dem anderen gelöst, um dich nur ja nicht mit deinem eigenen beschäftigen zu müssen.« Candy zog Eden mit sich auf eine kleine Bank. »Sprich mit mir.«

»Ich weiß nicht, ob ich das kann.« Eden verschränkte die Hände auf ihrem Schoß und sah auf sie hinunter. Der Opalring, der einst ihrer Mutter gehört hatte, leuchtete auf. »Nach Dads Tod habe ich mir in diesem schrecklichen Durcheinander geschworen, dass ich es schaffen werde. Dass ich einen Weg finden werde, alle Probleme zu lösen. Es war unendlich wichtig für mich, dass ich es aus eigener Kraft schaffe.«

»Das heißt aber nicht, dass du dich nicht auch mal an eine Freundin anlehnen kannst.«

»Ich habe mich so oft an dich angelehnt! Ich bin überrascht, dass du noch gerade gehen kannst.«

»Wenn ich zu humpeln anfange, sage ich dir Bescheid. Eden, wenn mich meine Erinnerung nicht täuscht, dann haben wir uns immer abwechselnd gestützt, praktisch seit wir Laufen gelernt haben. Erzähl mir von Chase.«

»Er macht mir Angst.« Eden stieß die Luft aus und lehnte sich an die Holzwand zurück. »Alles passiert so schnell. Und es ist so intensiv.« Eden ließ ihre letzte Zurückhaltung fahren und wandte Candy das Gesicht zu. »Wenn die Dinge anders gelaufen wären, dann wäre ich jetzt mit Eric verheiratet. Wie kann ich überhaupt denken, in einen anderen Mann verliebt zu sein? So bald danach?«

»Du willst mir doch jetzt wohl nicht erzählen, dass du dich für oberflächlich und flatterhaft hältst, was?« Wenn Eden eines nicht erwartet hätte, dann war es Candys helles Lachen, das an den Stallwänden widerhallte. »He, ich bin die Flatterhafte von uns beiden, weißt du nicht mehr? Du bist die Treue. Aber warte, ich kann sehen, dass du sauer wirst. Also bleiben wir lieber sachlich und logisch.«

Candy schlug die Beine übereinander und begann, an ihren Fingern abzuzählen. »Erstens: Du hast dich mit Eric verlobt – der Wurm! –, aus den Gründen, die wir ja bereits erwähnt haben. Es schien einfach das Richtige zu sein. Warst du in ihn verliebt?«

»Nein, aber ich dachte …«

»Unwichtig, nur das klare Nein zählt. Zweitens: Er hat sein wahres Gesicht gezeigt. Die Verlobung wurde schon vor Monaten gelöst. Und jetzt du hast einen faszinierenden, attraktiven Mann getroffen. Gehen wir doch sogar einen Schritt weiter.«

Candy hatte sich warm geredet und setzte sich bequemer auf der Bank hin. »Nehmen wir mal an, du wärst hoffnungslos in Eric verliebt gewesen – dem Himmel sei Dank, dass es nicht so war! Nachdem er sich endlich als der Schaumschläger entpuppt hat, der er schon immer war, hättest du mit gebrochenem Herzen dagesessen. Mit viel Zeit und mit Willenskraft hättest du dich zusammengerissen und weitergemacht. Richtig?«

»Davon gehe ich aus.«

»Dann sind wir uns also einig.«

»So ungefähr.«

Candy reichte das völlig aus. »Und dann, nachdem du das überstanden hättest, würdest du nun diesen faszinierenden und attraktiven Mann kennenlernen. In diesem Falle stünde es dir frei, dich in ihn zu verlieben. Also … Es ist doch alles im grünen Bereich.« Candy stand zufrieden auf und wischte sich die Hände an der Jeans ab. »Wo also liegt das Problem?«

Eden wusste nicht, wie sie es erklären sollte. Sie konnte es ja nicht einmal mit sich selbst genau ausmachen. Sie starrte auf ihre Hände. »Ich habe etwas gelernt. Liebe ist ein Versprechen. Man lässt sich komplett auf den anderen Menschen ein, macht verbindliche Zusagen, schließt Kompromisse. Ich weiß nicht, ob ich schon zu diesen Dingen bereit bin, ob ich all das geben kann. Und selbst wenn ich es wäre … woher soll ich wissen, ob Chase ebenso fühlt wie ich?«

»Eden, dein Instinkt sagt dir doch, dass er das tut.«

Mit einem Kopfschütteln stand auch Eden auf. Jetzt, da sie sich ausgesprochen hatte, fühlte sie sich besser. Doch das änderte nichts an der grundlegenden Situation. »Ich musste auch lernen, dass ich meinen Instinkten nicht vertrauen kann. Ich muss realistisch bleiben. Und deshalb werde ich mich jetzt über die Bücher setzen.«

»Oh Eden, mach mal 'ne Pause!«

»Leider musste ich bereits Pause von den Büchern machen – beim Ausbruch der Giftefeuepidemie, beim Blitzeinschlag, beim defekten Herd und bei den Tierarztbesuchen.« Sie hängte sich bei Candy ein und ging zusammen mit ihr zur Stalltür. »Du hast recht gehabt: Es hilft, sich auszusprechen. Trotzdem habe ich noch Pflichten.«

»Budgetplanungen.«

»Richtig. Ich will mich wirklich daranmachen. Und es hat den Vorteil, dass ich mir das Hirn zermartern kann, bis ich wirklich so müde bin, dass das Feldbett mir weich wie eine Wolke vorkommt.«

Candy schob das Tor auf. »Ich helfe dir.«

»Vielen Dank, aber ich würde gern noch vor Weihnachten fertig sein.«

»Autsch! Das war gemein, Eden.«

»Aber wahr.« Eden verriegelte die Tür hinter ihnen. »Mach dir keine Sorgen um mich, Candy. Unser Gespräch hat meine Gedanken ein bisschen geklärt.«

»Wenn du den Worten jetzt Taten folgen lassen würdest, wäre es noch besser. Aber es ist immerhin ein Anfang. Arbeite nicht zu lange.«

»Ein oder zwei Stunden, mehr nicht«, versicherte Eden.

Das Büro, wie Eden es ganz bewusst hochtrabend nannte, war eine winzige Kammer neben der Küche. Sie schaltete die Bogenleuchte auf dem metallenen Schreibtisch ein, den sie in einem Armyfundus aufgetan hatte, und klappte den Laptop auf. Eigentlich konnte sie auch noch das kleine Transistorradio auf dem Regal einschalten. Die vertrauten leisen Klänge würden sie beruhigen.

Klassische Musik scholl leise durch den Raum, als Eden sich mit einem tiefen Atemzug an den Schreibtisch setzte. Hier, das wusste sie nur zu gut, war alles schwarz und weiß. Hier gab es keine Alternative, kein »Vielleicht«, keine Ausnahme von den Regeln, so wie in den anderen Bereichen des Alltags im Camp. Zahlen blieben Zahlen, und Tatsachen waren nun mal Tatsachen. Ihr oblag es, die Zahlen zusammenzuzählen.

Eden zog die Schublade auf und entnahm ihr Rechnungen, das Scheck- und das Haushaltsbuch. Systematisch sortierte sie, schrieb nieder, tippte Zahlen ein, während die weiße Rechnungsrolle aus der Addiermaschine quoll.

Nach zwanzig Minuten kannte sie die erschreckende Wahrheit. Die zusätzlichen Ausgaben der letzten beiden Wochen hatten das vorhandene Kapital bis an seine Grenzen geführt. Ganz gleich, auf welche Weise Eden die Zahlen auch verbuchte, unterm Strich kam immer dasselbe heraus. Zwar waren sie noch nicht komplett bankrott, aber sie standen gefährlich nahe davor. Frustriert massierte sie sich mit Zeigefinger und Daumen die Nasenwurzel.

Sie konnten es noch immer schaffen, sagte sie sich. Edens Hand lag auf den Papieren, so als könnte sie damit das Resultat ausblenden. Sie konnten es schaffen, wenn auch haarscharf. Wenn keine unerwarteten Kosten mehr auf sie zukamen. Und wenn Candy und sie den ganzen Winter über sehr sparsam lebten. Eden stellte sich vor, wie sich die Anmeldungen für die nächste Saison auf dem Schreibtisch stapelten. Wenn das tatsächlich eintraf, waren sie aus dem Gröbsten raus.

Sie klammerte die Finger fest um die Papiere und atmete tief aus. Sollte eines dieser *Wenn* nicht eintreffen, hatte sie immer noch ihren Schmuck, den sie versetzen konnte.

Das Licht der Lampe fiel auf den Opalring an ihrem Finger. Hastig sah Eden weg. Sie fühlte sich schon bei dem Gedanken an einen Verkauf des Rings schuldig. Aber sie würde es tun, wenn sie musste. Wenn ihr keine andere Wahl mehr blieb. Denn was auf gar keinen Fall für sie infrage kam, war aufgeben.

Die Tränen kamen so plötzlich, dass sie auf die Papiere fielen, bevor Eden den Kopf abwenden konnte. Sie wischte sie weg, doch es kamen immer mehr. Niemand sah sie, niemand konnte sie hören. Eden versuchte nicht länger, sie zurückzuhalten. Sie legte den Kopf auf den Stapel Unterlagen und ließ ihnen freien Lauf.

Tränen änderten nichts. Tränen brachten weder brillante Ideen, noch lösten sie Probleme. Eden hielt sie dennoch nicht zurück. Ihre Energie war schlicht und einfach aufgebraucht.

So fand er sie: zusammengesunken über einem ordentlich sortierten Stapel Papier und lautlos weinend. Zuerst blieb Chase stumm stehen, die Tür an seinem Rücken nur angelehnt. Sie sah so hilflos aus, so völlig verausgabt. Er wollte zu ihr eilen, doch er hielt sich zurück. Diese Tränen waren privat, und er wollte sich nicht in ihre Privatsphäre drängen. Sie würde sie nicht teilen wollen, vor allem nicht mit ihm. Und noch während er sich ermahnte, wieder zu verschwinden, ging er auf sie zu.

»Eden.«

Als sie ihren Namen hörte, schoss ihr Kopf hoch. Ihre Augen schwammen in Tränen, doch Chase erkannte das Erschrecken und die Scham in ihrem Blick, bevor sie sich über die Augen wischte.

»Was tust du hier?«

»Ich wollte dich sehen.« Es hörte sich klar und einfach an, doch es beschrieb nicht im Entferntesten, was wirklich in ihm vorging. Er wollte sie in seine Arme ziehen und in Ordnung bringen, was auch immer schiefgelaufen war. Er steckte die Hände in die Hosentaschen und blieb in der Nähe der Tür stehen. »Ich habe das mit dem Wallach erst heute erfahren. Ist es schlimmer mit ihm geworden?«

Sie schüttelte den Kopf und bemühte sich, ihre Stimme ruhig klingen zu lassen. »Nein, es geht ihm viel besser. Es war nicht so schlimm, wie wir befürchtet hatten.«

»Das ist gut.« Frustriert begann er, auf und ab zu gehen. Wie konnte er sie trösten, wenn sie die Probleme nicht mit ihm teilen wollte? Ihre Tränen waren versiegt, doch er wusste, es war allein ihr Stolz, der sie Haltung bewahren ließ. Zum Teufel mit ihrem Stolz, dachte er. Er hatte das Bedürfnis, ihr zu helfen.

Als er sich wieder zu ihr umdrehte, stand sie beim Schreibtisch. »Warum erzählst du mir nicht, was los ist?«

Der Drang, sich ihm anzuvertrauen, war so überwältigend, dass sie sich wie gewöhnlich hinter ihrem Schutzschild versteckte. »Gar nichts ist los. Die letzten beiden Wochen waren anstrengend. Vermutlich bin ich übermüdet.«

Da war noch mehr, das wusste er. Auch wenn sie tatsächlich müde aussah. »Machen die Mädchen Probleme?«

»Nein, die Mädchen sind wunderbar.«

Frustriert suchte er nach einer anderen Erklärung. Das Radio spielte romantische Musik. Chases Blick fiel auf den aufgeschlagenen Ordner. Das Papier aus der Addiermaschine hing vom Schreibtisch fast bis auf den Boden hinunter. »Geht es um Geld? Ich kann helfen.«

Mit einem scharfen Knall schlug Eden das Buch zu. Die Erniedrigung stieg bitter in ihrer Kehle auf. »Uns geht es bestens«, behauptete sie mit ebener, kühler Stimme. »Wenn du mich dann entschuldigen würdest … Ich habe noch einiges zu erledigen.«

Zurückweisung war eines der Dinge, die Chase nie wirklich verstanden hatte. Bis er sie getroffen hatte. Doch es war ihm egal. Er nickte langsam, bemühte sich um Geduld. »Das sollte ein Hilfsangebot sein, keine Beleidigung.« Eigentlich hätte er sich jetzt umdrehen und gehen müssen, wären da nicht ihre großen verweinten Augen und ihr müdes, blasses Gesicht gewesen. »Es tut mir leid, was du im letzten Jahr hast durchmachen müssen, Eden. Ich wusste, dass du deinen Vater verloren hast. Doch ich hatte keine Ahnung, wie es um den Besitz stand.«

Wie sehr sie sich wünschte, die Hand nach ihm auszustrecken und sich in seine Arme zu schmiegen! Wie sehr sie sich wünschte, von ihm den Trost zu bekommen, den sie so nötig brauchte! Sie wollte ihn fragen, was sie tun sollte, und er würde ihr all die richtigen Antworten geben. Doch würde das nicht auch heißen, dass all die Monate, in denen sie um ihre Unabhängigkeit gekämpft hatte, umsonst gewesen wären? Sie reckte die Schultern. »Es muss dir nicht leidtun.«

»Hättest du es mir erzählt, wäre es einfacher gewesen.«

»Es ging dich nichts an.«

Er hätte die Bemerkung ignorieren können, doch stattdessen war er verärgert. »Nicht? Da hatte ich aber einen anderen Eindruck, und ich habe ihn noch immer. Willst du mir allen Ernstes in die Augen sehen und behaupten, zwischen uns wäre nichts?«

Das konnte sie nicht. Aber sie war zu verwirrt, zu verängstigt, um überhaupt den Versuch zu wagen, zu erklären, was zwischen ihnen war. »Ich weiß nicht, was ich für dich fühle, Chase. Ich weiß nur, dass ich nichts fühlen will. Und vor allem will ich dein Mitleid nicht.«

In seinen Taschen ballte er die Fäuste. Er wusste selbst nicht, wie er mit seinen Gefühlen umgehen sollte. Und sie ging mit seinen Gefühlen um, als wären sie ohne Bedeutung. Es gab jetzt zwei Möglichkeiten für ihn: Er konnte gehen, oder er konnte betteln. Aber das waren keine echten Möglichkeiten. »Es besteht ein Unterschied zwischen Mitgefühl und Mitleid. Wenn du diesen Unterschied nicht kennst, gibt es nichts mehr zu sagen.«

Er wandte sich um und ging. Hinter ihm fiel die Tür leise quietschend ins Schloss.

Die nächsten beiden Tage funktionierte Eden. Sie gab Reitunterricht, beaufsichtigte die Mahlzeiten und wanderte mit den Mädchen zusammen durch die Berglandschaft. Sie redete und hörte zu und lachte, aber die Leere, die sich in ihr ausbreitete, seitdem sich die Tür hinter Chase geschlossen hatte, wuchs immer weiter an.

Schuld und Bedauern, das waren die Gefühle, die sie nicht abschütteln konnte, ganz gleich, mit welcher scheinbaren Begeisterung sie sich auch am Leben im Camp beteiligte. Sie hatte sich falsch verhalten. Und hatte es gewusst, schon im gleichen Augenblick. Doch ihr Stolz hatte sie dazu gebracht. Chase hatte angeboten, zu helfen. Er hatte ihr sein Mitgefühl angeboten, und sie hatte ihn abgewiesen. Wenn es überhaupt etwas Selbstsüchtigeres gab als ihr Verhalten, dann konnte sie es nicht benennen.

Sie wollte ihn anrufen, doch sie brachte es nicht über sich, seine Nummer zu wählen. Dieses Mal war es jedoch nicht ihr Stolz, der sie davon abhielt. Jede Entschuldigung, die ihr einfiel, war passend und angebracht – und bedeutungslos. Sie konnte den Gedanken nicht ertragen, sich gestelzt bei ihm zu entschuldigen. Und noch viel weniger, dass ihn das nicht mehr kümmerte.

Welch zartes Pflänzchen auch immer zwischen ihnen gewachsen war, sie hatte es zertreten. Was immer es gewesen sein mochte, sie hatte es abgeschnitten, bevor es aufblühen konnte. Wie sollte sie Chase erklären, dass sie das nur aus Angst getan hatte – aus Angst, erneut verletzt zu werden? Wie sollte sie ihm nur erklären, dass sie seine Hilfe und Unterstützung nicht angenommen hatte, weil es so leicht war, sich wieder abhängig zu machen – und sie sich genau davor fürchtete?

Eden nahm ihre nächtlichen Ausritte wieder auf. Doch die Einsamkeit brachte ihr nicht mehr die Ruhe wie einst, zeigte ihr nur, dass sie mit ihrer Entscheidung sichergestellt hatte, auf ewig einsam zu bleiben. Es waren laue Sommernächte, und der Duft des Geißblatts brachte die Erinnerung an die Nacht zurück, als sie und Chase gemeinsam Sternbilder betrachtet hatten. Nie wieder würde sie in den Himmel sehen können, ohne an ihn zu denken.

Vielleicht schlug sie deshalb diesen Weg ein. Das Gras war weich und dicht, die Hufe sanken ein. Eden konnte den See riechen und die Wildblumen, und sie lauschte dem Flügelschlag eines Vogels über sich. Vielleicht war er auf der Suche nach Beute oder nach einem Gefährten.

Dann sah sie ihn.

Es war abnehmender Mond, sie erkannte nur seine Silhouette. Doch sie spürte, dass er sie beobachtete. Genauso, wie sie auch geahnt hatte, dass sie ihn heute hier treffen würde. Sie ließ die Magie ihre Wirkung tun. Für den Moment, selbst wenn es nur ein flüchtiger Moment sein sollte, würde sie an nichts anderes denken als daran, dass sie ihn liebte. Das Morgen würde sich so oder so nicht aufhalten lassen.

Eden glitt aus dem Sattel und ging zu ihm.

Chase sagte nichts. Bis sie ihn berührte, war er sich nicht einmal sicher gewesen, ob sie nicht vielleicht nur ein Traum war. Stumm umfasste sie sein Gesicht mit beiden Händen und presste ihre Lippen auf seinen Mund. Kein Traum fühlte sich so warm an, keine Illusion so weich.

»Eden …«

Mit ihrem Kopfschütteln brachte sie ihn zum Verstummen. Wochen der Leere waren vergangen. In diesem Moment gab es keine Fragen, keine Antworten. Sie stellte sich auf die Zehenspitzen und küsste ihn noch einmal. Der einzige Laut war ihr Seufzen, als er endlich die Arme um sie schlang. Eine unerschöpfliche Quelle begann in ihr zu sprudeln. Ihre Gefühle gingen weit über Leidenschaft, weit über Verlangen hinaus. In Chases Armen fand sie die Geborgenheit, die Stärke und das Verständnis, die anzunehmen sie sich so gescheut hatte.

Chase vergrub seine Finger in Edens Haar, als müsse er sich davon überzeugen, dass sie tatsächlich aus Fleisch und

Blut war. Als er die Augen wieder öffnete, hielt er sie noch immer in seinen Armen. Ihre Wange schmiegte sich an seine kratzigen Bartstoppeln. Den Kopf an seine Schulter gelehnt, betrachtete sie den funkelnden Flug der Glühwürmchen und dachte an die Sterne.

Schweigend und reglos standen sie so da. Eine Eule schrie, das Pferd wieherte leise.

»Warum bist du gekommen?« Er brauchte eine Antwort, eine, die er mit sich zurücknehmen konnte, wenn sie ihn wieder verließ.

»Um dich zu treffen.« Sie zog sich zurück, nur ein wenig, um ihn ansehen zu können. »Um mit dir zusammen zu sein.«

»Wieso?«

Die Magie schimmerte auf und verblasste dann. Mit einem schweren Seufzer löste Eden sich von Chase. Träumen konnte sie, während sie schlief, ermahnte Eden sich. Jetzt mussten Fragen beantwortet werden. »Ich möchte mich für mein Benehmen entschuldigen. Du warst so freundlich.«

Auf der Suche nach den richtigen Worten, drehte sie sich um und zupfte ein Blatt von dem Baum, unter dem sie standen. »Ich weiß, wie ich mich angehört habe, wie ich gewirkt haben muss, und es tut mir leid. Es ist noch immer schwierig für mich, wenn ich …« Rastlos zuckte sie mit den Schultern. »Den Großteil der Publicity nach dem Tode meines Vaters konnten wir abwenden. Doch es gab eine Menge Klatsch und Gerüchte und Getuschel.«

Als er nichts sagte, zuckte sie die Schultern erneut. »Ich glaube, das war für mich wohl schlimmer als alles andere. Es wurde so wichtig für mich, jedem zu beweisen, dass ich es auch allein schaffen, ja sogar Erfolg haben kann. Mir ist klar, dass ich überempfindlich geworden bin, wenn es darum geht, es selbst zu schaffen. Und als du deine Hilfe angeboten hast, da habe ich überreagiert. Und bin beleidigend geworden. Dafür möchte ich mich ganz klar entschuldigen.«

Schweigen hing zwischen ihnen in der Luft, bevor Chase endlich einen Schritt auf sie zu machte. Eden musste daran denken, dass er sich bewegte wie ein Schatten, so lautlos, so fließend. »Das war eine eindrucksvolle Entschuldigung, Eden. Bevor ich sie annehme, möchte ich noch wissen, ob der Kuss mit dazugehörte.«

Er würde es ihr also nicht leicht machen. Eden hob ihr Kinn. Sie brauchte niemanden mehr, der es ihr leicht machte. »Nein.«

Er lächelte und legte seine Hand an ihren Nacken. »Wofür war er denn dann?«

Sein Lächeln rieb sie mehr auf als die Berührung, auch wenn sie vor ihr zurückwich. Seltsam, dass man nur einen Schritt machen musste, um bis zum Hals zu versinken. »Muss es unbedingt einen Grund geben?« Sie ging zum Seeufer. Eine Eule flog nah übers Wasser. Es war ein passendes Bild für ihre Gefühle: Sie kam sich vor, als würde sie knapp über der Oberfläche von etwas dahinschweben, das sie jeden Moment auf immer in die Tiefe ziehen konnte. »Ich wollte dich küssen, also habe ich es getan.«

Die Anspannung, mit der er seit Wochen lebte, verflog, ließ ihn fast schwindelnd zurück. Er widerstand dem Impuls, sie auf seine Arme zu schwingen und nach Hause zu tragen. Denn inzwischen war ihm klar geworden, dass sie dorthin gehörte. »Tust du immer genau das, was du willst?«

Sie drehte sich zu ihm um, warf den Kopf zurück. Sie hatte sich entschuldigt, aber der Stolz blieb. »Immer.«

Er grinste und entlockte ihr damit ein Lächeln. »Ich auch.«

»Dann sind wir uns ja einig.«

Mit den Fingerspitzen liebkoste er ihre Wange. »Vergiss das nicht.«

»Werde ich nicht.« Sie hatte sich wieder gefasst, ging an ihm vorbei zum Wallach. »Nächsten Samstag veranstalten wir ein Sommerfest im Camp. Hast du Lust, zu kommen?«

Er legte seine Hand auf ihre, die die Zügel hielt. »Bittest du mich etwa um eine Verabredung?«

Amüsiert schüttelte sie ihr Haar zurück und setzte den Fuß in den Steigbügel. »Ganz sicher nicht. Aber uns fehlen noch ein paar Aufpasser.«

Sie drückte sich kraftvoll mit dem anderen Fuß ab, um sich in den Sattel zu schwingen, doch Chase hielt sie mitten in der Bewegung bei der Taille fest. Für einen Moment hing sie in der Luft, bevor er ihre Füße auf den Boden stellte und sie zu sich herumdrehte, damit sie ihn ansah. »Tanzt du dann mit mir?«

Sie erinnerte sich an das letzte Mal, als sie miteinander getanzt hatten. In seinen Augen konnte sie lesen, dass er ebenfalls daran dachte. Das Herz klopfte ihr bis in den Hals, ihre Kehle wurde trocken. Aber sie hob eine Augenbraue und lächelte. »Vielleicht.«

Ein Lächeln zog auf seine Lippen, dann beugte er den Kopf und fuhr flüchtig über ihren Mund. Edens Welt wurde aus den Angeln gehoben und begann, sich wirbelnd zu drehen. Schließlich blieb sie wieder stehen – in einer Schieflage, die nur Verliebte verstehen konnten. »Also bis dann, bis nächsten Samstag«, murmelte er und hob sie mühelos in den Sattel. Einen Moment lang ließ er seine Hand auf ihrer liegen. »Denk an mich.«

Chase blieb beim Wasser stehen, bis Eden nicht mehr zu sehen war und die Stille sich wieder über die Nacht senkte.

7. Kapitel

Die letzten Wochen des Sommers waren heiß und lang. In der Nacht zogen Hitzegewitter mit Blitz und grollendem Donner über den Himmel, doch sie brachten nur wenig Regen. Eden hangelte sich durch die Tage und blendete die ungewisse Zukunft aus, die mit dem September beginnen würde.

Nein, sie steckte den Kopf nicht in den Sand, sondern sie nahm einfach nur jeden Tag, wie er kam. Wenn sie eines in diesem Sommer gelernt hatte, dann, dass sie tatsächlich etwas ändern und bewegen konnte. An sich selbst und in ihrem Leben.

Die entmutigte und niedergeschlagene Frau, die nach Camp Liberty gekommen war, als wäre es ihr Zufluchtsort, würde es als selbstbewusste, erfolgreiche Frau wieder verlassen. Sie würde sich der Welt da draußen mit hoch erhobenem Kopf stellen.

Eden stand mitten auf dem freien Platz und steckte die Hände in die Taschen ihrer Shorts. Nächsten Sommer würde es noch besser werden. Jetzt hatten sie die Erfahrung gemacht, hatten auch die Krisen bewältigt und gelernt, wie diese zu vermeiden waren. Natürlich war ihr klar, dass sie bei diesem Gedankengang so einige Monate ausließ, doch sie wollte nicht an den Winter denken, an Philadelphia mit seinen verschneiten Bürgersteigen, sondern an die Berge und was sie hier aus ihrem Leben gemacht hatte.

Wäre es irgendwie möglich, würde sie bleiben, obwohl die Saison zu Ende war. Ihr war klar geworden, dass nur die

Notwendigkeit, einen Job zu finden, sie zurück nach Osten zog. Philadelphia war nicht mehr ihr Zuhause.

Eden schüttelte sich leicht und verdrängte die Gedanken an den Dezember. Die Sonne strahlte. Es war warm, und von hier aus konnte sie die Wasser des Sees in der Hitze flirren sehen und an Chase denken.

Was wohl passiert wäre, hätte sie ihn vor zwei Jahren getroffen, als ihr Leben noch in seinen wohlgeordneten, vorgezeichneten Bahnen verlaufen war? Hätte sie sich damals auch in ihn verliebt? Vielleicht war alles ja nur eine Sache des Timings. Vielleicht hätte sie nur höflich die Vorstellung über sich ergehen lassen und ihn dann vergessen.

Nein. Eden schloss die Augen. Die Erinnerungen an jede Empfindung, an jedes Gefühl, die er in ihr geweckt hatte, waren viel zu lebendig. Von Timing konnte bei etwas so Überwältigendem keine Rede sein. Ganz gleich wann, ganz gleich wo, sie hätte sich in Chase verliebt. Hatte sie denn etwa nicht die ganze Zeit dagegen angekämpft, nur um feststellen zu müssen, dass die Gefühle für ihn immer stärker wurden?

Aber … sie hatte auch geglaubt, in Eric verliebt zu sein.

Ein Schauer überlief sie, selbst in der heißen Sonne. Ein Eichelhäher flog über sie hinweg, sie sah ihm nach. War sie etwa so oberflächlich, dass ihre Gefühle sich mit einem Wimpernschlag änderten? Es war dieser Gedanke, der sie zurückhielt und sie zur Vorsicht mahnte. Hätte Eric ihr nicht den Rücken gekehrt, hätte sie ihn geheiratet. Dann würde sie jetzt seinen Ring tragen. Eden sah auf ihre linke Hand. Dort steckte kein Ring.

Das war keine Liebe gewesen, versicherte sie sich. Jetzt wusste sie, wie Liebe sich anfühlte, was sie mit dem Herzen, dem Verstand und dem Körper anstellte. Aber … Was genau empfand Chase? Sicher, ihm lag etwas an ihr, und er begehrte sie. Doch Eden wusste so viel über die Liebe, dass das nicht genug war. Auch sie hatte einst begehrt und Zuneigung verspürt. Wenn Chase sie liebte, dann würde es kein *Vorher* mehr geben. Dann würde die Zeitrechnung erst mit dem Jetzt beginnen.

Sei keine Närrin, schalt sie sich verärgert. Solche Gedanken trieben sie nur wieder zurück in Abhängigkeiten. Natürlich gab es ein Vorher, für sie beide, und es gab auch eine Zukunft. Sie konnte nicht sicher sein, ob die Zukunft tatsächlich dem entsprechen würde, was sie heute fühlte.

Aber sie wollte eine Närrin sein, gestand sie sich mit einem kleinen, aufgeregten Schauer ein. Selbst wenn es nur für ein paar Wochen sein sollte: Sie wollte alles erleben und diese verrückten Gefühle bis zur Neige auskosten. Irgendwann würde sie wieder vernünftig werden. Vernünftig war für Januar reserviert, wenn der Wind scharf und kalt blies und die Miete bezahlt werden musste. In wenigen Tagen würde sie mit Chase tanzen und ihn anlächeln. Die eine Sommernacht würde sie sich gewähren, um eine Närrin zu sein.

Sie kickte die Sandalen von den Füßen, hob sie auf und rannte zum Bootssteg. Die Mädchen saßen bereits in den Booten und warteten auf das Startsignal, um auf den See hinauszurudern.

»Miss Carlbough!« Die unerlässliche Kappe auf dem Kopf, hüpfte Roberta auf dem Gras am Ufer auf und ab. »Sehen Sie mal!« Innerhalb von Sekunden hatte sie sich vorgebeugt, die Füße in die Luft geschwungen und machte einen Kopfstand vor Eden. »Na, was sagen Sie dazu?«, fragte sie durch zusammengebissene Zähne. Ihr herzförmiges Gesicht lief vor Anstrengung rot an.

»Das ist großartig!«

»Ich hab geübt.« Mit einem lauten »Uff« ließ Roberta sich

aufs Gras fallen. »Wenn meine Mom mich jetzt fragt, was ich im Camp gelernt habe, dann kann ich ihr den Kopfstand zeigen.«

Eden konnte nur hoffen, dass Mrs. Snow auch noch weitere Details von ihrer Tochter hören würde. »Sie wird bestimmt beeindruckt sein.«

Lang auf dem Gras ausgestreckt, die Arme weit zur Seite gelegt, schaute Roberta zu Eden auf. Sie wünschte, sie hätte so schönes blondes Haar. »Sie sehen richtig hübsch aus, Miss Carlbough.«

Gerührt und überrascht streckte Eden die Hand aus, um Roberta beim Aufstehen zu helfen. »Danke, Roberta. Du aber auch.«

»Oh, ich bin nicht hübsch. Aber ich werde eines Tages hübsch sein, wenn ich erst Make-up tragen darf und damit meine Sommersprossen abdecken kann.«

Eden fuhr mit dem Daumen über die Wange des Mädchens. »Viele Jungs mögen Sommersprossen.«

»Schon möglich.« Mit einem achtlosen Schulterzucken verstaute Roberta diese Information, um später darüber nachzudenken. »Ich glaube, Sie haben eine Schwäche für Mr. Elliot.«

Eden steckte die Hände zurück in die Taschen ihrer Shorts. »Eine Schwäche?«

»Sie wissen schon.« Roberta beschloss zu zeigen, was sie meinte. Sie seufzte und klimperte hektisch mit den Wimpern. Eden wusste nicht, ob sie lachen oder das kleine Monster doch lieber in den See schubsen sollte.

»Das ist ja lächerlich.«

»Heiraten Sie ihn?«

»Ich weiß wirklich nicht, wie du auf solch unsinnige Ideen kommst. Jetzt marsch, ab ins Boot. Die anderen sind alle bereit.«

»Meine Mom sagt, dass die Leute heiraten, wenn sie eine Schwäche füreinander haben.«

»Deine Mutter hat sicher recht.« Eden half Roberta ins Ruderboot, wo Marcie und Linda bereits warteten. »In diesem Falle jedoch muss ich sagen, dass Mr. Elliot und ich einander kaum kennen.« Sie richtete sich auf. »Leg die Schwimmweste an.«

»Mom sagt, Daddy und sie haben sich auf den ersten Blick ineinander verliebt.« Roberta schlüpfte gehorsam in die Weste, auch wenn sie persönlich es für völlig unnötig hielt. Sie konnte nämlich bestens schwimmen. »Sie küssen sich auch ständig.«

»Das ist sicher nett. Und jetzt …«

»Früher hab ich immer gedacht, dass das eklig ist, aber ich glaube, das ist schon okay so.« Roberta setzte sich auf die Bank und lächelte strahlend. »Nun, wenn Sie Mr. Elliot nicht heiraten wollen, dann tu ich's vielleicht.«

Eden war damit beschäftigt, die Ruder einzuhängen, jetzt schaute sie auf. »So?«

»Ja. Ich meine, er hat diesen süßen Hund und all die vielen Apfelbäume.« Roberta zog sich ihre Kappe tiefer in die Stirn. »Und er sieht auch irgendwie toll aus.«

Die anderen beiden Mädchen brachen in zustimmendes Gekicher aus.

»Wenn du es so siehst, dann ist es schon eine Überlegung wert.« Eden begann zu rudern. »Das kannst du dann ja mit deiner Mom besprechen, wenn du wieder zu Hause bist.«

»Klar, mach ich. Darf ich zuerst rudern?«

Eden konnte nur dankbar sein, dass die Gedanken des Mädchens ebenso schnell herumhüpften wie sie selbst. »Einverstanden. Du und ich rudern zum anderen Ufer und Marcie und Linda rudern dann wieder zurück.«

Mit etwas Mühe hatte Roberta Edens Rhythmus endlich erkannt und passte sich an. Als das Boot über das Wasser glitt, kam Eden der Gedanke, dass sie hier mit denselben drei Mädchen im Boot saß, mit denen das Abenteuer im Apfelhain angefangen hatte. Sie lächelte still vor sich hin und ließ ihre Gedanken schweifen.

Was, wenn sie nicht auf den Baum geklettert wäre? Unwillkürlich fuhr sie sich mit der Zunge über die Lippen, glaubte, Chases Lippen auf ihren zu fühlen. Wenn sie noch einmal in die gleiche Situation käme, würde sie dann die Beine in die Hand nehmen und in die andere Richtung davonrennen?

Für eine Sekunde schloss sie die Augen. Die Sonne malte einen roten Schimmer hinter ihre Lider. Nein, sie würde nicht wegrennen. Sich das einzugestehen, dessen sicher zu sein, festigte ihr Selbstvertrauen. Vor Chase wäre sie niemals weggerannt. So wie sie nie wieder in ihrem Leben vor etwas wegrennen würde.

Ja, vielleicht hatte sie wirklich eine Schwäche für ihn, wie Roberta es ausgedrückt hatte. Und vielleicht sollte sie dieses kleine Geheimnis besser noch eine Weile für sich behalten. Es wäre schön, wenn die Dinge so umkompliziert und einfach wären, wie Roberta sie darstellte. Liebe gleich Heirat, Ehe gleich Glück. Seufzend hob Eden die Lider und schaute über den See hinaus. Für einen kurzen Augenblick durfte sie sich vielleicht erlauben, an Poesie und Träume zu glauben.

Tagträume … Sie waren so viel sanfter und geheimnisvoller als die Träume während der Nacht. Es war lange her, seit Eden sich erlaubt hatte, ihnen nachzugeben. Das fröhliche Geplapper und die Rufe der Mädchen schwebten von Boot zu Boot. Jemand sang – absichtlich falsch. Edens Arme bewegten sich im immer gleichen Rhythmus, hoben das Ruder aus dem Wasser, tauchten es wieder ein …

Sie glitt dahin wie das Boot, träumte mit offenen Augen … Seide und Elfenbein und Spitze. Das Glitzern der Sonne auf dem Wasser erinnerte sie an Kerzenlicht. Die Schreie der Krähen waren die Musik zum Tanzen … Sie ritt auf Pegasus dahin, hoch am Nachthimmel trugen seine weißen Flügel sie mühelos durch die Luft. Ihr offenes Haar, mit Blumen bekränzt, flatterte im Wind, der sie durch die Wolken trug. In der Ferne bauschte sich eine Wolkenwand, formte sich zu einem Schloss, milchig und verschwommen und geheimnisvoll. Doch die Geheimnisse des Schlosses interessierten sie nicht. Zum ersten Mal war sie frei, wirklich und wahrhaftig frei.

Und *er* war bei ihr, ritt mit ihr über den Himmel, durch Licht und Schatten. Immer höher stiegen sie, bis die Erde nur noch ein winziger Punkt unter ihnen war. Und die Sterne waren wie Blumen, sie brauchte nur die Hand auszustrecken und sie zu pflücken. Als sie sich in seine Arme schmiegte, da war sie die Seine, bedingungslos, ohne etwas von sich zurückzuhalten. Alle Bedenken, alle Skrupel waren auf dem Weg in die endlose Höhe zurückgeblieben …

»Seht nur, da ist Squat!«

Eden blinzelte. Der Tagtraum löste sich auf. Sie saß in einem Ruderboot, und ihre Muskeln begannen, sich über die Anstrengung zu beklagen. Es gab keine Sterne, keine Blumen, nur Wasser und den blauen Himmel.

Sie hatten schon fast den ganzen See überquert. Am nahen Ufer konnte man die Bäume der Apfelplantage sehen und eines der Gewächshäuser, durch das Chase sie an dem Tag des Ausflugs geführt hatte. Entzückt über die Besucher, rannte Squat im flachen Wasser des Ufers aufgeregt hin und her. Unter seinen großen Pfoten spritzten hohe Wasserfontänen auf, bis sein Fell pitschnass und struppig war.

Während die lachenden Rufe der Mädchen erschallten, fragte Eden sich lächelnd, ob Chase wohl zu Hause war. Wie verbrachte er seine Sonntage? Zeitung lesend, mit einer Tasse Kaffee im gemütlichen Korbsessel? Sah er sich ein Baseballspiel im Fernsehen an? Machte er lange Spaziergänge? Genau in diesem Augenblick, wie als Antwort auf ihre Fragen, erschienen er und Delaney am Ufer. Über das Wasser hinweg fühlte Eden den Stromschlag, als ihre Blicke sich begegneten.

Würde es immer so sein? Immer intensiv, immer fesselnd? Immer prompt und unmittelbar? Bewusst langsam holte Eden Luft und versuchte, ihren Puls zu beruhigen.

»Hallo, Mr. Elliot!« Ohne einen Gedanken an mögliche Konsequenzen zu verschwenden, ließ Roberta ihr Ruder los, sprang auf und begann wild zu winken. Vor Aufregung hüpfte sie auf und ab und brachte damit das Boot gefährlich zum Schwanken.

»Roberta!« Reflexartig zog Eden die Ruder ein und griff nach Robertas Hand. »Setz dich wieder hin. Du bringst uns noch zum Kentern.«

Doch da waren die anderen beiden schon aufgesprungen. »Hi, Mr. Elliot!«

Der Gruß erschallte einstimmig – und dann kippte das Boot auch schon um.

Eden fiel kopfüber hinein. Nach der Hitze der Sonne schien ihr das Wasser eiskalt, vor Wut prustend, tauchte sie wieder auf. Mit einer Hand strich sie sich das nasse Haar aus dem Gesicht und schaute sich fieberhaft nach den Mädchen um. Drei Köpfe schaukelten auf dem Wasser auf und ab. Von den Schwimmwesten getragen, winkten die drei völlig unbeeindruckt dem Trio am Ufer zu.

Eden hielt sich an dem gekenterten Boot fest. »Roberta!«, entfuhr es ihr entnervt durch zusammengebissene Zähne.

»Sehen Sie nur, Miss Carlbough.« Der strenge Ton perlte wirkungslos an der begeisterten Roberta ab. »Squat kommt zu uns geschwommen.«

»Na großartig.« Wasser tretend fasste Eden nach Robertas Arm, um sie näher an das umgekippte Boot zu ziehen. »Hast du die Sicherheitsregeln etwa vergessen? Bleib hier.« Eden schwamm los, um die anderen beiden einzufangen. Als sie den Kopf drehte, sah sie den Hund auf sich zukommen. Sein Tempo beunruhigte sie.

Der Zuruf, seinen Hund zurückzupfeifen, blieb ihr im Hals stecken, als sie Chases breites Grinsen sah. Delaney drehte den Kopf zu Chase und sagte etwas. Sie konnte die Worte zwar nicht verstehen, aber Chase warf den Kopf zurück und lachte lauthals los. *Das* hörte sie sogar sehr deutlich.

»Brauchst du Hilfe?«, rief er ihr zu.

Eden zog an dem kichernden Mädchen, das ihr am nächsten war. »Mach dir nur keine Umstände«, rief sie zurück, und dann stieß sie einen erschreckten Schrei aus, als Squat seine feuchte Schnauze auf ihre Schulter legte. Was zur allgemeinen Erheiterung beitrug, den Hund mit eingeschlossen. Er bellte begeistert in ihr Ohr.

Dann brach der nächste Tumult aus, als die Mädchen begannen, sich selbst und den Hund mit Wasser zu bespritzen. Urplötzlich befand Eden sich mitten im Schlachtgetümmel. Aus den anderen Booten kamen anfeuernde Rufe und helles Lachen. Squat paddelte aufgeregt bellend im Kreis, während Eden verzweifelt versuchte, eine gewisse Ordnung wiederherzustellen.

»Also gut, meine Damen, das reicht jetzt aber wirklich.« Sie schluckte prompt Wasser. »Wir sollten das Boot wieder umdrehen.«

»Kann Squat nicht mit uns im Boot mitkommen?« Roberta kicherte, als Squat ihr das Wasser vom Gesicht leckte.

»Nein.«

»Das ist aber nicht fair.«

Eden wäre fast abgesunken, als Chase plötzlich ihren Arm griff. Sie war so beschäftigt mit dem Versuch gewesen, Ordnung zu schaffen, dass sie nicht bemerkt hatte, wie er die wenigen Meter vom Ufer zu ihr heraus geschwommen war.

»Schließlich ist er euch zu Hilfe gekommen.«

Sein Haar war nur an den Spitzen feucht, während ihres ihr pitschnass am Kopf klebte. Jetzt hielt Chase sie mit einem Arm um die Hüfte, um ihr das Wassertreten zu erleichtern.

»Ihr dreht besser das Boot um«, sagte er zu den Mädchen, die sich sofort mit Feuereifer an die Arbeit machten. »Mit Pferden kannst du anscheinend besser umgehen«, murmelte er amüsiert an ihrem Ohr.

Sie wollte von ihm wegschwimmen, doch ihre Beine verhakten sich nur mit seinen. »Wenn du und dieses Monster nicht am Ufer aufgetaucht wäret ...«

»Wer? Delaney?«

»Nein, nicht Delaney.« Frustriert schob Eden sich das nasse Haar aus dem Gesicht.

»Du bist so schön, wenn du nass bist! Ich muss mich wirklich über mich selbst wundern! Warum habe ich dich bisher eigentlich noch nie gefragt, ob wir zusammen schwimmen gehen?«

Edens Augenbrauen schnellten nach oben. »Wir wollten nicht schwimmen. Wir wollten eine Rudertour machen.«

»Was auch immer«, grinste Chase, »du bist wunderschön!«

Davon würde sie sich nicht besänftigen lassen! Eden blickte zu den Mädchen, die gerade das Boot umdrehten. Sie wusste, sie steckte hier bis zum Hals in Schwierigkeiten.

»Es ist der Hund«, setzte sie an. Ihre Schützlinge waren schon wieder ins Boot zurückgeklettert und lockten Squat zu sich.

»Roberta, ich sagte …« Weiter kam sie nicht, denn Chase tunkte sie sanft unter. Als Eden wieder auftauchte, hörte sie noch, wie er den Mädchen zurief: »Wir schwimmen, und ihr nehmt Squat mit zum Ufer. Er mag Bootsfahrten.«

»Ich sagte …« Erneut fand Eden sich unter Wasser wieder. Als sie dieses Mal an die Oberfläche kam, richtete sie ihre volle Aufmerksamkeit gänzlich auf Chase. Doch der Schwinger, zu dem sie ausholte, kam langsam und schwach; schließlich musste sie gleichzeitig auch noch Wasser treten.

Er fing ihre Faust ab und küsste sie. »Wer zuerst am Ufer ist …«

Eden kniff die Augen zusammen, stieß sich von ihm ab und schwamm dem Boot nach. Das Wasser, das um ihre Ohren spülte, dämpfte Squats tiefes Bellen und den aufgeregten Jubel der Mädchen. Mit ausholenden, kräftigen Zügen blieb sie direkt hinter dem Boot und passte auf, dass die Mädchen sich benahmen.

Nur wenige Meter vom Ufer entfernt erwischte Chase sie am Fußknöchel. Lachend und tretend fand sie sich in seinen Armen wieder.

»Du schummelst.« Als er sich aufrichtete, hob er sie gleich mit aus dem Wasser. Seine Haut fühlte sich kühl an. Wassertropfen, in denen sich das Sonnenlicht brach, fielen aus seinem nassen Haar. »Ich habe gewonnen.«

»Irrtum.« Sie hätte es kommen sehen müssen. Mühelos warf er sie zurück in den See. Eden landete hart mit dem Allerwertesten auf dem Seegrund. »Ich habe gewonnen.«

Eden stand auf und schüttelte sich das Wasser ab. Es gelang ihr nur mit Mühe, das breite Lächeln zu kaschieren. Sie sah zu den johlenden Mädchen. »Dort, meine Damen, seht ihr das typische Beispiel für einen schlechten Verlierer stehen.«

Sie hob die Arme, um sich das Wasser aus den Haaren zu wringen, ohne zu ahnen, dass das nasse T-Shirt an ihrem Körper klebte und jede ihrer Kurven deutlich betonte. Chase hatte das Gefühl, sein Herz müsse stehen bleiben. Sie watete ans Ufer. Das klare Wasser des Sees plätscherte um ihre gebräunten Beine. »Guten Tag, Delaney.«

»Ma'am.« Er grinste sie breit an, sein Goldzahn blitzte auf. »Schöner Tag zum Schwimmen.«

»Scheint so.«

»Ich wollte gerade Brombeeren pflücken gehen, für meine Marmelade.« Er ließ den Blick über die drei tropfenden Mädchen wandern. »Wenn ich Hilfe hätte, würden mehr Beeren zusammenkommen. Dann könnte vielleicht auch das eine oder andere Marmeladenglas für die Nachbarn abfallen.«

Noch bevor Eden überhaupt irgendeine Bemerkung machen konnte, hüpften die Mädchen bettelnd vor ihr auf und ab, und Squat rannte bellend um sie herum. Nun, eine kurze Verschnaufpause, bevor sie wieder zum Camp zurückruderten, konnte wohl nichts schaden … »Zehn Minuten«, sagte sie laut und gab den anderen Booten ein Zeichen.

Umringt von den Mädchen, die ihn sofort mit tausend Fragen bombardierten, trottete Delaney Richtung Wald davon. Als die Gruppe zwischen den Bäumen verschwand, stießen aufgescheuchte Vögel in die Luft. Lachend drehte Eden sich um und ertappte Chase dabei, wie er sie anstarrte.

»Du bist eine gute Schwimmerin.«

Sie musste sich räuspern. »Vermutlich bin ich einfach nur ehrgeiziger geworden. Ich sollte wohl besser die Mädchen im Auge behalten. Also dann …«

»Delaney wird schon mit ihnen fertig.« Chase wischte ihr

einen Wassertropfen vom Kinn. Unter seiner zarten Berührung erschauerte sie. »Kalt?«

Nicht nur die Sonne hatte sie nach dem unfreiwilligen kalten Bad längst wieder aufgewärmt. Sie schüttelte den Kopf. »Nein.« Doch als er die Hände auf ihre Schultern legen wollte, wich sie zurück.

Er trug nur abgeschnittene Jeans, ausgewaschen und ein wenig zerfranst. Das Hemd, das er achtlos ausgezogen hatte, bevor er in den See gesprungen war, lag im Gras. »Du fühlst dich auch nicht kalt an«, murmelte er und streichelte ihre Arme.

»Mir ist ja auch nicht kalt.« Helles Lachen drang aus dem Waldstück. Automatisch drehte sie den Kopf in die Richtung. »Ich kann sie wirklich nicht lange bleiben lassen. Sie brauchen trockene Sachen.«

Geduldig nahm Chase ihre Hand. »Eden, du landest wieder im See, wenn du noch einen Schritt zurückgehst.« Er erschreckte sie. Frustriert nahm er sich zurück. Jedes Mal, wenn er glaubte, ihr Vertrauen gewonnen zu haben, stand gleich darauf wieder diese Angst in ihren Augen. Er lächelte und hoffte, dass ihm das Verlangen, das in ihm aufflammte, nicht anzusehen war. »Wo sind deine Schuhe?«

Verdattert starrte sie auf ihre bloßen Zehen, und langsam entspannte sie sich wieder. »Auf dem Grund deines Sees.« Lachend schüttelte sie ihr nasses Haar, der Anblick zerriss ihn fast. »Roberta schafft es immer wieder! Mit ihr wird es nie langweilig. Warum helfen wir ihnen nicht beim Brombeerpflücken?«

Sein Arm lag um ihre Schultern, bevor sie an ihm vorbeigehen konnte. »Du weichst noch immer zurück, Eden.« Mit den Fingern kämmte er ihr nasses Haar, bis es ihr glatt im Nacken lag. »Es ist schwer, dir zu widerstehen, wenn dein Gesicht so leuchtet und deine Augen so wissend und ein klein wenig ängstlich dreinblicken.«

»Chase, nicht.« Sie hielt seine Hand zurück.

»Ich möchte dich berühren.« Er brachte sich näher an sie heran, sodass ihre Körper sich Seite an Seite eng aneinanderpressten. »Ich muss dich berühren.« Durch das nasse T-Shirt fühlte sie seine Haut auf ihrer. »Sieh mich an, Eden.« Mit einem Finger hob er ihr Gesicht an. »Wie nahe darf ich dir kommen?«

Sie konnte nur stumm den Kopf schütteln. Es gab keine Worte, um zu beschreiben, was sie fühlte, was sie wollte. Noch immer hatte sie Angst, sich auf das einzulassen, wonach sie sich sehnte. »Chase, bitte, tu das nicht. Nicht hier. Nicht jetzt.« Und dann entfuhr ihr ein Seufzer, als er mit den Lippen sanft über ihr Gesicht strich.

»Wann?« Er focht einen inneren Kampf mit sich, um zu bitten, nicht zu verlangen, um zu warten, anstatt zu nehmen. »Wo?« Dieses Mal war sein Kuss nicht sanft, sondern drängend und fordernd. Jeder klare Gedanke in Edens Kopf verflüchtigte sich, noch während sie zu antworten versuchte. »Meinst du, ich spüre nicht, was mit dir passiert, wenn wir so zusammen sind?« Seine Stimme wurde rauer, je mehr seine Geduld schwand. »Himmel, Eden, ich brauche dich. Komm heute Abend zu mir. Bleib bei mir.«

Oh ja. Ja, ja, ja. Wie verlockend war es doch, nachzugeben und nicht an das Morgen zu denken. Für einen Augenblick schmiegte sie sich an ihn. Sie wollte so gern daran glauben, dass Träume wahr werden konnten. Er war so körperlich, so wirklich. Aber das war ihre Verantwortung auch.

»Chase, du weißt, dass ich das nicht tun kann.« Sie kämpfte mit sich, um vernünftig zu bleiben, und zog sich von ihm zurück. »Ich muss im Camp bleiben.«

Bevor sie ihm entwischen konnte, umfasste er ihr Gesicht mit beiden Händen. Seine Augen schienen dunkler geworden zu sein. Sie blitzten in einem stürmischen Grün, die Sonne zauberte goldene Punkte hinein. »Und wenn der Sommer vorbei ist, Eden? Was ist dann?«

Ja, was würde dann sein? Wie konnte sie antworten, wenn die Antwort so kalt, so endgültig war. Es war nicht so, dass sie nicht wollte, es lag daran, dass sie keine andere Wahl hatte. »Dann gehe ich nach Philadelphia zurück. Bis zum nächsten Sommer.«

Nur die Sommer? Mehr war sie nicht bereit zu geben? Die aufbrandende Panik in ihm überraschte ihn und hielt die Wut fern. Wenn sie ging, würde sein Leben leer sein. Er fasste sie bei den Schultern, kämpfte die Bestürzung nieder.

»Du wirst zu mir kommen, bevor du zurückgehst.« Es war keine Frage, es war auch keine Anordnung. Es war eine schlichte Tatsache. Gegen eine Anordnung hätte sie rebellieren können, bei einer Frage hätte sie die Antwort verweigern können.

»Chase, was sollte uns das nutzen?«

»Du wirst zu mir kommen«, wiederholte er. Denn sollte sie es nicht tun, dann würde er ihr folgen. Eine andere Möglichkeit gab es nicht.

8. Kapitel

Girlanden aus rotem und weißem Krepppapier bauschten sich von einer Ecke des Speisesaals zur anderen. Die Mädchen hatten sie so gewickelt, dass sich die Farben abwechselten. Prall aufgeblasene Ballons hingen überall, wo noch Platz war. Die Musik wartete darauf, eingespielt zu werden.

Das Sommerfest würde in wenigen Stunden beginnen.

Unter Candys kompetenter Aufsicht wurden überflüssige Tische nach draußen getragen und die anderen an strategisch wichtigen Punkten postiert. Eine Aufgabe, die doppelt so lange dauerte wie eingeplant. Denn die Mädchen mussten die Tische alle paar Schritte absetzen, um das wichtigste Thema des bevorstehenden Abends zu diskutieren – Jungs.

Obwohl ihre Geschicklichkeit mit Farben und Klebstoff kaum erwähnenswert war, hatte Eden sich freiwillig für die Gruppe gemeldet, die fürs Saalschmücken zuständig war – unter der Voraussetzung, dass ihre Aufgaben sich auf das Anbringen und Befestigen der fertigen Dekorationen beschränkten. Außer den Kreppgirlanden und Ballons gab es auch noch Transparente und Papierblumen, die die geschickteren Bastler unter den Campbewohnern hergestellt hatten. Das Tollste war ein drei Meter breites rotes Spruchband, auf dem in großen Lettern geschrieben stand: »Willkommen zum alljährlichen Sommerfest von Camp Liberty!«

Candy erachtete es bereits als selbstverständlich, dass es der erste Tanzabend von vielen war. Eden hoffte, dass die Freundin recht behalten möge – an den guten Tagen. An den schlechteren überlegte sie, ob sie vielleicht einen Deal mit dem Jungencamp machen sollte, um sich die Kosten zu teilen. Für den Moment jedoch beschloss sie, beide Überlegungen zu verdrängen und sich allein darauf zu konzentrieren, den heutigen zum bestdekorierten Tanzabend in ganz Pennsylvania zu machen.

Eden kletterte auf die Leiter, um noch mehr Girlanden anzubringen. Das hitzige Streitgespräch der Mädchen darüber, welche Musik in welcher Reihenfolge gespielt werden sollte, ließ sie weiterlaufen, ohne einzugreifen. Aus den Lautsprechern drang bereits laute Musik in den Raum.

Es war zwar absolut albern, aber sie war genauso aufgeregt wie die Mädchen. Dabei war sie erwachsen und nur hier, um zu planen, zu beaufsichtigen, zu betreuen. Noch während sie sich ermahnte, galoppierte ihre Fantasie voraus. Sie stellte sich vor, wie es sein würde, wenn der Raum erst voll von Menschen, Musik und Lachen war. Wie auch bei den Mädchen unten am Fuße der Leiter, kreisten ihre Gedanken um die essenziellen Dinge des Lebens – zum Beispiel, was sie heute Abend anziehen sollte.

Schon erstaunlich, dass ein schlichter Tanzabend als Abschluss eines Sommercamps in den Bergen ihr aufregender erschien als der eigene Debütantinnenball. Damals hatte sich gar keine Aufregung eingestellt, einfach deshalb, weil es der nächste Schritt auf dem seit ihrer Geburt vorgezeichneten Pfad gewesen war. Der heutige Abend war neu und voll unbekannter Möglichkeiten.

Und im Zentrum stand Chase. Das war Eden inzwischen fast bereit, sich einzugestehen, während ein neuer Song aus den Lautsprechern plärrte. Es war eines von den Liedern, die sie schon hundertmal gehört hatte, und so begann sie, mitzusummen. Ihr Pferdeschwanz wippte, während sie das nächste Banner mit Heftzwecken an der Wand festmachte.

»Wir fragen Miss Carlbough.«

Eden lauschte auf die Stimmen, die von unten zu ihr drangen, doch sie konnte nichts fragen, weil sie drei Heftzwecken im Mund hatte und mit einer Hand fünf Meter Kreppapier hochhielt.

»Sie weiß doch immer alles. Und wenn sie es nicht weiß, dann findet sie es heraus.«

Eden drückte die Heftzwecke in die Wand, doch als sie die Worte hörte, hielt sie inne. So sahen die Mädchen sie also? Als jemanden, auf den man sich verlassen konnte? Mit einem leisen Lachen drückte sie die letzte Heftzwecke in die Wand. Für sie war es das höchste Kompliment, das sie bekommen konnte, ein Zeichen des Vertrauens.

Sie hatte geschafft, was sie erreichen wollte. In drei kurzen Monaten hatte sie etwas geschafft, das ihr bis dahin in ihrem ganzen Leben nicht gelungen war. Sie hatte etwas erschaffen, aus eigener Kraft – und, vielleicht noch wichtiger, für sich selbst.

Nichts würde sie jetzt noch aufhalten.

Eden ließ die restlichen Heftzwecken in ihre Tasche gleiten. Der Sommer mochte seinem Ende zugehen, doch es gab noch endlos viele Herausforderungen zu meistern. Ob sie nun hier in South Mountain oder in Philadelphia war: Sie würde nie vergessen, was es bedeutete, an einer Aufgabe zu wachsen. Auf der Leiter drehte sie sich um, um herauszufinden, was die Mädchen sie hatten fragen wollen … und stutzte überrascht.

Eine große, beeindruckende Frau trat über die Schwelle und kam in den Raum hinein. Sie hatte schlohweißes Haar und trug ein elegantes dunkelrotes Kostüm. Um ihren Hals hatte sie gekonnt einen Hermès-Schal drapiert. Darunter blitzte eine zweireihige Perlenkette hervor. Auf ihrem Arm saß ein weißes Fellknäuel, das auf den Namen Boo Boo hörte.

»Tante Dottie!« Entzückt beeilte Eden sich, von der Leiter herunterzuklettern. Keine fünf Sekunden später war sie eingehüllt in Dotties ganz persönlichen Duft, eine Mischung aus exklusivem französischem Parfüm und Erfolg. »Es ist so schön, dich zu sehen.« Eden entzog sich der herzlichen Umarmung, um das geliebte, ausdrucksstarke Gesicht zu betrachten. In den Augen und um den Mund der Tante konnte sie die gleichen Züge wie die ihres Vaters erkennen. »Du bist eigentlich die Letzte, die ich hier zu sehen erwartet hätte.«

»Liebes, sag, sind dir hier auf dem Land Dornen gewachsen?«

»Dornen? Ich verstehe nicht … oh.« Lachend griff Eden in ihre Tasche. »Die Heftzwecken. Entschuldige.«

»Nun, für die stürmische Begrüßung nehme ich gern ein paar Löcher in Kauf.« Sie griff Eden bei der Hand und zog sie mit sich, um den Saal genauestens zu inspizieren. Mit keiner Regung zeigte sie, was in ihrem Kopf vorging, aber den erleichterten Seufzer konnte sie doch nicht ganz zurückhalten. Niemand hatte auch nur die leiseste Ahnung, wie viele schlaflose Nächte sie hinter sich hatte, voller Sorge um die einzige Tochter ihres verstorbenen Bruders.

»Du siehst fantastisch aus. Ein bisschen mager, aber du hast wirklich wunderschöne Farbe bekommen.« Immer noch Edens Hand haltend, sah sie sich interessiert um. »Dennoch, Liebes … ein seltsamer Ort, um den Sommer zu verbringen.«

»Tante Dottie.« Eden schüttelte den Kopf. Nach dem Tode ihres Vaters hatte Dottie sich wochen- und monatelang beharrlich geweigert, zu akzeptieren, dass Eden ihr Vermögen nicht als Puffer und ihr Heim nicht als Zufluchtsort für die Übergangszeit nutzen wollte. »Für die Farbe ist die viele frische Luft verantwortlich.«

»Hmmm.« Dottie war alles andere als überzeugt. Ihr Blick wanderte unablässig durch den Raum, während ein neuer Song erklang. »Südfrankreich war für mich immer ländlich genug.«

»Aber jetzt sag mir doch endlich, was du hier machst, Tante Dottie. Erstaunt mich, dass du uns hier überhaupt gefunden hast.«

»Das war nicht schwer. Mein Chauffeur kann Landkarten lesen.« Dottie tätschelte dem Fellknäuel auf ihrem Arm den Kopf. »Boo Boo und ich hatten Lust auf einen kleinen Ausflug.«

»Ich verstehe.« Sie verstand es wirklich. Wie jeder andere, den sie zurückgelassen hatte, hielt auch ihre Tante die Idee vom Sommercamp für ein spontanes Abenteuer. Es würde schon mehr als einen Sommer brauchen, um Dottie und all die anderen vom Gegenteil zu überzeugen. Es hatte ja auch fast den ganzen Sommer gedauert, bevor sie sich selbst überzeugt hatte.

»Genau. Und da ich schon mal in der Gegend war ...« Dottie ließ den Rest des Satzes in der Luft hängen. »Was für ein schickes Outfit.« Kritisch beäugte sie Edens farbverkleckssten Kittel und die inzwischen mitgenommen aussehenden Turnschuhe. »Aber vielleicht kehrt ja der unkonventionelle Stil wieder zurück. Und was ist das hier?«

»Krepppapier. Dafür sind auch die Heftzwecken.« Eden streckte die Hand aus, und Boo Boo erlaubte es ihr würdevoll, ihr den Kopf zu streicheln.

»Nun, überlass beides diesen charmanten jungen Damen hier und komm mit. Ich habe dir etwas mitgebracht.«

»Du hast mir etwas mitgebracht?« Eden gehorchte automatisch und gab das Transparent ab. »Wickle das um die Tische, Lisa, okay?«

»Wusstest du eigentlich, dass die nächste Stadt mindestens zwanzig Meilen von hier entfernt ist? Das lässt sich aber auch nur sagen, wenn man seine Fantasie bemüht und dieses winzige Kaff, durch das wir gekommen sind, als Stadt bezeichnen will. Aber aber, Boo Boo! Ich setze dich doch nicht auf dem schmutzigen Boden ab!« Sie drückte das Hündchen an sich, als sie mit Eden nach draußen trat. »Boo Boo wird unruhig, sobald wir die Stadt verlassen, weißt du?«

»Ja, natürlich.«

»Wo war ich stehen geblieben? Ach ja, die Stadt. Eine einzelne Verkehrsampel und eine Art Restaurant. Fast hätte ich angehalten, um mir anzusehen, was Earl's Lunch so alles zu bieten hat.«

Lachend küsste Eden ihre Tante auf die Wange. »Man isst dort Sandwiches und trinkt Kaffee, während man sich den neuesten Klatsch erzählt.«

»Das klingt ja aufregend. Gehst du oft dorthin?«

»Leider war mein gesellschaftliches Leben hier etwas eingeschränkt.«

»Nun, die Überraschung, die ich dir mitgebracht habe, ändert das vielleicht.« Dottie drehte sich und zeigte auf den kanariengelben Rolls Royce, der auf dem Gelände geparkt stand. Eden fühlte, wie sich jeder Muskel in ihr verspannte. Jedes Gefühl in ihr erfror von einer Sekunde auf die andere, als ihr Blick auf den Mann fiel, der lässig an der Kühlerhaube lehnte.

»Eric.«

Er lächelte und fuhr sich mit einer für ihn typischen Geste leicht übers Haar. Um ihn herum hatte sich eine Gruppe Mädchen versammelt, um die klassischen Linien des Rolls Royce zu bewundern – und das klassische Aussehen Eric Keetons.

Sein Lächeln war perfekt auf den Anlass abgestimmt. Jetzt kam er auf Eden zu, mit geschmeidigen, selbstsicheren Bewegungen und einen Hauch zu konservativ, um es prahlerisches Stolzieren nennen zu können. Während sie ihm entgegenblickte, betrachtete Eden ihn im klaren Licht des Desinteresses. Sein Haar, mehrere Nuancen dunkler als das ihre, war perfekt frisiert, wie für eine Vorstandssitzung oder den exklusiven Countryclub. Der für Erics Verhältnisse saloppe Aufzug bestand aus maßgeschneiderten Hosen mit Bügelfalte und Polohemd. Die haselnussbraunen Augen, die oft und schnell gelangweilt dreinblickten, lächelten nun warm. Obwohl sie es ihm nicht angeboten hatte, nahm er ihre Hände.

»Du siehst fabelhaft aus, Eden!«

Seine Hände waren weich. Seltsam, das hatte sie ganz vergessen. Zwar entzog sie ihm ihre Finger nicht, aber ihre Stimme blieb kühl. »Hallo, Eric.«

»Sie ist hübscher denn je, nicht wahr, Dottie?«

Ihre distanzierte Begrüßung schien ihn nicht zu stören. Er drückte ihre Finger leicht. »Deine Tante hat sich Sorgen um dich gemacht. Sie hatte schon befürchtet, du seist halb verhungert und am Ende deiner Kräfte.«

»Weder noch, glücklicherweise.« Jetzt allerdings nahm sie ihre Hände zurück, sehr langsam, sehr bewusst. Hätte sie gewusst, dass ihre Augen so eisig blickten, wie ihre Stimme klang, wäre sie sicherlich überaus zufrieden mit sich gewesen. Es war so leicht, sich von ihm abzuwenden. »Wie bist du nur auf die Idee gekommen, den ganzen weiten Weg hier herauszufahren, Tante Dottie? Du warst doch wohl nicht wirklich besorgt?«

»Nun, ein wenig vielleicht.« Die Kälte in der Stimme ihrer Nichte beunruhigte sie, und sie legte eine Hand an Edens Wange. »Und natürlich wollte ich mir ansehen, wo du deinen Sommer verbringst.«

»Komm, ich führe dich herum.«

Eine perfekt gezupfte Augenbraue schoss in die Höhe. »Wie nett.«

»Tante Dottie!« Mit hüpfenden roten Locken bog Candy um die Hütte und kam auf sie zugerannt. Atemlos, mit einem strahlenden Lächeln, ließ Candy sich in Dotties ausgebreitete Arme fallen. »Die Mädchen plapperten alle ganz aufgeregt von einem gelben Rolls Royce auf dem Gelände. Und wer anders sollte das sein als du?!«

»Enthusiastisch wie immer.« Dottie lächelte voller Zuneigung. Sie mochte Candice Bartholomew vielleicht nicht immer verstehen, aber sie hatte sie immer gemocht. »Ich hoffe, du hast nichts gegen einen kleinen Überraschungsbesuch einzuwenden.«

»Aber nein, ganz im Gegenteil!« Candy beugte sich zu dem Fellknäuel herunter. »Hallo, Boo Boo.« Sie richtete sich auf und ließ ihren Blick zu Eric wandern. »Hallo, Eric.« Ihre Stimme wurde augenblicklich kalt, sank um gute fünfundzwanzig Grad. »Weit weg von Zuhause, oder?«

»Candy.« Im Gegensatz zu Dottie empfand Eric nicht die Spur von Zuneigung für Edens beste Freundin. »Du scheinst Farbe auf den Händen zu haben.«

»Ist schon trocken.« Leider, dachte sie. Wäre die Farbe noch feucht, hätte sie Eric mit Handschlag begrüßt.

»Eden hat uns eine Führung angeboten.« Dottie war sich der feindseligen Schwingungen nur allzu bewusst. Sie war Hunderte von Meilen von Philadelphia hier heruntergefahren aus einem einzigen Grund: um ihrer Nichte zu helfen, glücklich zu werden. Wenn das hieß, dass sie ein wenig manipulieren musste … auch gut. »Ich weiß, Eric kann es gar nicht abwarten, endlich alles zu sehen, aber wenn ich dir ein wenig von deiner Zeit stehlen dürfte …« Sie fasste nach Candys

Hand. »Ich würde mich wirklich gerne erst einmal bei einer heißen Tasse Tee ausruhen. Boo Boo auch. Die Fahrt war doch ein wenig anstrengend.«

»Aber sicher.« Höfliche Manieren waren eine Falle ganz eigener Art. Candy warf Eden einen aufmunternden Blick zu. »Gehen wir in die Küche, wenn dir das Durcheinander im Moment nichts ausmacht.«

»Ich wachse an so etwas, meine Liebe.« Mit einem Lächeln wandte Dottie sich zu Eden und war überrascht über den harten, wissenden Ausdruck in den Augen ihrer Nichte.

»Geht nur, Tante Dottie. Ich zeige Eric, was das Camp zu bieten hat.«

»Eden, ich ...«

»Trink deinen Tee und ruhe dich aus.« Eden küsste ihre Tante auf die Wange. »Wir reden später.« Damit setzte sie sich in Bewegung und überließ es Eric, ob er ihr folgen wollte oder nicht. Als er dann an ihrer Seite in ihren Schritt mit einfiel, hob sie zu ihrem Vortrag an. »Auf dem Gelände stehen momentan sechs Blockhütten, nächsten Sommer sollen noch zwei hinzukommen. Jede Hütte trägt einen indianischen Namen, um sie zu unterscheiden.«

Als sie bei den Hütten ankamen, sah Eden, dass die letzten Anemonen noch immer trotzig blühten. Der Anblick gab ihr Kraft. »Es gibt jede Woche einen Wettbewerb um die ordentlichste Hütte. Der Gewinner wird jede Woche bekannt gegeben. Als Preis gibt es dann extra Reitstunden, oder die Mädchen dürfen zum Schwimmen gehen oder sich etwas anderes aussuchen. In Candys und meiner Hütte gibt es eine Dusche, die Mädchen teilen sich den Waschraum am anderen Ende des Geländes.«

»Eden.« Eric legte die Hand an ihren Ellbogen, so wie er es auch immer getan hatte, wenn sie in Philadelphia durch die

Stadt geschlendert waren. Eden biss die Zähne zusammen, aber sie protestierte nicht.

»Ja?«

Ihr kühler, unpersönlicher Blick brachte ihn ein wenig aus dem Konzept. Binnen einer Sekunde hatte er entschieden, dass sie dahinter nur ihr gebrochenes Herz verbergen wollte. »Was hast du die ganze Zeit über mit dir angefangen?« In einer ausholenden Geste schloss er das gesamte Gelände und die hügelige Landschaft ein. »Hier?«

Sie hielt ihr Temperament im Zaum und beschloss, die Frage wörtlich zu nehmen. »Wir haben versucht, eine gewisse Disziplin im Camp einzuhalten und gleichzeitig genügend Zeit für kreative Beschäftigung zu schaffen, sodass die Mädchen ihren Spaß haben. Wir konnten schnell feststellen, dass es ihnen relativ leichtfällt, das Tagesprogramm einzuhalten, wenn wir ihnen genügend Platz für neue Ideen und individuelle Bedürfnisse geben.«

Zufrieden steckte sie die Hände in die Kitteltaschen. »Wecken ist um halb sieben, Frühstück um Punkt sieben. Die tägliche Inspektion findet um halb acht statt, ab acht beginnt das Programm. Ich kümmere mich hauptsächlich um die Ställe und die Pferde, ansonsten fasse ich überall mit an, wo noch ein Paar helfende Hände gebraucht wird.«

»Eden.« Eric blieb stehen, der Griff an ihrem Ellbogen wurde ein wenig fester. Sie drehte sich zu ihm um. Die leichte Brise hatte sein helles Haar aus der Form gebracht. Sie musste an Chases dunklen wirren Schopf denken. »Es ist schwer, sich vorzustellen, dass du den ganzen Sommer in einer Hütte gehaust und junge Mädchen auf Pferderücken beaufsichtigt hast.«

»Ist es das?« Sie lächelte dünn. Ihm würde es natürlich schwerfallen. Er besaß einen eigenen Reitstall, aber er hatte noch niemals eine Mistgabel in der Hand gehalten. Seltsamerweise verspürte Eden eher Mitleid mit ihm statt Missbilligung. »Nun, da sind die Reitstunden, und dann kommen noch eine Menge anderer Dinge hinzu: Wir wandern, verarzten Heimweh, Liebeskummer und Giftefeuausschlag, wir rudern, beraten in Modefragen und bestimmen die hiesige Flora. Und natürlich kümmern wir uns darum, dass die Mädchen hier eine schöne Zeit verbringen. Möchtest du die Ställe sehen?« Ohne auf seine Antwort zu warten, steuerte sie darauf zu.

»Eden.« Er hielt sie am Ellbogen zurück, und es kostete sie ihre gesamte Selbstbeherrschung, um ihm nicht genau dieses Körperteil in den schlaffen Bauch zu rammen. »Du bist verärgert. Und das ist nur verständlich. Aber ich …«

»Du hast dich doch schon immer für Pferde interessiert, nicht wahr?« Sie riss die Stalltür auf und ließ sie zurückschwingen, sodass Eric hastig beiseitetreten musste, wollte er sie nicht ins Gesicht bekommen. »Wir haben zwei Stuten und vier Wallache. Die eine Stute hat ihre beste Zeit hinter sich, aber ich denke daran, die andere vielleicht decken zu lassen. Die Fohlen würden eine Attraktion für die Mädchen sein und irgendwann dann auch die Herde der Reittiere vergrößern. Das hier ist Courage.«

»Eden, bitte, wir müssen reden.«

Sie versteifte sich, als er die Hände auf ihre Schultern legte. Doch sie war sehr gefasst, sehr ruhig, als sie sich drehte und unter seinen Händen wegtauchte. »Ich dachte, wir reden bereits.«

Er hatte das Eis in ihrer Stimme schon vorher gehört, und er verstand. Sie war eine stolze Frau, eine rationale und vernünftige Frau. An diesen Teil von ihr würde er appellieren. »Wir müssen über uns reden, Darling.«

»In welchem Zusammenhang?«

Er fasste nach ihrer Hand. Als sie sie zurückzog, zuckte er nur leicht mit der Schulter. Hätte sie ihn ohne jedes Murren akzeptiert, hätte ihn das sehr viel mehr überrascht. Seit Tagen hatte er sich zurechtgelegt, wie er die Dinge zwischen ihnen wieder glätten konnte. Er hatte sich dafür entschieden, sich reuig und bedauernd zu zeigen, mit einer winzigen Prise Demut.

»Du hast jedes Recht der Welt, wütend auf mich zu sein. Und ich verstehe, dass du mich leiden lassen willst.«

Sein weicher, ruhiger, verständnisvoller Ton ließ heiße Wut in ihr aufflammen. Sie schluckte sie hinunter. Gleichgültigkeit, mahnte sie sich. Desinteresse war die größte Beleidigung, die sie ihm zufügen konnte. »Es ist mir eigentlich egal, ob du leidest oder nicht.« Was nicht ganz der Wahrheit entsprach. Es würde ihr schon Genugtuung verschaffen, ihn sich ein wenig winden zu sehen. Das kam nur daher, dass er hier aufgetaucht war, wurde ihr jäh bewusst. Dass er die Stirn hatte, hierherzukommen und vorauszusetzen, sie hätte auf ihn gewartet.

»Eden, du musst verstehen, wie sehr ich gelitten habe, was ich durchgemacht habe. Ich wäre früher gekommen, aber ich war nicht sicher, ob du mich überhaupt sehen wolltest.«

Das war der Mann, mit dem sie den Rest ihres Lebens hatte verbringen wollen! Der Mann, mit dem sie Kinder hatte haben wollen. Jetzt starrte sie ihn an. Sie wusste nicht, ob sie hier mitten in einer Komödie oder einer Tragödie steckte. »Tut mir leid, das zu hören, Eric. Es gab doch keinen Grund, warum du hättest leiden sollen. Im Grunde bist du doch lediglich zweckdienlich gewesen.«

Von ihrer gefassten Haltung beruhigt, trat er vor sie hin. »Ich gebe zu, dass ich so gedacht habe, ob das nun richtig war oder nicht.« Er strich mit den Händen über ihre Oberarme, eine alte Gewohnheit, bei der sie unmerklich die Faust ballte. »Die letzten paar Monate haben mir jedoch gezeigt, dass es Zeiten gibt, in denen Pläne erst an zweiter Stelle stehen müssen.«

»Tatsächlich?« Sie lächelte ihn an und wunderte sich darüber, dass er noch immer nichts merkte. »Was sollte denn an erster Stelle stehen?«

»Persönliche Dinge …« Mit dem Finger strich er ihr über die Wange. »Sehr viel persönlichere Dinge.«

»Zum Beispiel?«

Mit einem Lächeln beugte er den Kopf. Eden fühlte, wie die lodernde Wut sich in eisige Verachtung verwandelte. Hielt er sie für eine komplette Närrin? Hielt er sich selbst tatsächlich für derart unwiderstehlich? Fast hätte sie aufgelacht. Denn ihr wurde klar, dass die Antwort auf beide Fragen Ja lautete.

Sie ließ zu, dass er sie küsste. Der Kuss berührte sie überhaupt nicht, sie fand es nur verwunderlich, dass seine Küsse sie noch vor wenigen Monaten gewärmt hatten. Dabei konnte auch das niemals ein Vergleich zu der vulkanischen Hitze sein, die sie mit Chase erfuhr. Trotzdem, jedes Mal hatte sie Zufriedenheit und heitere, unbeschwerte Wärme in Erics Küssen gefunden. Sie hatte ja auch nie geahnt, dass es da noch mehr gab.

Jetzt jedoch verspürte sie rein gar nichts. Dass es so war, dämpfte ihre Wut. Sie hatte sich und die Situation unter Kontrolle. Hier und auch in allen anderen Bereichen ihres Lebens besaß sie die Kontrolle. Seine Lippen bewegten sich auf ihrem Mund, lockend, einladend. Doch Eden wartete nur regungslos ab, bis es vorüber sein würde.

Als er endlich den Kopf hob, schob sie ihn von sich weg.

Das war genau der Augenblick, in dem sie Chase in der offenen Stalltür stehen sah.

Die Sonne stand in seinem Rücken, machte ihn zur Silhouette – und es ihr unmöglich, den Ausdruck auf seiner Miene zu erkennen. Trotzdem wurde ihr Mund staubtrocken, als sie zu ihm hinstarrte und durch Licht und Schatten etwas zu erkennen versuchte. Als er in den Stall hereinkam, haftete sein Blick unverwandt auf ihr.

Die Erklärung lag ihr auf der Zunge, doch mehr als ein Kopfschütteln brachte sie nicht zustande, als sein Blick von ihr zu Eric wanderte.

»Keeton.« Chase nickte nur knapp, ohne seine Hand auszustrecken. Es war besser so. Sonst würde er dem anderen genüsslich einen Finger nach dem anderen brechen.

»Elliot.« Eric erwiderte das Nicken. »Hatte ich ganz vergessen. Du besitzt Land hier in der Gegend, nicht wahr?«

»Etwas.« Chase hätte ihm liebend gern den Hals umgedreht, hier mitten im Stall, während Eden zusah. Und danach hätte er es ebenso befriedigend gefunden, sie zu erwürgen.

»Dann hast du Eden wohl schon kennengelernt.« Eric legte eine besitzergreifende Hand auf ihre Schulter. Chase verfolgte die Geste genauestens, bevor er die Augen wieder auf ihr Gesicht richtete. Ihr Impuls, Erics Hand abzuschütteln, erstarb, als sie Chases Blick sah. War es Wut oder Abscheu, was sie darin las?

»Ja, Eden und ich sind uns ein paarmal begegnet.« Da seine Hände sich unbedingt zu Fäusten ballen wollten, steckte er sie lieber in die Jeanstaschen.

»Chase hat uns netterweise erlaubt, seinen See zum Schwimmen zu nutzen.« Nur mit Mühe brachte sie ihre Hände zusammen, sie hielt sie vor sich verschränkt. »Er hat uns auch eine Führung über die Plantage gegeben.« Zwar litt ihr Stolz, aber mit den Augen flehte sie Chase an.

»Dann ist dein Land wohl ganz in der Nähe, was?« Erics Hand lag schwer auf Edens Schulter. Ihm waren der Augenkontakt und der Austausch der vielsagenden Blicke nicht entgangen.

»Nah genug.«

Die Männer taxierten sich jetzt, ohne auf Eden zu achten. Und doch hatte sie das Gefühl, genau in der Mitte des Schlachtfelds zu stehen. Wenn sie der Grund für die Spannung war, dann wollte sie auch für sich selbst reden. Doch der Ausdruck auf Chases Miene verwirrte sie nur, und Erics besitzergreifende Hand auf ihrer Schulter verärgerte sie. Sie trat von Eric ab und ging auf Chase zu. »Du wolltest mich sprechen?«

»Ja.« Chase blickte sie durchdringend an. Er wollte viel mehr als das, sehr viel mehr. Sie in Erics Armen zu sehen, hatte gemischte Gefühle in ihm ausgelöst – eine merkwürdige Mischung aus Mordlust und Leere. Aber er wollte sich jetzt weder mit dem einen noch mit dem anderen auseinandersetzen. »Es war nicht wichtig.«

»Chase …«

»Oh, hallo.« Candys herzliche Stimme war fast wie ein Schock. Zusammen mit Dottie am Arm trat sie über die Schwelle. »Tante Dottie, darf ich dir unseren Nachbarn vorstellen? Chase Elliot.«

Dottie streckte die Hand zur Begrüßung aus und kniff nachdenklich die Augen zusammen. »Elliot? Der Name kommt mir so bekannt vor. Sind wir uns nicht schon einmal vor Jahren begegnet? Oh ja, natürlich. Sie sind Jessie Winthrops Enkel.«

Eden sah das Lächeln auf seinen Lippen und in seinen Augen. Doch es galt nicht ihr. »Das stimmt. Ich erinnere mich auch noch gut an Sie, Mrs. Norfolk. Sie haben sich überhaupt nicht verändert.«

Dottie lachte auf, herzhaft und warm. »Das muss jetzt so ziemlich genau fünfzehn Jahre her sein. Ich würde behaupten, dass sich da doch ein oder zwei Dinge verändert haben. Sie, zum Beispiel, waren damals noch einen guten halben Meter kleiner.« Mit einem schnellen Blick hatte sie ihn von oben bis unten eingeschätzt, und was sie sah, gefiel ihr. »Sie machen in Äpfeln, nicht wahr? Aber ja, natürlich. Elliot Apples.«

Genauso schnell wurde Dottie noch etwas anderes bewusst. Da war sie hier mit Eric aufgetaucht und hatte damit einen Prozess ins Stocken gebracht. Man müsste schon einen undurchdringlichen Stahlmantel tragen, wollte man von den Schwingungen hier im Stall nichts bemerken.

Nun, wenn man sich die Suppe eingebrockt hatte, musste man sie auch wieder auslöffeln. Lächelnd schaute sie zu ihrer Nichte. »Candy hat mir von dem bevorstehenden großen gesellschaftlichen Ereignis der Saison erzählt. Sind wir alle eingeladen?«

»Eingeladen?« Es dauerte einen Moment, bevor Eden ihren Verstand wieder beieinanderhatte. »Du meinst, zum Sommerfest?« Das Lachen ließ sich nicht zurückhalten. Ihre Tante stand hier im Stall, mit ihren italienischen Schuhen und einem Kostüm, das mehr gekostet hatte als jedes einzelne Pferd. »Tante Dottie, du hast doch wohl nicht vor, hier zu übernachten?«

»Hier übernachten?« Weiße Augenbrauen wurden hochgerissen. »Das wohl eher nicht.« Sie spielte mit den Perlen an ihrem Hals und überschlug eiligst die Situation. Auf eine Nacht in einer Blockhütte hatte sie nun wirklich keine Lust, aber sie wollte auch nicht das Feuerwerk verpassen, das sich hier ankündigte.

»Eric und ich werden in einem Hotel unterkommen, ein paar Meilen von hier entfernt. Aber es würde mir das Herz brechen, wenn du uns nicht zu der Party heute Abend einlädst.« Sie legte sanft ihre Hand auf Chases Arm. »Sie kommen doch auch, oder?«

Er erkannte einen Strippenzieher, wenn er einen vor sich hatte. »Das werde ich mir auf gar keinen Fall entgehen lassen.«

»Wunderbar.« Dottie zog Candys Hand wieder unter ihren Arm und tätschelte die Finger. »Dann sind wir also alle eingeladen.«

Unsicher und verlegen blickte Candy von Eric zu Eden. »Nun, sicher, aber …«

»Ist das nicht nett?« Wieder tätschelte Dottie Candys Hand. »Wir werden uns ganz großartig amüsieren, meinst du nicht auch, Eden?«

»Sicher, ganz großartig«, stimmte Eden zu. Währenddessen fragte sie sich, wie sie sich am schnellsten aus dem Staub machen konnte.

9. Kapitel

Eden hatte gleich mehrere Probleme. Riesige Probleme. Das größte davon waren die sechzig Halbwüchsigen im Speisesaal. Wie auch immer sie mit Eric umgehen würde, wie auch immer sie es anstellen wollte, sich Chase zu erklären – sechzig Teenager auf engem Raum ließen sich nun mal nicht ignorieren.

Die Jungs kamen um Punkt acht mit mehreren Vans. Wenn Eden sich nicht völlig täuschte, waren sie ebenso nervös wie die Mädchen. Eden erinnerte sich noch gut an ihre eigenen Tanzveranstaltungen, an die Unsicherheit, an die feuchten Handflächen. Die laute Musik half etwas dabei, die Verlegenheit zu kaschieren, als die männlichen Betreuer die Jungs in den Saal schoben.

Der Tisch mit den Knabbereien bog sich unter den Schalen, in der Küche stand genügend Punsch, dass man darin hätte baden können. Candy hielt eine kurze Begrüßungsansprache, um die Stimmung aufzumuntern; die Girlanden und Papierblumen flatterten lustig im leichten Wind. Ein neuer Song wurde eingelegt. Die Mädchen standen auf der einen Seite des Raumes, die Jungs auf der anderen.

Das größte Problem bei einer solchen Veranstaltung war immer, dass niemand den ersten Schritt tun wollte. Doch Eden hatte sich etwas ausgedacht: Zwei große Schüsseln waren mit Zetteln gefüllt worden, auf denen Nummern standen. Die Jungs zogen einen Zettel aus der einen Schüssel, die Mädchen einen aus der anderen. Wer dieselbe Nummer hatte, tanzte zusammen. Nicht gerade besonders raffiniert, aber dafür wirkungsvoll.

Als der erste Tanz nahezu vorüber war, schlüpfte Eden in die Küche, um nach dem Nachschub an Erfrischungen zu sehen, währen Candy und die Betreuer sich unters Volk mischten. Als Eden zurückkam, war die Tanzfläche zwar nicht mehr ganz so voll, aber jetzt tanzten die Paare zusammen, die auch zusammen tanzen wollten.

»Miss Carlbough?«

Sie stellte die Schale mit Chips auf den langen Tisch und drehte den Kopf. Robertas Gesicht war glatt und makellos. Die wilde Mähne war mit einem glänzenden Seidenband zu einem dicken Pferdeschwanz gebändigt. In ihren Ohrläppchen steckten kleine türkisfarbene Sterne, die farblich zu der nicht allzu verknitterten Bluse passten. Ihre Sommersprossen hatte sie mit etwas Puder abgedeckt. Eden vermutete, dass Roberta bei einem der älteren Mädchen darum gebettelt hatte, beschloss aber, sich eine Bemerkung zu verkneifen.

»Hi, Roberta.« Sie nahm zwei Salzstangen aus einem Glas und reichte eine an Roberta weiter. »Tanzt du nicht?«

»Doch, sicher.« Roberta sah über ihre Schulter in den Saal zurück, gelassen und selbstsicher. »Ich wollte erst mit Ihnen reden.«

»Ja?« Roberta wirkte nicht gerade, als bräuchte sie ein aufmunterndes Gespräch. Eden hatte den dunkelhaarigen Jungen, auf den das Mädchen ihr Auge geworfen hatte, schon erspäht. Und so, wie Eden Roberta kannte, hatte der junge Mann nicht die geringste Chance, zu entkommen. »Worüber denn?«

»Ich habe den Mann im Rolls Royce gesehen.«

Die eigene Ermahnung, nicht mit vollem Mund zu sprechen, war vergessen. »Du meinst, Mr. Keeton.«

»Ein paar von den Mädchen finden ihn süß.«

»Hm.« Eden knabberte weiter an ihrer Salzstange.

»Ein paar haben sogar gesagt, dass Sie bei ihm schwach werden. Sie meinten, Sie hätten sich bestimmt gestritten, so wie bei Romeo und Julia, wissen Sie? Und jetzt ist er gekommen, um Sie um Verzeihung zu bitten, und Sie werden jetzt zugeben, dass Sie ohne ihn nicht leben können. Und dann gehen Sie mit ihm zurück und heiraten.«

Die Salzstange steckte vergessen zwischen ihren Fingern, während Eden verdattert zuhörte. Immerhin riss sie sich nach einem Moment zusammen und räusperte sich. »Nun, das ist ja ein interessantes Szenario.«

»Ich hab ihnen gesagt, dass das Blödsinn ist.«

Eden verkniff sich das Grinsen und biss in die Salzstange. »So, hast du also, ja?«

»Sie sind clever, alle Mädchen wissen das.« Roberta griff hinter Eden in die Schüssel mit Chips. »Ich hab gesagt, dass Sie zu klug sind, um sich an den Typen mit dem Rolls zu hängen. Der ist doch nicht einmal halb so cool wie Mr. Elliot.« Wieder sah Roberta über die Schulter, dieses Mal zu Eric. »Und er ist auch viel kleiner und schmaler.«

»Stimmt.« Eden biss sich auf die Lippe. »Das ist er.«

Roberta runzelte die Stirn. »Und er sieht nicht so aus, als würde er zu Ihnen in den See springen und mit Ihnen im Wasser herumtoben.«

Eden versuchte sich Eric vorzustellen, wie er halb nackt in einen kalten See sprang. Oder wie er ihr einen selbst gepflückten Strauß Wiesenblumen schenkte. Oder wie er ihr Sternbilder am Himmel zeigte. Ihre Lippen verzogen sich zu einem verträumten Lächeln. »Nein, Eric würde so etwas niemals tun.«

»Und genau deshalb weiß ich auch, dass das alles Blödsinn ist.« Roberta stopfte sich die Chips in den Mund. »Wenn Mr. Elliot kommt, dann tanze ich mit ihm. Aber jetzt ist erst einmal Bobby dran.« Mit einem letzten Lächeln für Eden marschierte Roberta entschlossen durch den Raum und griff die Hand des schlaksigen großen Jungen. Wie Eden vorausgesehen hatte … der arme Kerl hatte nicht die geringste Chance.

Eden beobachtete die tanzenden jungen Paare und dachte an Chase. Ihr wurde plötzlich bewusst, dass er der einzige Mann war, den sie nie mit ihrem Vater verglichen hatte. Ein Vergleich wäre ihr nicht einmal in den Sinn gekommen. Sie hatte Chase an niemandem gemessen, sondern hatte sich um seiner selbst willen in ihn verliebt. Jetzt musste sie nur noch den Mut aufbringen, es ihm zu sagen.

»So amüsiert sich also die Jugend von heute.«

Eden drehte sich ein wenig. Dottie war zu ihr getreten. Für das Sommerfest von Camp Liberty hatte sie violette Spitze gewählt. Die Perlen waren durch einen atemberaubenden Rubinanhänger ersetzt worden. Boo Boo trug ein Strassschleifchen – Eden hoffte, dass es nur Strasssteine waren – auf dem Kopf. Eine Welle der Zuneigung rollte über Eden hinweg, sie küsste ihre Tante auf die Wange. »Ist euer Hotel angenehm?«

»Sozusagen.« Dottie nahm einen Kartoffelchip und musterte ihre Nichte. Die blassblaue Seidenbluse mit dem hochgeschlossenen Kragen und den langen Manschetten war an Schlichtheit kaum zu übertreffen, aber Dottie gestand zu, dass die Trägerin ihr Eleganz verlieh. »Dem Himmel sei Dank, dass du deinen Stil nicht verloren hast.«

Lachend drückte Eden einen zweiten Kuss auf Dotties Wange. »Du hast mir gefehlt. Ich bin froh, dass du gekommen bist.«

»Wirklich?« Diskret wie immer, führte Dottie sie zur Tür. »Ich hatte den Eindruck, dass du nicht unbedingt begeistert warst, mich hier zu sehen.« Sie ließ die Fliegentür ins Schloss schlagen, als sie auf die Terrasse hinaustraten. »Vor allem nicht die Überraschung, die ich mitgebracht habe.«

»Doch! Ich freu mich wirklich, dich hier zu sehen!«

»Aber nicht Eric.«

Eden lehnte sich an das Verandageländer. »Hattest du das erwartet?«

»Ja.« Dottie seufzte und strich sich über die Spitze. »Davon war ich eigentlich sogar fest ausgegangen. Und dann dauerte es keine fünf Minuten, bevor mir klar wurde, was für einen kapitalen Fehler ich gemacht habe. Liebes, ich hoffe, du weißt, dass ich nur helfen wollte.«

»Natürlich weiß ich das, und dafür liebe ich dich umso mehr.«

»Was immer zwischen euch schiefgelaufen ist – ich dachte, die Zeit hätte die Wunden geheilt.« Gedankenverloren bot Dottie Boo Boo den Rest ihres Kartoffelchips. »Um ehrlich zu sein … Nach allem, was Eric mir erzählt hat, war ich überzeugt, ich würde dir praktisch das Leben retten.«

»Kann ich mir vorstellen«, murmelte Eden.

»So viel also zu den großen Gesten.« Dottie lockerte ihre Schultern, dass der Rubin blinkte. »Du hast mir nie erzählt, wieso ihr beide die Hochzeit abgesagt habt, Eden. Das kam alles so plötzlich.«

Eden öffnete den Mund, schloss ihn wieder. Es gab keinen Grund, die Tante nach all den Monaten zu verletzen und aufzuregen. Wenn sie jetzt davon anfing, dann würde es aussehen wie Rache – oder noch schlimmer: wie Selbstmitleid. Eric war beides nicht wert. »Uns wurde einfach klar, dass wir nicht zusammenpassen.«

»Ich hatte eigentlich immer einen anderen Eindruck.« Ein Schwall lauter Musik und Gelächter drang nach draußen, Dottie wandte den Kopf zur Tür. »Eric scheint das auch anders zu sehen. In den letzten Wochen hat er mich mehrere Male aufgesucht.«

Eden strich sich das Haar aus der Stirn und ging zum Ende der Veranda. Vielleicht hatte Eric ja inzwischen festgestellt, dass der Name Carlbough sein Ansehen doch nicht gänzlich verloren hatte. Sie war kein zynischer Mensch, aber das schien die einzig logische Erklärung zu sein. Ihm musste auch klar geworden sein, dass sie eines Tages, wenn sie geerbt hatte, wieder reich sein könnte. Sie schluckte die Bitterkeit hinunter und drehte sich zu ihrer Tante um.

»Er täuscht sich, Tante Dottie. Bitte glaub mir, wenn ich sage, dass er keine echten Gefühle für mich hat. Vielleicht glaubt er das«, fügte sie hastig hinzu, als sie die tiefe Falte auf der Stirn ihrer Tante sah. »Ich würde es eher Gewohnheit nennen.«

Mit ausgestreckten Armen kam sie auf Dottie zu und nahm ihre Hände. »Ich habe Eric nie wirklich geliebt. Es hat einige Zeit gedauert, bevor mir klar wurde, dass ich ihn aus all den falschen Gründen geheiratet hätte – weil es erwartet wurde, weil es der leichteste Weg gewesen wäre. Und …«, sie holte tief Luft, »… weil ich fälschlicherweise annahm, Eric wäre wie Dad.«

»Oh, Liebes.«

»Das war mein größter Fehler, und somit ist es eigentlich meine Schuld.« Jetzt, da sie es laut ausgesprochen hatte, konnte sie es auch akzeptieren. »Ich habe jeden Mann, mit dem ich je ausgegangen bin, mit Dad verglichen. Weil er der liebevollste und herzlichste Mann war, den ich gekannt habe. Doch obwohl ich ihn geliebt und bewundert habe, war es falsch von mir, andere Männer an ihm zu messen.«

»Wir alle haben ihn geliebt, Eden.« Dottie zog Eden in ihre Arme. »Er war ein guter Mann, ein gütiger Mann. Sicher, er war ein Spieler, der das Risiko liebte, aber …«

»Mir macht es nichts aus, dass er ein Spieler war.« Als Eden sich aus der Umarmung löste, konnte sie sogar lächeln. »Ich weiß, dass er, wäre er nicht so plötzlich gestorben, wieder nach ganz oben gekommen wäre. Aber das ist jetzt nicht mehr wichtig, Tante Dottie. Denn auch ich bin ein Spieler.« Sie drehte sich und zeigte auf das gesamte Camp. »Ich habe gelernt, selbst etwas zu riskieren.«

»Wie ähnlich du ihm doch bist.« Dottie musste ein Taschentuch aus ihrer Handtasche hervorholen. »Als du darauf bestanden hast, das hier zu machen … selbst noch, als ich heute hier ankam, da habe ich befürchtet, dass meine arme kleine Eden den Verstand verloren hat. Doch dann habe ich mir dein Camp angesehen, ich meine, wirklich angesehen. Ich habe mir die Mädchen angesehen, ich habe mir dich angesehen, und da ist mir klar geworden, dass du es geschafft hast.« Mit einem letzten undamenhaften Schnäuzen steckte Dottie das Taschentuch zurück. »Ich bin stolz auf dich, Eden. Und dein Vater wäre auch stolz auf dich.«

Jetzt wurden Edens Augen feucht. »Tante Dottie, ich kann dir gar nicht sagen, wie viel es mir bedeutet. Als ich nach Dads Tod alles verkaufen musste, da hatte ich das Gefühl, ihn betrogen zu haben … ihn, dich, die ganze Familie.«

»Nein.« Dottie umfasste Edens Kinn. »Das darfst du nicht einmal denken! Du hast enormen Mut bewiesen mit dem, was du getan hast. Viel mehr Mut, als ich besitze. Du weißt, dass ich dir das alles unbedingt ersparen wollte.«

»Ja, das weiß ich, und ich weiß das auch zu schätzen. Aber es ging nicht anders.«

»Ich glaube, jetzt verstehe ich das endlich. Du sollst wissen,

Eden, dass ich immer mit dir gefühlt und gelitten habe, aber ich habe mich nie für dich geschämt. Mein Haus steht dir immer offen, Kleines – auch jetzt noch, obwohl ich weiß, dass du es nicht nötig hast.«

»Darum zu wissen ist für mich mehr als genug.«

»Ich erwarte, dass dieses Camp hier innerhalb der nächsten fünf Jahre zum renommiertesten im ganzen Osten wird, verstanden?«

Eden lachte. Und plötzlich schien sich die ganze Last, die seit dem Tode ihres Vaters auf ihren Schultern lag, aufzulösen. »Das wird es.«

Mit einem Nicken trat Dottie an das Geländer und blickte über das Gelände. »Ich denke, ihr solltet hier ein richtiges Schwimmbad haben. Junge Mädchen sollten regelmäßig Schwimmunterricht erhalten. In einem See herumzuplanschen entspricht nicht gerade diesen Anforderungen. Ich werde euch ein Schwimmbad stiften.«

Edens Nackenhärchen richteten sich sofort auf. »Tante Dottie …«

»In deines Vaters Namen.« Mit einer hochgezogenen Augenbraue hielt Dottie abwartend inne. »Ich dachte mir, dass du keine Einwände hast. Wenn ich einem Krankenhaus einen neuen Flügel stiften kann, dann kann ich dem Sommercamp meiner Lieblingsnichte auch im Namen meines Bruders ein Schwimmbecken spenden. Außerdem ist mein Steuerberater immer auf der Suche nach neuen Abschreibungsmöglichkeiten. Und nun … sollen Eric und ich jetzt wieder abfahren?«

Eden seufzte nur. Wie geschickt sie soeben manipuliert worden war! »Ob Eric hier ist oder nicht, macht keinen Unterschied. Bitte bleib, solange du möchtest.«

»Gut. Boo Boo und ich amüsieren uns nämlich prächtig.« Dottie schmiegte die Wange an Boo Boos Fell. »Das Schöne an ihr ist, dass sie so viel unkomplizierter zu handhaben ist als jedes meiner Kinder. Ach, Eden, eins noch, bevor ich wieder hineingehe … Nun, ich könnte schwören – wie soll ich es ausdrücken? –, ich hätte eine Art Erdbeben gespürt, als ich heute Nachmittag in den Stall kam. Bist du in jemand anderen verliebt?«

»Tante Dottie …«

»Das reicht mir. Meinen Segen hast du, uneingeschränkt. Nicht, dass das wichtig wäre. Boo Boo war übrigens auch völlig hingerissen.«

»Wirst du jetzt exzentrisch?«

Mit einem leisen Lachen hob Dottie das Fellknäuel höher auf den Arm. »Wenn man sich nicht mehr auf seine Schönheit berufen kann, muss man sich etwas anderes ausdenken. Ah, sieh an.« Sie trat beiseite, als der Lamborghini vorfuhr. Mit geschürzten Lippen beobachtete Dottie, wie Chase aus dem Wagen stieg.

»So sieht man sich also wieder«, begrüßte sie ihn, um sich dann zu Eden umzudrehen. »Ich bewundere deinen Geschmack.« Sie klopfte ihr leicht auf die Schulter. »Doch, wirklich. Und jetzt gehe ich wieder hinein und probiere den Punsch. Er ist doch genießbar, oder?«

»Ich habe ihn selbst angesetzt.«

»Oh.« Dottie rollte mit den Augen. »Nun gut. Auch ich bin eine Spielernatur.«

Innerlich wappnete Eden sich und drehte sich zu Chase um. »Hallo, freut mich, dass du kommen konntest …«

Er presste seinen Mund so schnell auf ihre Lippen, dass ihr nicht einmal Zeit blieb, um überrascht zu sein. Mochte sie diesen Kuss später auch als besitzergreifend bezeichnen – in diesem Moment jedoch glitten ihre Hände seinen Rücken hinauf bis zu seinen Schultern. So intensiv, so echt, so richtig, alles im gleichen Augenblick.

Mit Eric hat sie so etwas nie empfunden. Das war es, was Chase sich sagte, als Eden gegen ihn taumelte. Mit niemandem sonst hatte sie so etwas je empfunden. Und er würde verdammt noch mal dafür sorgen, dass sie es auch nie wieder mit einem anderen empfinden würde! Hin- und hergerissen zwischen Ärger und Verlangen, schob Chase sie von sich weg.

»Wofür …« Eden musste sich erst einmal räuspern. »Wofür war das denn?«

Er schob die Hand in ihr Haar am Nacken und zog sie wieder zu sich heran. Seine Lippen strichen flüchtig über ihre. »Irgendwann hat mal jemand zu mir gesagt: Ich wollte dich küssen. Irgendwelche Einwände?«

Er forderte sie heraus. Mit hoch erhobenem Kinn nahm sie die Herausforderung an. »Im Moment fallen mir keine ein.«

»Lass es mich wissen, wenn es so weit ist.« Damit zog Chase sie hin zum Licht und der Musik.

Zuzugeben, dass Feigheit der Grund dafür sein könnte, dass sie die Zeit sorgsam zwischen den Mädchen und den Gästen aufteilte, brachte Eden nicht über sich. Sie versuchte, sich davon zu überzeugen, dass Höflichkeit und Verantwortungsbewusstsein nichts anderes zuließen. Im Innern jedoch wusste sie, dass sie ihre Gedanken und ihre Selbstbeherrschung beisammenhaben musste, bevor sie allein mit Chase sprechen konnte.

Sie sah zu, wie er mit Roberta tanzte. Und sie wollte nichts anderes tun, als zu ihm zu laufen, sich in seine Arme zu werfen und ihm zu gestehen, dass sie ihn liebte. Konnte man sich überhaupt zu einer größeren Närrin machen? Er hatte sie mit keinem Wort nach Eric gefragt. Wie sollte sie ihm alles erklären? Der Gedanke, dass es ihn vielleicht einfach nicht interessierte, blitzte auf. Wenn das so war, wenn es ihn wirklich nicht interessierte, dann waren seine Gefühle bei Weitem nicht so stark wie ihre. Und doch: Sie würde heute Abend noch die Zeit finden, mit ihm zu reden, ob er sich nun anhören wollte, was sie zu sagen hatte, oder nicht. Sie wollte nur noch den richtigen Zeitpunkt abwarten. Schließlich wollte sie alles richtig machen.

Was das Sommerfest anbelangte, gab es solche Verwirrungen nicht. Der Tanzabend war der absolute Hit. Die Verantwortlichen beider Camps waren schon dabei, eine alljährliche Veranstaltung zu planen. Und Candy schäumte geradezu über vor Ideen für gemeinsame Unternehmungen.

Wie immer überließ Eden es Candy, zu planen und zu organisieren; sie würde sich dann später mit den Details auseinandersetzen.

Da sie ständig in Bewegung blieb, vermied sie jeglichen direkten Kontakt sowohl mit Eric als auch mit Chase. Sicher, man unterhielt sich, tanzte sogar, aber alles im Schutz des überfüllten Speisesaals. Eric hielt sich an unverfängliche Themen, ebenso wie auch Eden. In Chases Augen aber hatte sie etwas Gefährliches aufblitzen sehen. Das war der Hauptgrund, das und der welterschütternde Kuss vorhin, weshalb Eden das Unvermeidliche immer weiter hinausschob.

»Ich glaube, Sie mögen sie, sehr sogar«, meldete Roberta sich zu Wort, als Chases Blick wieder einmal zu Eden wanderte.

»Wie bitte?« Zerstreut sah Chase auf seine Tanzpartnerin hinunter.

»Miss Carlbough. Bei ihr werden Sie schwach. Sie ist auch wirklich hübsch.« Das kam mit dem winzigsten Hauch von

Teenagerneid. »Wir haben sie zur hübschesten Betreuerin gewählt, auch wenn Miss Allison einen größeren …« Gerade noch rechtzeitig erinnerte Roberta sich daran, dass man über gewisse Teile der weiblichen Anatomie nicht mit Männern redete, nicht einmal mit Mr. Elliot. »Ich meine, sie hat mehr … äh …«

»Ich verstehe schon, was du meinst.« Wie immer hingerissen von Roberta, schwang Chase sie im Kreis herum.

»Manche von den anderen Mädchen finden Mr. Keeton süß.«

»So?« Chases Lächeln verwandelte sich in eine Grimasse, als er zu Eric hinüberblickte.

»Ich finde seine Nase viel zu schmal.«

»Fast wäre sie gebrochen gewesen«, murmelte Chase.

»Und seine Augen stehen viel zu eng zusammen«, fügte Roberta noch hinzu, und um das Ganze abzurunden: »Sie mag ich viel lieber.«

Gerührt und in Erinnerung an seine eigene erste Schwärmerei, zog Chase leicht an ihrem Pferdeschwanz, sodass sie zu ihm aufschauen musste. »Ich habe auch eine ziemliche große Schwäche für dich.«

Von ihrem Platz aus beobachtete Eden die kleine Szene. Sie sah, wie Chase sich zu dem Mädchen hinunterbeugte und wie Robertas Gesicht mit einem strahlenden Lächeln aufleuchtete. Fast wäre ihr ein Seufzer entschlüpft, bevor sie sich ermahnte, dass sie hier auf dem besten Wege war, auf eine Zwölfjährige eifersüchtig zu sein. Sie wunderte sich über sich selbst. Mit einem Kopfschütteln sagte sie sich, dass es an der Anspannung liegen musste, ständig auf der Hut zu sein und sich rarzumachen.

Die Musik plärrte unverändert laut. Ohne Pause rannte Eden zwischen Küche und Saal hin und her, damit die Schalen immer gefüllt blieben. Die Jungs und Mädchen bemühten sich, die dröhnende Musik mit ihren Stimmen zu übertönen.

Fünf Minuten, sagte Eden sich. Sie würde sich nur fünf Minuten wegstehlen, um ein wenig Atem zu schöpfen.

Als sie das nächste Mal in die Küche schlüpfte, ging sie weiter zur Hintertür. Die laue Sommernacht umfing sie, als sie nach draußen trat. Es roch nach Gras und Geißblatt, eine Wohltat nach dem klebrigen Geruch nach Früchtepunsch! Dankbar für die frische Luft, atmete Eden tief durch.

Der Mond stand als schmale Sichel am Himmel. Drei Monate lang hatte sie zugesehen, wie er ab- und wieder zunahm. Sie hatte öfter zum Himmel hochgesehen als jemals zuvor in ihrem Leben. Das galt nicht nur für den Mond, sondern auch für endlos viele andere Dinge. Niemals wieder würde sie irgendetwas so auf die gleiche Weise betrachten wie vorher.

Sie blieb eine ganze Weile stehen und suchte nach den Sternbildern, die Chase ihr erklärt hatte. Die warme Brise strich sanft über ihre Wangen. In Gedanken fragte sie sich, ob da noch eine Zeit kommen würde, in der Chase ihr mehr Himmelskörper zeigen würde.

Im silbernen Licht ging sie über das Gras. Hinter ihr waren Musik, Stimmen und Lachen zu hören. Unter einem alten Walnussbaum blieb sie stehen. Sie lehnte sich an den Stamm, genoss die Ruhe und die Einsamkeit.

Genau dafür waren laue Sommernächte geschaffen worden: um zu träumen und sich etwas zu wünschen. Ganz gleich, wie kalt es auch im Winter werden würde, ganz gleich, wie weit entfernt der nächste Sommer dann noch war – Eden würde diese Nacht aus ihrer Erinnerung herausholen und noch einmal erleben können.

Das Knarren und Schlagen der Hintertür riss sie aus ihren Gedanken.

»Eric.« Eden machte sich nicht die Mühe, den Missmut in ihrer Stimme zu kaschieren.

Er kam zu ihr, bis auch er im Schatten der ausladenden Zweige stand. Das Licht der Sterne fiel funkelnd durch die Blätter. »Ich habe noch nie erlebt, dass du eine Party verlässt.«

»Ich habe mich verändert.«

»Ja.« Eric verlagerte sein Gewicht. Edens Augen blickten ihn ruhig und offen an. »Das ist mir aufgefallen.« Als er die Hand nach ihr ausstreckte, wich sie nicht zurück. Sie bemerkte seine Berührung nicht einmal. »Wir haben unser Gespräch noch nicht zu Ende geführt.«

»Doch. Vor langer Zeit schon.«

»Eden.« Mit einem Finger strich er zögernd über ihre Wange. »Ich habe einen weiten Weg gemacht, um dich zu sehen. Um die … Missverständnisse zwischen uns aus der Welt zu schaffen.«

Eden wandte nur leicht den Kopf zur Seite. »Es tut mir leid, dass du dir solche Umstände gemacht hast, aber es gibt nichts aus der Welt zu schaffen.« Seltsam, aber sie verspürte nicht einmal mehr Ärger oder Bitterkeit. Diese Gefühle hatten sich ab dem Moment verflüchtigt, als Eric sie am Nachmittag geküsst hatte. Wenn sie ihn jetzt ansah, fühlte sie sich ihm nicht mehr verbunden – als wäre er jemand, den sie nur flüchtig kannte. »Eric, es wäre töricht, es noch weiter in die Länge zu ziehen. Belassen wir es dabei.«

»Ich gebe zu, ich habe mich wie ein Narr benommen.« Er versperrte ihr den Weg, als könnte er durch sein uneinsichtiges Beharren die Dinge wieder in die Ordnung rücken, die er sich vorstellte. »Eden, ich habe dich verletzt, und das tut mir leid. Aber ich habe ebenso an dich wie an mich gedacht.«

Sie hätte am liebsten aufgelacht, doch sie konnte nicht einmal dafür Energie aufbringen. »An mich hast du gedacht? Wenn du meinst. Dann danke und auf Wiedersehen.«

»Sei doch nicht so kompliziert.« Erste Zeichen von Ungeduld machten sich bemerkbar. »Du weißt doch selbst, dass eine Hochzeit für dich unerträglich gewesen wäre, solange der Skandal noch in aller Munde war.«

Eden versteifte sich, mehr noch als bei seiner Berührung. Sie lehnte sich gegen den Baum und wartete. Doch, da entdeckte sie in sich eine Spur von Ärger. Ein wenig nur und tief vergraben, doch er war noch da. Vielleicht war es das Beste, ihn ein für alle Mal herauszulassen. »Skandal. Damit beziehst du dich wohl auf die riskanten Investitionen meines Vaters, nicht wahr?«

»Eden.« Er kam näher und legte eine Hand auf ihren Arm. »Deine Lage hatte sich so abrupt verändert, als dein Vater starb und dich …«

»… und mich zurückgelassen hat, um meinen eigenen Weg zu finden«, beendete sie den Satz für ihn. »Nun, in dieser Hinsicht sind wir uns einig. Meine Situation hat sich verändert. Und in den letzten Monaten ist mir klar geworden, wie dankbar ich sein kann, dass es so war.«

Jetzt kam der Ärger deutlicher an die Oberfläche, so wie man sich über eine lästige Fliege ärgerte, die man mit einem Handstreich wegscheuchte. »Ich habe gelernt, etwas von mir selbst zu erwarten. Mir ist auch klar geworden, dass Geld dazu überhaupt nicht nötig ist.« An seiner gerunzelten Stirn erkannte sie, dass er niemals verstehen würde, welche neue Person aus der Asche erstanden war. »Dir mag das vielleicht unbegreiflich vorkommen, Eric, aber mir ist völlig gleich, was die Leute über meine veränderte Situation denken. Zum ersten Mal in meinem Leben habe ich alles, was ich will. Und ich habe es mir selbst erarbeitet.«

»Ich soll dir glauben, dass dieses Camp hier das ist, was du willst? Das kannst du nicht von mir erwarten, Eden. Schließlich kenne ich dich.« Er spielte mit einer ihrer Haarsträhnen. »Die Frau, die ich kenne, würde so etwas nie dem Leben vorziehen, das wir zusammen in Philadelphia geführt haben.«

»Damit könntest du recht haben, Eric.« Sie hob die Hand, um seine Finger aus ihrem Haar zu entfernen. »Aber ich bin nicht mehr die Frau, die du gekannt hast.«

»Sei nicht albern, Eden.« Ein erster Hauch Unsicherheit machte sich in ihm bemerkbar. Er hatte ganz sicherlich nicht damit gerechnet, Hunderte von Meilen zu fahren, um dann erniedrigt zu werden. »Komm mit mir zum Hotel. Morgen fahren wir nach Philadelphia zurück und heiraten, so wie wir es geplant hatten.«

Eden musterte ihn einen Moment. Sie forschte nach einem Zeichen von Zuneigung für sie, versuchte, irgendein echtes Gefühl zu erkennen. Nein, entschied sie. Fast wünschte sie, sie hätte etwas Derartiges in seinem Gesicht gefunden, dann hätte sie wenigstens etwas Respekt vor ihm haben können. »Warum tust du das überhaupt, Eric? Du liebst mich nicht und hast mich nie geliebt. Sonst hättest du mir nicht den Rücken gekehrt, als ich dich brauchte.«

»Eden …«

»Nein, lass mich ausreden. Bringen wir es ein für alle Mal zu Ende.« Sie stieß ihn mit beiden Händen von sich ab. »Mich interessieren weder deine Entschuldigungen noch deine Erklärungen, Eric. Die schlichte Wahrheit ist: Du interessierst mich nicht.«

Sie sagte es so ruhig, so gefasst, dass er es ihr fast glaubte. »Du weißt, dass du das nicht ernst meinst, Eden. Wir wollten heiraten.«

»Weil es das Bequemste für uns beide war. Was das betrifft, so akzeptiere ich meinen Teil der Schuld.«

»Lassen wir das mit der Schuld, Eden. Ich will dir zeigen, was wir zusammen haben können.«

Mit ihrem eisigen Blick brachte sie ihn zum Verstummen. »Ich bin nicht mehr wütend, und ich bin auch nicht mehr verletzt, Eric. Ich liebe dich nicht, und ich will dich auch nicht.«

Einen Moment lang schwieg er. Als er dann zu sprechen anhob, überraschte es Eden, echte Emotion aus seiner Stimme herauszuhören. »So schnell hast du also Ersatz für mich gefunden, Eden?«

Sie hätte am liebsten laut gelacht. *Er* hatte sie praktisch einen Schritt vor dem Altar versetzt, und jetzt spielte er den Betrogenen?! »Das wird ja immer absurder! Aber nein, Eric, es geht nicht darum, ob ich Ersatz für dich gefunden habe. Sondern darum, dass ich endlich erkannt habe, was für ein Mensch du bist. Und verlang jetzt bitte nicht von mir, dass ich dir das näher erkläre.«

»Und was hat das alles mit Chase Elliot zu tun?«

»Wie kannst du es wagen, eine solch unverschämte Frage zu stellen?« Eden wollte an ihm vorbeigehen, doch er hielt sie am Arm fest, und dieses Mal war sein Griff keineswegs sanft. Erstaunt über seine Weigerung, sie gehen zu lassen, machte sie einen Schritt zurück und musterte ihn genauer. Er ist ein Kind, dachte sie. Ein Kind, das sein Spielzeug fortgeworfen hat und jetzt mit den Füßen stampft, weil er es nicht zurückhaben kann. Sie spürte, wie es in ihr zu brodeln begann, und verbarg ihr Temperament hinter eisiger Gleichgültigkeit. »Ob etwas zwischen Chase und mir ist, geht dich absolut nichts an.«

Diese kühle, distanzierte Frau erkannte er. Und daher

wurde sein Ton milder. »Alles, was dich betrifft, geht mich etwas an.«

Sie seufzte frustriert. »Eric, du bringst dich nur selbst in eine immer peinlicher werdende Situation.«

Bevor sie sich von ihm losreißen konnte, ging die Hintertür ein zweites Mal.

»Sieht aus, als würde ich schon wieder in etwas hineinplatzen.« Die Hände in den Hosentaschen, trat Chase von der Veranda herunter.

»Das scheint ja zur Gewohnheit zu werden.« Eric ließ Eden los, um sich zwischen sie und Chase zu stellen. »Selbst du solltest merken, dass Eden und ich hier ein privates Gespräch führen. Von guten Manieren habt ihr doch sicherlich sogar hier auf dem Land schon mal gehört, oder?«

Chase fragte sich, ob Eric die Manieren wohl zu schätzen wissen würde. Nein, eher unwahrscheinlich. Im feinen Philadelphia kamen blutige Nasen sicherlich nicht oft vor. Nun, eigentlich war es ihm egal, was Eric schätzte oder nicht.

Chase hatte bereits zwei Schritte vorgemacht, bevor Eden seine Absicht erkannte. »Unsere Unterhaltung ist längst vorbei«, sagte sie hastig und trat zwischen die beiden Männer. Sie hätte genauso gut unsichtbar sein können. Hatte sie heute Nachmittag das Gefühl gehabt, mitten auf dem Schlachtfeld zu stehen, so wurde sie nun unbeachtet beiseitegeschoben.

»Ja, scheint mir auch, als hättest du genügend Zeit gehabt, um zu sagen, was du sagen wolltest.« Chase wippte auf den Absätzen, ohne Eric aus den Augen zu lassen.

»Ich wüsste nicht, was es dich angeht, wie lange ich mich mit meiner Verlobten unterhalte.«

»Verlobte?!« Edens empörter Ausruf wurde ebenso ignoriert.

»Du bist nicht auf dem Laufenden, Keeton«, erwiderte Chase geradezu verständnisvoll, die Hände noch immer in den Taschen. »Es hat sich einiges geändert.«

»Geändert?« Eden wandte sich zu Chase, mit dem gleichen fruchtlosen Resultat. »Wovon sprichst du?«

Langsam und ohne sie anzusehen, fasste Chase Edens Hand. »Du hattest mir einen Tanz versprochen.«

Sofort griff Eric wieder nach ihrem Arm. »Wir sind noch nicht fertig.«

Chase drehte sich um, und jetzt stand die Drohung deutlich in seinen Augen zu lesen. »Oh doch, du bist fertig. Die Lady gehört zu mir.«

Wütend riss Eden sich von beiden los. »Aufhören!« Sie hatte es satt, hin- und hergezerrt zu werden, ohne dass es irgendjemanden kümmerte, was sie eigentlich wollte. Zum ersten Mal in ihrem Leben vergaß sie Manieren, Höflichkeit und Selbstbeherrschung und tat das, was Chase ihr einmal geraten hatte: Wenn du wütend bist, lass es raus!

»Ihr seid beide so was von *dumm*!« Sie warf den Kopf wütend zurück, strich sich dann die Haare aus dem Gesicht. »Ihr benehmt euch wie zwei Straßenköter, die sich um einen Knochen streiten. Hat einer von euch auch mal daran gedacht, dass ich für mich selbst sprechen kann? Dass ich meine eigenen Entscheidungen treffe? Du.« Sie drehte sich zu Eric um. »Jedes Wort, das ich zu dir gesagt habe, habe ich auch genau so gemeint. Hast du das jetzt endlich kapiert? *Jedes einzelne Wort.* Ich habe versucht, es so höflich wie möglich auszudrücken, aber falls du mich weiter bedrängst, kann ich für nichts garantieren.«

»Eden, Darling …«

»Nein, nein, nein!« Sie schlug seine Hand fort, die er nach ihr ausstreckte. »Als es schwierig wurde, hast du mich fallen lassen wie eine heiße Kartoffel. Wenn du dir einbildest, ich würde dich wieder zurücknehmen, nachdem du dich als schwächlicher, gedankenloser, unsensibler …« – oh, wie war nur das Wort, das Candy benutzt hatte? – »… Schaumschläger entpuppt hast, bist du nicht recht bei Verstand. Und solltest du es nur noch ein Mal *wagen*, mich anzufassen, schlage ich dir deine teuren Jacketkronen aus!«

Was für eine Frau, dachte Chase hingerissen. Wann würde er sie wohl endlich in seine Arme ziehen und ihr zeigen können, wie sehr er sie liebte? Er hatte sie immer als nahezu ätherische Schönheit angesehen, jetzt jedoch zeigte sie sich als kämpferische Walküre. Mehr als alles andere in seinem Leben wollte er diese Leidenschaft in seinen Armen halten und sich daran laben. Ein Lächeln stand auf seinem Gesicht, als sie zu ihm herumschwang.

»Und du.« Sie trat auf ihn zu und stieß ihm den Zeigefinger in die Brust. »Du such dir jemand anderen, um den du dich prügeln kannst. Für die Höhlenmenschenart, mit der du hier den Ritter spielst, habe ich äußerst wenig übrig.«

Das war eigentlich nicht die Reaktion, die er sich vorgestellt hatte. »Herrgott, Eden, ich wollte doch nur …«

»Halt den Mund.« Noch einmal stieß sie mit dem Finger zu. »Ich kann auf mich selbst aufpassen, Mr. Macho. Und wenn du glaubst, mir würde deine Einmischung gefallen, dann irrst du dich gewaltig. Wenn ich einen … einen muskelbepackten Testosteronbolzen brauche, engagiere ich mir einen.«

Sie musste Luft holen und ließ ihren Blick von einem zum anderen wandern. »Ihr beide habt weniger Vernunft bewiesen als die Teenager da drinnen. Und nur zu eurer Information: Ich finde es keineswegs amüsant, als Pingpongball in einer Ego-Schlacht zweier erwachsener Männer herzuhalten.

Ich treffe meine eigenen Entscheidungen, und ich habe eine gefällt, also hört jetzt beide sehr genau zu: Ich will keinen von euch beiden!«

Damit machte Eden auf dem Absatz kehrt und ließ die beiden Männer unter dem Walnussbaum zurück. Ihnen blieb nichts anderes übrig, als ihr sprachlos hinterherzustarren.

10. Kapitel

Am letzten Tag brach im Camp das totale Chaos aus. Es wurde gepackt und geweint und nach verlorenen Schuhen gesucht – jede Hütte hatte ihre ganz eigene Krise. Die Ausrüstung musste bis zum nächsten Sommer sorgfältig verstaut, eine Inventarliste der Küchenutensilien aufgestellt werden. Betten wurden abgezogen, Bettwäsche gewaschen, gemangelt und ordentlich zusammengefaltet. Eden schnüffelte verstohlen über einem Kissenbezug. Irgendwie waren bei der ersten Inventur zu Beginn des Sommers zwei Decken mehr vorhanden gewesen, dafür hatten sie jetzt ein Plus von fünf Handtüchern.

Sie hatte beschlossen, den eigenen Koffer erst zu packen, wenn die Unruhe sich gelegt hatte. Sie hatte sogar schon überlegt, ob sie nicht noch eine Nacht im Camp bleiben und erst am nächsten Morgen abfahren sollte, frisch und ausgeruht. Sie redete sich ein, dass es durchaus vernünftig und verantwortungsbewusst sei, wenn jemand noch einmal einen letzten Kontrollgang durch die leeren Blockhütten machte. In Wahrheit jedoch konnte sie aber einfach nicht loslassen.

Das wollte sie sich aber nicht eingestehen. Sie verließ die Waschküche und ging zu den Ställen. Fing an, Zaumzeug und Steigbügel nachzuzählen. Und sagte sich immer wieder vor, dass es nur einen einzigen Grund gab, weshalb sie zurückbleiben wollte: um sicherzugehen, dass auch wirklich alles in Ordnung war. Während sie Häkchen auf die Liste setzte, bemühte sie sich, jeden Gedanken an Chase auszublenden.

Er hatte ganz sicher nichts mit ihrer Entscheidung zu tun, dass sie noch blieb. Sie zählte die Trensen, zwei Mal, und erhielt beide Male verschiedene Ergebnisse. Also zählte sie ein drittes Mal.

Dieser unmögliche Mann! Mit dem Bleistift setzte sie schwungvoll die nächsten Häkchen auf das Papier, addierte und notierte, bis sie zufrieden war. Ohne Pause ging sie zu den Zügeln weiter, überprüfte sie genau auf Abnutzung und mögliche Mängel. Die mussten dringend mit Sattelfett eingerieben werden, entschied sie. Also noch ein Grund, um länger zu bleiben. Doch wie so oft in den letzten Tagen spielte sich die Szene mit Chase und Eric in ihrem Kopf ab.

Sie hatte jedes Wort ernst gemeint. Sich das noch einmal bestätigen zu können, erfüllte sie mit Befriedigung. Auch wenn sie laut geworden war … es war von Herzen gekommen. Selbst nach einer Woche waren ihre Empörung und ihr Entschluss so frisch und fest wie im ersten Moment.

Sie war nichts als ein Preis gewesen, um den man sich schlug. Die Empörung begann zu brodeln und verwandelte sich in Wut. War das alles, was eine Frau für einen Mann war? Etwas, das man an sich riss, um sein Ego zu befriedigen? Nun, das würde sie niemals akzeptieren. Sie hatte in den letzten Monaten gerade erst sich selbst entdeckt – und das würde sie für niemanden auf der Welt, für keinen Mann aufgeben.

Während Wut in ihr hochkochte, ging Eden zu den Sätteln weiter. Eric hatte sie nie geliebt. Jetzt war es klarer als je zuvor. Er hatte nur geglaubt, einen Anspruch auf sie zu haben, ohne jedes echte Gefühl. Meine Frau. Mein Besitz. Meine *Verlobte*! Unwillkürlich gab Eden einen Laut von sich, irgendwo zwischen Empörung und Spott. Die Pferde schnaubten zurück.

Hätte Tante Dottie Eric nicht wieder mit zurückgenommen … Eden konnte jetzt noch nicht sagen, was sie dann getan hätte. Und sie war auch keineswegs sicher, ob sie es nicht enorm genossen hätte.

Doch viel schlimmer, hundertmal schlimmer, war die Sache mit Chase. Während sie nachdenklich Löcher in die Luft starrte, tippte der Bleistift fast wie von allein ein wildes Stakkato auf die Liste. Chase hatte kein Wort von Liebe oder Zuneigung gesagt. Verspechen waren weder gegeben noch verlangt worden, und doch hatte er sich genauso verabscheuungswürdig wie Eric benommen.

Damit hörten die Gemeinsamkeiten aber auch schon auf, wie sie zugeben musste. Eden presste den Handballen gegen die Stirn. Sie hatte sich in Chase verliebt. Hoffnungslos. Wenn er nur ein Wort gesagt hätte, wenn er ihr nur die Gelegenheit geboten hätte, ihm zu erklären … wie anders die Dinge dann hätten verlaufen können. Nun musste sie feststellen, wie viel schwerer es war, ihn zu verlassen als Philadelphia.

Er hatte nichts erklärt, er hatte nichts erbeten. Die Kompromisse, die sie für ihn, und nur für ihn, vielleicht eingegangen wäre, würden nun nicht mehr nötig werden. Was immer hätte werden können, war nun endgültig vorbei. Eden reckte die Schultern. Es wurde Zeit, sich daran zu gewöhnen, Zeit für neue Pläne und ein neues Leben. Sie hatte es schon einmal getan, sie würde es wieder schaffen.

»Pläne«, murmelte sie vor sich hin und sah wieder auf ihre Liste. Für die nächste Saison musste so viel geplant werden. Der nächste Sommer würde schneller kommen als gedacht.

Ihre Finger umklammerten den Bleistift fester. Würde ihr Leben von jetzt an so aussehen? Würde sie sich von einem Sommer zum nächsten hangeln? Und was lag dazwischen? Leere und Warten? Wie oft würde sie zurückkommen und am See spazieren gehen, in der Hoffnung, ihn wiederzusehen?

Nein. Es war nur eine Phase des Bedauerns. Für einen Moment schloss Eden die Augen, wartete darauf, dass ihre Kraft zurückkam. Man konnte sich nicht an eine neue Situation gewöhnen, solange man keine Trauerarbeit geleistet hatte. Das war auch etwas, das sie gelernt hatte. Also würde sie um Chase trauern. Und dann ihr neues Leben angehen.

»Eden? Eden, bist du hier drinnen?«

»Ja, hier.« Sie drehte sich um, als Candy in den Zeugraum gerannt kam.

»Gott sei Dank!«

»Was ist denn?«

Candy legte sich die Hand auf die Brust, als müsse sie ihr hämmerndes Herz beruhigen. »Roberta.«

»Roberta?« Edens Magen zog sich zu einem harten Stein zusammen. »Ist sie verletzt?«

»Sie ist weg.«

»Was soll das heißen, weg? Haben ihre Eltern sie früher abgeholt?«

»Das soll heißen: weg.« Candy marschierte händeringend auf und ab. »Ihre Koffer und Taschen stehen gepackt in der Hütte, aber sie ist im ganzen Camp nicht zu finden.«

»Nicht schon wieder!« Mehr verärgert als besorgt legte Eden ihre Liste zur Seite. »Hat dieses Kind denn gar nichts gelernt? Sobald man sie aus den Augen lässt, setzt sie sich ab.«

»Marcie und Linda behaupten, sie hätte nur gesagt, dass sie vor der Abreise noch etwas Wichtiges zu erledigen hat.« Candy hob hilflos die Hände und ließ sie wieder fallen. »Sie hat ihnen nicht verraten, was sie vorhat, und das glaube ich den beiden diesmal. Bei Roberta kann man sich nie sicher sein, vielleicht ist sie ja nur Blumen für ihre Mutter pflücken gegangen, aber …«

»Darauf sollten wir uns nicht verlassen«, beendete Eden den Satz.

»Es suchen schon drei Betreuerinnen nach ihr. Ich dachte mir nur, du könntest vielleicht eine Idee haben, wohin sie gegangen ist. Bevor ich die Polizei informiere.« Candy hielt inne, um Atem zu schöpfen. »Das wäre doch wirklich ein runder Abschluss für das Sommercamp.«

Eden schloss die Augen und konzentrierte sich. Fetzen von Gesprächen mit Roberta blitzten in ihrer Erinnerung auf. Bei einem hielt sie inne und hob mit einem Ruck die Lider. »Oh nein! Ich glaube, ich weiß, wo sie steckt.« Schon rannte sie aus dem Zeugraum, dass Candy Mühe hatte, mit ihr Schritt zu halten.

»Wo?«

»Ich brauche den Wagen. Das geht schneller.« Eden rannte zu ihrer Hütte und zur hinteren Tür hinaus, wo der alte Transporter unter einem knorrigen Birnbaum parkte. »Ich gehe jede Wette ein, dass sie zu Chase gegangen ist, um sich zu verabschieden. Trotzdem solltet ihr auf der Plantage nachsehen.«

»Haben wir schon, aber …«

»Ich bin in zwanzig Minuten zurück.«

»Eden …«

Der Motor sprang röhrend an und übertönte, was immer Candy noch sagte. »Keine Sorge, ich bringe unser Engelchen zurück.« Eden biss die Zähne zusammen. »Und wenn ich sie an den Haaren herschleifen muss.«

»Sicher, aber …« Candy sprang zur Seite, als der Transporter vorschoss. »Benzin«, seufzte sie, als sie dem davonrumpelnden Wagen hinterhersah. »Ich glaube nicht, dass noch genug Benzin im Tank ist.«

Eden schaute zu den Wolken auf, die sich am Himmel zusammenzogen, und beschloss, Roberta dafür die Schuld zu geben. Sie war felsenfest davon überzeugt, dass Roberta zu Chase gegangen war, um ihn noch ein letztes Mal zu sehen. Von einer Entfernung von läppischen drei Meilen würde sich ein Mädchen von Robertas Kaliber schließlich nicht einschüchtern lassen.

Eden fuhr unter dem schmiedeeisernen Namenszug hindurch und legte sich bereits zurecht, was sie Roberta alles sagen würde, sobald sie sie in die Finger bekam. Die grimmige Zufriedenheit verging ihr allerdings, als der Transporter zu stottern begann. Fassungslos sah Eden auf das Armaturenbrett, als der Wagen mit einem letzten Aufbäumen ausrollte. Die Nadel der Tankanzeige stand auf null.

»Mist!« Sie schlug mit der flachen Hand aufs Lenkrad und stieß im gleichen Moment einen spitzen Schrei aus. Gepolsterte Lenkräder gehörten bei Fahrzeugen dieses Alters nun mal nicht zur serienmäßigen Ausstattung. Sie rieb sich das schmerzende Handgelenk und stieg aus. Im gleichen Augenblick rollte der erste Donner laut über den Himmel. Und schon öffnete der Himmel seine Schleusen.

Verdattert blieb Eden neben dem Wagen stehen, während der Regen auf sie niederprasselte. Innerhalb von Sekunden war sie bis auf die Haut durchnässt. »Na großartig«, murmelte sie, und gleich darauf presste sie zwischen den Zähnen hervor: »Roberta!« Mit einem wütenden Blick in den Himmel setzte sie sich in Bewegung.

Blitze teilten den Himmel wie mit einer Peitsche, Donnergrollen folgte als Antwort. Das Herz schlug Eden bis in den Hals. Je näher sie Chases Haus kam, desto schneller raste ihr Puls.

Was, wenn sie sich geirrt hatte? Wenn Roberta gar nicht hier war, sondern irgendwo im Gelände, allein und verängtigt im Gewitter? Was, wenn sich das Mädchen verlaufen hatte, wenn es verletzt war? Eden atmete rasselnd, während die Angst ihr fast die Kehle zuschnürte.

Verglichen mit dem Donner hallte ihr Trommeln an der Tür eher schwächlich wider. Eden blickte über die Schulter zurück und sah nichts als eine solide Wand herunterprasselnden Regens. Wenn Roberta irgendwo da draußen war … Sie wirbelte wieder herum, hämmerte mit beiden Fäusten gegen die Tür und rief obendrein laut.

Als Chase die Tür aufzog, fiel sie ihm fast in die Arme. Er musterte ihre durchweichte Erscheinung mit einem Blick. In seinem ganzen Leben hatte er nie etwas Schöneres gesehen. »Na, das ist ja eine Überraschung. Brauchst du ein Handtuch?«

Sie krallte die Finger beider Hände in sein Hemd. »Roberta?« Mit dem einen Wort versuchte sie all ihre Ängste auszudrücken.

»Sie ist vorn im Wohnzimmer.« Sacht strich er ihr das Haar aus den Augen. »Beruhige dich, Eden. Es geht ihr gut.«

»Gott sei Dank.« Den Tränen nahe, presste Eden die Finger auf die Augen. Als sie die Hände wieder sinken ließ, stand blanke Mordlust in ihren Augen. »Ich erwürge sie, jetzt, hier und gleich.«

Bevor sie ihre Drohung wahr machen konnte, versperrte Chase ihr lieber den Weg. Schließlich hatte er ihr Temperament inzwischen kennengelernt. Er würde nie mehr den Fehler machen, es zu unterschätzen. »Ich kann mir vorstellen, was in dir vorgeht, aber sei nicht zu hart mit ihr. Sie kam hierher, um mir einen Vorschlag zu machen.«

»Geh mir aus dem Weg, oder du endest genau wie sie.« Sie schob ihn unsanft beiseite und marschierte an ihm vorbei. Bei der Wohnzimmertür angekommen, holte sie erst einmal tief Luft. »Roberta.« Jede einzelne Silbe war nur mit Mühe zwischen den Zähnen hervorgepresst. Das Mädchen, das auf dem Boden saß und mit dem Hund spielte, schaute auf.

»Oh, hi, Miss Carlbough.« Sie lächelte, offensichtlich war sie zufrieden mit dem Besuch. Schon bald allerdings kaute sie an ihrer Unterlippe. Roberta war von Natur aus optimistisch, aber sie war nicht dumm. »Sie sind ganz nass, Miss Carlbough.«

Bei dem knurrenden Laut, der aus ihrer Kehle kam, spitzte Squat die Ohren. »Roberta«, sagte Eden noch einmal und ging vorwärts. Squat bewegte sich ebenfalls ein Stück. Eden blieb stehen und beäugte den riesigen Hund misstrauisch. Er saß jetzt zwischen ihr und Roberta und wedelte mit dem Schwanz. »Pfeif deinen Hund zurück«, befahl sie, ohne sich zu Chase umzudrehen.

»Oh, aber Squat würde Ihnen doch nie etwas tun.« Roberta krabbelte flink wie ein Wiesel auf allen vieren zu dem gewaltigen Fellknäuel und schlang die Arme um seinen Hals. Für einen Moment glaubte Eden wirklich, der Hund würde grinsen. Auf jeden Fall konnte sie seine großen Zähne bestens erkennen. »Er ist ein ganz lieber Hund«, versicherte Roberta. »Halten Sie ihm die Hand hin, damit er sie beschnüffeln kann.«

Und mit einem Biss vom Gelenk abtrennt! Eden blieb stehen, wo sie war. »Roberta«, hob sie an. »Kennst du die Regeln nach all der Zeit immer noch nicht?«

»Doch, Ma'am.« Roberta ließ einen Arm um Squats Hals liegen. »Aber es war wichtig.«

»Darum geht es nicht.« Eden verschränkte die Finger vor sich. Ihr war sehr bewusst, wie sie aussehen musste, wie sie sich anhören musste, und sie konnte Chases Grinsen genau vor sich sehen, obwohl er hinter ihr stand. »Regeln haben einen Zweck, Roberta. Sie werden nicht nur gemacht, um dir den Spaß zu verderben, sondern um Sicherheit und Ordnung zu garantieren. Du hast heute eine der wichtigsten Regeln überhaupt gebrochen, und das nicht zum ersten Mal. Miss Bartholomew und ich sind für dich verantwortlich. Deine Eltern erwarten berechtigterweise, dass wir …«

Eden verlor den Faden, während Roberta ihr mit ernstem Gesicht entgegenschaute und stumm zuhörte. Sie öffnete den Mund, wollte erneut ansetzen, doch nur ein schwerer Seufzer kam hervor. »Roberta, du hast uns zu Tode erschreckt.«

»Das tut mir wirklich leid, Miss Carlbough.« Zu Edens Überraschung kam Roberta zu ihr gerannt und schlang die Arme um sie. »Das wollte ich nicht, ehrlich nicht. Ich dachte, mich würde schon niemand vermissen, bis ich wieder zurück bin.«

»Dich nicht vermissen?« Mit einem schwachen, bebenden Lachen drückte Eden einen Kuss auf Robertas Haar. »Du kleines Monster, weißt du denn nicht, dass ich eine ganz besondere Antenne für dich entwickelt habe?«

»Wirklich?« Roberta drückte sie fest.

»Ja, wirklich.«

»Es tut mir ja auch leid, Miss Carlbough, ganz ehrlich.« Sie hob ihr sommersprossiges Gesicht zu Eden und sah sie an. »Ich musste Chase nur noch einmal für eine Minute sehen.« Roberta warf ihr einen verschwörerischen Blick zu, und Eden musterte Chase.

»Chase?« Auch wenn die Betonung ihr Erstaunen ausdrücken sollte, dass das Mädchen Chase beim Vornamen nannte … es brachte sie nicht weiter.

»Wir hatten etwas Persönliches zu besprechen.« Chase ließ sich auf die Lehne eines Sessels nieder. Er fragte sich, ob Eden überhaupt ahnte, wie beschützend sie Roberta hielt.

Es mochte schwierig sein, aber Eden berief sich auf ihre

Würde, trotz ihrer tropfenden Sachen. »Mir ist klar, dass es von einer Zwölfjährigen zu viel verlangt ist, bereits ein Bewusstsein für Verantwortung zu haben, aber von dir hätte ich mehr erwartet.«

»Ich habe im Camp angerufen.« Damit nahm er ihr den Wind aus den Segeln. »Scheinbar habe ich dich verpasst. Sie wissen längst, dass Roberta in Sicherheit ist.« Er stand auf und kam zu ihr. Mit einer Hand wrang er den Saum ihres T-Shirts aus. Wasser tropfte zu Boden. »Bist du zu Fuß hergekommen?«

»Nein.« Verärgert, weil er genau das getan hatte, was von einem vernünftigen Menschen zu erwarten war, schlug sie seine Hand fort. »Der Wagen …« Sie zögerte und entschied sich dann für eine Halbwahrheit. »… ist liegen geblieben.« Sie drehte sich zu Roberta um und funkelte sie grimmig an. »Genau, als das Gewitter losging.«

»Tut mir ehrlich leid, dass Sie nass geworden sind.«

»Das sollte es auch.«

»Haben Sie denn nicht getankt? Der Tank war nämlich fast leer, wissen Sie?«

Eden hatte gerade beschlossen, Roberta doch noch zu erwürgen, als eine Hupe ertönte.

»Das wird Delaney sein.« Chase ging zum Fenster, um nachzusehen. »Er bringt Roberta zurück zum Camp.«

»Das ist sehr nett von ihm.« Eden streckte die Hand nach Roberta aus. »Ich weiß eure Mühe zu schätzen.«

»Nur Roberta.« Chase griff nach der ausgestreckten Hand und hielt Eden fest, bevor sie ihm wieder entwischen konnte. Ob sie nun freiwillig blieb oder sich wehrte wie eine Wildkatze – er würde sie festhalten. Er brauchte sie. »Du solltest die nassen Sachen schnell ausziehen, bevor du dir noch eine Erkältung holst.«

»Sobald ich wieder im Camp bin.«

»Meine Mutter sagt immer, man bekommt schon eine Erkältung, wenn man nur nasse Füße hat.« Roberta drückte Squat fest zum Abschied. »Bis nächstes Jahr«, sagte sie zu Chase, und zum ersten Mal war so etwas wie Schüchternheit an ihr zu bemerken. »Und Sie schreiben mir wirklich?«

»Klar.« Chase beugte sich zu ihr hinunter, hielt ihr Gesicht mit beiden Händen und küsste sie auf beide Wangen. »Ich schreibe dir, ganz bestimmt.«

Ihre Sommersprossen verschwanden unter dem Purpurrot, das in Robertas Wangen stieg. Das Mädchen umarmte Eden ein letztes Mal. »Ich werde Sie vermissen, Miss Carlbough.«

»Ich dich auch, Roberta.«

»Nächstes Jahr komme ich wieder, und dann bringe ich auch meine Cousine mit. Alle sagen, wir sind uns so ähnlich, wir müssten eigentlich Schwestern sein.«

»Oh, wie schön«, brachte Eden nur schwach hervor. Da konnte sie nur hoffen, dass ein Winter lang genug für sie war, um ausreichend Energie zu tanken.

»Das war der schönste Sommer überhaupt.« Als das Mädchen Eden inbrünstig drückte, traten Eden Tränen in die Augen. »Bye!«

Die Haustür fiel schon ins Schloss, bevor Eden sich wieder gefasst hatte. »Roberta …!«

»Für mich war es auch der schönste Sommer überhaupt.« Chase hielt sie sanft fest, als sie zur Tür eilen wollte.

»Chase, lass mich los. Ich muss ins Camp zurück.«

»Du brauchst trockene Sachen. Obwohl du wunderbar aussiehst, wenn du nass bist und vor dich hin tropfst. Aber das sagte ich ja schon mal.«

»Ich bleibe nicht hier«, verkündete sie, während er sie bereits zur Treppe zog.

»Nun, da Delaney gerade gefahren ist und dein Wagen kein Benzin mehr hat, würde ich sagen, du bleibst hier.« Da sie jetzt zitterte, drängte er sie zur Eile. »Außerdem hinterlässt du Pfützen auf dem Teppich.«

»Entschuldige bitte.«

Er zog sie schon zu seinem Schlafzimmer weiter. Eden erhaschte einen Blick auf ruhige Farben und ein großes Messingbett, bevor Chase sie ins angrenzende Bad schob. »Chase, das ist wirklich nett von dir, aber wenn du mich einfach nur zurückfahren könntest …«

»Nachdem du heiß geduscht und dich umgezogen hast.«

Eine heiße Dusche. Nichts auf der Welt, und hätte er ihr Pelze und Diamanten angeboten, erschien ihr auch nur halb so verlockend. Seit der ersten Juniwoche hatte Eden keine heiße Dusche mehr gehabt. »Nein, danke, ich sollte wirklich besser sofort …«

Doch sie redete nur noch mit der Tür, die Chase hinter sich schloss. Eden kaute auf ihrer Unterlippe herum, blickte zurück zur Wanne. Nie war ihr etwas schöner und begehrenswerter erschienen. Es dauerte keine zehn Sekunden, und sie gab auf.

»Wenn ich sowieso schon einmal hier bin …«, murmelte sie und begann, sich aus den nassen Kleidern zu schälen.

Die ersten heißen Wasserstrahlen ließen sie nach Luft schnappen, dann, mit einem lustvollen Seufzer, ergab sie sich dem wohligen Gefühl. Das hier ist sündhaft gut, dachte sie, als das Wasser in Strömen an ihr herabfloss. Es war der pure Luxus!

Eine Viertelstunde später stellte Eden nur unwillig das Wasser ab. Neben der Wanne hing ein dickes, flauschiges Badelaken. Sie wickelte sich darin ein und entschied, dass das fast so gut war wie die Dusche. Erst jetzt fiel ihr auf, dass ihre nassen Kleider verschwunden waren.

Einen Augenblick lang starrte sie stirnrunzelnd auf die leere Stelle, das Handtuch mit einer Hand fest um die Brust gehalten. Chase musste hereingekommen sein und die Sachen geholt haben, während sie unter der Dusche gestanden hatte. Mit geschürzten Lippen sah sie zur Wanne hinüber. Wie blickdicht war das Milchglas wohl wirklich?

Bleib vernünftig, mahnte sie sich. Chase hatte ihre nassen Sachen geholt, weil sie getrocknet werden mussten. Er war eben ein aufmerksamer Gastgeber. Trotzdem flatterten ihre Nerven, als sie den dunkelblauen Bademantel vom Haken an der Tür hob.

Es war sein Bademantel. Wessen auch sonst. Sein Duft hing im Stoff, deshalb hatte Eden plötzlich das Gefühl, als wäre er mit ihr im Raum. Der Bademantel war dick und warm, dennoch erschauerte sie kurz, als sie den Gürtel fest um ihre Taille schlang.

Es ist praktisch, mehr nicht, sagte sie sich in Gedanken. Mit dem Bademantel konnte sie sich adäquat bedecken, bis ihre Kleider wieder trocken waren. Dennoch neigte sie leicht den Kopf und rieb gedankenverloren mit der Wange über den flauschigen Stoff.

Sie riss sich zusammen, kämpfte gegen die verträumte Stimmung an. Mit einem Handtuch wischte sie den beschlagenen Spiegel frei. Was sie dort sah, vertrieb jeden romantischen Gedanken endgültig. Sicher, das heiße Wasser hatte Farbe in ihr Gesicht zurückgebracht, nur hatte es auch jegliches Make-up restlos abgewaschen. Die Farbe des Bademantels verstärkte die ihrer Augen, ihr Gesicht bestand praktisch nur noch aus Augen. Sie sah aus, als wäre sie in letzter Minute vor dem Ertrinken gerettet worden. Ihr Haar kräuselte sich in feinen Strähnen um Hals und Gesicht. Sie fuhr ein paarmal mit den Fingern hindurch, doch ohne Bürste würde sie das nie in Ordnung bringen können.

Dann eben nicht, dachte sie und zog die Tür auf. In Chases Schlafzimmer blieb sie einen Moment stehen. Wie gern hätte sie sich genauer umgesehen. Wie gern hätte sie etwas berührt, das ihm gehörte! Sie schüttelte den Kopf, wunderte sich über sich selbst. Dann eilte sie zur Schlafzimmertür und die Treppe hinunter. Erst als sie auf der Schwelle zum Wohnzimmer ankam und dort verharrte, begannen ihre Nerven wieder zu flattern.

Chase sah so gut aus, so ungezwungen, wie er in Jeans und Arbeitshemd dort bei dem antiken Barschrank stand und Brandy aus einer Kristallkaraffe einschenkte. Eden war inzwischen klar geworden, dass es die Gegensätze an ihm waren, zusammen mit allem anderen, die sie so an ihm faszinierten. Vernunft hatte in diesem Moment keine Chance. Sie liebte ihn. Sie musste nur noch diese letzte Begegnung mit ihm überstehen, bevor sie ihren Winterschlaf beginnen konnte.

Chase drehte sich um und sah sie an. Er hatte gewusst, dass sie da war, hatte ihre Anwesenheit gespürt. Und doch hatte er noch einen Moment gebraucht. Als er ins Bad gekommen war, um ihre nassen Sachen zu holen, da hatte sie unter der Dusche gesummt. Durch das milchige Glas erkannte er nicht mehr als einen Schatten. Doch mehr, als er jemals irgendetwas in seinem Leben gewollt hatte, drängte es ihn danach, sich zu nehmen, wonach er sich so sehr verzehrte. Danach, Eden in seinen Armen zu halten, ihre Haut feucht und warm, die Augen riesengroß und wissend.

Genauso heftig verlangte er jetzt nach ihr, während sie da in seinem viel zu großen Bademantel im Türrahmen stand.

Und deshalb hatte er sich diesen Moment genommen – um sicher zu sein, dass er seiner Stimme vertrauen konnte. »Besser?«

»Ja. Danke.« Ihre Hand wanderte an den Kragen des Bademantels, zog ihn enger.

Chase kam durch den Raum auf sie zu und reichte ihr den Schwenker. »Hier, trink. Das müsste die kalten Füße aufwärmen.«

Sie nahm das Glas, und er schloss die Tür hinter ihrem Rücken. Mit beiden Händen umfasste sie den Schwenker. Sie schnupperte am Brandy und hoffte inständig, der scharfe Geruch würde ihren Kopf klären.

»Ich muss mich entschuldigen.« Sie achtete darauf, ihre Stimme so höflich und distanziert wie nur möglich zu halten. Auch blieb sie mit dem Rücken zur Tür stehen.

»Keine Ursache.« Am liebsten hätte er sie bei den Schultern gepackt und geschüttelt. »Warum setzt du dich nicht?«

»Nein, danke.« Doch da er vor ihr stehen blieb, sah sie sich gezwungen, sich zu bewegen. Sie ging zum Fenster. Der Regen strömte noch immer wie Bindfäden vom Himmel. »Das wird sich ja wohl nicht allzu lange halten, oder?«

»Nein, sicher nicht.« Die Belustigung, die sich langsam in ihm ausbreitete, war in seiner Stimme zu hören. Argwöhnisch drehte Eden sich zu ihm um. »Wundert mich überhaupt, dass es schon so lange anhält.« Er stellte sein Glas ab und ging zu ihr. »Es wird Zeit, dass du damit aufhörst, Eden. Du musst aufhören, ständig vor mir wegzulaufen.«

Sie schüttelte knapp den Kopf und schlüpfte an ihm vorbei. »Ich weiß nicht, was du meinst.«

»Und ob du das weißt!« Blitzschnell stellte er sich vor sie, dass sie keine Möglichkeit mehr hatte, ihm auszuweichen. Er nahm ihr den Schwenker aus der Hand und drehte sie so, dass sie ihn ansehen musste. Sanft strich er ihr das Haar aus ihrem Gesicht. Angst blitzte in ihren Augen auf, doch darunter erkannte er das Verlangen. Das war es, wonach er gesucht hatte.

»Genau hier haben wir schon einmal gestanden. Damals sagte ich dir bereits, dass es zu spät für uns beide ist.«

Damals waren Sonnenstrahlen durch die Scheiben gefallen, jetzt trommelten dicken Regentropfen dagegen. Eden hatte das Gefühl, dass Vergangenheit und Gegenwart sich überschnitten. »Ja, wir haben hier schon einmal gestanden. Und du hast mich geküsst.«

Sein Mund fand ihre Lippen. Wie das Gewitter, so war auch der Kuss stürmisch und heftig. Chase hatte mit Zögern gerechnet und wurde doch voller Sehnsucht willkommen geheißen. Er hatte erwartet, Angst zu finden, doch stattdessen war da nur Leidenschaft und Verlangen.

Vertrau mir. Er wollte es herausschreien, doch sie vergrub ihre Finger in seinem Haar und zog seinen Kopf zu sich herunter, zu ihren Lippen.

Der Regen prasselte an die Fenster. Donner rollte über den Himmel. Eden wurde von dem Sturm in ihrem Innern mitgerissen. Sie wollte ihn. Wollte fühlen, wie er ihr den dicken Bademantel von den Schultern strich und sie berührte. Wollte das köstliche, trunken machende Gefühl erleben, wenn nackte Haut zum ersten Mal auf nackte Haut traf. Sie wollte ihm ihre Liebe geben, frei und uneingeschränkt und lebendig. Doch wusste sie, dass sie diese Liebe für sich behalten musste, sicher weggeschlossen, unerfüllt und einsam.

»Chase. Wir können so nicht weitermachen.« Sie drehte den Kopf ab. »Ich kann so nicht weitermachen. Ich muss gehen. Es gibt Leute, die auf mich warten.«

»Du wirst nicht gehen. Dieses Mal nicht.« Er legte seine Hand an ihren Hals. Er war mit seiner Geduld am Ende.

Eden spürte es und wich zurück. »Candy wird sich fragen, wo ich bleibe. Ich hätte jetzt gern meine Sachen zurück.«

»Nein.«

»Nein?«

»Nein«, wiederholte er und nahm seinen Brandy. »Candy wird sich nicht fragen, wo du bleibst. Weil ich sie angerufen und ihr Bescheid gesagt habe, dass du nicht zurückkommst. Sie lässt dir ausrichten, dass du dir keine Gedanken machen sollst, alles ist unter Kontrolle. Und nein …«, er nippte an seinem Glas, »du kriegst deine Sachen nicht zurück. Kann ich sonst noch etwas für dich tun?«

»Du hast Candy angerufen?« Alle Angst, jegliche Unsicherheit verschwanden, wurden von ihrer Wut beiseitegedrängt. Edens Augen verdunkelten sich, verloren den verletzlichen Ausdruck. Fast hätte Chase gelächelt. Er liebte die kühle beherrschte Frau, er liebte die zerbrechliche Frau, er liebte die entschlossene Frau. Aber die Walküre betete er an.

»Richtig. Ist das ein Problem für dich?«

»Woher nimmst du dir das Recht, Entscheidungen für mich zu treffen?« Mit einer Hand, die im überlangen Ärmel des Bademantels versank, stieß sie gegen seine Brust. »Das Recht hast du nämlich nicht. Du hättest Candy nicht anrufen dürfen, weder Candy noch irgendjemand anderen. Genauso, wie du nicht das Recht hast, einfach vorauszusetzen, dass ich hierbleibe. Bei dir.«

»Ich setze gar nichts voraus.« Er lächelte sie selbstbewusst an. »Du bleibst hier. Bei mir.«

»Das werden wir ja sehen!« Dieses Mal stieß sie ihn mit so viel Kraft vor die Brust, dass er einen Schritt zurückmachte. Wäre er nicht schon verrückt nach ihr, so hätte er sich in genau diesem Moment in sie verliebt. »Grundgütiger! Ich habe es so satt, mich mit überheblichen, herrischen Männern herumzuschlagen, die sich einbilden, sie bräuchten sich nur etwas in den Kopf zu setzen, um es auch zu bekommen.«

»Du hast es hier nicht mit Eric zu tun, Eden.« Seine Stimme klang sanft – vielleicht eine Spur zu sanft. »Du schlägst dich auch nicht mit anderen Männern herum, sondern mit mir. Und nur mit mir.«

»Du irrst schon wieder. Denn ich bin fertig damit, mich mit dir auseinanderzusetzen. Und jetzt gib mir meine Sachen!«

Sehr behutsam, sehr langsam setzte er den Kristallschwenker ab. »Nein.«

Ihr hätte der Mund offen gestanden, würde sie nicht die Zähne so fest zusammenbeißen. »Na schön. Dann laufe ich eben so zurück.« Energisch marschierte sie zur Tür und riss sie auf. Squat lag auf der Schwelle davor. Sie sahen einander an, und der Hund richtete sich auf. Eden hätte schwören können, dass er grinste. Sie machte einen Schritt vor, verfluchte sich murmelnd und drehte sich zu Chase um.

»Pfeifst du dieses Biest jetzt endlich zurück?!«

Chase musterte Squat, wohl wissend, dass der Hund niemals etwas Gefährlicheres tun würde als ihre nackten Zehen lecken. Die Daumen in die Jeansschlaufen gehakt, lächelte er lässig. »Er hat alle nötigen Impfungen gehabt.«

»Das freut mich ungemein!« Einzig und allein auf ihr Ziel ausgerichtet, stapfte sie zum Fenster zurück. »Dann gehe ich eben hier raus.«

Sie kletterte auf den Fenstersitz und begann, hektisch an dem Riegel herumzufingern. Als Chase sie beim Handgelenk festhielt, schwang sie wütend zu ihm herum.

»Nimm sofort deine Hände weg! Ich sagte, ich gehe, und das meine ich ernst!« Sie holte zu einem Schwinger aus und überraschte sie beide damit, dass der Schlag tatsächlich hart in Chases Magen landete. »Du willst deinen Bademantel zurück? Den kannst du haben! Weil ich ihn nicht brauche. Ich gehe die drei Meilen auch nackt!« Zum Beweis ihrer Entschlossenheit riss sie an dem Gürtelknoten.

»Ich an deiner Stelle würde das besser nicht tun.« Er hielt ihre Hände fest, sowohl um ihret- als auch um seinetwillen. »Denn wenn du das tust, werden wir nicht mehr viel Zeit haben, um das Ganze auszudiskutieren.«

»Ich diskutiere nicht mehr.« Sie wand und wehrte sich, bis sie beide plötzlich auf der gepolsterten Fensterbank lagen. »Ich habe dir nämlich nichts mehr zu sagen.« Eden trat um sich, der Bademantel rutschte ihr bis auf die Schenkel hoch. »Außer vielleicht noch, dass du den Benimm eines Trampeltiers hast und ich es gar nicht abwarten kann, endlich meilenweiten Abstand zwischen uns zu bringen. An jenem letzten Abend bin ich zu der Überzeugung gekommen, dass ich lieber in ein Kloster gehe, bevor ich noch irgendetwas mit einem langweiligen Idioten oder einem ungehobelten Klotz zu tun haben muss. Und jetzt nimm endlich deine Hände von mir, oder ich tue dir weh, das schwöre ich. Niemand, wirklich absolut niemand, kommandiert mich herum!«

Mit diesen Worten mobilisierte sie ihre ganze letzte Kraft, um ihn von sich zu schieben. Mit dem Resultat, dass sie beide von den Kissen auf den Boden fielen. Chase schlang die Arme um sie und rollte sich mit ihr herum, bis sie der Länge nach unter ihm lag. Das hatte er schon einmal mit ihr gemacht. Und wie damals auch schon, studierte er ihr Gesicht, während sie nach Atem rang.

»Oh Gott, Eden, wie sehr ich dich liebe.« Er lachte laut auf, und dann küsste er sie.

Sie wehrte sich nicht gegen den Kuss, sondern blieb regungslos liegen, auch wenn ihre Finger, verschränkt mit seinen, sich verkrampften. Jeder Atemzug kostete übermenschliche Anstrengung, bis sie meinte, ihr Herz würde aufhören zu schlagen.

Als sie endlich wieder sprechen konnte, kamen die Worte überdeutlich und sehr bedacht über ihre Lippen. »Ich würde das gerne noch einmal von dir hören.«

»Ich liebe dich.« Er sah, wie sie die Augen schloss, und fühlte, wie Panik in ihm aufstieg. »Hör mir zu, Eden. Ich weiß, du bist verletzt worden, aber du musst mir vertrauen. Ich habe dir zugesehen, wie du diesen Sommer dein Leben in die eigene Hand genommen hast. Es war nicht leicht für mich, zurückzustehen und dir den Platz zu lassen, den du brauchtest, um das schaffen zu können.«

Sie öffnete die Augen wieder. Ihr Puls ging nicht mehr langsam, im Gegenteil. Ihr Herz klopfte so wild, dass sie meinte, es müsse ihr aus der Brust springen. »Das war es also, was du getan hast?«

»Mir war klar, dass du dir selbst etwas beweisen musstest. Ich glaube, ich wusste auch, dass du nicht eher bereit sein konntest, es mit mir zu teilen, bevor du gefunden hattest, wonach du suchtest.«

»Chase ...«

»Nein, sag noch nichts.« Sacht legte er ihr einen Finger auf die Lippen. »Eden, ich weiß, du erwartest gewisse Dinge vom Leben, bist an ein gewisses Leben gewöhnt. Wenn es das ist, was du brauchst, dann werde ich einen Weg finden, um es dir zu geben. Aber dazu musst du mir erst die Chance lassen. Ich weiß, ich kann dich glücklich machen.«

Sie schluckte, hatte Angst, vielleicht doch etwas missverstanden zu haben. »Chase, willst du damit sagen, du würdest mit mir nach Philadelphia kommen, sollte ich dich darum bitten?«

»Ich will damit sagen, dass ich überall mit dir hingehen würde, wenn es wichtig für dich ist. Und allein lasse ich dich nicht zurückgehen. Die Sommer sind nicht genug, Eden.«

Ihr Atem beschleunigte sich. »Was willst du von mir?«

»Alles.« Er drückte sanft die Lippen auf ihre Handfläche, doch in seinen Augen tobte ein Sturm. »Ein ganzes Leben will ich von dir, angefangen mit dieser Sekunde. Liebe, Streit, Kinder. Heirate mich, Eden. Gib mir sechs Monate, um dich hier glücklich zu machen. Sollte es mir nicht gelingen, gehen wir dahin, wo du sein willst. Nur zieh dich nicht von mir zurück.«

»Ich ziehe mich nicht zurück.« Sie verschränkte ihre Finger mit seinen. »Und ich will nirgendwo anders sein als hier.«

Sie sah, wie sein Blick sich veränderte, und spürte den festen Druck seiner Finger an ihren. »Wenn ich dich jetzt berühre, dann gibt es kein Zurück mehr.«

»Du hast mir doch schon gesagt, dass es bereits zu spät ist.« Sie zog ihn zu sich herunter. Versprechen und Leidenschaft verflochten sich, als sie sich aneinanderschmiegten. Das Gefühl, die ganze Welt würde ihr zu Füßen liegen, überkam Eden erneut. Sie würde es nie wieder loslassen. »Lass mich nie wieder los! Oh Chase, bei dem Gedanken, heute abfahren zu müssen, ist mir das Herz gebrochen. Wie sollte ich dich nur verlassen, wenn ich dich doch so sehr liebe?«

»Weit wärst du nicht gekommen.«

Ihre Lippen verzogen sich zu einem Lächeln. Auf bestimmten Gebieten konnte sie seine herrische Arroganz sogar freudig akzeptieren. »Du wärst mir nachgekommen?«

»Ja. Und zwar so schnell, dass ich noch vor dir dort angekommen wäre, wohin du wolltest.«

Sie fühlte tiefes Glück und Wärme in sich. »Hättest du etwa auch gebettelt?«

Er zog eine Augenbraue in die Höhe, als er das diabolische Funkeln in ihren Augen sah. »Sagen wir einfach, ich hätte wenig Platz für Zweifel gelassen, wie sehr ich dich will.«

»Du wärst auch auf die Knie gefallen?« Sie schlang die Arme um seinen Nacken. »Jetzt tut es mir fast leid, dass ich das verpasst habe. Vielleicht könntest du es ja trotzdem tun …«

Er knabberte an ihrem Ohrläppchen. »Überspann den Bogen nicht.«

Lachend schmiegte sie sich an ihn. »Eines Tages wird es grau sein«, sagte sie dann nachdenklich und fuhr mit den Fingern durch sein Haar. »Und dann werde ich immer noch nicht die Finger davon lassen können.«

Sie nahm seinen Kopf zwischen die Hände und schaute ihn an. Jetzt war kein Lachen mehr auf ihrem Gesicht zu sehen, nur Liebe. »Ich habe mein ganzes Leben auf dich gewartet.«

Er barg seine Stirn an ihrem Hals, kämpfte gegen das überwältigende Verlangen, sie hier und jetzt zu der Seinen zu machen. Mit Eden würde es perfekt werden. Es würde all das sein, wovon er immer geträumt hatte. Er hob sich ein wenig von ihr ab, um die Linie ihrer Wangen nachzuzeichnen. »Weißt du, am liebsten hätte ich Eric umgebracht, als ich seine Hände auf dir gesehen habe.«

»Ich wusste überhaupt nicht, wie ich es dir erklären sollte. Und später …« Jetzt war es an ihr, eine Braue zu heben. »Nun, du hast dich unmöglich benommen.«

»Dafür warst du einfach großartig. Du hast Eric zu Tode erschreckt.«

»Und dich?«

»Bei mir hast du bewirkt, dass mein Verlangen nach dir noch größer wurde.« Er küsste sie wieder, schmeckte den wilden, süßen Geschmack, den nur sie allein ihm schenken konnte. »Ich hatte schon geplant, dich aus dem Camp zu entführen. Roberta sei Dank, dass sie es mir so leicht gemacht hat.«

»Hoffentlich ist sie nicht zu enttäuscht, dass du jetzt doch mich heiratest. Weißt du, laut Roberta hast du nämlich diesen süßen Hund und all die vielen Apfelbäume, und du siehst auch irgendwie toll aus.« Sie drückte einen Kuss auf die empfindsame Stelle direkt unter seinem Ohr.

»Sie hat volles Verständnis. Nicht nur das, wir haben auch ihren Segen.«

Eden hielt mit der trägen Erkundung seines Halses inne. »Ihren Segen? Du meinst, du hast ihr gesagt, dass du mich heiraten willst?«

»Natürlich.«

»Bevor du mich überhaupt gefragt hast?«

Grinsend biss Chase sie leicht in die Unterlippe. »Ich hatte fest damit gerechnet, dass Squat und ich dich schon überreden werden.«

»Und wenn ich Nein gesagt hätte?«

»Hast du aber nicht.«

»Aber ich könnte meine Meinung noch ändern, oder?«

Er küsste sie warm und fest und lange.

»Na gut«, sagte Eden lächelnd mit einem langen Seufzer, »vielleicht lasse ich es dir dieses eine Mal durchgehen.«

Nora Roberts

Sommer, Sonne und dein Lächeln

Roman

Aus dem amerikanischen Englisch von
M. R. Heinze

1. Kapitel

Der Raum war dunkel. Stockdunkel. Doch der Mann namens Sidney war an Dunkelheit gewöhnt. Manchmal zog er sie sogar vor. Es war nicht immer nötig, mit den Augen zu sehen. Seine Finger waren geschickt und erfahren, sein inneres Auge scharf durch jahrelange Übung. Selbst wenn er nicht arbeitete, saß er manchmal in einem dunklen Raum und ließ lediglich Bilder in seinen Gedanken entstehen. Formen, Stoffe, Farben. Sie kamen manchmal sogar noch klarer, wenn man die Augen schloss und die Gedanken treiben ließ. Sidney umwarb Dunkelheit, Schatten, genau wie er rastlos das Licht umwarb. All das war Teil des Lebens, und Leben, die Abbildung des Lebens, war sein Beruf.

Er betrachtete das Leben mit anderen Augen als die meisten Menschen. Manchmal war es rauer, kälter, als es das nackte Auge sehen konnte – oder sehen wollte. Dann wiederum war es sanfter, lieblicher, als die viel beschäftigte Welt es wahrnahm. Sidney beobachtete, gruppierte die einzelnen Bestandteile, manipulierte Zeit und Form und hielt das alles auf seine Weise fest. Immer auf seine Weise.

Jetzt, in dem dunklen Raum und zu den ruhigen, körperlosen Klängen von Jazz, die aus einer Ecke kamen, arbeitete Sidney mit seinen Händen und seinen Gedanken. Sorgfalt und Zeitgefühl. Er setzte beides bei seiner Arbeit in jeder Hinsicht ein. Langsam und geschmeidig öffnete er die Patrone und schob den noch nicht entwickelten Film auf die Spule. Als der lichtdichte Deckel auf dem Entwicklungstank festgeschraubt war, stellte er mit der freien Hand den Zeitmesser ein und zog an der Kette für das Rotlicht in der Dunkelkammer.

Sidney genoss das Entwickeln der Negative und das Vergrößern der Bilder genauso – manchmal sogar noch mehr – wie das Fotografieren selbst. Dunkelkammerarbeit erforderte Präzision und Detailgenauigkeit. Er brauchte beides in seinem Leben. Das Vergrößern bot Möglichkeiten für Kreativität und Experimente. Auch das brauchte er. Was er sah und was er beim Sehen fühlte, konnte exakt umgesetzt werden oder für immer ein Rätsel bleiben. Darüber hinaus brauchte er die Befriedigung, selbst etwas zu kreieren, er ganz allein. Er arbeitete stets allein.

Während er jetzt präzise einen Schritt des Entwickelns nach dem anderen tat – Temperatur, Chemikalien, Bewegen, Zeitbemessung –, erzeugte die rote Lampe Helligkeit und Dunkelheit in seinem Gesicht. Hätte Sidney das Bild eines Fotografen bei der Arbeit kreieren wollen, er hätte kein passenderes Objekt als sich selbst gefunden.

Seine Augen waren dunkel und konzentriert, als er das Unterbrecherbad in den Tank füllte. Auch sein Haar war dunkel und zu lang, gemessen an den Konventionen, um die er sich allerdings nicht kümmerte. Es reichte über seine Ohren und im Nacken über den Halsausschnittsaum seines T-Shirts und hing ihm fast bis zu den Augenbrauen in die Stirn. Er verschwendete kaum einen Gedanken an Stil. Sein Stil war kühl, fast kalt, und ziemlich rau und kantig.

Sein Gesicht war dunkel gebräunt, schmal und hart, von kräftigem Knochenbau. Sein Mund war angespannt, als er sich konzentrierte. Feine Linien breiteten sich von seinen Augenwinkeln aus, eingegraben von dem, was er gesehen und was er dabei gefühlt hatte. Man hätte sagen können, dass er bereits zu viel gesehen und zu viel gefühlt hatte.

Seine Nase war ein wenig schief, eine Folge des Berufsrisikos. Nicht jeder mochte es, wenn er fotografiert wurde. Der kambodschanische Soldat hatte Sidney die Nase gebrochen, aber Sidney hatte ein bezeichnendes Foto von der Zerstörung der Stadt, von der absoluten Vernichtung bekommen. Er hielt das auch jetzt noch für einen gleichwertigen Tausch.

Seine Bewegungen in dem roten Licht waren knapp. Er besaß einen schlanken, athletischen Körper, das Ergebnis von jahrelangen Einsätzen im Feld – oft einem fremden, unfreundlichen Feld – von unzähligen Meilen zu Fuß und von verpassten Mahlzeiten.

Selbst jetzt nach seinem letzten Auftrag als Mitarbeiter von INTERNATIONAL VIEW blieb Sidney schlank und agil. Seine Arbeit war nicht mehr so zehrend wie in seinen Anfangsjahren im Libanon, in Laos oder Mittelamerika, aber sein Verhalten hatte sich nicht verändert. Er arbeitete viele Stunden, wartete manchmal endlos auf den exakt richtigen Schuss, verbrauchte dann wiederum eine Rolle Film innerhalb von Minuten. Wenn sein Stil und seine Art aggressiv waren, so konnte man sagen, dass ihn das am Leben und bei gesundem Verstand erhalten hatte während all der Kriege, die er festgehalten hatte.

Die Preise, die er gewonnen hatte, und die Honorare, die er jetzt verlangte, standen in ihrer Bedeutung hinter dem Bild selbst. Sogar wenn ihn niemand bezahlt, wenn niemand seine Arbeit anerkannt hätte, wäre Sidney in diesem Moment trotzdem in seiner Dunkelkammer gewesen und hätte seinen Film entwickelt. Er war respektiert, erfolgreich und reich. Trotzdem hatte er keinen Assistenten und arbeitete noch immer in derselben Dunkelkammer, die er sich vor zehn Jahren eingerichtet hatte.

Als Sidney seine Negative zum Trocknen aufhängte, hatte

er schon eine Vorstellung, welche er vergrößern wollte. Dennoch sah er sie kaum an, sondern ließ sie da hängen, schloss die Tür auf und verließ die Dunkelkammer. Morgen war sein Blick bestimmt frischer. Warten können war ein Vorteil, den er nicht immer besessen hatte. Im Moment wollte er ein Bier. Er musste sich so einiges durch den Kopf gehen lassen.

Er ging direkt in die Küche und nahm sich eine kalte Flasche. Er machte den Verschluss ab und warf ihn in den Mülleimer, den seine einmal die Woche kommende Haushälterin mit einer Plastiktüte versehen hatte. Der Raum war sauber, nicht besonders heiter mit den scharfen Kontrasten von Weiß und Schwarz, aber auch nicht trübe.

Er setzte die Flasche an und ließ die Hälfte des Inhalts durch seine Kehle gluckern. Dann steckte er sich eine Zigarette an, ging mit dem Bier zum Küchentisch, setzte sich auf einen der Stühle und legte die Füße auf die nackte Holzplatte.

Der Blick durch das Küchenfenster ging auf einen nicht so besonders glamourösen Teil von Los Angeles. Hier war alles ein wenig schäbig, rau, derb und hart. Auch das Licht des frühen Abends machte es nicht hübscher. Sidney hätte in eine bessere Nachbarschaft der Stadt umziehen können oder hinauf in die Berge, wo nachts die Lichter der Stadt wie aus einem Märchen wirkten. Doch Sidney zog das kleine Apartment vor, von dem man in die nicht so verwöhnten Straßen einer Stadt blickte, die für ihren Glanz und Glitzer bekannt war. Er brachte keine Geduld für Glanz und Glitzer auf.

Blanche Mitchell. Die war darauf spezialisiert.

Er konnte nicht abstreiten, dass ihre Porträts von den Reichen, Berühmten und Schönen gut gemacht waren – in ihrer Art sogar ausgezeichnet. In ihren Fotos lagen Mitgefühl, Humor und eine geschmeidige Sinnlichkeit. Er wollte nicht einmal abstreiten, dass es für ihre Art von Arbeit einen Platz in der Branche gab. Es war nur einfach nicht sein Blickwinkel. Blanche Mitchell spiegelte Kultur wider, er stürzte sich direkt auf das Leben.

Ihre Arbeit für das CELEBRITY MAGAZINE war professionell, perfekt und oft auf ganz eigene Weise sezierend gewesen. Die überlebensgroßen Leute, die sie fotografiert hatte, waren nicht selten auf eine Art zurückgestutzt worden, die bewirkte, dass sie menschlich und umgänglich wirkten. Da Blanche selbstständig arbeitete, kamen die Stars, die zukünftigen Stars und die Starmacher, die sie für das Magazin fotografierte, zu ihr. Im Laufe der Jahre hatte sie einen Ruf und einen Stil entwickelt, der sie zu einer der ihren machte, zu einem Teil des inneren, auserwählten Kreises der Reichen und Berühmten.

Sidney wusste, dass das mit einem Fotografen passieren konnte. Man konnte seinen Themen ähnlich werden, seinen eigenen Studienobjekten. Manchmal wurde das, was man abbilden wollte, ein Teil von einem selbst. Zu sehr ein Teil von einem selbst. Nein, er nahm Blanche Mitchell nicht ihren künstlerischen Standort übel. Sidney hatte lediglich seine Zweifel bezüglich der Zusammenarbeit mit ihr.

Er mochte keine Partnerschaften.

Doch das war die Abmachung. Als LIFE-STYLE mit dem Auftrag an ihn herangetreten war, eine Bilderstudie über Amerika zu liefern, war er fasziniert gewesen. Bildberichte konnten eine starke, bleibende Aussage haben, die aufzurütteln und aufzuschrecken oder zu besänftigen und zu amüsieren vermochte. Als Fotograf hatte er immer genau solche Aussagen angestrebt. LIFE-STYLE wollte ihn, wollte die starken, manchmal prägnanten, manchmal zwiespältigen Gefühle, die seine Bilder ausdrücken konnten. Aber sie wollten auch ein Gegengewicht. Die Sicht einer Frau.

Er war nicht so stur, dass er diesen Standpunkt und die damit verbundenen Möglichkeiten nicht begriffen hätte. Und doch passte es ihm nicht, dass der Auftrag von seiner Einwilligung abhing, den Sommer, seinen Campingbus und die Anerkennung mit einer Prominentenfotografin zu teilen. Und überhaupt – mit einer Frau … drei Monate unterwegs sein mit einem weiblichen Wesen, das Zeit darauf verwendete, Schnappschüsse von Rockstars und Persönlichkeiten zu perfektionieren. Für einen Mann, der sich seine professionellen Sporen im kriegszerrissenen Libanon erworben hatte, klang das nicht nach einem Picknick.

Aber er wollte es machen. Er wollte die Chance, einen amerikanischen Sommer von L. A. bis New York einzufangen, wollte die Freude zeigen, das Pathos, den Schweiß, den Jubel und die Enttäuschung. Er wollte zum Wesentlichen vordringen, indem er alles Oberflächliche gnadenlos wegließ.

Er brauchte nur Ja zu sagen und den Sommer mit Blanche Mitchell zu verbringen.

»Denken Sie nicht an die Kamera, Maria. Tanzen Sie!« Blanche fing den vierzigjährigen Superstar des Balletts in ihrem Sucher ein. Sie mochte, was sie sah. Alter? Anzeichen davon, aber die Jahre bedeuteten nichts. Härte, Stil, Eleganz. Ausdauer, vor allem Ausdauer. Blanche verstand es, das alles einzufangen und zu verschmelzen.

Maria Natravidova war im Verlauf ihrer phänomenalen fünfundzwanzigjährigen Karriere unzählige Male fotografiert worden. Aber nie, wenn Schweiß an ihren Armen herunterfloss und ihren Bodystock durchnässte. Nie, wenn sich die Anstrengung zeigte. Blanche suchte nicht die Illusionen, mit denen Tänzer lebten, sondern die Erschöpfung und die Schmerzen, die den Preis des Triumphes darstellten.

Sie fing Maria in einem Sprung ein, die Beine parallel zum Boden gestreckt, die Arme weit in perfektem Winkel weggereckt. Schweißtropfen spritzten von ihrem Gesicht und ihren Schultern ... Muskeln zogen sich zusammen und erstarrten. Blanche drückte auf den Auslöser und schwenkte leicht die Kamera, um die Bewegung zu verwischen.

Das war es. Sie wusste es schon, noch während sie den Film zu Ende verschoss.

»Sie lassen mich ganz schön arbeiten«, klagte die Tänzerin, als sie sich auf einen Stuhl sinken ließ und ihr schweißüberströmtes Gesicht mit einem Handtuch trocknete.

Blanche machte noch zwei Aufnahmen und senkte dann die Kamera. »Ich hätte Sie in ein Kostüm stecken, Sie von hinten anstrahlen und eine Arabeske halten lassen können. Das würde zeigen, dass Sie schön und anmutig sind. Ich werde aber stattdessen zeigen, dass Sie eine starke Frau sind.«

»Und Sie sind eine kluge Frau.« Maria ließ seufzend das Handtuch fallen. »Warum sonst komme ich zu Ihnen für die Fotos zu meinem Buch?«

»Weil ich die Beste bin.« Blanche durchquerte das Studio und verschwand im Hinterzimmer. Maria arbeitete systematisch einen Krampf aus ihrer Wade. »Weil ich Sie verstehe und bewundere. Und ...« Blanche brachte ein Tablett mit zwei Gläsern und einem Glaskrug, in dem Eis klirrte, »... und weil ich Orangen für Sie auspresse.«

»Sie sind ein Schatz.« Lachend griff Maria nach dem ersten Glas. Einen Moment hielt sie es an ihre hohe Stirn, ehe sie einen tiefen Schluck nahm. Ihr dunkles Haar war streng zurückgenommen in einem Stil, den nur ein guter Knochenbau und makellose Haut erlaubten. Sie streckte ihren langen, hageren Körper auf dem Stuhl und betrachtete Blanche über den Rand ihres Glases hinweg.

Maria kannte Blanche seit sieben Jahren, seit die Fotografin bei CELEBRITY mit dem Auftrag begonnen hatte, Fotos der Tänzerin hinter der Bühne zu machen. Die Tänzerin war ein Star gewesen, doch Blanche hatte keine Ehrfurcht gezeigt. Maria erinnerte sich noch an die junge Frau mit dem dicken honigfarbenen Zopf und der Latzhose. Die elegante Primaballerina hatte sich einer fast nachlässig gekleideten jungen Frau mit offenen zinnfarbenen Augen, einem fein geschnittenen Gesicht mit hohen Wangenknochen und einem vollen Mund gegenübergesehen. Zu den Latzhosen hatte sie ausgetretene Laufschuhe und lange baumelnde Ohrringe getragen.

Maria warf einen Blick auf die schäbigen Laufschuhe an Blanches Füßen. Manche Dinge veränderten sich nie. Auf den ersten Blick würde man die gebräunte Blondine in Laufschuhen und Shorts als typisch kalifornisch einstufen. Doch das Aussehen konnte täuschen. Nichts an Blanche Mitchell war typisch.

Blanche akzeptierte den forschenden Blick, während sie trank. »Was sehen Sie, Maria?« Sie wollte es wissen. Meinungen und vorgefasste Meinungen waren Teil ihres Berufs.

»Eine starke, kluge Frau mit Talent und Ehrgeiz.« Maria lehnte sich lächelnd auf dem Stuhl zurück. »Beinahe mich selbst.«

Blanche lächelte. »Ein gewaltiges Kompliment.«

Maria wehrte mit einer weit ausholenden Handbewegung ab. »Es gibt nicht viele Frauen, die ich mag. Mich selbst mag ich und Sie auch. Ich habe Gerüchte gehört, meine Liebe, über Sie und diesen hübschen jungen Schauspieler.«

»Matt Perkins.« Blanche hielt nichts von Ausweichen und Vortäuschen. Sie lebte freiwillig in einer Stadt, die sich von Gerüchten und Klatsch ernährte. »Ich habe ihn fotografiert und war mit ihm ein paar Mal zum Dinner aus.«

»Nichts Ernstes?«

»Wie Sie schon sagten, er ist hübsch.« Blanche lächelte und kaute auf einem Stückchen Eis. »Aber es ist nicht Platz genug in seinem Mercedes für sein Ego und für meines.«

»Männer.« Maria beugte sich vor und schenkte sich ein zweites Glas ein.

»Jetzt werden Sie tiefgründig.«

»Wer wäre berufener?«, entgegnete Maria. »Männer.« Sie wiederholte das Wort, genoss es. »Ich finde sie lästig, kindisch, albern und unentbehrlich. Geliebt zu werden ... sexuell, verstehen Sie?«

Blanche unterdrückte ein Lächeln. »Ich verstehe.«

»Geliebt zu werden ist aufputschend und ermüdend. Wie Weihnachten. Manchmal komme ich mir vor wie ein Kind, das nicht versteht, warum Weihnachten vorbei ist. Aber es ist immer wieder vorbei. Und man wartet auf das nächste Mal.«

Es faszinierte Blanche stets, wie Menschen über Liebe fühlten, wie sie damit umgingen, danach griffen und davor zurückschreckten. »Haben Sie deshalb nie geheiratet, Maria? Warten Sie auf das nächste Mal?«

»Ich bin mit dem Tanz verheiratet. Um einen Mann heiraten zu können, müsste ich mich vom Tanz scheiden lassen. Für eine Frau wie mich gibt es keinen Raum für zwei. Und Sie?«, fragte Maria.

Blanche starrte in ihr Glas, nicht länger amüsiert. Sie verstand die Worte nur zu gut. »Kein Raum für zwei«, murmelte sie. »Aber ich warte nicht auf das nächste Mal.«

»Sie sind jung. Wenn Sie jeden Tag Weihnachten haben könnten, würden Sie darauf verzichten?«

Blanche zuckte die Schultern. »Ich bin zu faul für jeden Tag Weihnachten.«

»Trotzdem ist es eine hübsche Vorstellung.« Maria stand auf und reckte sich. »Sie haben mich lange genug arbeiten lassen. Ich muss mich duschen und umziehen. Dinner mit meinem Choreografen.«

Wieder allein, fuhr Blanche mit ihrem Finger über die Rückseite ihrer Kamera. Sie dachte nicht oft über Liebe und Heirat nach. Das hatte sie schon hinter sich. Sobald eine Fantasie der Wirklichkeit ausgesetzt war, verblasste sie wie ein nicht richtig fixiertes Foto. Feste Beziehungen funktionierten selten, und noch seltener funktionierten sie gut.

Sie dachte an Lee Radcliffe, seit fast einem Jahr mit Hunter Brown verheiratet, dem Lee half, seine Tochter großzuziehen und von dem sie ihr erstes Kind erwartete. Lee war glücklich, aber sie hatte auch einen außergewöhnlichen Mann gefunden, einen, der sie so haben wollte, wie sie war, der sie sogar ermutigte, sich selbst zu erforschen. Blanches eigene Erfahrung hatte sie gelehrt, dass es zweierlei war, was jemand sagte und fühlte.

»Deine Karriere ist für mich genauso wichtig wie für dich.« Wie oft hatte Rob das gesagt, bevor sie geheiratet hatten? »Mach deinen Abschluss. Leg dich ins Zeug!«

Also hatten sie geheiratet, jung, energiegeladen, idealistisch. Innerhalb von sechs Monaten war er unglücklich gewesen, weil sie seiner Meinung nach zu viel Zeit in ihre Studien und in ihren Job in einem Fotostudio investierte. Er wollte sein Abendessen warm und seine Socken gewaschen haben. Keine allzu großen Ansprüche, dachte Blanche. Doch damals waren sie eben zu hoch.

Jeder hatte den anderen gemocht, und beide hatten versucht, sich anzupassen. Beide hatten entdeckt, dass sie unterschiedliche Dinge für sich selbst wollten – unterschiedliche Dinge auch voneinander, Dinge, die keiner von ihnen zu geben vermochte.

Man hätte es eine freundschaftliche Scheidung nennen können – kein Zorn, keine Bitterkeit. Keine Leidenschaft. Eine Unterschrift auf einem juristischen Papier, und der Traum war vorüber gewesen. Es hatte mehr geschmerzt als alles, was Blanche je zuvor erlebt hatte. Der Makel des Fehlschlags hatte sie lange, lange Zeit verfolgt.

Sie wusste, dass Rob wieder geheiratet hatte. Er lebte jetzt mit seiner Frau und ihren zwei Kindern in der Vorstadt. Er hatte bekommen, was er wollte.

Und sie selbst auch, sagte Blanche sich, als sie sich in ihrem Studio umsah. Sie wollte nicht nur eine Fotografin sein, sie war tatsächlich eine. Die Stunden, die sie draußen im Einsatz, in ihrem Studio und in ihrer Dunkelkammer verbrachte, waren für sie so wesentlich wie Schlaf. Und was sie in den sechs Jahren seit dem Ende ihrer Ehe getan hatte, hatte sie ganz allein getan. Sie musste es mit niemandem teilen. Sie musste ihre Zeit mit niemandem teilen. Vielleicht war sie weitgehend wie Maria. Sie war eine Frau, die ihr eigenes Leben führte, ihre eigenen Entscheidungen traf, privat und beruflich. Manche Menschen waren nicht für eine Partnerschaft geschaffen.

Sidney Colby. Blanche legte ihre Füße auf Marias Stuhl. Vielleicht musste sie da eine Konzession machen. Sie bewunderte seine Arbeit. Sogar so sehr, dass sie einen ordentlichen Batzen für sein Foto einer Los-Angeles-Straßenszene hingeblättert hatte, und das zu einer Zeit, in der Geld ein großer Sorgenpunkt gewesen war. Sie hatte das Foto studiert und versucht, es zu analysieren und zu erraten, welche Techniken er für Aufnahme und Vergrößerung angewandt hatte. Es war ein trübsinniges Stück Arbeit, so viel Grau, so wenig Licht. Und dennoch hatte Blanche eine gewisse Härte darin erfühlt, keine Hoffnungslosigkeit, sondern Rücksichtslosigkeit. Nichtsdestotrotz waren es zwei Paar Schuhe, seine Arbeit zu bewundern und mit ihm zu arbeiten.

Sie waren in derselben Stadt beheimatet, bewegten sich jedoch in unterschiedlichen Kreisen. Wobei Sidney Colby sich so gut wie in gar keinen Kreisen bewegte. Er blieb für sich. Sie hatte ihn auf ein paar Veranstaltungen gesehen, die mit Fotografie zu tun hatten, war jedoch nie mit ihm bekannt gemacht worden.

Er wäre ein interessantes Objekt, fand sie. Bei genügend Zeit könnte sie diese Abgeschlossenheit und Bodenständigkeit auf Film bannen. Vielleicht bekam sie ihre Chance, wenn sie beide den Auftrag annahmen.

Eine dreimonatige Reise. So viel von dem Land hatte sie noch nicht gesehen, so viele Fotos hatte sie noch nicht gemacht. Nachdenklich holte sie einen Schokoriegel aus ihrer Gesäßtasche und wickelte ihn aus. Die Idee gefiel ihr, einen Teil von Amerika aufzunehmen, eine Jahreszeit, und die Bilder dann zusammenzustellen.

Blanche genoss es, ihre Porträtfotos zu machen. Ein Gesicht festzuhalten, eine Persönlichkeit – vor allem eine gut bekannte – und herauszufinden, was dahinter lag, war faszinierend. Manche mochten das für begrenzt halten, aber sie fand, dass es endlose Variationen bot. Sie konnte bei dem weiblichen Rockstar die Verletzbarkeit zeigen oder einem coolen, erhabenen Megastar Humor entlocken. Das Unerwartete, das Frische einzufangen – das war für sie der Zweck der Fotografie.

Jetzt wurde ihr die Gelegenheit geboten, auf die gleiche Weise mit einem Land vorzugehen. Die Leute, dachte sie. So viele Leute.

Sie wollte es tun. Und wenn das bedeutete, dass sie die Arbeit, die Entdeckungen und das Vergnügen mit Sidney Colby teilen musste, wollte sie es trotzdem tun. Sie biss in die Schokolade. Was machte es, wenn er im Ruf stand, spröde und verschlossen zu sein? Sie konnte mit jedem drei Monate lang zurechtkommen.

»Schokolade macht Sie fett und hässlich.«

Blanche blickte hoch, als Maria wieder in den Raum wirbelte. Der Schweiß war weg. Sie sah jetzt so aus, wie die Leute es von einer Primaballerina erwarteten. Gekleidet in Seide, geschmückt mit Diamanten.

»Sie macht mich glücklich«, entgegnete Blanche. »Sie sehen fantastisch aus, Maria.«

»Ja.« Maria strich mit einer Hand über die Seide, die sich um ihre Hüfte schmiegte. »Aber es ist schließlich mein Job, so auszusehen. Werden Sie noch lange arbeiten?«

»Ich möchte den Film entwickeln. Morgen schicke ich Ihnen einige Testabzüge.«

»Und das ist Ihr Abendessen?«

»Nur ein Anfang.« Blanche nahm einen gewaltigen Bissen Schokolade. »Ich lasse mir eine Pizza bringen.«

»Mit Peperoni?«

Blanche grinste. »Mit allem.«

Maria presste eine Hand auf ihren Magen. »Und ich esse mit meinem Choreografen, dem Tyrannen, was bedeutet, dass ich so gut wie gar nichts essen werde.«

»Und ich trinke ein Glas Soda anstelle von Taittinger. Jeder von uns muss seinen Preis bezahlen.«

»Wenn mir Ihre Probeabzüge gefallen, schicke ich Ihnen eine Kiste.«

»Taittinger?«

»Soda.« Lachend fegte Maria hinaus.

Eine Stunde später hängte Blanche ihre Negative zum Trocknen auf. Sie brauchte noch die Probeabzüge, um sich ganz sicher zu sein, aber von mehr als vierzig Aufnahmen würde sie wahrscheinlich nicht mehr als fünf vergrößern.

Als ihr Magen knurrte, sah sie auf die Uhr und bestellte eine Pizza für halb acht. Der Zeitpunkt war gut gewählt, fand sie, als sie die Dunkelkammer verließ. Sie wollte essen und dann die Fotos von Matt durchsehen, die sie für das Layout eines Magazins geschossen hatte. Danach würde sie an dem ausgewählten Bild arbeiten, bis die Negative von Maria trocken waren. Sie begann, in den zwei Dutzend Aktendeckeln auf ihrem Schreibtisch herumzuwühlen – ihre persönliche Methode des Archivierens –, als jemand an die Studiotür klopfte.

»Pizza«, flüsterte sie gierig. »Herein! Ich bin am Verhungern.« Blanche knallte ihre riesige Segeltuchtasche auf den Schreibtisch und kramte nach ihrem Portemonnaie. »Großartiges Timing. Noch fünf Minuten, und ich wäre womöglich tot umgefallen. Man sollte das Mittagessen nicht ausfallen lassen.« Sie warf ein dickes, zerschlissenes Notizbuch, diverse Kosmetika, einen Schlüsselring und fünf Schokoriegel auf den Schreibtisch. »Stellen Sie sie irgendwohin. Ich habe das Geld gleich.« Sie grub tiefer in die Tasche. »Wie viel wollen Sie?«

»So viel ich bekommen kann.«

»Geht es uns da nicht allen gleich?« Blanche zog ein abgegriffenes Herrenportemonnaie hervor. »Ich wäre ja hungrig genug, um für Sie den Safe zu plündern, aber …« Sie verstummte, als sie aufblickte und Sidney Colby vor sich stehen sah.

Er warf einen raschen Blick in ihr Gesicht und konzentrierte sich auf ihre Augen. »Wofür wollen Sie mich bezahlen?«

»Pizza.« Blanche ließ das Portemonnaie zu dem halben Inhalt ihrer Tasche auf dem Schreibtisch klatschen. »Ein Fall von Hungergefühlen und Verwechslung, Sidney Colby.« Sie streckte ihm die Hand entgegen, neugierig und zu ihrer Überraschung auch nervös. Er wirkte angsteinflößender, wenn er sich nicht in einer Menschenmenge befand. »Ich kenne Sie«, fuhr sie fort, »aber wir sind miteinander noch nicht bekannt gemacht worden.«

»Nein.« Er ergriff ihre Hand und hielt sie fest, während er ihr Gesicht zum zweiten Mal betrachtete. Stärker, als er erwartet hatte. Er suchte zuallererst immer die Stärke, dann die Schwächen. Und jünger. Obwohl er wusste, dass sie erst achtundzwanzig war, hatte Sidney erwartet, sie würde härter, aggressiver, aufgeputzter aussehen. Stattdessen sah sie aus, als wäre sie gerade vom Strand gekommen.

Ihr T-Shirt saß knapp, aber sie war schlank genug, dass es gut aussah. Ihr Zopf reichte fast bis zu ihrer Taille und ließ Sidney spekulieren, wie ihr Haar wirkte, wenn es lose und frei fiel. Ihre Augen interessierten ihn – grau, fast silbern, und mandelförmig. Das waren Augen, die er gern fotografiert hätte, während der Rest ihres Gesichts im Schatten lag. Sie mochte ein Täschchen mit Kosmetika bei sich haben, aber es sah nicht so aus, als würde sie welche verwenden.

Nicht eitel, wenn es um ihr Äußeres geht, entschied er. Das würde die Sache vereinfachen, falls er sich entschloss, mit ihr zu arbeiten. Er hatte nicht die Geduld zu warten, während eine Frau sich bemalte und pflegte und an sich herumfummelte. Diese hier würde das nicht machen. Und sie musterte ihn, während er sie musterte.

»Störe ich Sie bei der Arbeit?«

»Nein, ich habe gerade eine Pause gemacht. Setzen Sie sich.«

Sie waren beide vorsichtig. Er war aus einem Impuls hierhergekommen. Sie war nicht sicher, wie sie mit ihm umgehen sollte. Jeder wollte sich Zeit lassen, bevor sie über das höfliche, unpersönliche Stadium hinausgingen. Blanche blieb hinter ihrem Schreibtisch. Ihr Terrain, auf dem er den ersten Zug machen musste, entschied sie.

Sidney setzte sich nicht sofort. Stattdessen schob er die Hände in die Hosentaschen und sah sich in ihrem Studio um. Es war groß und gut durch die Fensterreihe erleuchtet. In einem Teil gab es kleine Spots und einen blauen Hintergrund, der noch von einem früheren Termin aufgespannt war. In einem anderen Teil standen Reflektoren und Schirme, zusammen mit einer Kamera auf einem Stativ. Er brauchte nicht genauer hinzusehen, um zu erkennen, dass die Ausrüstung erstklassig war. Andererseits machte eine erstklassige Ausrüstung noch keinen erstklassigen Fotografen.

Blanche mochte die Art, wie er dastand, nicht ganz entspannt, sondern bereit, abgesondert. Hätte sie sich jetzt entscheiden müssen, hätte sie ihn allein in den Schatten fotografiert. Doch Blanche bestand darauf, einen Menschen kennenzulernen, bevor sie ein Porträt machte.

Wie alt mag er sein, fragte sie sich. Dreiunddreißig, fünfunddreißig. Er war schon für einen Pulitzer-Preis nominiert worden, als sie noch auf dem College war.

»Hübsches Studio«, bemerkte er, ehe er sich in den Sessel vor dem Schreibtisch fallen ließ.

»Danke.« Sie kippte ihren Stuhl, sodass sie Sidney von einem anderen Blickpunkt aus betrachten konnte. »Sie benutzen kein eigenes Studio?«

»Ich arbeite vor Ort.« Er holte eine Zigarette hervor. »Wenn ich ein Studio brauche, was selten genug ist, kann ich mir eines leihen oder mieten. Ganz einfach.«

Unwillkürlich suchte sie unter dem Chaos auf ihrem Schreibtisch nach einem Aschenbecher. »Sie machen alle Vergrößerungen selbst?«

»Genau.«

Blanche nickte. Bei den wenigen Gelegenheiten bei CELEBRITY, wo sie ihren Film jemand anderem hatte anvertrauen müssen, war sie nicht zufrieden gewesen. Das war einer der Hauptgründe gewesen, weshalb sie ihre eigene Firma gegründet hatte. »Ich liebe Dunkelkammerarbeit.«

Sie lächelte zum ersten Mal und brachte ihn dazu, die Augen zusammenzuziehen und sich auf ihr Gesicht zu konzentrieren. Was für eine Macht war das, fragte er sich. Ein Verziehen der Lippen zu einem Hauch von Lächeln, leicht und entspannt. Aber ihm war, als versetzte ihm jemand einen Stromschlag.

Blanche sprang beim Klopfen an der Tür auf. »Endlich.«

Sidney beobachtete sie, während sie den Raum durchquerte. Er hatte nicht gewusst, dass sie so groß war. Eins fünfundsiebzig, schätzte er, und das meiste davon war Bein. Lange, schlanke, gebräunte Beine. Es war nicht leicht, ihr Lächeln zu übersehen, aber es war glattweg unmöglich, diese Beine zu übersehen.

Auch ihr Duft fiel ihm erst auf, als sie an ihm vorbeiging. Träger Sex. Er wusste keine andere Beschreibung. Es war kein blumiger, es war auch kein raffinierter Duft. Er war ursprünglich. Sidney zog an seiner Zigarette und beobachtete, wie sie mit dem Botenjungen lachte.

Fotografen waren für ihre vorgefassten Meinungen bekannt. Die gehörten zu ihrem Beruf. Er hatte erwartet, Blanche wäre glatt und cool. Er hatte sich fast schon darauf eingestellt, mit so jemandem zusammenzuarbeiten. Jetzt musste er seine Gedanken neu sortieren. Wollte er mit einer Frau arbeiten, die wie die Abenddämmerung duftete und wie ein Strandhäschen aussah?

Sidney wandte sich von ihr ab und öffnete wahllos einen der Aktendeckel. Er erkannte das Objekt – eine Königin der

Kinokassen, die sich zwei Oscars und drei Ehemänner einverleibt hatte. Blanche hatte sie in Glanz und Glitzer gewandet. Ein Königsgewand für eine Königin. Aber sie hatte nicht das übliche Foto geschossen.

Die Schauspielerin saß vor einem Tisch, der von Töpfen und Tiegeln mit Lotion und Cremes überquoll, betrachtete ihr eigenes Spiegelbild und lachte. Nicht das gestellte, behutsame Lächeln, das keine Falten erzeugte, sondern ein volles, robustes Lachen, das man beinahe hören konnte. Es lag am Betrachter zu spekulieren, ob sie über ihr Spiegelbild lachte oder über ein Image, das sie im Laufe der Jahre kreiert hatte.

»Gefällt es Ihnen?« Mit einem Karton in der Hand blieb Blanche neben ihm stehen.

»Ja. Hat es ihr auch gefallen?«

Hungrig öffnete Blanche den Deckel und holte das erste Stück heraus. »Sie hat eine Vergrößerung für ihren Verlobten bestellt. Wollen Sie ein Stück?«

Sidney warf einen Blick in den Karton. »Gibt's auch etwas mit weniger drauf?«

»Nein.« Blanche suchte in einer Schublade ihres Schreibtisches nach Servietten und fand einen Karton Papiertaschentücher. »Ich bin eine absolute Anhängerin von Maßlosigkeit. Also ...« Mit dem offenen Karton auf dem Schreibtisch zwischen ihnen, lehnte Blanche sich auf ihrem Stuhl zurück und stellte die Beine hoch. Sie fand es an der Zeit, über das erste Abtasten hinauszugehen. »Wollen Sie über den Auftrag sprechen?«

Sidney griff nach einem Stück Pizza und einer Handvoll Papiertaschentücher. »Haben Sie Bier?«

»Soda Diät oder normal.« Blanche nahm einen gewaltigen Bissen. »Ich habe keinen Alkohol im Studio. Dann hat man letztlich nämlich nur beschwipste Kunden.«

»Lassen wir es diesmal ausfallen.« Sie aßen eine Weile schweigend und schätzten einander noch immer ab. »Ich habe viel über diesen Fotoauftrag nachgedacht.«

»Es wäre eine Abwechslung für Sie.« Als er nur eine Augenbraue hob, zerknüllte Blanche ein Papiertaschentuch und warf es in den Papierkorb. »Ihre Sachen in Übersee – haben hart getroffen. Da war Sensitivität und Mitgefühl, aber in der Hauptsache war es ziemlich grausam.«

»Es war eine grausame Zeit. Nicht alles, was ich fotografiere, muss hübsch sein.«

Diesmal hob sie eine Augenbraue. Offensichtlich hielt er nicht viel von dem Weg, den sie in ihrer Karriere eingeschlagen hatte. »Nicht alles, was ich fotografiere, muss roh sein. In der Kunst gibt es Raum für Vergnügen.«

Er nahm dies mit einem Schulterzucken zur Kenntnis. »Wir würden verschiedene Dinge sehen, wenn wir durch dasselbe Objektiv blickten.«

»Das macht jedes Bild einzigartig.« Blanche beugte sich vor und nahm noch ein Stück.

»Ich arbeite gern allein.«

Sie aß nachdenklich. Wenn er sie ärgern wollte, so war er auf dem richtigen Weg. Wie auch immer, sie wollte den Auftrag, und er war ein Teil davon. »Ich mag es selbst auch so lieber«, sagte sie langsam. »Aber manchmal muss man einen Kompromiss schließen. Sie haben schon von Kompromissen gehört, Sidney? Sie geben nach, ich gebe nach. Wir treffen uns irgendwo in der Mitte.«

Sie war nicht so lässig, wie sie wirkte. Gut. Das Letzte, was er brauchte, war, mit jemandem loszuziehen, der so weich war, dass er zu schmelzen drohte. Drei Monate, dachte er erneut. Vielleicht. Wenn erst einmal die Grundregeln festgelegt waren. »Ich bestimme die Route«, begann er knapp.

»Wir starten hier in L. A., in zwei Wochen. Jeder ist für seine eigene Ausrüstung verantwortlich. Sind wir erst einmal unterwegs, geht jeder seiner eigenen Wege. Sie schießen Ihre Fotos, ich schieße meine. Keine Fragen.«

Blanche leckte Soße von ihren Fingern. »Hat Ihnen schon jemals jemand eine Frage gestellt, Colby?«

»Der springende Punkt ist, ob ich antworte.« Es war so einfach gesagt, wie es gemeint war. »Der Herausgeber will beide Blickwinkel, so soll er sie bekommen. Ab und zu halten wir und mieten eine Dunkelkammer. Ich kontrolliere Ihre Negative.«

Blanche zerknüllte noch mehr Papiertaschentücher. »Nein, das werden Sie nicht tun.« Ihre Augen waren zu schmalen Schlitzen geworden, einziges äußeres Anzeichen für ihren wachsenden Ärger.

»Ich bin nicht daran interessiert, dass mein Name mit einer Serie von Popkultur-Schnappschüssen in Verbindung gebracht wird.«

Um ihre Selbstbeherrschung aufrechtzuerhalten, aß Blanche weiter. Es gab so viele klare und präzise Dinge, die sie ihm sagen wollte. Doch Zornausbrüche kosteten eine Menge Energie. Und gewöhnlich brachten sie nichts ein. »Als Erstes verlange ich, dass in unseren Vertrag hineingeschrieben wird, dass jedes unserer Fotos unsere eigenen Unterzeilen bekommt. Auf diese Weise gerät keiner von uns durch die Arbeiten des anderen in Verlegenheit. Ich bin nicht daran interessiert, dass die Öffentlichkeit denkt, ich hätte keinen Humor. Möchten Sie noch ein Stück?«

»Nein.« Sie war nicht weich. Die Haut in ihrer Armbeuge mochte weich wie Butter aussehen, aber die Lady selbst war es nicht. Es ärgerte ihn zwar, dass er so beiläufig beleidigt wurde, aber das war ihm noch lieber als rückgratlose Zustimmung. »Wir werden vom 15. Juni bis nach dem Labor Day – also dem ersten Montag im September – unterwegs sein.« Er beobachtete sie dabei, wie sie nach einem dritten Stück Pizza griff. »Seit ich gesehen habe, wie Sie essen, wird jeder für seine eigenen Ausgaben aufkommen.«

»Fein. Und sollten Sie auf irgendwelche komischen Gedanken kommen: Ich koche nicht, und ich werde nicht hinter Ihnen aufräumen. Ich werde meinen Anteil am Fahren übernehmen, aber ich fahre nicht mit Ihnen, wenn Sie getrunken haben und sich ans Steuer setzen. Wenn wir eine Dunkelkammer mieten, werden wir ausmachen, wer sie zuerst benutzt. Vom 15. Juni bis nach dem Labor Day sind wir Partner. Fifty-fifty. Wenn Sie damit irgendwelche Probleme haben, klären wir das jetzt, bevor wir auf der gepunkteten Linie unterschreiben.«

Er dachte darüber nach. Sie hatte eine gute Stimme, glatt, ruhig, beinahe besänftigend. Sie beide mochten auf engstem Raum ganz gut miteinander auskommen – solange sie ihn nicht zu oft anlächelte und er seine Gedanken von ihren Beinen fernhielt. Im Moment sah er das als das geringste seiner Probleme an. Der Auftrag kam an erster Stelle und was er dafür wollte und davon erwartete.

»Haben Sie einen Liebhaber?«

Blanche schaffte es, nicht an ihrer Pizza zu ersticken. »Wenn das ein Angebot ist«, erwiderte sie glatt, »muss ich ablehnen. Unhöfliche Männer sind nicht mein Fall.«

Innerlich gestand er ihr einen weiteren Treffer zu, äußerlich blieb sein Gesicht ausdruckslos. »Wir werden einander drei Monate auf der Pelle hocken.« Sie hatte ihn herausgefordert, ob sie es erkannte oder nicht. Und ob er es erkannte oder nicht, aber Sidney hatte angenommen. Er beugte sich näher zu ihr heran. »Ich möchte mich nicht mit einem eifersüchtigen Liebhaber herumschlagen, der ständig hinter uns herjagt oder dauernd anruft, während ich zu arbeiten versuche.«

Wofür hielt er sie eigentlich? Für einen Trampel, der sein Privatleben nicht im Griff hatte? Sie zwang sich dazu, einen Moment abzuwarten. Vielleicht hatte er in seinen Beziehungen einige unangenehme Erfahrungen gehabt. Sein Problem, entschied Blanche.

»Ich kümmere mich selbst um meine Liebhaber, Sidney.« Blanche biss kraftvoll in die Kruste. »Und Sie kümmern sich um Ihre Liebschaften.« Sie wischte sich die Finger an dem letzten Papiertaschentuch ab und lächelte. »Tut mir leid, die Party zu beenden, aber ich muss wieder an die Arbeit.«

Er stand auf und ließ seinen Blick über ihre Beine wandern, ehe er ihn auf ihre Augen richtete. Er wollte den Auftrag annehmen. Und dann hatte er drei Monate Zeit, um herauszufinden, wie er über Blanche Mitchell dachte. »Ich melde mich.«

»Tun Sie das.«

Blanche wartete, bis er den Raum durchquert und die Studiotür hinter sich geschlossen hatte. Mit ungewohnter Energie und einer Geschwindigkeit, die sie normalerweise für ihre Arbeit reservierte, sprang sie auf und schleuderte den leeren Karton gegen die Tür.

2. Kapitel

Blanche wusste genau, was sie wollte. Sie fing zwar unfairerweise schon etwas vor dem vorgesehenen Start des Projekts »Amerikanischer Sommer« von LIFE-STYLE an, aber sie genoss die Vorstellung, Sidney Colby einen Schritt voraus zu sein. Kleinlich vielleicht, aber sie genoss es wirklich.

Auf jeden Fall bezweifelte sie, dass ein Mann wie er die zeitlose Freude des letzten Schultages schätzen konnte. Wann sonst begann der Sommer tatsächlich, wenn nicht mit diesem einen wilden Ausbruch von Freiheit?

Sie wählte eine Volksschule, weil sie Unschuld suchte. Sie wählte eine Innenstadtschule, weil sie Realismus suchte. Kinder, die aus der Schultür traten und in einer Limousine verschwanden, waren nicht das Bild, das sie zeigen wollte. Diese Schule hier hätte in jeder Stadt irgendwo im Land stehen können. Die Kinder, die gleich zur Tür herausschießen würden, standen für alle Kinder. Leute, die dieses Foto betrachteten, würden unabhängig von ihrem Alter in diesen Kindern etwas von sich selbst sehen.

Blanche ließ sich sehr viel Zeit mit dem Aufstellen, wählte und verwarf ein halbes Dutzend Beobachtungsposten, bevor sie sich für einen entschied. Es war nicht möglich und nicht einmal ratsam, den Schnappschuss zu stellen. Nur ein zufälliges Bild konnte ihr geben, was sie wollte – die Spontaneität und das Tempo.

Als die Klingel ertönte und die Türen aufflogen, bekam sie genau das. Und das war es wert, fast unter trappelnden

Turnschuhen umgetrampelt zu werden. Schreiend und kreischend strömten die Kinder in den Sonnenschein hinaus.

Stampede. Das war der Gedanke, der ihr durch den Kopf ging. Blanche duckte sich hastig, schoss von unten nach oben und erwischte die erste Flut von Kindern in einem Winkel, der Schnelligkeit, Menge und totale Verwirrung herüberbrachte.

Vorwärts, vorwärts! Es ist Sommer, und jeder Tag ist ein Samstag. Der September war Jahre entfernt. Sie konnte es im Gesicht jedes der Kinder lesen.

Sie wandte sich um und schoss die nächste Gruppe Kinder von vorn. In der Ausfertigung würde es so aussehen, als ob sie direkt aus der Seite des Magazins herauspreschten. Aus einem Impuls heraus drehte Blanche ihre Kamera für ein Bild im Hochformat. Und sie bekam es. Ein Junge von acht oder neun sprang die Treppe herunter, die Hände hochgerissen, ein breites Grinsen im Gesicht. Blanche erwischte ihn mitten in der Luft, als sein Kopf und seine Schultern über die sich in alle Winde zerstreuenden Kinder herausragten. Sie hatte den Jungen eingefangen, erfüllt von dem Triumph dieser magischen goldenen Straße der Freiheit, die in alle Richtungen führte.

Obwohl sie absolut sicher war, welches Foto sie für den Auftrag vergrößern würde, fuhr Blanche mit der Arbeit fort. Innerhalb von zehn Minuten war es vorbei.

Zufrieden tauschte sie Objektive und Blickwinkel aus. Die Schule war jetzt leer, und Blanche wollte sie so festhalten. Dabei wollte sie nicht den Eindruck des strahlenden Sonnenlichts und setzte deshalb einen Filter für geringe Kontraste vor. Beim Vergrößern wollte sie dann das Licht im Himmel verringern, indem sie etwas über diesen Teil des Fotopapiers hielt, damit es nicht überbelichtet wurde. Sie wollte das Gefühl der Leere und des Wartens als Kontrast zu dem Leben und der Energie, die soeben aus dem Gebäude geströmt waren. Sie hatte den Film zu Ende fotografiert, ehe sie sich aufrichtete und die Kamera am Riemen baumeln ließ.

Die Schule ist aus, dachte sie mit einem Lächeln. Sie selbst empfand diesen ganz besonderen Drang der Freiheit in sich. Der Sommer hatte soeben begonnen.

Seit sie aus dem festen Mitarbeiterstab von CELEBRITY ausgeschieden war, hatte sich Blanches Arbeitslast nicht verringert. Sie hatte festgestellt, dass sie selbst eine härtere Arbeitgeberin war als das Magazin. Sie liebte ihre Arbeit und widmete ihr den gesamten Tag und die meisten ihrer Abende. Ihr Exmann hatte ihr einmal vorgeworfen, nicht sie besitze die Kamera, sondern die Kamera sie. Das war etwas, das sie weder abstreiten noch rechtfertigen konnte. Nach zwei Tagen Arbeit mit Sidney entdeckte Blanche, dass sie darin nicht allein war.

Sie hatte sich stets für eine gewissenhafte Handwerkerin gehalten. Verglichen mit Sidney war sie schlampig. Er brachte bei seiner Arbeit eine Geduld auf, die sie bewunderte, obwohl sie ihr auf die Nerven ging. Sie arbeiteten von völlig verschiedenen Perspektiven aus. Blanche schoss eine Szene und brachte ihren persönlichen Blickpunkt ein, ihre Emotionen, ihre Gefühle über das Bild. Sidney suchte die Vieldeutigkeit. Während seine Fotos ein Dutzend verschiedener Reaktionen hervorrufen mochten, blieb seine persönliche Sicht fast immer sein Geheimnis. Genau wie alles an ihm halb im Dunkeln blieb.

Er redete nicht viel, aber Blanche machte es nichts aus, schweigend zu arbeiten. Es war fast so, als würde man allein arbeiten. Seine langen ruhigen Blicke konnten allerdings entnervend sein. Sie wollte nicht wie in einem Sucher seziert werden.

Seit ihrer ersten Begegnung in Blanches Studio waren sie zweimal zusammengekommen, um über die Route und die Themen für den Auftrag zu sprechen. Blanche hatte Sidney nicht einfacher im Umgang gefunden, dafür aber voll engagiert. Das Projekt bedeutete für sie beide so viel, dass sie es möglich machen würden, Blanches Vorschlag zu folgen: sich irgendwo in der Mitte zu treffen.

Nachdem Blanches anfänglicher Ärger auf Sidney abgeklungen war, fand sie, dass sie in den nächsten Monaten Freunde werden konnten – zumindest auf beruflichem Gebiet. Nach zwei Tagen Arbeit mit ihm wusste sie jedoch, dass es nie dazu kommen würde. Sidney rief keine einfachen Emotionen wie Freundschaft hervor. Entweder war er faszinierend, oder er verärgerte. Sie beschloss, sich nicht faszinieren zu lassen.

Blanche hatte genaue Nachforschungen über ihn angestellt, was sie sich selbst gegenüber als reine Routine ausgab. Man trat schließlich nicht mit einem Mann eine Reise an, von dem man praktisch nichts wusste. Doch je mehr sie herausgefunden hatte – das heißt, je mehr sie nicht herausgefunden hatte –, desto größer war ihre Neugierde geworden.

Mit Anfang zwanzig hatte er geheiratet und war wieder geschieden worden. Und das war es auch schon – keine Anekdoten, keine Gerüchte, nichts Positives und nichts Negatives. Er verwischte seine Spuren sehr sorgfältig. Als Fotograf für INTERNATIONAL VIEW hatte er insgesamt fünf Jahre in Übersee verbracht. Nicht im schönen Paris, London oder Madrid, sondern in Laos, Libanon, Kambodscha. Seine Arbeit dort hatte ihm eine Nominierung für den Pulitzer-Preis und den Overseas Press Club Award eingetragen.

Seine Fotos standen zu Studienzwecken und zum Analysieren zur Verfügung, sein Privatleben blieb jedoch undurchsichtig. Er zeigte sich wenig in der Öffentlichkeit. Seine Freunde waren unbeugsam loyal und frustrierend verschwiegen. Wollte sie mehr über Sidney herausfinden, musste Blanche es während ihrer gemeinsamen Arbeit versuchen.

Blanche betrachtete es als gutes Zeichen, dass sie sich darauf geeinigt hatten, an ihrem letzten Tag in L. A. am Strand zu arbeiten. Ohne Streit. Strandszenen würden sich als ständiges Thema durch den Bildbericht ziehen – von Kalifornien bis Cape Cod.

Zuerst gingen sie zusammen über den Sand, wie Freunde oder Liebende, berührten einander nicht, hielten aber gleichen Schritt. Sie sprachen nicht miteinander, doch Blanche hatte schon herausgefunden, dass Sidney sich einfach nicht unterhielt, wenn er nicht dazu in Stimmung war.

Es war knapp zehn, aber die Sonne war schon hell und heiß. Weil es ein Wochentag war, waren die meisten Sonnenanbeter und Wasserratten sehr jung oder sehr alt. Als Blanche anhielt, ging Sidney weiter, ohne dass einer von ihnen ein Wort sagte.

Es war der Kontrast, der ihren Blick eingefangen hatte. Die alte Frau mit dem breiten flatterigen Sonnenhut war in ein langes Strandkleid und einen gehäkelten Schal gehüllt. Sie saß unter einem Schirm und beobachtete ihre Enkelin, die – nur mit einem rosa Rüschenhöschen bekleidet – neben ihr ein Loch in den Sand grub. Sonne überströmte das kleine Mädchen. Schatten schirmte die alte Frau ab.

Blanche musste die Frau eine Genehmigung zur Veröffentlichung unterschreiben lassen. Bat man jemanden, ihn fotografieren zu dürfen, verkrampfte sich der Betreffende unweigerlich, und Blanche vermied das, wo es nur ging. In diesem

Fall ging es nicht. Also wartete sie geduldig, bis die Frau sich wieder entspannte.

Ihr Name war Sadie, und die Enkelin hieß auch so. Noch bevor Blanche das erste Mal auf den Auslöser drückte, wusste sie, dass sie das Bild »Zwei Sadies« nennen würde. Sie musste nur noch diesen träumerischen, weit entrückten Blick zurück in die Augen der Frau bringen.

Es dauerte zwanzig Minuten. Blanche vergaß, dass ihr unangenehm heiß war, während sie zuhörte, nachdachte und Blickwinkel überlegte. Sie wusste, was sie wollte. Die sorgfältige Abschirmung der alten Frau und das völlige Fehlen jeglicher Abschirmung bei dem Kind und das Band zwischen den beiden, das durch Verwandtschaft und Zeit entstanden war.

In Erinnerungen verloren, vergaß Sadie die Kamera und bemerkte es nicht, als Blanche auf den Auslöser zu drücken begann. Blanche wollte die Schärfe – das war es, was sie gesehen hatte. Beim Vergrößern wollte Blanche erbarmungslos mit den Linien und Falten im Gesicht der Großmutter umgehen, während sie gleichzeitig die Makellosigkeit der Haut des Kleinkindes unterstreichen würde.

Dankbar unterhielt Blanche sich noch ein paar Minuten und notierte sich dann die Adresse der Frau mit dem Versprechen, einen Abzug zu schicken. Sie ging weiter und wartete auf die nächste Szene.

Sidney hatte ebenfalls sein erstes Objekt gefunden, aber er unterhielt sich nicht. Der Mann lag mit dem Gesicht nach unten auf einem ausgebleichten Strandtuch. Er war rot, schwammig und anonym. Ein Geschäftsmann, der sich den Vormittag freinahm, ein Vertreter aus Iowa – es spielte keine Rolle. Anders als Blanche suchte Sidney nicht Persönlichkeit, sondern die Gleichheit derer, die ihre Körper in der Sonne grillten.

Sidney wählte zwei Blickpunkte und schoss sechs Fotos, ohne ein einziges Wort mit dem schnarchenden Sonnenanbeter zu wechseln. Zufrieden wanderte er weiter über den Strand. Drei Meter entfernt streifte Blanche beiläufig ihre Shorts und ihr T-Shirt ab. Der eng anliegende rote Badeanzug war an den Schenkeln aufreizend hoch geschnitten. Ihr Profil war ihm zugewandt, als sie aus ihren Shorts stieg. Es war scharf, gut ausgeprägt, als wäre es von einer geschickten Hand gemeißelt worden.

Sidney zögerte nicht. Er stellte Schärfe und Blende ein, korrigierte den Bildausschnitt um eine Winzigkeit und wartete. In dem Moment, in dem sie nach dem Saum ihres T-Shirts griff, begann er zu schießen.

Sie war so schlicht, so unaffektiert. Er hatte nicht gewusst, dass jemand so total selbstvergessen sein konnte in einer Welt, in der Selbstverliebtheit zur Religion erhoben worden war. Ihr Körper war eine lange schlanke Linie, wurde mehr und mehr enthüllt, als sie das T-Shirt über den Kopf zog. Für einen Moment hob sie ihr Gesicht der Sonne entgegen, hieß die Hitze willkommen.

Etwas kribbelte in seinem Magen. Verlangen. Er erkannte die ersten Anzeichen. Er mochte es nicht.

Es war, sagte er sich selbst, was in seinem Beruf ein entscheidender Moment genannt wurde. Der Fotograf denkt, dann schießt er, während er zusieht, wie eine Szene abläuft. Wenn die visuellen und die emotionalen Elemente zusammentreffen – wie sie das in diesem Fall mit einem Schlag getan hatten –, kam es zum Erfolg. Es gab keine Wiederholung, keine nochmalige Aufnahme. »Entscheidender Moment« war wörtlich zu nehmen. Alles oder nichts. Wenn es ihn für einen Augenblick aufgerüttelt hatte, bewies das nur, dass er erfolgreich diesen lässigen, lasziven Sex eingefangen hatte.

Vor Jahren hatte er sich selbst darauf trainiert, sich mit seinen Objekten nicht sonderlich gefühlsmäßig einzulassen. Sie konnten einen sonst bei lebendigem Leib auffressen. Blanche Mitchell sah zwar nicht so aus, als würde sie einen Menschen vereinnahmen, aber Sidney ging kein Risiko ein. Er wandte sich von ihr ab und vergaß sie. Fast.

Mehr als vier Stunden später kreuzten sich ihre Wege erneut. Blanche saß in der Sonne neben einem Verkaufsstand und aß einen Hotdog, der unter Bergen von Senf und Relish begraben war. Auf der einen Seite hatte sie ihre Kameratasche, auf der anderen eine Dose Limo abgestellt. Ihre schmale rote Sonnenbrille warf Sidney sein Spiegelbild zurück.

»Wie ist's gelaufen?«, fragte sie mit vollem Mund.

»Gut. Ist da drunter ein Hotdog?«

»Mmm.« Sie schluckte und deutete auf den Strand. »Großartig.«

»Ich passe.« Sidney bückte sich, griff nach ihrer warm werdenden Limo und nahm einen tiefen Schluck. Es war Orange und sehr süß. »Wie, zum Teufel, können Sie dieses Zeug trinken?«

»Ich brauche eine Menge Zucker. Ich habe ein paar Aufnahmen, mit denen ich recht zufrieden bin.« Sie streckte die Hand nach der Dose aus. »Ich möchte Abzüge machen, bevor wir morgen losfahren.«

»Meinetwegen, wenn Sie um sieben bereit sind.«

Blanche zog die Nase kraus, während sie ihren Hotdog wegputzte. Lieber hätte sie bis sieben Uhr morgens gearbeitet, als so zeitig aufzustehen. Einer der ersten Punkte, den sie unterwegs ausgleichen mussten, war der Unterschied in ihren biologischen Zeitabläufen. Blanche begriff die Schönheit und Gewaltigkeit der Aufnahme von einem Sonnenaufgang.

Sie bevorzugte nur eben das Geheimnisvolle und die Farben eines Sonnenuntergangs.

»Ich werde bereit sein.« Sie stand auf, klopfte sich den Sand ab und zog das T-Shirt über ihren Badeanzug. Sidney hätte ihr sagen können, dass sie ohne das T-Shirt bedeckter aussah. Wie der Saum ihre Schenkel berührte und die Blicke darauf lenkte, das war geradezu kriminell. »Sofern Sie die erste Schicht fahren«, fuhr sie fort. »Gegen zehn werde ich dann auch wieder funktionieren.«

Er wusste nicht, warum er es tat. Sidney war ein Mann, der jede Bewegung analysierte, jede Oberfläche, Form, Farbe. Er teilte alles in Muster ein und setzte es wieder zusammen. Das war seine Art. Impulse waren nicht seine Art. Dennoch streckte er die Hand aus und umfasste ihren Zopf, ohne über die Handlung oder die Folgen nachzudenken. Er wollte ihn nur einfach berühren.

Sie war überrascht, das sah er. Aber sie zog sich nicht zurück. Und sie zeigte ihm auch nicht dieses halbe Lächeln, das Frauen benutzten, wenn ein Mann nicht widerstehen konnte zu berühren, was ihn anzog.

Ihr Haar war weich. Seine Augen hatten es ihm bereits gesagt, aber jetzt bestätigten es seine Finger. Dennoch war es frustrierend, es nicht lose und frei zu fühlen, es nicht zwischen seinen Fingern spielen zu lassen.

Er verstand sie nicht. Noch nicht. Sie verdiente ihren Lebensunterhalt, indem sie die Elite, die Glamourösen, die Protzer abbildete, und doch schien sie selbst keinen Dünkel zu haben. Ihr einziger Schmuck war ein dünnes Goldkettchen, das bis zum Ansatz ihrer Brüste reichte, daran ein winziger Anhänger. Auch heute trug sie kein Make-up, aber ihr Duft lockte. Sie hätte sich mit ein paar grundlegenden weiblichen Mitteln in eine atemberaubende Erscheinung verwandeln können, schien diese Möglichkeit jedoch zu ignorieren und sich stattdessen auf Schlichtheit zu verlassen. Allein das war schon verblüffend.

Vor Stunden hatte Blanche beschlossen, sich nicht faszinieren zu lassen. Sidney beschloss in diesem Moment, dass er sich nicht überwältigen lassen wollte. Wortlos ließ er ihren Zopf wieder auf ihre Schulter fallen.

»Soll ich Sie zurück in Ihr Apartment oder Ihr Studio bringen?«

Das war alles? Innerhalb von Sekunden hatte er es geschafft, dass sich ihr Innerstes verkrampfte, und jetzt wollte er bloß wissen, wo er sie absetzen sollte. »Ins Studio.« Blanche bückte sich und hob ihre Kameratasche auf. Ihre Kehle war trocken, aber sie warf die halb volle Limodose in den Abfall. Bevor sie Sidneys Wagen erreichten, war sie überzeugt davon zu explodieren, wenn sie nicht irgendetwas sagte.

»Genießen Sie dieses coole, entrückte Image, das Sie dermaßen perfektioniert haben, Sidney?«

Er sah sie nicht an, aber er hätte um ein Haar gelächelt. »Es ist bequem.«

»Ausgenommen für Leute, die näher als zwei Meter an Sie herankommen.« Der Teufel sollte sie holen, wenn sie ihm keine Gemütsregung entlockte. »Vielleicht nehmen Sie die Presseberichte über sich selbst zu ernst«, meinte sie. »Sidney ›Shade‹ Colby, so geheimnisvoll und faszinierend wie sein Name, so gefährlich und beeindruckend wie seine Fotos.«

Diesmal lächelte er und überraschte sie damit. Plötzlich sah er wie jemand aus, mit dem sie Hand in Hand gehen, mit dem sie lachen wollte. »Wo, zum Teufel, haben Sie das gelesen?«

»CELEBRITY«, murmelte sie. »April, vor fünf Jahren. Sie haben einen Artikel gebracht über den Verkauf von Fotos in

New York. Eines Ihrer Bilder ist bei Sotheby's für siebentausendfünfhundert Dollar weggegangen.«

»Tatsächlich?« Sein Blick glitt über ihr Profil. »Sie haben ein besseres Gedächtnis als ich.«

Sie blieb stehen und wandte sich ihm zu. »Verdammt, ich habe es gekauft! Es ist eine schwermütige, deprimierende, faszinierende Straßenszene, für die ich keine zehn Cents bezahlt hätte, wenn ich Sie vorher kennengelernt hätte. Und wenn ich darin nicht so vernarrt wäre, würde ich das Bild rausschmeißen, sobald ich nach Hause komme. Wahrscheinlich werde ich es verkehrt herum hängen müssen, und zwar für die nächsten sechs Monate, bis ich vergesse, dass der Künstler, der es gemacht hat, ein Trottel ist.«

Sidney betrachtete sie sachlich. Dann nickte er. »Wenn Sie erst einmal angefangen haben, können Sie ganz schön reden.«

Mit einem knappen groben Wort wandte Blanche sich ab und ging erneut auf den Wagen zu. Als sie die Seite des Beifahrers erreichte und die Tür aufriss, hielt Sidney sie zurück. »Da wir in den nächsten drei Monaten praktisch zusammenleben werden, möchten Sie vielleicht auch noch den Rest ausspucken.«

Obwohl sie einen beiläufigen Ton anschlagen wollte, kamen die Worte zwischen ihren Zähnen heraus. »Den Rest wovon?«

»Von allem, woran Sie etwas auszusetzen haben.«

Sie holte zuerst tief Luft. Sie hasste es, wütend zu sein. Es erschöpfte sie stets völlig. Dennoch überließ sie sich ihren Gefühlen, krampfte die Hände um den oberen Rand der Tür und beugte sich zu Sidney. »Ich mag Sie nicht. So einfach ist das. Und es gibt sonst niemanden, den ich nicht mag.«

»Niemanden?«

»Niemanden.«

Aus irgendeinem Grund glaubte er ihr. Er nickte und legte

seine Hände auf die ihren auf dem Türrand. »Ist mir ohnedies lieber, nicht mit vielen anderen in einen Topf geworfen zu werden. Warum sollten wir einander denn überhaupt mögen?«

»Es würde die Arbeit einfacher machen.«

Er dachte darüber nach, während er ihre Hände unter den seinen festhielt. Ihre Handrücken waren weich, seine Handflächen hart. Er mochte den Kontrast, vielleicht sogar zu sehr. »Sie haben alles gern einfach?«

Er ließ es wie eine Beleidigung klingen, und sie straffte sich. Ihre Augen befanden sich mit seinem Mund auf gleicher Höhe, und sie veränderte leicht die Haltung. »Ja. Komplikationen sind nichts weiter als kompliziert, sie kommen einem in die Quere und verderben alles. Ich räume sie lieber beiseite und beschäftige mich mit dem wirklich Wichtigen.«

»Wir hatten schon eine wesentliche Komplikation, bevor wir überhaupt angefangen haben.«

Sie hätte sich allein darauf konzentrieren können, ihren Blick auf seine Augen gerichtet zu halten, aber das hätte nicht verhindern können, den leichten Druck seiner Hände zu spüren. Und es hätte nicht verhindern können, zu verstehen, was er meinte. Nachdem sie beide von Anfang an peinlichst vermieden hatten, es auch nur zu erwähnen, stürzte Blanche sich jetzt kopfüber darauf.

»Sie sind ein Mann, und ich bin eine Frau.«

Er konnte nicht anders, als es zu genießen, wie sie es ihm entgegenfauchte. »Genau. Wir könnten sagen, dass wir beide Fotografen sind, und das wäre ein geschlechtsloser Begriff.« Er schenkte ihr ein angedeutetes Lächeln. »Das wäre außerdem auch Mist.«

»Kann sein«, sagte sie gleichmütig. »Aber ich habe vor, mit dem Problem fertig zu werden, weil dieser Auftrag an erster Stelle kommt. Es hilft sehr, dass ich Sie nicht mag.«

»Ob man jemanden mag, hat nichts mit Anziehungskraft zu tun.«

Sie lächelte ihn leichthin an, obwohl ihr Puls zu hämmern begann. »Ist das ein höfliches Wort für Wollust?«

Sie tanzte nicht um ein Thema herum, wenn sie es erst einmal angeschnitten hatte. Sehr anständig, fand er. »Wie auch immer Sie es nennen, es ist eine der von Ihnen erwähnten Komplikationen. Wir sollten uns das Problem sehr genau ansehen, ehe wir es beiseiteräumen.«

Als seine Finger sich um ihre Hände anspannten, senkte sie ihren Blick darauf. Sie verstand, was er meinte, aber nicht sein Motiv.

»Sobald wir uns fragen, wie es sein würde, wird es uns beide ablenken«, fuhr Sidney fort. Sie blickte wachsam hoch. Er fühlte ihren Puls an ihrem Handgelenk unter seinen Fingern, aber sie zog sich nicht zurück. Falls sie … Es hatte keinen Sinn zu spekulieren; es war besser vorzupreschen. »Wir werden herausfinden, wie es ist. Dann werden wir es in unserem Gedächtnis abspeichern, es vergessen und mit unserem Job weitermachen.«

Es klang logisch. Blanche misstraute grundsätzlich allem, was so logisch klang. Allerdings hatte er genau richtig gelegen, als er behauptete, es würde sie beide ablenken, wenn sie sich fragten, wie es sein würde. Sie fragte sich das schon seit Tagen. Sein Mund schien die weichste Stelle an ihm zu sein, und doch wirkte er hart, fest und unnachgiebig. Wie würde er sich anfühlen? Wie würde er schmecken?

Sie ließ ihren Blick zu seinem Mund wandern, und er verzog die Lippen. Sie wusste nicht, ob es Belustigung oder Sarkasmus war, aber es half ihr, eine Entscheidung zu treffen.

»Einverstanden.« Wie intim konnte ein Kuss sein, wenn eine Autotür sie voneinander trennte?

Sie neigten sich einander zu, langsam, so als erwartete jeder von ihnen, dass der andere sich im letzten Moment zurückzog. Ihre Lippen berührten sich, leicht, leidenschaftslos. Es hätte in diesem Moment damit enden können, dass jeder von ihnen desinteressiert die Schultern zuckte. Es war lediglich das Grundelement eines Kusses. Zwei Lippenpaare tasteten einander ab. Nicht mehr.

Keiner von beiden konnte sagen, wer die Änderung einleitete, und ob es berechnet oder zufällig geschah. Sie waren beide neugierige Menschen, und die Neugierde mochte der auslösende Faktor gewesen sein. Vielleicht war es aber auch unvermeidlich gewesen. Die Beschaffenheit des Kusses veränderte sich so langsam, dass ein Aufhören nicht möglich war, bis es zu spät für Reue war.

Lippen öffneten sich, luden ein, akzeptierten. Ihre Finger klammerten sich aneinander, vertieften den Kuss. Blanche wurde gegen die harte Tür gepresst, verlangte nach mehr, während sie mit den Zähnen an seiner Unterlippe knabberte. Sie hatte recht gehabt. Sein Mund war das Weichste an ihm. Unglaublich weich, unbeschreiblich köstlich, als er sich heiß auf ihren Mund presste.

Sie war nicht an heftige Stimmungsumschwünge gewöhnt. Sie hatte nie etwas Ähnliches erfahren. Es war ihr unmöglich, sich einfach zurückzulehnen und zu genießen. Aber waren Küsse denn nicht dafür da? Bisher hatte sie daran geglaubt. Dieser Kuss verlangte all ihre Kraft, all ihre Energie. Noch während er andauerte, wusste Blanche, dass sie hinterher ausgelaugt sein würde. Wundervoll und total ausgelaugt. Während sie in der Erregung schwelgte, freute sie sich schon auf den herrlichen Genuss des Nachspürens.

Er hätte es wissen müssen. Verdammt, er hätte wissen müssen, dass sie nicht so lässig und unkompliziert war, wie sie aussah. Hatte er sich nicht schmerzhaft nach ihr gesehnt? Sie zu schmecken, brachte keine Linderung, ganz im Gegenteil. Blanche konnte seine Kontrolle außer Kraft setzen, und Kontrolle war unentbehrlich für seine Kunst, sein Leben, seinen klaren Verstand. Er hatte diese Kontrolle über Jahre von Schweiß, Angst und Erwartungen hinweg entwickelt und perfektioniert. Sidney hatte gelernt, dass die gleiche berechnete Kontrolle, die er in der Dunkelkammer einsetzte, die gleiche sorgfältige Logik, die er für eine Aufnahme brauchte, sich erfolgreich auch auf Frauen anwenden ließ. Erfolgreich und schmerzlos. Einmal von Blanche kosten, und er erkannte, wie zerbrechlich Kontrolle sein konnte.

Um sich selbst und vielleicht auch ihr zu beweisen, dass er damit umgehen konnte, ließ er zu, dass der Kuss tiefer, heißer, feuchter wurde. Gefahr drohte, und vielleicht lockte er sie sogar an.

Sie schmeckte heiß und süß. Sie setzte ihn in Flammen. Er musste sich zurückhalten, sonst hinterließ die Verbrennung eine Narbe. Er hatte genug Narben. Das Leben war nicht so schön wie ein erster Kuss an einem heißen Nachmittag. Er wusste das besser als die meisten anderen.

Sidney zog sich zurück und gab sich damit zufrieden, dass er die Kontrolle nicht verloren hatte. Vielleicht war sein Puls nicht gleichmäßig, vielleicht funktionierte sein Verstand nicht ganz klar, aber er besaß seine Kontrolle noch.

Für Blanche drehte sich alles. Hätte er ihr jetzt eine Frage gestellt, irgendeine, sie hätte keine Antwort gewusst. Sie lehnte sich gegen die Wagentür und wartete darauf, dass ihr Gleichgewicht zurückkehrte. Sie hatte gewusst, dass der Kuss sie auslaugen würde. Sogar jetzt fühlte sie noch ihre Energie schwinden.

Er sah den Blick in ihren Augen, jenen sanften Blick, dem jeder Mann nur schwer widerstehen konnte. Sidney wandte sich ab. »Ich setze Sie am Studio ab.«

Während er um den Wagen auf seine Seite ging, ließ Blanche sich auf ihren Sitz fallen. Es im Gedächtnis abspeichern und vergessen, dachte sie. Von wegen!

Sie versuchte es. Blanche bemühte sich so sehr zu vergessen, was Sidney sie hatte empfinden lassen, dass sie bis drei Uhr nachts arbeitete. Als sie sich endlich in ihr Apartment schleppte, hatte sie den Film von der Schule und dem Strand entwickelt, die Negative ausgesucht, die sie vergrößern wollte, und sie hatte von zweien Abzüge gemacht, die sie mit zu ihren besten Arbeiten zählte.

Jetzt hatte sie vier Stunden, um zu essen, zu packen und zu schlafen. Nachdem sie sich ein gewaltiges Sandwich hergerichtet hatte, holte sie den einen Koffer hervor und warf die wichtigsten Sachen hinein. Benommen von Müdigkeit, spülte sie Brot, Fleisch und Käse mit einem großen Schluck Milch hinunter. Nichts davon fühlte sich in ihrem Magen besonders bekömmlich an, weshalb sie ihr halb gegessenes Abendessen auf dem Nachttischchen stehen ließ und sich wieder ans Packen machte.

Sie durchwühlte das oberste Fach ihres Schranks nach der Schachtel mit dem schlichten Pyjama im Herrenschnitt, den ihre Mutter ihr zu Weihnachten geschenkt hatte. Eindeutig eines der wichtigsten Dinge. Der Pyjama war sexlos. Sie konnte nur hoffen, dass sie sich darin auch sexlos fühlte. An diesem Nachmittag war sie nachhaltig daran erinnert worden, dass sie eine Frau war …

Sie wollte sich in Sidneys Nähe kein zweites Mal als Frau fühlen. Es war zu gefährlich, und sie vermied gefährliche

Situationen. Da sie jedoch nicht der Typ war, der seine Femininität betonte, sollte das kein Problem sein.

Sagte sie sich wenigstens …

Wenn sie beide erst einmal mit ihrem Auftrag begonnen hatten, würden sie so beschäftigt sein, dass sie es nicht einmal bemerken würden, wenn der andere zwei Köpfe und vier Daumen hätte.

Sagte sie sich wenigstens …

Was an diesem Nachmittag geschehen war, war lediglich einer jener flüchtigen Momente gewesen, denen ein Fotograf manchmal begegnete, wenn der Augenblick das Handeln bestimmte. Es würde nie wieder geschehen, weil die Umstände nie wieder die gleichen sein würden.

Sagte sie sich wenigstens …

Und dann hatte sie genug an Sidney Colby gedacht. Es war fast vier Uhr, und die nächsten drei Stunden gehörten ganz ihr, die letzten, die ihr für lange Zeit bleiben würden. Blanche wollte sie auf die Art verbringen, die ihr am liebsten war. Schlafend. Sie zog sich aus, ließ ihre Kleider auf einen Haufen fallen, kroch ins Bett und vergaß, das Licht auszumachen.

Auf der anderen Seite der Stadt lag Sidney in der Dunkelheit. Er hatte noch nicht geschlafen, obwohl er schon vor Stunden gepackt hatte. Seine Tasche und seine Ausrüstung waren säuberlich neben der Tür aufgebaut. Er war gut organisiert, vorbereitet und hellwach.

Er hatte schon früher Schlaf versäumt. Dieser Umstand beunruhigte ihn nicht, der Grund dafür aber schon. Blanche Mitchell. Obwohl es ihm im Lauf des Abends gelungen war, sie auf die Seite zu schieben, in den Hintergrund, in einen Winkel seines Gehirns zu verbannen, hatte er sie nicht ganz aus seinem Schädel hinausbekommen.

Er konnte Punkt für Punkt alles, was an diesem Nachmittag zwischen ihnen passiert war, analysieren, aber das hätte einen wesentlichen Punkt nicht geändert. Er war verletzbar gewesen. Vielleicht nur für einen Moment, einen Herzschlag, aber er war verletzbar gewesen. Und das konnte er sich nicht leisten. Das würde er auch kein zweites Mal zulassen.

Blanche Mitchell war eine jener Komplikationen, die sie angeblich vermeiden wollte. Er dagegen war daran gewöhnt. Er hatte nie irgendwelche Probleme gehabt, mit Komplikationen fertig zu werden. Blanche würde da keine Ausnahme machen.

Sagte er sich wenigstens …

In den nächsten drei Monaten waren sie beide tief in ein Unternehmen verstrickt, das ihre ganze Zeit und Energie in Anspruch nehmen würde. Wenn er arbeitete, konnte er sehr gut seine ganze Konzentration auf einen Punkt richten und alles andere ignorieren. Das war kein Problem.

Sagte er sich wenigstens …

Aber er konnte nicht schlafen. Der Druck in seinem Magen hatte nichts mit dem Abendessen zu tun, das unberührt auf seinem Teller kalt geworden war.

3. Kapitel

Pünktlich um sieben Uhr am anderen Morgen hatte ihre Reise begonnen. Sidney hatte Blanche abgeholt. Noch halb im Schlaf, hatte sie ihr Gepäck in den Campingbus gestellt.

Da Sidney die ersten Stunden fahren wollte, hatte sie sich auf den Beifahrersitz gehockt und war prompt eingeschlafen.

Sidney hatte eine Route ausgesucht, die leicht abgeändert werden konnte, und keinen Zeitplan gemacht. Ihr einziger Termin war der Labor Day, an dem sie an der Ostküste sein sollten. Er stellte das Radio leise ein und fand flotte Countrymusic, während er in einem gleichmäßigen Tempo den Highway unter die Räder nahm. Neben ihm schlief Blanche.

Wenn das ihre Routine war, dachte er, würden sie keine Probleme haben. Solange sie schlief, konnten sie einander nicht auf die Nerven gehen. Oder gegenseitig Leidenschaft wecken. Selbst jetzt fragte er sich noch, weshalb ihm Gedanken an sie während der Nacht die Ruhe geraubt hatten. Was hatte sie an sich, das ihm Sorgen bereitete? Er wusste es nicht, und das allein schon bereitete ihm Sorgen.

Nach seiner Entscheidung, den Auftrag zu übernehmen, hatte er sich zur Aufgabe gemacht, mehr über sie herauszufinden. Sidney mochte sein Privatleben abschirmen, aber es fehlte ihm nicht an Kontakten. Er hatte von ihrer Arbeit für CELEBRITY gewusst, auch von ihrer kreativeren und persönlicheren Arbeit für Magazine wie VANITY und IN TOUCH. Sie hatte sich im Lauf der Jahre mit ihren ungewöhnlichen, oftmals radikalen Fotos der Berühmten zu einer Kultfotografin entwickelt.

Was er nicht gewusst hatte, war, dass sie die Tochter eines Malers und einer Dichterin war, beide exzentrische und halbwegs erfolgreiche Einwohner von Carmel. Bevor Blanche zwanzig war, hatte sie einen Finanzberater geheiratet und hatte sich drei Jahre später wieder von ihm scheiden lassen. Sie verabredete sich mit Männern mit einer geradezu einstudierten Lässigkeit, und sie hatte vage Pläne über den Ankauf eines Strandhauses in Malibu. Sie war beliebt, respektiert und in jeder Hinsicht zuverlässig. Sie war oft langsam, wenn sie etwas tat – aus einer Kombination ihres Verlangens nach Perfektion und ihrer Überzeugung heraus, dass Eile eine Verschwendung von Energie war.

Er hatte bei seinen Nachforschungen nichts Überraschendes gefunden, aber auch keinen Anhaltspunkt für die Anziehung, die sie auf ihn ausübte. Doch ein erfolgreicher Fotograf war geduldig. Manchmal war es nötig, immer wieder auf ein Objekt zurückzukommen, bis man seine eigenen Gefühle ihm gegenüber verstand.

Als sie die Grenze nach Nevada überquerten, zündete Sidney eine Zigarette an und kurbelte sein Fenster herunter. Blanche bewegte sich, murmelte etwas und tastete nach ihrer Tasche.

»Guten Morgen.« Sidney warf ihr einen kurzen Seitenblick zu.

»Mmm-hmm.« Blanche wühlte in ihrer Tasche herum und holte erleichtert den Schokoriegel heraus, riss die Verpackung mit zwei raschen Bewegungen auf und warf das Papier in ihre Tasche. Normalerweise räumte sie die Tasche immer aus, kurz bevor sie überquoll.

»Essen Sie immer etwas Süßes zum Frühstück?«

»Da ist Koffein drin.« Sie nahm einen riesigen Bissen und seufzte. »Ich bevorzuge es auf diese Weise.« Langsam streckte sie Oberkörper, Schultern und Arme in einer langen, wellenförmigen Bewegung, die gänzlich ungeplant war. Das war ein eindeutiger Hinweis auf den Grund ihrer Anziehungskraft, dachte Sidney ironisch. »Wo sind wir denn?«

»Nevada.« Er blies Zigarettenrauch aus der Nase, der sich zum Fenster hinaus verflüchtete. »Gerade eben.«

Blanche schlug ihre Beine unter, während sie an ihrem Schokoriegel knabberte. »Ich müsste bald mit meiner Schicht dran sein.«

»Ich sage es schon.«

»Okay.« Sie war zufrieden, Beifahrerin zu sein, solange er den Fahrer spielen wollte. Sie warf jedoch einen bedeutungsvollen Blick auf das Radio. Countrymusic war nicht ihr Stil. »Der Fahrer sucht die Musik aus.«

Er nickte. »Wenn Sie die Schokolade hinunterspülen wollen, hinten in einer Thermosflasche ist Saft.«

»Ja?« Immer daran interessiert, ihren Magen zu füllen, rappelte Blanche sich auf und schob sich nach hinten.

Sie hatte dem Campingbus an diesem Morgen nicht viel Aufmerksamkeit geschenkt, abgesehen von einem verschwommenen Blick, der ihr gezeigt hatte, dass er schwarz und gut in Schuss war. An den Seiten gab es gepolsterte Bänke, die man als Betten benutzen konnte, wenn man nicht zu wählerisch war. Blanche fand, dass der graue Teppich wahrscheinlich bequemer zum Liegen war.

Sidneys Ausrüstung war säuberlich verstaut, während ihre schlampig in einer Ecke lag. In glänzenden Hängeschränkchen waren ein paar wichtige Dinge verstaut. Kaffee, eine Kochplatte, ein kleiner Teekessel. Praktische Dinge, wenn sie auf einen Campingplatz mit elektrischen Anschlüssen kamen.

In der Zwischenzeit begnügte sie sich mit der Isolierkanne mit Saft.

»Möchten Sie welchen?«

Er sah im Rückspiegel, wie sie da stand, die Beine gespreizt wegen des Gleichgewichts, mit einer Hand an den Schrank gestützt. »Ja.«

Blanche brachte zwei große Plastikbecher und die Kanne zu ihrem Sitz mit. »Alle Bequemlichkeiten wie zu Hause«, kommentierte sie mit einem Kopfnicken nach hinten. »Reisen Sie viel mit dem Wagen?«

»Wenn es nötig ist.« Er hörte das Eis gegen das Plastik klicken und streckte die Hand aus. »Ich fliege nicht gern. Man verliert die Gelegenheit, unterwegs zu fotografieren.« Nachdem er seine Zigarette aus dem Fenster geschnippt hatte, trank er seinen Saft. »Wenn es ein Auftrag im Umkreis von ungefähr fünfhundert Meilen ist, fahre ich.«

»Ich hasse es zu fliegen.« Blanche lehnte sich in die Ecke zwischen Sitz und Tür. »Ich muss ständig nach New York fliegen, weil jemand, den ich fotografieren soll, nicht zu mir kommen kann oder will. Ich nehme eine Packung Beruhigungstabletten mit, einen Vorrat an Schokoriegeln, ein Hufeisen und ein sozial bedeutungsvolles, erzieherisches Buch. Damit habe ich mich nach allen Seiten abgesichert.«

»Mit den Beruhigungstabletten und dem Hufeisen vielleicht.«

»Die Schokolade ist für meine Nerven. Ich esse gern, wenn ich unter Anspannung stehe. Das Buch ist ein Pluspunkt bei meinen Verhandlungen.« Sie schüttelte ihren Becher, dass das Eis klickte. »Das ist, als würde ich sagen: Sieh her, ich tue hier etwas Wertvolles. Mach das nicht kaputt, indem du das Flugzeug abstürzen lässt. Außerdem lässt mich das Buch normalerweise innerhalb von zwanzig Minuten einschlafen.«

Sidney hob einen Mundwinkel, was Blanche als hoffnungsvolles Vorzeichen für die paar tausend Meilen auslegte, die noch vor ihnen lagen. »Das erklärt alles.«

»Ich habe eine Phobie davor, in zehntausend Metern Höhe in einer schweren Metallröhre mit zweihundert Fremden zu fliegen, von denen es viele mögen, die intimsten Details ihres Lebens der Person neben sich zu erzählen.« Grinsend stützte sie ihre Füße gegen das Armaturenbrett. »Da fahre ich lieber quer durch das Land mit einem grimmigen Fotografen, der es sich zur Aufgabe gemacht hat, mir so wenig wie möglich zu erzählen.«

Sidney warf ihr einen Seitenblick zu und fand, dass es nichts schaden könnte, das Spiel weiterzuspielen, solange sie beide die Regeln kannten. »Sie haben mich nichts gefragt.«

»Na schön, fangen wir mit etwas Grundsätzlichem an. Woher kommt Ihr zweiter Name Shade?«

Er fuhr langsamer und bog auf einen Parkplatz ein. »Shadrach.«

Ihre Augen weiteten sich anerkennend. »Wie Meshach und Abednego aus dem Buch Daniels?«

»Stimmt. Meine Mutter beschloss, jedem ihrer Sprösslinge einen ungewöhnlichen zweiten Namen zu geben. Ich habe eine Schwester namens Cassiopeia.«

»Noch ungewöhnlicher als mein zweiter Name. Blanche ›Bryan‹ Mitchell.«

»Wieso Bryan?«

»Meine Eltern wollten zeigen, dass sie nicht sexistisch eingestellt waren.«

In dem Moment, in dem der Campingbus auf dem Parkplatz anhielt, sprang Blanche ins Freie, streckte sich und beugte sich dann bis zum Boden, bis ihre Handflächen den Asphalt berührten – sehr zum Interesse des Mannes, der gerade in den Pontiac neben ihr stieg. Mit dem seine Konzentration störenden Ausblick brauchte er fast eine halbe Minute, um den Schlüssel ins Zündschloss zu schieben.

»Himmel, werde ich steif!« Sie streckte sich, stellte sich auf die Zehen, ließ sich wieder nach vorn fallen. »Sehen Sie nur, da drüben ist eine Snackbar. Ich hole mir Pommes frites. Wollen Sie auch welche?«

»Es ist zehn Uhr vormittags.«

»Fast halb elf«, korrigierte sie. »Außerdem essen die Leute Würstchen zum Frühstück. Wo liegt da der Unterschied?«

Er war sicher, dass es einen gab, war jedoch nicht zu einer Diskussion aufgelegt. »Gehen Sie schon vor. Ich möchte eine Zeitung kaufen.«

»Fein.« Blanche überlegte es sich, kletterte noch einmal in den Wagen und griff nach ihrer Kamera. »Wir treffen uns wieder hier in zehn Minuten.«

Blanches Absichten waren gut, aber sie brauchte fast zwanzig Minuten. Schon als sie sich der Snackbar näherte, entzündete die Warteschlange vor dem Fast Food ihre Vorstellungskraft.

Etwa zehn Personen hatten sich angestellt, bekleidet mit weiten Bermudas, zerknitterten Sommerkleidern und langen Baumwollhosen. Ein kurvenreicher Teenager hatte eine knallenge Ledershorts an, die wie aufgemalt wirkte. Eine Frau, die sechste in der Schlange, fächelte sich mit einem breitkrempigen Hut mit flatterndem Hutband Luft zu.

Sie alle waren irgendwohin unterwegs, im Augenblick hatten sie alle dasselbe Ziel: essen. Und keiner kümmerte sich um den anderen. Jeder war für sich allein. Blanche konnte nicht widerstehen. Sie ging die Warteschlange rauf und auf der einen Seite runter, bis sie ihren Blickwinkel gefunden hatte.

Sie schoss die Leute von hinten, sodass die Schlange verlängert und losgelöst wirkte und das Schild der Snackbar vielversprechend über ihr hing. Der Mann hinter der Essenausgabe war nicht mehr als ein vager Schatten, der da sein konnte oder auch nicht. Sie hatte schon mehr als die vereinbarten zehn Minuten aufgebraucht, ehe sie sich selbst anstellte.

Sidney lehnte am Campingbus und las Zeitung, als sie zurückkam. Er hatte schon drei wohlüberlegte Aufnahmen des Parkplatzes gemacht, wobei er sich auf eine Reihe von Wagen mit Kennzeichen aus fünf verschiedenen Staaten konzentriert hatte. Als er hochblickte, hatte Blanche ihre Kamera über die Schulter gehängt, einen Riesen-Schokoshake in der einen, eine Riesenportion Pommes frites in Ketchup gebadet in der anderen Hand.

»Tut mir leid.« Sie fischte im Gehen Fritten aus dem Karton. »Ich habe ein paar gute Aufnahmen von der Schlange vor der Snackbar bekommen. Die Hälfte des Sommers besteht aus Hetzen und Warten, nicht wahr?«

»Können Sie mit dem ganzen Zeug steuern?«

»Sicher.« Sie schwang sich auf den Fahrersitz. »Ich bin daran gewöhnt.« Sie balancierte den Shake zwischen ihren Schenkeln, stellte die Fritten genau davor und streckte die Hand nach den Schlüsseln aus.

Sidney blickte auf das Frühstück hinunter, das zwischen glatten, sehr braunen Beinen eingeklemmt war. »Wollen Sie noch immer teilen?«

Blanche verdrehte den Kopf, um nach hinten zu sehen, während sie rückwärtsfuhr. »Nein.« Sie kurbelte am Lenkrad und steuerte die Ausfahrt an. »Sie hatten Ihre Chance.« Während sie mit einer Hand geschickt steuerte, fischte sie mit der anderen nach den Pommes frites.

»Wenn Sie solches Zeug essen, sollten Sie Akne bis zum Bauchnabel hinunter haben.«

»Märchen«, verkündete sie und zischte an einem langsameren Pkw vorbei. Nach einer kurzen Suche kam ein altes Lied von Simon und Garfunkel aus dem Radio. »Das ist Musik«, erklärte sie ihm. »Ich mag Songs, die in mir ein Bild erzeugen. Countrymusic dreht sich doch nur um Schmerzen und Betrug und Saufen.«

»Und Leben.«

Blanche griff nach ihrem Shake und sog am Strohhalm. »Vielleicht. Ich schätze, zu viel Realität ermüdet mich. Ihre Arbeit dagegen hängt davon ab.«

Sie zog die Augenbrauen zusammen und entspannte sich dann bewusst. In gewisser Weise hatte er recht. »Meine Arbeit bietet freie Wahl. Warum haben Sie diesen Auftrag angenommen, Sidney?«, fragte sie plötzlich. »Sommer in Amerika illustriert Vergnügen. Das ist nicht Ihr Stil.«

»Es bedeutet auch Schweiß, Ernte, die von zu viel Sonne verdorrt, und überstrapazierte Nerven.« Er steckte sich wieder eine Zigarette an. »Schon mehr mein Stil?«

»Das haben Sie gesagt, nicht ich.« Sie ließ die Schokolade in ihrem Mund kreisen. »Wenn Sie so viel rauchen, werden Sie sterben.«

»Früher oder später.« Sidney schlug wieder die Zeitung auf und beendete die Unterhaltung.

Wer zum Teufel ist er? fragte Blanche sich, während sie die Geschwindigkeit bei sechzig Meilen in der Stunde einpendelte. Welche Faktoren in seinem Leben hatten sowohl den Zyniker als auch das Genie in ihm entwickelt? Er hatte Sinn für Humor – sie hatte es ein- oder zweimal bemerkt. Aber er schien sich davon nur ein gewisses Maß zuzugestehen und nicht mehr.

Leidenschaft? Sie konnte aus erster Hand bezeugen, dass in ihm ein Pulverfass schlummerte. Was konnte dieses Pulverfass zünden? Wenn sie sich bei Sidney Colby in einer Sache ganz sicher war, dann darin, dass er sich unter strengster Kontrolle hielt. Die Leidenschaft, die Macht, die Wut – wie immer man es bezeichnen wollte – flossen in seine Arbeit ein, aber nicht – dessen war sie sicher – in sein Privatleben. Zumindest nicht oft.

Sie hatte ihm die Wahrheit gesagt, als sie behauptete, es gebe niemanden, den sie nicht mochte, außer ihm. Das ging Hand in Hand mit ihrer Kunst – sie blickte in eine Person hinein und fand Qualitäten, nicht alle bewundernswert, nicht alle liebenswert, aber etwas, immer etwas, das sie verstehen konnte. Sie musste das auch mit Sidney machen, um ihrer selbst willen. Und weil sie ihn unbedingt fotografieren wollte. Aber damit würde sie erst viel später herausrücken.

»Sidney, ich möchte Sie etwas anderes fragen.«

Er blickte nicht von der Zeitung auf. »Hmm?«

»Welcher ist Ihr Lieblingsfilm?«

Halb verärgert über die Unterbrechung, halb verwirrt über die Frage, blickte er auf und fragte sich wieder einmal, wie ihr Haar aussehen mochte, wenn es aus diesem dicken, unordentlichen Zopf entlassen wurde. »Was?«

»Ihr Lieblingsfilm«, wiederholte sie. »Ich brauche einen Anhaltspunkt, einen Ansatz.«

»Wofür?«

»Um herauszufinden, warum ich Sie interessant, attraktiv und nicht liebenswert finde.«

»Sie sind eine seltsame Frau, Blanche ›Bryan‹.«

»Nein, eigentlich gar nicht, obwohl es mein gutes Recht wäre.« Sie unterbrach sich einen Moment, während sie die Spur wechselte. »Kommen Sie schon, Sidney, es ist eine lange Reise. Kommen wir einander doch in Kleinigkeiten entgegen. Nennen Sie mir einen Film.«

»›To Have and Have Not‹.«

»Bogarts und Bacalls erster gemeinsamer Film.« Es brachte sie dazu, ihn auf die Art anzulächeln, die er schon als gefährlich eingestuft hatte. »Gut. Hätten Sie irgendeinen obskuren französischen Film genannt, hätte ich etwas anderes finden müssen. Warum dieser?«

Er legte die Zeitung beiseite. Also wollte sie Spielchen spielen. Harmlos, entschied er. Und sie hatten noch einen langen Tag vor sich. »Anziehungskraft auf der Leinwand, dichte Handlung und eine Kameraarbeit, die Bogart als perfekten Helden erscheinen lässt und Bacall als die einzige Frau, die an ihn heranreicht.«

Sie nickte zufrieden. Er war sich also nicht zu schade, Helden zu genießen, Fantasien und brodelnde Beziehungen. Das mochte nur ein kleiner Punkt sein, aber sie könnte ihn dafür mögen. »Filme faszinieren mich genau wie die Leute, die sie machen. Ich glaube, das war einer der Gründe, warum ich die Gelegenheit ergriffen habe, für CELEBRITY zu arbeiten. Ich kann nicht mehr zählen, wie viele Schauspieler ich fotografiert habe, aber wenn ich sie auf der Leinwand sehe, bin ich noch immer fasziniert.«

Er wusste, dass es gefährlich war, Fragen zu stellen, nicht wegen der Antworten, sondern wegen der Fragen, die einem im Gegenzug gestellt wurden. Dennoch wollte er etwas erfahren. »Fotografieren Sie deshalb die schönen Leute? Weil Sie dem Glamour nahekommen wollen?«

Weil sie es für eine faire Frage hielt, beschloss Blanche, sich nicht zu ärgern. Außerdem brachte es sie dazu, über etwas nachzudenken, das sich fast ungeplant entwickelt hatte. »Vielleicht hatte ich anfangs so etwas im Sinn. Man sieht sie jedoch sehr schnell als gewöhnliche Menschen mit außergewöhnlichen Berufen. Ich liebe es, diesen Funken zu finden, der sie zu den wenigen Auserwählten macht.«

»Trotzdem werden Sie in den nächsten drei Monaten das Alltägliche fotografieren. Warum?«

»Weil in jedem von uns ein Funke ist. Ich möchte ihn auch in einem Farmer in Iowa finden.«

Da hatte er also seine Antwort. »Sie sind eine Idealistin, Blanche.«

»Ja.« Sie warf ihm einen offen interessierten Blick zu. »Sollte ich mich dafür schämen?«

Es gefiel ihm nicht, wie ihn die ruhige, vernünftige Frage berührte. Er selbst hatte auch einmal Ideale gehabt, und er wusste, wie sehr es schmerzte, wenn sie einem brutal weggenommen wurden. »Nicht dafür schämen«, sagte er nach einem Moment. »Sie sollten vorsichtig sein.«

Sie fuhren stundenlang. Im Laufe des Nachmittags tauschten sie die Plätze, und Blanche blätterte in Sidneys Zeitung. Nach gegenseitiger Absprache verließen sie den Freeway und begannen, über Nebenstraßen zu fahren. Es spielte sich so ein, dass sie die meiste Zeit schwiegen und sich nur gelegentlich unterhielten. Am frühen Abend überquerten sie die Grenze nach Idaho.

»Skifahren und Kartoffeln«, bemerkte Blanche. »Das ist alles, was mir bei Idaho einfällt.« Fröstelnd kurbelte sie ihr Fenster hoch. Der Sommer kam im Norden langsamer, besonders wenn die Sonne tief stand. Durch die Scheibe blickte sie in das dunkler werdende Zwielicht hinaus.

Hunderte von Schafen, die wie auf viele Meilen verteilte graue oder weiße Wollbündel aussahen, grasten träge auf dem harten Gras neben der Straße.

Blanche war eine Frau der Stadt, der Freeways und Bürogebäude. Es mochte Sidney überraschen, dass sie noch nie so weit nördlich gewesen war, auch nicht so weit östlich, ausgenommen per Flugzeug.

Die Unmengen ruhiger Schafe faszinierten sie. Sie griff gerade nach ihrer Kamera, als Sidney fluchte und den Fuß auf die Bremse rammte. Blanche landete mit einem Aufschrei auf dem Fußboden.

»Was sollte das denn?«

Er sah mit einem Blick, dass sie nicht verletzt war, nicht einmal verärgert, sondern einfach neugierig. Er dachte nicht daran, sich zu entschuldigen. »Verdammte Schafe auf der Straße.«

Blanche zog sich hoch und spähte durch die Windschutzscheibe. Drei Schafe standen unbekümmert quer über die Straße aufgereiht. Eines von ihnen drehte den Kopf, blickte zu dem Campingbus hoch und sah wieder weg.

»Sie sehen aus, als würden sie auf einen Bus warten«, fand sie und packte Sidney am Handgelenk, bevor er auf die Hupe drücken konnte. »Nein, warten Sie. Ich habe noch nie eines angefasst.«

Bevor Sidney etwas dazu sagen konnte, war sie aus dem Campingbus ausgestiegen und ging auf die Schafe zu. Eines scheute ein paar Zentimeter zurück, als sie sich ihm näherte, aber im Großen und Ganzen kümmerten sich die Tiere überhaupt nicht um sie. Sidneys Ärger schwand, als Blanche sich vorbeugte und eines berührte. Er dachte, dass eine andere Frau so angetan blicken würde, wenn sie einen Zobel bei einem Pelzhändler streichelte. Erfreut, zögernd und seltsam erotisch. Und das Licht war gut. Er nahm seine Kamera und wählte einen Filter. »Wie fühlen sie sich an?«

»Weich – nicht so weich, wie ich dachte. Lebendig. Gar nicht wie ein Schafwollmantel.« Noch immer vorgebeugt, eine Hand auf dem Schaf, blickte Blanche hoch. Es überraschte sie, in eine Kamera zu sehen. »Wofür soll das stehen?«

»Entdeckung.« Er hatte schon zwei Aufnahmen gemacht,

wollte jedoch noch mehr. »Entdeckung hat viel mit Sommer zu tun. Wie riechen die Tiere?«

Fasziniert beugte Blanche sich tiefer über das Schaf. Sidney hielt sie fest, als ihr Gesicht fast in der Wolle vergraben war. »Nach Schaf«, rief sie lachend und richtete sich auf. »Wollen Sie mit dem Schaf spielen, und ich fotografiere Sie?«

»Vielleicht das nächste Mal.«

Sie sah aus, als gehörte sie dorthin, auf diese endlose verlassene Straße, inmitten menschenleeren Landes, und es verwirrte ihn. Er hatte gedacht, sie passe mitten nach L.A. ins Zentrum des Glanzes und der Illusionen.

»Stimmt etwas nicht?« Sie wusste, dass er an sie dachte, nur an sie, wenn er sie so ansah. Sie wünschte, sie könnte es einen Schritt weiterführen, und war dennoch seltsam erleichtert, dass sie es nicht konnte.

»Sie passen sich gut an.«

Ihr Lächeln kam zögernd. »So ist es einfacher. Ich habe Ihnen gesagt, dass ich keine Komplikationen mag.«

Er wandte sich wieder dem Campingbus zu und fand, dass er zu viel an sie dachte. »Wollen mal sehen, ob wir diese Schafe dazu bringen, sich zu bewegen.«

»Aber, Sidney, Sie können die Tiere nicht einfach am Straßenrand zurücklassen.« Sie lief zu dem Wagen zurück. »Sie werden sofort wieder auf die Fahrbahn trotten, wo sie überfahren werden können.«

Er warf ihr einen Blick zu, der klar ausdrückte, wie wenig ihn das interessierte. »Was erwarten Sie denn von mir? Soll ich sie zusammentreiben?«

»Das Mindeste, was wir tun können, ist, sie wieder über den Zaun zu bringen.« Als hätte er bereits aus vollem Herzen zugestimmt, drehte Blanche sich um und ging zu den Schafen zurück. Er beobachtete sie dabei, wie sie sich bückte, eines hochhob und fast vornüberkippte. Die beiden anderen blökten und liefen davon.

»Schwerer, als sie aussehen«, brachte sie hervor und taumelte auf den Zaun entlang der Straße zu, während das Schaf in ihren Armen blökte, strampelte und sich entwinden wollte. Es war nicht einfach, aber nach einem Test von Willensstärke und Kraft ließ sie das Schaf auf die andere Seite des Zauns herab. Mit einer Hand wischte sie sich den Schweiß von der Stirn und wandte sich mit finsterem Gesicht an Sidney. »Nun, helfen Sie mir oder nicht?«

Das Spektakel hatte ihm gefallen, aber er lächelte nicht, als er sich gegen den Wagen lehnte. »Wahrscheinlich finden sie das Loch im Zaun und sind in zehn Minuten wieder auf der Straße.«

»Vielleicht«, stieß Blanche zwischen zusammengebissenen Zähnen hervor und ging auf das zweite Schaf zu. »Aber dann habe ich getan, was getan werden sollte.«

»Idealist«, sagte er erneut.

Die Hände in die Hüften gestützt, wirbelte sie herum. »Zyniker!«

»Hauptsache, wir verstehen uns.« Sidney straffte sich. »Ich helfe Ihnen.«

Die beiden anderen ließen sich nicht so einfach übertölpeln wie das erste. Es kostete Sidney mehrere anstrengende Minuten, um Nummer zwei zu fangen, wobei Blanche Hirtenhund spielte. Zweimal verlor er seine Konzentration und seine Beute, weil ihn ihr plötzliches heiseres Lachen ablenkte.

»Zwei erledigt, eines ausständig«, verkündete er, als er das Schaf auf der Weide freiließ.

»Das da sieht aber dickköpfig drein.« Retter und Objekt der Rettung musterten einander von gegenüberliegenden Straßenrändern aus. »Unruhige Augen«, murmelte Blanche. »Ich glaube, er ist der Anführer.«

»Sie.«

»Wie auch immer. Hören Sie, geben Sie sich nonchalant. Sie nähern sich von der einen Seite, ich von der anderen. Wenn wir es dann in der Mitte haben – zack!«

Sidney warf ihr einen vorsichtigen Blick zu. »Zack?«

»Folgen Sie einfach meinem Beispiel.« Sie hakte die Daumen in ihre Gesäßtaschen und schlenderte pfeifend über die Straße.

»Blanche, Sie versuchen, ein Schaf zu überlisten.«

Sie warf ihm einen gelassenen Blick über die Schulter zu. »Vielleicht schaffen wir es zu zweit.«

Er war sich nicht sicher, ob sie scherzte. Zuerst wollte er in den Campingbus zurückkehren und warten, bis sie damit fertig war, sich zum Narren zu machen. Andererseits hatten sie schon genug Zeit verschwendet. Sidney schlug einen Bogen auf der linken Seite, während Blanche das Gleiche auf der rechten Seite tat. Das Schaf beäugte sie beide, drehte den Kopf von einer Seite zur anderen.

»Jetzt!«, rief Blanche und schnellte los.

Ohne über die Absurdität nachzudenken, machte Sidney von der anderen Seite einen Satz. Das Schaf tänzelte anmutig davon. Vom eigenen Schwung mitgerissen, prallten Sidney und Blanche aufeinander und rollten zusammen über das weiche Bankett neben der Straße. Sidney verspürte den Luftstrom, als sie aufeinanderprallten, und das sanfte Nachgeben ihres Körpers, als sie miteinander herumrollten.

Alle Luft aus den Lungen gepresst, lag Blanche auf dem Rücken, halb unter Sidney begraben. Sein Körper war sehr hart und sehr männlich. Blanche mochte keine Atemluft haben, aber noch hatte sie ihren klaren Verstand. Sie wusste, wenn sie beide so liegen blieben, würde es kompliziert werden. Sie holte tief Luft und starrte in sein Gesicht unmittelbar über dem ihren.

Sein Blick war nachdenklich, abschätzend und nicht besonders freundlich. Sidney würde kein freundlicher Liebhaber sein, das wusste Blanche instinktiv. Es stand in seinen Augen – in diesen dunklen, tief liegenden Augen. Er war eindeutig ein Mann, mit dem man eine persönliche Beziehung am besten vermied. Er würde sie rasch und vollständig überwältigen, und dann gab es keine Umkehr. Sie musste sich selbst daran erinnern, dass sie einfache Beziehungen vorzog, während ihr Herz bereits in einem kräftigen, gleichmäßigen Rhythmus schlug.

»Verfehlt«, brachte sie hervor, versuchte jedoch nicht auszuweichen.

»Ja.« Sie hatte ein umwerfendes Gesicht, klare Linien und weiche Haut. Sidney konnte sich fast selbst davon überzeugen, dass sein Interesse nur rein beruflich sei. Sie musste sich wundervoll fotografieren lassen, aus jedem Blickwinkel, mit jedem Licht.

Er konnte sie wie eine Königin oder wie eine Bäuerin aussehen lassen, aber sie würde immer wie eine Frau aussehen, die ein Mann begehrte. Die träge Sexualität, die er in ihr fühlte, würde in dem Foto rüberkommen.

Alleine dadurch, dass er sie ansah, fielen ihm Ideen zu einem halben Dutzend Hintergründe ein, vor denen er sie gerne fotografiert hätte. Und er konnte sich Dutzende von Arten ausmalen, in denen er sie lieben wollte. Hier war schon die erste, auf dem kühlen Gras am Straßenrand, während hinter ihnen die Sonne versank und alles still war.

Sie sah die Entscheidung in seinen Augen. Und sie hätte nur wegzurutschen brauchen, nur mit einem einzigen Wort oder einer abwehrenden Bewegung zu protestieren. Aber sie tat es nicht. Ihr Verstand drängte sie dazu. Später würde Blanche sich fragen, warum sie nicht darauf gehört hatte.

Doch jetzt, während die Luft kühler und der Himmel dunkler wurde, wollte sie die Erfahrung. Sie konnte sich nicht eingestehen, dass sie Sidney wollte.

Als er seinen Mund auf ihre Lippen senkte, war nichts von dem leichten Ausprobieren des ersten Mals vorhanden. Jetzt kannte er sie bereits und wollte die volle Wirkung ihrer Leidenschaft. Ihre Lippen trafen sich begierig, als wollte einer den anderen ins Delirium treiben.

Blanches Körper erhitzte sich so schnell, dass das Gras darunter wie Eis zu schimmern schien. Sie wunderte sich, dass es nicht schmolz. Es war ein Schock, der sie in Verwirrung stürzte. Mit einem leisen Stöhnen tief in der Kehle verlangte sie nach mehr. Seine Finger schoben sich in ihr Haar, in ihren Zopf, als wollte oder wagte er es noch nicht, sie zu berühren. Sie bewegte sich unter ihm, nicht um sich zurückzuziehen, sondern um vorzudringen. Halte mich, schien sie zu verlangen. Gib mir mehr! Er jedoch liebte auch weiterhin nur ihren Mund. Überwältigend.

Sie konnte seinen Atem hören, er strich durch das Gras neben ihrem Ohr und reizte sie. Sidney würde nur wenig von sich geben. Sie fühlte es in der Verspannung seines Körpers. Er würde sich zurückhalten. Während sein Mund ihren Selbstschutz nach und nach beiseitefegte, blieb er ganz bei sich. Frustriert strich Blanche mit ihren Händen über seinen Rücken. Sie würde ihn verführen.

Sidney war nicht an den Drang gewöhnt, zu geben oder an die Sehnsucht danach. Blanche entlockte ihm das Verlangen, sich zu vereinigen, das er bereits vor Jahren unterdrückt zu haben glaubte. An ihr schien nichts falsch zu sein – ihr Mund war warm und begierig und schmeckte nach Großzügigkeit. Ihr Körper war weich und beweglich und verführerisch. Ihr Duft umwehte ihn, erotisch, unkompliziert. Als sie seinen

Namen flüsterte, schien es keine verborgenen Bedeutungen zu geben. Er konnte sich nicht mehr erinnern, wann er das letzte Mal wie jetzt uneingeschränkt und grenzenlos hatte geben wollen.

Er hielt sich zurück. Falschheit konnte gut versteckt sein, das wusste er. Aber er verlor bei Blanche. Obwohl Sidney sich dessen voll bewusst war, konnte er es nicht aufhalten. Sie fesselte ihn an sich mit einer Schlichtheit, die sich nicht verhindern ließ. Er hätte darüber fluchen können, hätte sie und sich selbst verwünschen können, aber seine Gedanken begannen zu verschwimmen. Sein Körper pulsierte.

Sie fühlten beide den Boden erzittern, kamen jedoch nicht auf die Idee, es könnte etwas anderes sein als ihre Leidenschaft. Sie hörten den Lärm, das lauter und lauter werdende Donnern, und jeder von ihnen dachte, es nur in seinem Kopf zu hören. Dann wurden sie von einem Windstoß erfasst, und der Fahrer des Trucks gab ein langes, ohrenbetäubendes Hupsignal. Es reichte aus, um sie beide mit einem Ruck wieder zur Vernunft zu bringen. Blanche verspürte zum ersten Mal echte Panik, als sie sich aufraffte.

»Wir sollten uns lieber um das Schaf kümmern und weiterfahren.« Sie verwünschte die Atemlosigkeit in ihrer Stimme. Es liegt nur an der kalten Luft, dachte sie verzweifelt. Das war alles. »Es ist schon fast dunkel.«

Sidney hatte nicht bemerkt, wie weit die Dämmerung fortgeschritten war. Er hatte nicht auf seine Umgebung geachtet – etwas, das er sonst nie zuließ. Er hatte vergessen, dass sie sich neben der Straße im Gras gewälzt hatten wie zwei hirnlose Teenager. Er fühlte Ärger aufkeimen, unterdrückte ihn jedoch. Dieses eine Mal hatte er beinahe die Kontrolle verloren. Das würde kein zweites Mal passieren.

Blanche fing das Schaf auf der anderen Straßenseite, wo es in der Überzeugung graste, dass die beiden Menschen das Interesse verloren hatten. Es blökte in überraschtem Protest, als Blanche es hochhob. Leise fluchend ging Sidney ihr entgegen, nahm ihr das Schaf ab und verfrachtete es ohne weitere Umstände auf die Weide.

»Zufrieden?«, fragte er.

Sie erkannte seinen Ärger, mochte er ihn auch noch so zügeln. Auch in ihr kochte Ärger hoch. Sie hatte ihren Anteil an Frust abbekommen. Ihr Körper pulsierte, ihre Knie waren weich. Der Zorn half ihr, es zu vergessen.

»Nein«, entgegnete sie kurz angebunden. »Und Sie auch nicht. Ich finde, das war ein Beweis dafür, dass wir besser auf klare Distanz gehen sollten.«

Er packte sie am Arm, als sie an ihm vorbeistürmen wollte. »Ich habe Sie zu nichts gezwungen, Blanche.«

»Ich Sie auch nicht«, erinnerte sie ihn. »Ich bin für meine Handlungen selbst verantwortlich, Sidney.« Sie blickte auf seine um ihren Arm gelegte Hand hinunter. »Und für meine Fehler. Wenn Sie die Schuld abwälzen wollen, ist das Ihre Angelegenheit.«

Seine Finger spannten sich an ihrem Arm an, kurz nur, aber lange genug, dass ihre Augen sich vor Überraschung über die Stärke und Tiefe seines Zorns weiteten. Nein, sie war nicht an heftige Stimmungsumschwünge gewöhnt, weder an ihre eigenen noch an die, die sie bei anderen hervorrief.

Langsam und mit sichtlicher Anstrengung lockerte Sidney den Griff. Sie hatte genau den Punkt getroffen. Er konnte nicht gegen Ehrlichkeit ankämpfen.

»Nein«, sagte er wesentlich ruhiger. »Ich übernehme meinen Anteil, Blanche. Es wird einfacher für uns beide sein, wenn wir auf diese klare Distanz achten.«

Sie nickte gefasster. Ihre Lippen verzogen sich zu einem kleinen Lächeln. »Okay.« Halte die Stimmung leicht, mahnte sie sich selbst, um unser beider willen. »Es wäre von Anfang an leichter gewesen, wenn Sie fett und hässlich wären.«

Er grinste, bevor es ihm bewusst wurde. »Sie auch.«

»Nun, da ich nicht annehme, dass einer von uns etwas gegen dieses gewisse Problem unternehmen will, müssen wir es einfach vermeiden. Einverstanden?« Sie streckte ihm die Hand entgegen.

»Einverstanden.«

Ihre Hände schoben sich ineinander. Ein Fehler. Keiner von ihnen hatte sich von dem Schock erholt. Sogar die flüchtige Berührung unterstrich ihn noch. Blanche verschränkte die Hände hinter ihrem Rücken. Sidney schob seine Hände in die Hosentaschen.

»Also …«, begann Blanche und hatte keine Ahnung, was sie sagen sollte.

»Suchen wir uns einen Platz zum Essen, bevor wir auf einen Campingplatz fahren. Morgen müssen wir früh los.«

Sie rümpfte darüber die Nase, ging jedoch auf ihre Seite des Campingbusses. »Ich bin am Verhungern«, verkündete sie und tat so, als habe sie alles unter Kontrolle, indem sie die Füße gegen das Armaturenbrett stemmte. »Meinen Sie, wir finden bald was Anständiges zum Essen, oder soll ich mich mit einem Schokoriegel stärken?«

»Etwa zehn Meilen vor uns liegt eine Stadt.« Sidney schaltete die Zündung ein. Seine Hand war ruhig, sagte er sich selbst. Oder fast ruhig. »Die müssen irgendein Restaurant haben. Wahrscheinlich machen sie großartige Lammkoteletts.«

Blanche betrachtete die neben ihnen grasenden Schafe und schoss Sidney aus schmalen Augen einen Blick zu. »Das war abscheulich.«

»Ja, und es wird Sie von Ihrem Magen ablenken, bis wir etwas zu essen kriegen.«

Sie holperten zurück auf die Straße und fuhren schweigend weiter. Sie hatten eine Anhöhe überwunden, aber beide wussten, dass sie noch Berge vor sich hatten, über die sie sich hinwegquälen mussten. Steile, steinige Berge.

4. Kapitel

Fahrten durch große Städte und saubere Vorstädte verbrauchten rollenweise Film. Es gab Sommergärten, heiße schweißtreibende Verkehrsstaus, junge Mädchen in dünnen Kleidern, hemdlose Männer und Babys, die in Kinderwagen über Bürgersteige und durch Einkaufszentren geschoben wurden.

Die Route durch Idaho und Utah war gewunden, lief jedoch gleichmäßig zügig ab.

Sie hatten schon Hunderte von Fotos aufgenommen, von denen nur ein Bruchteil vergrößert und ein noch kleinerer Teil auch veröffentlicht werden würde. Irgendwann einmal kam es Blanche in den Sinn, dass sie wesentlich mehr Fotos gemacht als Worte miteinander gewechselt hatten.

Sie fuhren täglich bis zu acht Stunden und hielten unterwegs, wann immer es nötig oder lohnenswert für ihre Arbeit war. Und sie arbeiteten so viel, wie sie fuhren. Von jeweils vierundzwanzig Stunden waren sie im Schnitt zwanzig zusammen. Aber sie kamen einander nicht näher. Dabei hätte jeder von ihnen es wahrscheinlich leicht mit einer freundlichen Geste oder ein paar beiläufigen Worten erreichen können. Doch jeder von ihnen vermied das.

Als sie am Ende der ersten Woche die Grenze nach Arizona überschritten, fand Blanche bereits, dass es ziemlich unbequem wurde, so zu arbeiten.

Es war heiß. Die Sonne war erbarmungslos. Die Klimaanlage des Campingbusses half, aber man bekam schon einen trockenen Mund, wenn man bloß auf die endlose Wüste und das verdorrte Wüstengras hinausblickte. Blanche hatte einen Riesenbecher mit Limo und Eis gefüllt. Sidney trank Eistee aus Flaschen, während er fuhr.

»Waren Sie jemals in Arizona?«

Sidney warf seine leere Flasche in den Plastikeimer, den sie für Abfälle benutzten. »Nein.«

Blanche schob den einen Turnschuh mit der Spitze des anderen vom Fuß. »Sie haben ›Outcast‹ in Sedona gedreht. Das war vielleicht ein harter Western für denkende Menschen«, überlegte sie laut und bekam keine Antwort. »Ich war drei Tage lang da und habe Fotos von den Dreharbeiten für CELEBRITY gemacht.« Nachdem sie ihre Sonnenblende richtig eingestellt hatte, lehnte sie sich wieder zurück. »Ich hatte das Glück, mein Flugzeug zu verpassen. Dadurch hatte ich noch einen Tag. Ich habe ihn im Oak Creek Canyon verbracht. Das habe ich nie vergessen – die Farben, die Felsformationen.«

Es war die längste Rede, die sie seit Tagen gehalten hatte. Sidney steuerte den Wagen um eine Kurve und wartete auf den Rest.

Na schön, dachte sie, sie würde mehr als ein Wort aus ihm herausbekommen, und wenn sie ein Brecheisen benutzen musste. »Eine Freundin von mir hat sich dort niedergelassen. Lee hat früher für CELEBRITY gearbeitet. Jetzt ist sie Romanautorin, und ihr erstes Buch wird im Herbst herauskommen. Sie hat letztes Jahr Hunter Brown geheiratet.«

»Den Schriftsteller?«

Zwei Wörter, dachte sie selbstzufrieden. »Ja. Haben Sie sein Zeug gelesen?«

Diesmal nickte Sidney nur und zog eine Zigarette aus seiner Tasche. Blanche fing an, Mitgefühl für Zahnärzte zu entwickeln, die einen Patienten dazu bringen mussten, seinen Mund weit zu öffnen.

»Ich habe alles gelesen, was er geschrieben hat, aber ich ärgere mich jedes Mal über mich selbst, weil ich mir von seinen Büchern Albträume verschaffen lasse.«

»Gute Horrorromane sollen einen dazu bringen, dass man um drei Uhr nachts aufwacht und sich fragt, ob man die Türen fest verschlossen hat.«

Diesmal grinste sie. »Das klingt, als hätte Hunter es gesagt. Sie werden ihn mögen.«

Sidney zuckte bloß die Schultern. Er hatte bereits dem Zwischenaufenthalt in Sedona zugestimmt, war jedoch nicht daran interessiert, schmeichelnde, kommerzielle Fotos von dem König des Okkulten und seiner Familie zu machen. Es würde ihm jedoch die Pause verschaffen, die er brauchte. Wenn er Blanche für einen oder zwei Tage bei ihren Freunden absetzen konnte, hatte er genug Zeit, um wieder in Form zu kommen.

Seit der Abfahrt von Los Angeles hatte er keinen einzigen einfachen Moment gehabt. Jeder Tag, der verstrich, spannte seine Nerven noch stärker an und versetzte seine Libido in Aufruhr. Er hatte es versucht, aber er konnte nicht vergessen, dass Blanche da war, nachts, in Reichweite, von ihm nur durch die Breite des Campingbusses und die Dunkelheit getrennt.

Ja, er konnte einen Tag fern von ihr gebrauchen, von ihr und von dieser natürlichen, einfachen Sexualität, deren sie sich nicht einmal bewusst zu sein schien.

»Sie haben Ihre Freunde eine Weile nicht gesehen?«, fragte er.

»Seit Monaten.« Blanche entspannte sich und fühlte sich wohler, nachdem sie jetzt eine fast normale Unterhaltung begonnen hatten. »Lee ist eine gute Freundin. Sie hat mir gefehlt. Sie bekommt ein Baby ungefähr gleichzeitig mit dem Erscheinen ihres Buches.«

Die Veränderung in ihrer Stimme brachte ihn dazu, ihr einen Blick zuzuwerfen. Sie hatte jetzt etwas Sanfteres an sich. Beinahe etwas Wehmütiges.

»Vor einem Jahr waren wir beide noch bei CELEBRITY, und jetzt …« Sie wandte sich ihm zu, aber die Sonnenbrille verdeckte ihre Augen. »Es ist seltsam, sich vorzustellen, dass Lee sich mit einer Familie niedergelassen hat. Sie war immer ehrgeiziger als ich. Es hat sie immer wahnsinnig gemacht, dass ich bei allem einen solchen Mangel an Intensität entwickle.«

»Tun Sie das?«

»So ziemlich bei allem«, murmelte sie. Nicht bei dir, fügte sie in Gedanken hinzu. Dich scheine ich nicht leicht nehmen zu können. »Es ist einfacher, sich zu entspannen und zu leben«, fuhr sie fort, »anstatt sich zu sorgen, wie man im nächsten Monat leben wird.«

»Manche Leute müssen sich sorgen, ob sie nächsten Monat überhaupt noch leben werden.«

»Glauben Sie, dass sich durch Sorgen irgendetwas ändert?« Blanche vergaß ihren Plan, Kontakt herzustellen, vergaß den Umstand, dass sie Sidney zu irgendeinem Kompromiss hatte bewegen wollen. Er hatte mehr gesehen als sie, von der Welt, vom Leben. Sie musste zugeben, dass er mehr gesehen hatte, als sie sehen wollte. Aber was empfand er dabei?

»Sich seiner bewusst zu sein, kann die Dinge ändern. Die Fähigkeit, auf sich selbst aufzupassen, ist ein Vorzug, den einige von uns nicht haben.«

Einige von uns. Die Formulierung fiel ihr auf, aber sie entschied, nicht darauf einzugehen. Wenn er Narben hatte, war es sein gutes Recht, sie bedeckt zu halten, bis sie etwas mehr verblasst waren.

»Jeder macht sich von Zeit zu Zeit Sorgen«, erklärte sie.

»Ich bin nur nicht sehr gut darin. Ich glaube, das kommt von meinen Eltern. Sie sind …« Sie verstummte und lachte. Jetzt fiel ihm auf, dass er sie seit Tagen nicht lachen gehört hatte und dass es ihm gefehlt hatte. »Ich glaube, man könnte sie Bohemiens nennen. Wir haben in einem kleinen Haus in Carmel gelebt, das sich ständig in unterschiedlichen Stadien des Verfalls befunden hat. Mein Vater kam gelegentlich auf die Idee, eine Wand herauszunehmen oder ein Fenster einzusetzen, und dann mitten in dem Projekt hatte er eine Inspiration und kehrte an seine Leinwand zurück und ließ alles andere liegen und stehen.«

Sie lehnte sich zurück, war sich nicht länger dessen bewusst, dass sie das Sprechen und Sidney das Zuhören übernommen hatte. »Meine Mutter kochte gern. Das Problem dabei war, dass man nie wusste, in welcher Stimmung sie sich befand. Den einen Tag gab es gegrillte Klapperschlange, den nächsten Cheeseburgers. Und wenn man es am wenigsten erwartete, gab es Gänsehalseintopf.«

»Gänsehalseintopf?«

»Ich habe oft bei den Nachbarn gegessen.« Die Erinnerung brachte ihren Appetit zurück. Sie holte zwei Schokoriegel hervor und bot Sidney einen an. »Was ist mit Ihren Eltern?«

Er wickelte gedankenverloren den Riegel aus, während er sein Tempo dem Wagen der State Police in der benachbarten Spur anpasste. »Sie haben sich in Florida zur Ruhe gesetzt. Mein Vater angelt, und meine Mutter betreibt einen Heimwerkerladen. Nicht so farbenfroh wie Ihre Eltern, fürchte ich.«

»Farbenfroh.« Sie dachte darüber nach und stimmte zu. »Mir war nie bewusst, dass sie ungewöhnlich waren, bis ich auf das College kam und erkannte, dass die meisten Kinder erwachsene und vernünftige Eltern hatten. Mir war auch nie klar, wie sehr sie mich beeinflusst hatten, bis Rob mich auf ein paar Dinge aufmerksam machte, zum Beispiel darauf, dass die meisten Menschen es vorziehen, abends um sechs zu essen, anstatt um zehn herum Popcorn oder Erdnussbutter zu organisieren.«

»Rob?«

Sie warf ihm einen schnellen Blick zu und starrte dann geradeaus. Sidney hörte zu genau zu, fand sie. Dadurch sagte man leicht mehr, als man eigentlich wollte. »Mein Ex-Mann.« Sie wusste, dass sie das ›Ex‹ nicht mehr als Makel betrachten sollte. Heutzutage war es beinahe schon ein Statussymbol. Für Blanche war es ein Symbol, dass sie nicht alles getan hatte, das notwendig gewesen war, um ein Versprechen zu erfüllen.

»Schmerzt es noch?« Er hatte es gefragt, bevor er sich zurückhalten konnte. Sie brachte ihn dazu, Trost anbieten zu wollen, nachdem er sich darauf trainiert hatte, sich nicht in anderer Leute Leben, anderer Leute Probleme verwickeln zu lassen.

»Nein, das ist schon Jahre her.« Nach einem knappen Schulterzucken knabberte sie an ihrem Schokoriegel. Schmerzt es noch? dachte sie. Nein, nicht schmerzen, aber sie würde in diesem Punkt wohl immer ein wenig empfindlich bleiben. »Es tut mir nur leid, dass es nicht geklappt hat.«

»Bedauern ist eine noch größere Zeitverschwendung als Sorgen.«

»Vielleicht. Sie waren auch einmal verheiratet.«

»Das stimmt.« Sein Ton hätte nicht abweisender sein können.

»Tabuzone?«

»Ich halte nichts davon, die Vergangenheit wiederzukäuen.«

Diese Wunde war mit Narbenhaut bedeckt. Blanche fragte sich, ob es Sidney sehr störte, oder ob er es wirklich weggesteckt hatte. In jedem Fall ging es sie nichts an, noch würde es das Gespräch in Gang halten.

»Wann haben Sie beschlossen, Fotograf zu werden?« Das war ein sicheres Thema, fand sie. Da sollte es eigentlich keine wunden Punkte geben.

»Als ich fünf war und die neue Kamera meines Vaters in die Hände bekam. Nachdem er den Film entwickeln ließ, entdeckte er drei Nahaufnahmen von unserem Hund. Man hat mir erzählt, er habe nicht gewusst, ob er mich beglückwünschen oder Ausgangssperre geben sollte, als sich herausstellte, dass sie besser waren als alle seine Schnappschüsse.«

Blanche grinste. »Was hat er getan?«

»Er hat mir eine eigene Kamera gekauft.«

»Da hatten Sie einen großen Vorsprung vor mir«, bemerkte sie. »Ich hatte bis zur Highschool kein Interesse an Kameras. Irgendwie bin ich darüber gestolpert. Bis dahin wollte ich ein Star sein.«

»Eine Schauspielerin?«

»Nein.« Sie grinste wieder. »Ein Star. Irgendeine Art von Star, solange ich nur einen Rolls, ein Paillettenkleid und einen großen protzigen Diamanten hatte.«

Er musste grinsen. Sie schien das Talent zu besitzen, es aus ihm herauszulocken. »Ein bescheidenes Kind.«

»Nein, materialistisch.« Sie bot ihm ihren Drink an, aber er schüttelte den Kopf. »Diese Phase fiel mit der Zurück-zur-Erde-Periode meiner Eltern zusammen. Ich schätze, das war meine Art, gegen Menschen zu rebellieren, gegen die man praktisch gar nicht rebellieren konnte.«

Er betrachtete ihre ringlose Hand und ihre ausgebleichte Jeans. »Schätze, Sie haben diese Phase hinter sich.«

»Ich war nicht dafür geschaffen, ein Star zu sein. Wie auch immer, die brauchten jemanden, der das Footballteam fotografierte.« Blanche aß das letzte Stück Schokoriegel und fragte sich, wie bald sie für das Mittagessen halten konnten. »Ich habe mich freiwillig gemeldet, weil ich ein Auge auf einen der Spieler geworfen hatte.« Sie trank ihre Limo aus und warf den Becher zu Sidneys Flasche. »Nach dem ersten Tag verliebte ich mich in die Kamera und vergaß den Verteidiger.«

»Sein Verlust.«

Blanche sah ihn wegen des beiläufigen Kompliments überrascht an. »Das war nett, dass Sie das gesagt haben, Colby. Ich hätte nicht gedacht, dass so was in Ihnen steckt.«

Er konnte nicht ganz das Lächeln unterdrücken. »Gewöhnen Sie sich bloß nicht daran.«

»Der Himmel bewahre!« Aber sie war viel erfreuter, als seine dahingesagten Worte es rechtfertigten. »Wie auch immer, meine Eltern waren begeistert, als ich mich zu einer leidenschaftlichen Fotografin entwickelte. Sie hatten mit der Todesangst gelebt, ich könnte keine kreative Ader besitzen und eine erfolgreiche Geschäftsfrau anstelle einer Künstlerin werden.«

»Und nun sind Sie beides.«

Sie dachte einen Moment darüber nach. Seltsam, wie leicht sie einen Aspekt ihrer Arbeit vergessen konnte, wenn sie sich so sehr auf den anderen konzentrierte. »Wahrscheinlich haben Sie recht. Erwähnen Sie es aber nie bei Mom und Dad.«

»Sie werden es von mir nicht erfahren.«

Sie erblickten beide gleichzeitig das Schild, das Bauarbeiten ankündigte. Ob sie sich dessen bewusst waren oder auch nicht, ihre Gedanken nahmen den gleichen Weg. Blanche griff bereits nach ihrer Kamera, als Sidney bremste und von der Straße herunterfuhr. Vor ihnen schuftete und schwitzte ein Trupp Straßenarbeiter unter Arizonas hoch stehender Sonne.

Sidney ging ein Stück weg, um sich einen Blickpunkt zu suchen, der das Team und die Maschinen im Kampf gegen die Erosion der Straße zeigte. In einem Kampf, der auf Straßen quer durch das Land jeden Sommer geführt werden würde, solange Straßen existierten. Blanche nahm sich automatisch einen Mann zum Zielobjekt.

Er war kahlköpfig und hatte eine gelbe Bandana über seine empfindliche Kopfhaut gebunden. Sein Gesicht und sein Hals waren gerötet und feucht, sein Bauch hing über den Gürtel seiner Arbeitshose. Er trug ein schlichtes weißes T-Shirt, geradezu jungfräulich im Vergleich zu den farbenfrohen, mit Sprüchen und Bildern versehenen, die seine Kollegen um ihn herum gewählt hatten.

Um nahe an ihn heranzukommen, musste sie mit ihm sprechen und sich mit den Kommentaren und dem Grinsen der restlichen Mannschaft abfinden. Sie schaffte es mit einem Geschick und einem Charme, über den sich ein PR-Fachmann die Hände gerieben hätte. Blanche glaubte fest daran, dass sich die Beziehung zwischen dem Fotografen und dem Objekt letztlich im fertigen Bild zeigte. Darum musste sie erst einmal auf ihre Weise eine Beziehung herstellen.

Sidney blieb auf Distanz. Er sah die Männer als Team – das sonnenverbrannte, gesichtslose Team, das überall im Land an Straßen arbeitete und das bereits seit Jahrzehnten getan hatte. Er wollte keine Beziehung zu irgendjemandem von ihnen, nichts, das etwas von dem, was er sah – wie sie da gebeugt standen und arbeiteten –, beschönigen würde.

Er machte eine aussagekräftige Aufnahme von Schmutz, Staub und Schweiß. Blanche erfuhr, dass der Vorarbeiter Al hieß und seit zweiundzwanzig Jahren im Straßenbau arbeitete.

Es dauerte eine Weile, bis sie seine Befangenheit überwunden hatte, aber als sie ihn erst einmal dazu gebracht hatte zu schildern, was der elende Winter seiner Straße angetan hatte, klickte es. Schweiß tröpfelte über seine Schläfe. Als er ihn sich mit seinem fleischigen Arm wegwischte, hatte sie ihr Foto.

Der spontane Aufenthalt hatte dreißig Minuten gekostet. Als sie in den Campingbus zurückkletterten, schwitzten sie genauso heftig wie die Arbeiter.

»Gehen Sie mit Fremden immer so persönlich um?«, fragte Sidney, als er den Motor und die Klimaanlage einschaltete.

»Sicher, wenn ich ihr Foto haben will.« Blanche öffnete die Kühltasche und holte eine der kalten Dosen heraus, die sie darin verstaut hatte, und noch eine Flasche Eistee für Sidney. »Haben Sie gekriegt, was Sie wollten?«

»Ja, hab ich.«

Er hatte ihr bei der Arbeit zugesehen. Normalerweise gingen sie getrennte Wege, aber diesmal war er nahe genug gewesen, um zu sehen, wie sie an ihren Job heranging. Sie hatte den Straßenarbeiter mit mehr Respekt und Freundlichkeit behandelt, als die meisten Fotografen ihren Hundert-Dollar-pro-Stunde-Models entgegenbrachten. Und sie hatte es nicht bloß wegen des Fotos gemacht, obwohl Sidney nicht sicher war, ob ihr das bewusst war. Sie war an dem Mann interessiert gewesen; wer er war, was er war und warum.

Einmal vor langer Zeit hatte auch Sidney diese Neugierde besessen. Jetzt erstickte er sie. Wissen verstrickte einen. Aber er machte die Erfahrung, dass es nicht leicht war, seine Neugierde zu ersticken, wenn es um Blanche ging. Sie hatte ihm bereits mehr erzählt, als er überhaupt gefragt hätte. Nicht mehr, als er wissen wollte, sondern mehr, als er gefragt hätte. Das war noch immer nicht genug.

Er hatte sich selbst verschlossen, aber jetzt war sie dabei, ihn wieder zu öffnen.

Er hatte es zugelassen, dass Emotionen seine Logik und seine Wahrnehmung durcheinanderbrachten. In Kambodscha hatten ihn ein süßes Gesicht und ein wundervolles Lächeln gegen Verrat blind gemacht. Sidneys Finger spannten sich am Lenkrad an, ohne dass er es bemerkte. Damals hatte er seine Lektion über Vertrauen gelernt … Vertrauen war bloß die Kehrseite von Verrat.

»Wo sind Sie jetzt mit Ihren Gedanken?«, fragte Blanche ruhig. In seine Augen war ein Ausdruck getreten, den sie nicht verstand und von dem sie nicht wusste, ob sie ihn verstehen wollte.

Er wandte den Kopf. Für einen Moment war sie in dem Aufruhr gefangen, in dem finsteren Ort, an den er sich nur zu gut erinnerte und von dem sie nichts wusste. Dann war es vorbei. Seine Augen blickten wieder distanziert und ruhig. Seine Finger am Lenkrad lockerten sich.

»Wir halten in Page«, sagte er knapp. »Wir machen ein paar Aufnahmen von den Booten und Touristen auf dem Lake Powell, bevor wir zum Canyon weiterfahren.«

»In Ordnung.«

Er hatte nicht an sie gedacht. Blanche konnte sich damit trösten. Sie hoffte, dass dieser Ausdruck in seinen Augen niemals ihr gelten würde. Aber selbst wenn das nicht geschah, war sie entschlossen, früher oder später die Ursache dafür herauszufinden.

Blanche hätte ein paar gute technische Fotos von dem Damm machen können. Doch als sie durch die winzige Stadt Page in Richtung Stausee fuhren, sah sie die hohen goldenen Bögen hinter wabernder heißer Luft schimmern. Es entlockte ihr ein Lächeln. Cheeseburger und Pommes frites waren nicht bloß eine Köstlichkeit des Sommers. Sie waren zu einer Lebensart geworden. Essen für alle Jahreszeiten. Sie konnte dem Reklamezeichen des vertrauten Gebäudes nicht widerstehen, das abseits der Stadt errichtet worden war, fast wie eine Fata Morgana mitten in der Wüste.

Sie kurbelte ihr Fenster herunter und wartete auf den richtigen Blickwinkel. »Ich muss etwas essen«, sagte sie, während sie das Gebäude aufs Korn nahm. »Ich muss ganz einfach.« Sie ließ den Verschluss klicken.

Resigniert schwenkte Sidney auf den Parkplatz ein. »Holen Sie sich was zum Mitnehmen«, befahl er, als Blanche ins Freie hüpfte. »Ich möchte zum Bootshafen hinunter.«

Sie schwang die Umhängetasche über ihre Schulter und verschwand im Fast Food. Sidney hatte gar keine Gelegenheit, ungeduldig zu werden, bis sie schon wieder mit zwei weißen Tüten herauskam. »Billig, schnell und wundervoll«, erklärte sie, während sie auf ihren Sitz glitt. »Ich weiß nicht, wie ich durchs Leben kommen sollte, wenn ich nicht jederzeit einen Cheeseburger haben könnte.«

Sie holte einen eingewickelten Burger heraus und reichte ihn Sidney.

»Ich habe Salz extra mitgebracht«, sagte sie, während sie die Pommes frites kostete. »Mhmm, ich bin am Verhungern.«

»Sie wären es nicht, wenn Sie zum Frühstück mehr als einen Schokoriegel essen würden.«

»Ich bin gern wach, wenn ich esse«, murmelte sie, mit dem Auswickeln ihres Burgers beschäftigt.

Sidney wickelte seinen aus. Er hatte sie nicht gebeten, ihm etwas mitzubringen. Er hatte schon erfahren, dass es für sie typisch war, sorglos fürsorglich zu sein. Vielleicht war »natürlich« ein besseres Wort. Aber es war nicht typisch für ihn, von einem so schlichten Geschenk wie einem Stück Fleisch in einem Milchbrötchen gerührt zu sein. Er griff in eine der Tüten und holte eine Serviette heraus. »Die werden Sie brauchen.«

Blanche lächelte, nahm die Serviette, schlug ihre Beine unter und begann zu schlingen. Amüsiert fuhr Sidney lässig zum Strand.

Sie mieteten ein Boot, das Blanche ein Tuckerboot nannte. Es war schmal, offen und ungefähr so groß wie ein Kanu. Aber es würde sie und ihre Ausrüstung auf den See hinaustragen.

Blanche mochte den kleinen Pier mit seinen Imbissständen und Läden mit ihrer Auswahl an Sonnenöl und Badekleidung. Die Saison war in vollem Schwung. Leute schlenderten in Shorts und T-Shirts an den Geschäften vorbei, mit Hüten und Sonnenbrillen. Blanche entdeckte ein Teenagerpärchen, braun gebrannt und glänzend, auf einer Bank, an tropfenden Eistüten leckend. Weil die beiden so ineinander versunken waren, konnte Blanche ein paar heimliche Aufnahmen schießen, bevor der Papierkram wegen der Bootsmiete erledigt war.

Eiscreme und Sonnenöl. Es war eine einfache, fröhliche Art, den Sommer zu betrachten. Zufrieden verstaute sie die Kamera in der Tasche und ging zu Sidney zurück.

»Können Sie ein Boot steuern?«

Er warf ihr einen nachsichtigen Blick zu, als sie zu der Anlegestelle hinuntergingen. »Ich werde es schaffen.«

Eine Frau in einem makellos sauberen weißen T-Shirt und Shorts wies sie ein, zeigte ihnen die Schwimmwesten und erklärte den Motor, ehe sie ihnen eine Hochglanzkarte des Sees übergab. Blanche ließ sich im Bug nieder und stellte sich auf das bevorstehende Vergnügen ein.

»Das Hübsche daran ist«, rief sie über den Lärm des Motors, »dass alles hier so unerwartet ist.« Sie machte mit einem Arm einen weiten Bogen, um auf die gewaltige blaue Wasserfläche zu zeigen.

Rötliche Felsen und blanke Steinwände umschlossen den See, der sich friedlich da erstreckte, wo Menschenhand ihn geschaffen hatte. Die Kombination war für sie faszinierend. Bei einer anderen Gelegenheit hätte sie vielleicht eine Studie über die Harmonie und Kraft gemacht, die aus einer funktionierenden Beziehung zwischen menschlicher Einfallskraft und Natur entstehen konnte.

Es war nicht nötig, alle technischen Details über den Damm und die Arbeitskraft zu wissen, die ihn geschaffen hatte. Es reichte, dass der Damm existierte, dass sie beide hier waren – durch Wasser pflügten, wo einst nur Wüste war, Gischt hochspritzte, wo einst nur Sand gewesen war.

Sidney entdeckte einen schönen Kabinenkreuzer und steuerte ihn an. Im Moment wollte er das Boot führen und Blanche die Kameraarbeit überlassen. Es war schon lange her, dass er einen heißen Nachmittag auf dem Wasser verbracht hatte. Seine Muskeln begannen sich zu entspannen, während seine Aufnahmefähigkeit größer wurde.

Er musste unbedingt einige Fotos von den Felsen machen. Ihre Zeichnung war unglaublich, sogar in der Wasserspiegelung. Ihre Farben gegen den blauen See ließ sie surreal aussehen. Er wollte die Vergrößerungen scharf und spröde halten, um den Gegensatz zu betonen. Er fuhr ein Stück näher an den Kabinenkreuzer heran, während er die Aufnahme für später plante.

Blanche holte ihre Kamera ohne festen Plan hervor. Sie hoffte auf eine Gruppe von Leuten, möglichst gegen die Sonne eingeölt. Vielleicht Kinder, schwindelig von Wind und Wasser. Während Sidney steuerte, warf sie einen Blick zum Heck und hob hastig die Kamera. Es war zu schön, um wahr zu sein.

Im Heck stand ein Köter – Blanche fiel keine andere Bezeichnung für den zerzausten Hund ein. Seine großen Ohren wurden vom Fahrtwind nach hinten geweht, seine Zunge hing ihm aus der Schnauze, während er in das Wasser hinunterstarrte. Über seinem braunen Fell war eine grell orangefarbene Schwimmweste befestigt.

»Fahren Sie noch einmal einen Bogen!«, rief sie Sidney zu.

Sie wartete ungeduldig darauf, dass sie erneut in die richtige Position kam. Es waren Leute auf dem Boot, mindestens fünf, aber sie interessierten Blanche nicht mehr. Nur der Hund, dachte sie, während sie an ihrer Unterlippe nagte und wartete. Sie wollte nur den Hund mit der Schwimmweste, wie er sich über Bord beugte und in das Wasser hinunterstarrte.

Hinter dem Boot ragten Felsen auf. Blanche musste sich schnell entscheiden, ob sie sie in das Bild einarbeiten oder sie ausgrenzen sollte. Hätte sie doch bloß mehr Zeit zum Nachdenken gehabt … Sie entschied sich gegen das Dramatische und für das Vergnügen. Sidney hatte den schlanken kleinen Kreuzer dreimal umrundet, bevor sie zufrieden war.

»Wundervoll!« Lachend senkte Blanche ihre Kamera. »Allein dieses eine Bild lohnt schon die ganze Reise.«

Sidney schwenkte nach rechts. »Sehen wir doch nach, was wir anderswo entdecken.«

Sie arbeiteten zwei Stunden, wobei sie nach Ablauf der ersten Stunde die Plätze tauschten. Bis zur Taille nackt wegen der Hitze, kniete Sidney im Bug und richtete seine Kamera auf ein Ausflugsboot. Die Felswand erhob sich im Hintergrund, das Wasser schimmerte kühl und blau. Entlang der Reling waren die Menschen nicht mehr als ein bunter Streifen. Genau das wollte er. Die Anonymität von Ausflugstouren und die Macht, die sie auf die Massen ausübten.

Während Sidney arbeitete, drosselte Blanche die Geschwindigkeit und achtete auf alles in ihrer Umgebung. Nach einem Blick auf seinen schlanken, gebräunten Oberkörper hatte sie entschieden, dass es für sie klüger wäre, sich auf die Szenerie zu konzentrieren. Sie hätte sonst die kleine Bucht und die Felsinsel, die sich darüber wölbte, übersehen können.

»Sehen Sie nur.« Ohne zu zögern, steuerte sie darauf zu und stellte den Motor ab, bis das treibende Boot zum Stillstand kam. »Kommen Sie, wir schwimmen.« Bevor er etwas dazu sagen konnte, war sie schon in das knöcheltiefe Wasser gesprungen und befestigte die Bootsleine mit Steinen.

In T-Shirts und Shorts lief Blanche hinunter zu der Bucht und versank bis über den Kopf im Wasser. Lachend kam sie wieder an die Oberfläche. Sidney stand auf der Insel über ihr. »Herrlich«, rief sie. »Kommen Sie, Sidney, wir haben uns seit dem Start noch keine einzige Stunde für Vergnügen freigenommen.«

Da hatte sie recht. Er hatte darauf geachtet. Nicht, dass er sich nicht auch hätte entspannen müssen, aber er hatte es für das Beste gehalten, es nicht in Blanches Nähe zu tun. Während er jetzt beobachtete, wie sie geschmeidig in dem von Felsen beschatteten Wasser auf der Stelle trat, wusste er, dass es ein Fehler war. Doch er hatte sich eingeredet, dass es logisch sei, sich nicht mehr gegen etwas zu wehren, das zwischen ihnen passieren würde. Er ging zum Wasser hinunter.

»Es ist, als würde man ein Geschenk öffnen«, fand sie, rollte sich auf den Rücken und ließ sich kurz treiben. »Ich hatte keine Ahnung, dass ich langsam geröstet wurde, bis ich ins Wasser getaucht bin.« Mit einem wohligen Seufzer glitt sie unter die Oberfläche und kam wieder hoch. Wasser floss von ihrem Gesicht. »Als ich Kind war, gab es ein paar Meilen von unserem Haus entfernt einen Teich. Im Sommer habe ich da praktisch gelebt.«

Das Wasser war verführerisch. Als Sidney sich hineinsinken ließ, fühlte er, wie die Hitze aus ihm wich, nicht jedoch die Spannung. Früher oder später, das wusste er, musste er dafür ein Ventil finden.

»Wir haben uns viel besser gehalten, als ich angenommen habe.« Träge ließ sie das Wasser durch ihre Finger spielen. »Ich kann es gar nicht erwarten, nach Sedona zu kommen und mit dem Entwickeln anzufangen.« Sie warf ihren tropfenden Zopf nach hinten. »Und in einem richtigen Bett zu schlafen.«

»Sie scheinen mit dem Schlafen keine Schwierigkeiten zu haben.« Gleich zu Beginn hatte er festgestellt, dass sie überall, jederzeit und innerhalb von Sekunden nach Schließen der Augen sofort einschlafen konnte.

»Oh, es ist nicht das Schlafen, es ist das Aufwachen.« Und nur einen Meter von ihm entfernt aufzuwachen, einen Morgen nach dem anderen – den dunklen Schatten seines Bartwuchses auf dem Gesicht zu sehen, gefährlich attraktiv, zu sehen, wie sich seine Muskeln spannten, wenn er sich streckte, gefährlich stark. Nein, sie konnte nicht abstreiten, dass ihr diese Form der Unterbringung gelegentlich einen schmerzlichen Stich versetzte.

»Wissen Sie«, begann sie beiläufig, »unser Budget würde zwei Motelzimmer so ungefähr einmal die Woche erlauben –

nichts besonders Tolles vielleicht. Aber eine richtige Matratze und eine eigene Dusche. Auf manchen Campingplätzen, auf denen wir gehalten haben, war die angepriesene Vergünstigung von heißem Wasser wohl nur ironisch gemeint.«

Er musste lächeln. Es hatte ihm auch keinen Spaß gemacht, sich nach einem langen Tag auf der Straße mit lauwarmem Wasser zufriedenzugeben. Es gab aber keinen Grund, es ihr zu leicht zu machen. »Halten Sie ein wenig Unbequemlichkeit nicht aus, Blanche?«

Sie streckte sich wieder auf ihrem Rücken aus und bespritzte Sidney absichtlich mit Wasser. »Ach, die Unbequemlichkeit macht mir nichts aus«, sagte sie sanft. »Ich mag es nur lieber, wenn ich mich ihr freiwillig aussetze. Und ich gebe gern zu, dass ich das Wochenende lieber im BEVERLY WILSHIRE HOTEL verbringen würde, als irgendwo in der Wildnis zwei Holzstöcke aneinanderzureiben.« Sie schloss die Augen und ließ sich treiben. »Sie nicht auch?«

»Ja.« Nach diesem Eingeständnis packte er ihren Zopf und drückte ihren Kopf unter Wasser. Es überraschte sie, freute sie jedoch auch, selbst als sie spuckend hochkam. Also war er gelegentlich zu einer leichtfertigen Handlung fähig. Das war auch etwas, wofür sie ihn mögen könnte.

»Ich bin Expertin für Spiele im Wasser«, warnte sie ihn, während sie wieder auf der Stelle trat.

»Wasser passt zu Ihnen.« Wann hatte er sich entspannt? Er konnte sich an dem Moment nicht mehr erinnern, in dem ihn die Spannung verlassen hatte. Blanche hatte etwas an sich … War es Trägheit? Nein, das war es nicht. Sie arbeitete genauso hart wie er, wenn auch auf ihre eigene Art. »Unbekümmertheit« war ein besseres Wort, fand er. Sie war eine unbekümmerte Frau, die mit sich selbst und ihrer jeweiligen Umgebung zufrieden war.

»Wasser sieht auch an Ihnen ganz gut aus.« Blanche kniff die Augen zusammen und betrachtete ihn – etwas, das sie seit Tagen vermieden hatte. Es zu vermeiden half ihr, die Gefühle nicht aufkommen zu lassen, die er in ihr auslöste. Viele davon waren nicht angenehm, und Sidney hatte recht gehabt: Sie war eine Frau, die das Angenehme mochte. Doch während jetzt das Wasser um sie herum kühl plätscherte und die einzigen Geräusche von Booten stammten, die in der Ferne vorbeituckerten, wollte sie sich an ihm freuen.

Sein Haar lag nass und zerzaust um sein Gesicht, das sie noch nie so entspannt gesehen hatte. Im Moment schien es in seinen Augen keine Geheimnisse zu geben. Er war fast zu schlank, aber er hatte Muskeln an Unterarmen und am Rücken. Sie wusste bereits, wie stark seine Hände waren. Sie lächelte ihn an, weil sie nicht sicher war, wie viele ruhige Momente sie miteinander teilen würden.

»Sie lassen nicht genug von sich heraus, Sidney.«

»Nein?«

»Nein. Wissen Sie …« Sie ließ sich wieder treiben, weil Wassertreten zu viel Anstrengung kostete. »Ich glaube, tief, wirklich tief in Ihnen verbirgt sich ein netter Mensch.«

»Nein, da ist keiner.«

Doch sie hörte den Humor in seiner Stimme. »Oh, der ist irgendwo da drinnen vergraben. Wenn Sie es mir erlauben, von Ihnen ein Porträt zu machen, finde ich ihn.«

Er mochte es, wie sie im Wasser trieb, dabei wurde absolut keine Energie verschwendet. Sie lag da und vertraute auf die Tragkraft. Er war fast sicher, dass sie innerhalb von fünf Minuten einschlafen würde, wenn sie ruhig auf dem Wasser liegen blieb. »Würden Sie ihn finden?«, murmelte er. »Ich glaube, wir beide können darauf verzichten.«

Sie öffnete wieder die Augen, musste jedoch gegen die

Sonne blinzeln, um ihn zu sehen. »Vielleicht können Sie darauf verzichten, aber ich habe schon beschlossen, Ihr Porträt zu machen – sobald ich Sie besser kennengelernt habe.«

Er umschloss leicht ihren Knöchel mit seinen Fingern. »Sie brauchen aber für beides meine Mitarbeit.«

»Die werde ich bekommen.« Der Kontakt besaß mehr Macht, als sie verkraften konnte. Sie hatte sich schon verspannt, bevor sie es verhindern konnte. Und ihm war es genauso ergangen, wie sie nach endlos langen zehn Sekunden erkannte. Beiläufig ließ sie ihre Beine sinken. »Das Wasser wird kühl.« Sie schwamm mit geschmeidigen Bewegungen und jagendem Herzen zum Boot.

Sidney wartete einen Moment. Ganz gleich, welche Richtung er mit ihr einschlug, es landete immer wieder am selben Punkt. Er wollte sie, war jedoch nicht sicher, ob er mit den Folgen fertig würde, wenn er diesem Verlangen nachgab. Und was noch schlimmer war: Blanche war gefährlich nahe daran, seine Freundin zu werden. Das würde für keinen von ihnen die Sache leichter machen.

Langsam schwamm er aus der Bucht und in Richtung Boot, aber Blanche war nicht da. Verwirrt sah er sich um und wollte sie schon rufen, als er sie hoch oben auf dem Felsen sah.

Sie hatte ihren Zopf gelöst und bürstete ihr Haar in der Sonne. Die Beine hatte sie untergeschlagen, das Gesicht der Sonne entgegengehoben. Ihre dünne Sommerbekleidung klebte klatschnass an jeder Kurve. Es machte ihr offenbar nichts aus. Es war die Sonne, die sie suchte, die Hitze, genau wie sie vor wenigen Minuten das kühle Wasser gesucht hatte.

Sidney griff in seine Kameratasche und setzte ein Teleobjektiv ein. Er wollte, dass Blanche das Bildformat füllte. Zum zweiten Mal versetzte ihm ihre lässige Sexualität einen vernichtenden Stoß. Er war ein Profi, ermahnte Sidney sich, während er die Tiefenschärfe einstellte. Er schoss ein Objekt, das war alles.

Doch als sie den Kopf wandte und ihre Augen durch das Objektiv den seinen begegneten, fühlte er die Leidenschaft sieden, seine eigene und ihre. Sie hielten einander einen Moment fest, trennten sich, blieben jedoch unwiderruflich miteinander verbunden. Er machte das Foto, und noch während er es tat, wusste Sidney, dass er viel mehr als nur ein Objekt aufnahm.

Etwas gefasster stand Blanche auf und suchte sich ihren Weg über den Felsen hinunter. Sie musste sich daran erinnern, alles ganz harmlos zu halten; etwas, das ihr stets leicht gefallen war. »Sie haben von mir keine Veröffentlichungsgenehmigung bekommen, Colby«, erinnerte sie ihn, als sie ihre Bürste in ihre große Tasche fallen ließ.

Er streckte die Hand aus und berührte ihr Haar. Es war feucht und hing voll und schwer bis zu ihrer Taille. Seine Finger schoben sich hinein, ihre Augen trafen sich, ließen einander nicht los. »Ich will dich.«

Sie fühlte, wie ihre Knie weich wurden, und Hitze entstand in ihrer Magengrube und breitete sich bis in ihre Fingerspitzen aus. Er ist ein harter Mann, ermahnte Blanche sich. Er würde nicht geben, sondern nehmen. Letztlich hätte sie aber beides von ihm gebraucht.

»Das reicht mir nicht«, sagte sie fest. »Menschen wollen ständig etwas – einen neuen Wagen, einen Farbfernseher. Ich brauche mehr als das.«

Sie stieg an ihm vorbei ins Boot. Ohne ein weiteres Wort stieg Sidney zu, und sie trieben von der Bucht weg. Während das Boot beschleunigte, fragten sich beide, ob Sidney mehr geben konnte, als er angeboten hatte.

5. Kapitel

Blanche hatte all die Jahre den Oak Creek Canyon romantisch verklärt, seit sie das erste Mal da gewesen war. Als sie ihn jetzt wieder sah, war sie nicht enttäuscht. Er besaß die volle Kraft und alle Farben, an die sie sich erinnerte.

Camper hausten an den verschiedensten Stellen, wie sie wusste. Sie waren Zeit und Film wert. Amateure und ernsthafte Angler am Fluss, mit ihren angespannten Gesichtern und bunten Ködern. Abendliche Lagerfeuer mit gerösteten Marshmallows. Kaffee in Zinnbechern. Ja, es würde den Aufenthalt lohnen.

Sie wollten drei Tage bleiben, arbeiten, entwickeln und vergrößern. Blanche wartete schon ungeduldig darauf. Doch sie hatten sich darauf geeinigt, bevor sie in die Stadt fuhren, um sich um die Details zu kümmern, im Canyon bei Lee und ihrer Familie anzuhalten.

»Nach der Wegbeschreibung sollte eine kleine Sandstraße direkt hinter einer Handelsstation nach rechts abzweigen.«

Sidney hielt danach Ausschau. Auch er sehnte sich schon danach, mit der Arbeit anzufangen. Manche der Aufnahmen, die er gemacht hatte, drängten ihn, sie zum Leben zu erwecken. Er brauchte die Konzentration und die Ruhe der Dunkelkammer und die Einsamkeit darin. Er musste seine Kreativität fließen lassen und die Ergebnisse in seinen Händen halten.

Das Foto von Blanche, wie sie auf der Felsinsel saß. Er wollte nicht darüber nachdenken, aber er wusste, dass es die erste Spule sein würde, die er entwickelte.

Wichtig war, dass er die Zeit und den Abstand haben würde, die er sich selbst versprochen hatte. Sobald er Blanche bei ihren Freunden abgesetzt hatte – und er war sicher, dass sie Blanche bei sich haben wollten –, konnte er nach Sedona fahren, eine Dunkelkammer und ein Motelzimmer für sich mieten. Nachdem er mit ihr vierundzwanzig Stunden am Tag gelebt hatte, brauchte er einfach ein paar Tage ohne sie, um sein inneres Gleichgewicht zurückzubekommen.

Jeder von ihnen konnte arbeiten, woran er gerade Lust hatte – in der Stadt, im Canyon, in der Umgebung. Das verschaffte ihm Raum. Für die Dunkelkammer wollte er einen Zeitplan erstellen. Mit etwas Glück würden sie in den nächsten Tagen nur wenig voneinander sehen.

»Da ist es«, sagte Blanche, obwohl er schon die schmale Straße gesehen hatte und langsamer gefahren war. Sie betrachtete die steile, von Bäumen begrenzte Straße und schüttelte den Kopf. »Lieber Himmel, ich hätte mir Lee nie hier vorgestellt. Hier ist es so wild und rau, und sie ist … nun ja, elegant.«

Er hatte ein paar elegante Frauen in seinem Leben gekannt. Er hatte mit einer zusammengelebt. Sidney betrachtete das Gelände. »Was sucht sie dann hier?«

»Sie hat sich verliebt«, sagte Blanche einfach und beugte sich vor. »Da ist das Haus. Großartig.«

Glas und Stil. Das war ihr erster Gedanke. Es war nicht das noble Stadthaus, das sie sich für Lee ausgemalt hätte, aber Blanche konnte sehen, dass es zu ihrer Freundin passte. Überall blühten Blumen, hellrote und orangefarbene Blüten, die sie nicht kannte. Das Gras war dicht, die Bäume stark belaubt.

In der Einfahrt standen zwei Wagen, ein staubiger Jeep neuesten Modells und ein schimmernder cremefarbener

Sedan. Als sie hinter dem Jeep hielten, jagte ein riesiger silbergrauer Hund um die Ecke des Hauses. Sidney fluchte in purer Verblüffung.

»Das muss Santanas sein.« Blanche lachte, musterte den Hund jedoch gründlich und hielt ihre Tür fest geschlossen.

Fasziniert beobachtete Sidney, wie sich die Muskeln spannten, während der Hund sich bewegte. Aber der Schwanz wippte, die Zunge hing heraus. Ein Schmusetier, entschied er. »Sieht wie ein Wolf aus.«

»Ja.« Sie blickte weiterhin aus dem Seitenfenster, während der Hund neben dem Campingbus auf und ab lief. »Lee behauptet, dass er freundlich ist.«

»Fein. Du steigst zuerst aus.«

Blanche schoss ihm einen Blick zu, den er mit einem lässigen Lächeln erwiderte. Sie stieß den Atem aus und öffnete die Tür. »Braver Hund«, erzählte sie ihm, während sie ausstieg, eine Hand am Türgriff. »Braver Santanas.«

»Irgendwo habe ich gelesen, dass Brown Wölfe züchtet«, sagte Sidney sorglos, während er auf der anderen Seite ausstieg.

»Niedlich«, murmelte Blanche und bot ihre Hand vorsichtig dem Hund zum Schnüffeln an.

Das tat er auch, und offenbar mochte er sie, weil er sie mit einem Sprung umrannte. Sidney war schon um den Wagen, bevor Blanche überhaupt Luft holen konnte. Angst und Wut hatten ihn vorangetrieben, aber was immer er vorhatte zu tun, wurde aufgehalten von einem hohen Pfiff.

»Santanas!« Ein Mädchen fegte mit fliegenden Zöpfen um die Hausecke. »Hör damit sofort auf! Du darfst doch niemanden umrennen!« Der ertappte Riesenhund ließ sich flach auf seinen Bauch fallen und brachte es irgendwie zustande, unschuldig dreinzublicken.

»Es tut ihm leid.« Das Mädchen betrachtete den Mann, der angespannt über dem Hund stand, und die atemlose Frau, die neben ihm auf dem Rücken lag. »Er freut sich nur, wenn Besuch kommt. Sind Sie Bryan?«

Blanche schaffte ein Nicken, während der Hund seinen Kopf auf ihren Arm legte und zu ihr aufblickte.

»Bryan ist ein komischer Name. Ich dachte, Sie würden auch komisch aussehen, aber das tun Sie nicht. Ich bin Sarah.«

»Hallo, Sarah.« Wieder zu Atem kommend, blickte Blanche zu Sidney hoch. »Das ist Sidney Shade Colby.«

»Shade? Ist das ein richtiger Name?«, fragte Sarah.

»Ja.« Sidney blickte auf das Mädchen hinunter. Er wollte mit ihr schimpfen, weil sie nicht auf ihren Hund aufgepasst hatte, konnte es jedoch nicht. Sie hatte dunkle, ernste Augen, die in ihm den Wunsch weckten, sich vor ihr hinzukauern. Eine Herzensbrecherin. Noch zehn Jahre, dann würde sie alle brechen.

»Ihr Name klingt wie aus einem Buch von meinem Dad. Wahrscheinlich ist er o. k.« Grinsend blickte sie auf Blanche hinunter und scharrte mit ihren Tennisschuhen im Sand. Sie und ihr Hund wirkten verlegen. »Tut mir wirklich leid, dass Santanas Sie umgerannt hat. Sie haben sich doch nicht wehgetan?«

Da sich erst jetzt jemand die Mühe machte, danach zu fragen, musste Blanche überlegen. »Nein.«

»Also, vielleicht sagen Sie meinem Dad nichts davon.« Sarah zeigte in einem raschen Lächeln ihre Zahnspangen. »Er wird böse, wenn Santanas seine Manieren vergisst.«

Santanas wischte mit einer gewaltigen rosigen Zunge über Blanches Schulter.

»Es ist nichts passiert«, entschied sie.

»Großartig. Wir sagen Bescheid, dass Sie hier sind.« Sie jagte davon. Der Hund rappelte sich hoch und hetzte hinter ihr her, ohne Blanche noch eines Blickes zu würdigen.

»Nun, sieht nicht so aus, als würde Lee ein langweiliges Leben führen«, kommentierte Blanche.

Sidney half ihr auf die Beine. Er hatte Angst gehabt. Zum ersten Mal seit Jahren hatte er wirklich Angst gehabt, und das nur, weil der Schmusehund eines kleinen Mädchens seine Partnerin umgerannt hatte.

»Alles in Ordnung mit dir?«

»Ja.« Sie begann, mit raschen Bewegungen den Staub von ihrer Jeans zu klopfen. Sidney fuhr mit seinen Händen an ihren Armen hoch und ließ sie erstarren.

»Ganz sicher?«

»Ja, ich …« Sie verstummte, als ihre Gedanken unzusammenhängend wurden. Er durfte sie nicht so ansehen, dachte sie. Als ob ihm wirklich an ihr gelegen wäre. Sie wünschte sich, er würde sie immer und immer wieder so ansehen. Seine Finger berührten kaum ihre Arme. Sie wünschte sich, er würde sie immer und immer wieder so berühren.

»Es geht mir gut«, brachte sie endlich hervor. Aber es war kaum mehr als ein Flüstern, und ihr Blick konnte sich nicht von seinen Augen lösen.

Er behielt seine Hände an ihren Armen. »Dieser Hund muss mindestens hundertzwanzig Pfund gewogen haben.«

»Er wollte mir nichts antun.« Warum, so fragte sie sich vage, sprachen sie über einen Hund, wenn nur sie beide wichtig waren?

»Tut mir leid.« Sein Daumen strich über ihre Armbeuge, wo die Haut tatsächlich so weich war, wie er sich das einmal ausgemalt hatte. Ihr Puls hämmerte wie eine Maschine. »Ich hätte als Erster aussteigen sollen, anstatt Unfug zu machen.«

Wenn sie verletzt worden wäre … Er wollte sie jetzt küssen, jetzt sofort, solange er nur an sie dachte und nicht an die Gründe, weshalb er sie nicht küssen sollte.

»Macht nichts«, murmelte sie und entdeckte, dass ihre Hände auf seinen Schultern lagen. Ihre Körper waren einander nahe, berührten sich ganz leicht. Wer hatte sich bewegt? »Macht nichts«, sagte sie noch einmal, halb zu sich selbst, während sie sich näher an ihn lehnte. Ihre Lippen verharrten, zögerten, berührten einander dann kaum. Vom Haus her ertönte tiefes, hektisches Bellen. Mit einem leichten Ruck zogen sie sich voneinander zurück.

»Blanche!« Lee ließ hinter sich die Tür zufallen, als sie auf die Veranda heraustrat. Erst nachdem sie den Namen gerufen hatte, bemerkte sie, wie eindringlich die beiden Menschen in ihrer Einfahrt ineinander versunken waren.

Mit einem kurzen Schaudern tat Blanche noch einen Schritt zurück, ehe sie sich umdrehte. Zu viele Gefühle – das war alles, was sie denken konnte. Zu viele Gefühle, zu schnell.

»Lee!« Blanche lief ihr entgegen – oder lief vielleicht davon –, sie war sich nicht sicher. In diesem Moment wusste sie nur, dass sie jemanden brauchte. Dankbar fühlte sie sich von Lees Armen umschlungen. »Oh Himmel, ist das schön, dich zu sehen!«

Die Begrüßung fiel eine Spur zu überschwänglich aus. Lee warf einen langen Blick über Blanches Schulter auf den Mann, der ein paar Schritte entfernt stand. Ihr erster Eindruck war, dass er so bleiben wollte. Abgerückt. Worauf hatte Blanche sich da bloß eingelassen? Sie presste ihre Freundin heftig an sich.

»Ich muss dich ansehen«, verlangte Blanche und lachte, nachdem die Spannung nachgelassen hatte. Das elegante Gesicht, die sorgfältig gestylten Haare – das war gleich geblieben. Aber Lee selbst war es nicht. Blanche fühlte es schon, bevor sie auf die Rundung unter Lees Sommerkleid herunterblickte. »Du bist glücklich.« Blanche packte Lees Hände. »Man sieht es. Kein Bedauern?«

»Kein Bedauern.« Lee unterzog sie einer langen, eingehenden Musterung. Blanche sah noch genauso aus, fand sie. Gesund, unbekümmert, zauberhaft in einer Art, die einzig und allein ihr vorbehalten schien. Unverändert, abgesehen von dem Ausdruck in ihren Augen, der auf Schwierigkeiten in ihrem Leben hindeutete. »Und du?«

»Alles läuft gut. Du hast mir gefehlt, aber jetzt fühle ich mich besser, wo du hier bist.«

Lachend legte Lee den Arm um Blanches Taille. Wenn es Schwierigkeiten gab, würde sie die Ursache herausfinden. Blanche schaffte es nie, irgendetwas lange zu verbergen. »Komm ins Haus. Sarah und Hunter machen Eistee.« Sie warf einen bezeichnenden Blick in Sidneys Richtung und fühlte, wie Blanche sich anspannte. Nur ein wenig, aber Lee fühlte es und wusste, dass sie bereits die Ursache gefunden hatte.

Blanche räusperte sich. »Sidney.«

Er kam auf sie zu, und Lee fand, dass er sich wie ein Mann bewegte, der gewohnt war, das Terrain zu sondieren.

»Lee Radcliffe – Lee Radcliffe Brown«, verbesserte Blanche sich und entspannte sich ein wenig. »Sidney Colby. Du erinnerst dich daran, wie ich das Geld, das ich für ein neues Auto gespart hatte, für eines seiner Fotos ausgab.«

»Ja, ich sagte dir, du wärst verrückt.« Lee streckte lächelnd die Hand aus, aber ihre Stimme klang kühl. »Freut mich, Sie kennenzulernen. Blanche hat Ihre Arbeit immer bewundert.«

»Aber Sie haben es nicht«, erwiderte er mit mehr Interesse und Respekt, als er eigentlich empfinden wollte.

»Ich finde den Stil oft sehr schroff, aber immer zwingend«, sagte Lee schlicht. »Blanche ist die Expertin, nicht ich.«

»Dann sollte sie Ihnen erklären, dass wir keine Fotos für Experten machen.«

Lee nickte. Sein Händedruck war fest gewesen – nicht sanft, aber auch absolut nicht schmerzhaft. Sie musste wohl ihr Urteil revidieren. »Kommen Sie ins Haus, Mr. Colby.«

Er hatte Blanche lediglich absetzen und weiterfahren wollen, aber jetzt nahm er die Einladung an. Es konnte nicht schaden, fand er, sich ein wenig abzukühlen, bevor er in die Stadt fuhr. Er folgte den Frauen nach drinnen.

»Dad, wenn du nicht mehr Zucker hineintust, schmeckt er schrecklich.«

Als sie die Küche betraten, sahen sie Sarah, die Hände in die Hüften gestützt, wie sie ihren Vater dabei beobachtete, wie er rings um einen Krug den verschütteten Tee aufwischte.

»Nicht jedermann schüttet Zucker in sich hinein wie du.«

»Ich schon.« Blanche grinste, als Hunter sich umdrehte. Sie fand seine Arbeiten brillant, hatte ihn schon oft verwünscht, wenn sie seinetwegen nicht schlafen konnte. Er sah wie ein Mann aus, über den eine der Brontë-Schwestern hätte schreiben können – stark, dunkel, schwerblütig. Doch darüber hinaus war er der Mann, der ihre beste Freundin liebte. Blanche breitete für ihn die Arme aus.

»Schön, dich wiederzusehen.« Hunter drückte sie fest an sich und lachte in sich hinein, als er fühlte, wie sie an ihm vorbei nach dem Teller mit Keksen tastete, den Sarah hingestellt hatte. »Wieso nimmst du nicht zu?«

»Ich versuche es ja«, behauptete Blanche und biss in ein Schokoplätzchen. »Mhmm, noch warm. Hunter, das ist Sidney Shade Colby.«

Hunter legte das Geschirrtuch beiseite. »Ich habe Ihre Arbeiten verfolgt«, sagte er zu Sidney, als sie sich die Hände schüttelten. »Sehr überzeugend.«

»Mit dem Wort würde ich Ihre Arbeit beschreiben.«

»Dein letztes Buch hat mich so in Angst und Schrecken versetzt, dass ich wochenlang nicht in die Waschküche im Keller gegangen bin«, warf Blanche Hunter vor. »Ich hatte schon fast nichts mehr anzuziehen.«

Hunter grinste zufrieden. »Danke.«

Sie sah sich in der sonnigen Küche um. »Ich habe eigentlich in eurem Haus Spinnweben und knarrende Dielenbretter erwartet.«

»Enttäuscht?«, fragte Lee.

»Erleichtert.«

Lachend setzte Lee sich an den Küchentisch, Sarah zu ihrer Linken, Blanche ihr gegenüber. »Und wie läuft das Projekt?«

»Gut.« Aber Lee bemerkte, dass Blanche Sidney nicht ansah, während sie sprach. »Vielleicht sogar großartig. Wir werden mehr wissen, wenn wir die Filme entwickelt haben. Wir haben mit einer der ortsansässigen Zeitungen vereinbart, dass wir eine Dunkelkammer benutzen können. Wir müssen nur nach Sedona fahren, uns melden und uns Zimmer nehmen. Morgen geht es an die Arbeit.«

»Zimmer?« Lee stellte das Glas ab, das Hunter ihr reichte. »Aber du bleibst hier.«

»Lee.« Blanche lächelte Hunter kurz zu, als er ihr den Teller mit den Keksen anbot. »Ich wollte dich wiedersehen, nicht mich bei dir einquartieren. Ich weiß, dass ihr beide, du und Hunter, an neuen Büchern arbeitet. Sidney und ich werden bis zu den Ohren in Entwickler baden.«

»Was soll denn das für ein Besuch sein, wenn du in Sedona

bist?«, entgegnete Lee. »Verdammt, Blanche, du hast mir gefehlt. Du wohnst hier.« Sie legte eine Hand auf ihren rundlichen Bauch. »Schwangere Frauen müssen verwöhnt werden.«

»Du solltest hierbleiben«, warf Sidney ein, bevor Blanche etwas sagen konnte. »Das könnte für eine ganze Weile die letzte Chance für etwas freie Zeit sein.«

»Wir haben eine Menge Arbeit«, erinnerte Blanche ihn.

»Von hier aus ist es nur eine kurze Fahrt in die Stadt. Das spielt also keine Rolle. Wir müssen ohnedies einen Wagen mieten, damit wir beide beweglich sind.«

Hunter betrachtete den Mann auf der anderen Seite des Raums. Gespannt, dachte er. Angespannt. Nicht der Typ Mann, den er für die sorglose, gemächliche Blanche ausgesucht hätte, aber es war nicht seine Sache, das zu beurteilen. Es war seine Sache – und sein Talent – zu beobachten. Was zwischen den beiden war, konnte man leicht sehen. Genauso offensichtlich war, wie sehr sie zögerten, das zu akzeptieren. Ruhig griff er nach seinem Tee und trank.

»Die Einladung gilt für euch beide.«

Sidney sah mit einer automatischen höflichen Ablehnung auf den Lippen zu ihm hinüber. Sein Blick und Hunters Blick trafen sich. Sie waren beide angespannte, verinnerlichte Männer. Vielleicht verstanden sie einander deshalb so schnell.

Ich habe das alles schon durchgemacht, schien Hunter ihm mit einem angedeuteten Lächeln zu sagen. Du kannst schnell laufen, aber nur so weit.

Sidney gewahrte etwas von dem Verstehen und auch die Herausforderung. Er wandte sich Blanche zu und sah, dass sie ihn mit einem langen kühlen Blick betrachtete.

»Ich bleibe gern hier«, hörte Sidney sich selbst sagen. Er ging an den Tisch und setzte sich.

Lee betrachtete die Vergrößerungen in ihrer präzisen, abwägenden Art. Blanche lief auf der Terrasse auf und ab, war nahe am Explodieren vor Anspannung.

»Nun?«, fragte sie. »Was hältst du davon?«

»Ich habe sie noch nicht zu Ende angesehen.«

Blanche öffnete den Mund und schloss ihn wieder. Es sah ihr nicht ähnlich, wegen ihrer Arbeit nervös zu sein. Sie wusste, dass ihre Vergrößerungen gut waren. Hatte sie nicht in jede einzelne ihren Schweiß und ihr Herz gelegt?

Mehr als gut, sagte sie sich selbst, während sie einen Schokoriegel aus ihrer Tasche zerrte. Diese Vergrößerungen gehörten zu ihren besten Arbeiten. Vielleicht hatte der Wettbewerb mit Sidney sie dazu getrieben. Vielleicht war es der Wunsch gewesen, ein wenig satte Selbstzufriedenheit zu verspüren nach einigen seiner Bemerkungen über ihren besonderen Arbeitsstil. Blanche akzeptierte nicht gern, dass sie primitiv genug war, um zu kleinlichem Konkurrenzdenken Zuflucht zu nehmen, aber sie musste sich eingestehen, dass das jetzt der Fall war. Und sie wollte gewinnen.

Sie und Sidney hatten seit Tagen in demselben Haus gewohnt, in derselben Dunkelkammer gearbeitet, und doch hatten sie es geschafft, so gut wie nichts voneinander zu sehen. Ein sauberer Trick, dachte Blanche bedauernd. Vielleicht hatte es so gut geklappt, weil sie beide das gleiche Spielchen gespielt hatten. Verstecken, aber nicht suchen. Morgen würden sie wieder auf der Straße unterwegs sein.

Blanche sehnte sich danach aufzubrechen, obwohl sie gleichzeitig Angst davor hatte. Und dabei war sie keine widersprüchliche Persönlichkeit, wie sie sich geradezu heftig ermahnte. Sie war grundsätzlich völlig geradlinig und … ja, doch, sie war liebenswert. Das war einfach ihre Natur. Warum war sie dann nicht mit Sidney zusammen?

»Also.«

Blanche wirbelte herum, sobald sie Lees Stimme hörte. »Also?«, wiederholte sie abwartend.

»Ich habe deine Arbeit stets bewundert, Blanche. Du weißt das.« Lee verschränkte die Hände auf dem Tisch.

»Aber?«, drängte Blanche.

»Aber das sind die besten.« Lee lächelte. »Das sind die allerbesten Fotos, die du je gemacht hast.«

Blanche stieß den angehaltenen Atem aus und ging zu dem Tisch. Nerven? Ja, sie hatte welche, auch wenn sie sich nicht darum kümmerte. »Warum?«

»Ich bin sicher, es gibt eine Menge technischer Gründe; das Licht und die Verteilung der Schatten und der Bildausschnitt.«

Ungeduldig schüttelte Blanche den Kopf. »Warum?«

Lee wählte ein Foto aus. »Dieses hier von der alten Frau und dem kleinen Mädchen am Strand. Vielleicht liegt es an meinem Zustand«, sagte sie nachdenklich und betrachtete es erneut, »aber ich denke dabei an das Kind, das ich haben werde. Es erinnert mich auch daran, dass ich alt sein werde, aber nicht zu alt, um zu träumen. Dieses Bild ist so kraftvoll in der Aussage, weil es so grundlegend einfach ist, so geradeheraus und so unglaublich voll von Emotionen. Und dieses hier ...« Sie wühlte in den Vergrößerungen und holte das Bild des Straßenarbeiters hervor. »Schweiß, Entschlossenheit, Ehrlichkeit. Wenn man in dieses Gesicht sieht, weiß man, dass der Mann an harte Arbeit glaubt und seine Rechnungen pünktlich bezahlt. Und hier, diese Teenager. Ich sehe Jugend, kurz vor diesen unvermeidlichen Veränderungen des Erwachsenwerdens. Und dieser Hund.« Lee lachte, als sie ihn betrachtete. »Beim ersten Ansehen kam er mir nur niedlich und lustig vor, aber er sieht so stolz drein, so ... also ... menschlich.

Man könnte fast glauben, das Boot gehört ihm.« Während Blanche schwieg, ordnete Lee die Bilder wieder. »Ich könnte jedes Einzelne mit dir durchgehen, aber der Punkt ist, dass jedes eine Geschichte erzählt. Es ist nur eine Szene, ein winziger Teil der Zeit, aber die Geschichte ist da. Die Gefühle sind da. Ist das nicht Sinn und Zweck der Sache?«

»Ja.« Blanche lächelte, während ihre Schultern sich entspannten. »Das ist Sinn und Zweck.«

»Wenn Sidneys Bilder nur halb so gut sind, bekommt ihr einen wunderbaren Bildbericht zusammen.«

»Sie werden es sein. Ich habe ein paar von seinen Negativen in der Dunkelkammer gesehen. Sie sind unglaublich.«

Lee hob eine Augenbraue und sah zu, wie Blanche die Schokolade verschlang. »Stört dich das?«

»Was? Oh, nein, nein, natürlich nicht. Seine Arbeit ist seine Arbeit … und in diesem Fall wird sie auch Teil meiner Arbeit sein. Ich hätte nie einer Zusammenarbeit mit ihm zugestimmt, würde ich ihn nicht bewundern.«

»Aber?« Diesmal drängte Lee mit einer hochgezogenen Augenbraue und einem leichten Lächeln.

»Ich weiß nicht, Lee, er ist so – so perfekt.«

»Wirklich?«

»Er fummelt nie herum«, klagte Blanche. »Er weiß immer genau, was er will. Wenn er morgens aufwacht, ist er völlig klar. Er verpasst nie eine Abzweigung. Er macht sogar anständigen Kaffee.«

»Dafür muss man ihn ganz einfach verabscheuen«, sagte Lee.

»Es ist frustrierend, das ist alles.«

»Das ist Liebe oft. Du bist in ihn verliebt, nicht wahr?«

»Nein.« Blanche starrte Lee ehrlich überrascht an. »Gütiger Himmel, es fällt mir schon schwer, ihn überhaupt zu mögen.«

»Blanche, du bist meine Freundin. Andernfalls würde es Neugierde genannt werden, was ich als Sorge bezeichne.«

»Was bedeutet, dass du mich ausfragen wirst.«

»Genau. Ich habe gesehen, wie ihr zwei auf Zehenspitzen umeinander herumschleicht, als hättet ihr Angst, einander zu streifen, weil es sonst auf der Stelle eine Verbrennung gäbe.«

»So ungefähr.«

Lee berührte Blanches Hand. »Blanche, erzähl es mir.«

Ausflüchte waren unmöglich. Blanche blickte auf ihre miteinander verschlungenen Hände und seufzte. »Ich fühle mich zu ihm hingezogen«, gab sie zögernd zu. »Er ist anders als alle, die ich je kennengelernt habe, hauptsächlich weil er nicht der Typ Mann ist, mit dem ich normalerweise zusammenkommen würde. Er ist sehr verschlossen, sehr ernst. Ich habe gern Spaß. Einfach Spaß.«

»Beziehungen müssen auf mehr als Spaß gegründet sein.«

»Ich suche keine Beziehung.« In diesem Punkt war sie ganz klar. »Ich verabrede mich, damit ich tanzen gehen kann oder auf eine Party, Musik hören oder einen Film sehen. Mehr nicht. Am allerwenigsten will ich die Spannungen und die Mühe, die eine Beziehung kostet.«

»Wenn man dich nicht kennen würde, könnte man behaupten, das sei eine reichlich oberflächliche Einstellung.«

»Vielleicht ist es das. Vielleicht bin ich oberflächlich.«

Lee sagte nichts, sondern tippte nur mit einem Finger auf die Vergrößerungen.

»Das ist meine Arbeit«, setzte Blanche an und gab auf. Eine Menge Leute würden ihre Worte für bare Münze nehmen, nicht Lee. »Ich will keine Beziehung«, wiederholte sie, allerdings ruhiger. »Lee, ich habe schon einmal eine gehabt, und ich war lausig schlecht darin.«

»Zu einer Beziehung gehören zwei«, wies Lee sie zurecht. »Gibst du dir noch immer die ganze Schuld?«

»Die meiste Schuld traf auf mich zu. Ich war nicht gut als Ehefrau.«

»Als eine ganz bestimmte Art von Ehefrau«, verbesserte Lee.

»Ich schätze, im Lexikon gibt es nicht so viele Definitionen von diesem Begriff.«

Lee hob lediglich eine Augenbraue. »Sarah hat eine Freundin, deren Mutter wundervoll ist. Sie hat nicht nur ein sauberes, sondern auch ein interessantes Haus. Sie kocht Marmelade, führt das Protokoll im Elternrat und leitet eine Pfadfinderinnentruppe. Die Frau kann aus einem Stück Buntpapier und Klebstoff ein Kunstwerk machen. Sie ist hübsch und bleibt es, indem sie dreimal die Woche in einen Gymnastikkurs geht. Ich bewundere sie sehr, aber hätte Hunter diese Dinge von mir gewollt, hätte ich jetzt nicht seinen Ring an meinem Finger.«

»Hunter ist etwas Besonderes«, murmelte Blanche.

»Da kann ich dir nicht widersprechen. Und du weißt, warum ich das zwischen uns beinahe ruiniert hätte: weil ich Angst hatte, ich könnte im Aufbauen und Erhalten einer Beziehung versagen.«

»Es hat nichts mit Angst haben zu tun.« Blanche zuckte die Schultern. »Es geht mehr darum, dass ich nicht die Energie dafür habe.«

»Erinnere dich daran, mit wem du sprichst«, sagte Lee milde.

Mit einem halben Lachen schüttelte Blanche den Kopf. »Na gut, vielleicht hat es etwas mit Vorsicht zu tun. Beziehung ist ein schwergewichtiges Wort. Affäre ist leichter«, sagte sie nachdenklich. »Aber eine Affäre mit einem Mann wie Sidney muss gewaltige Auswirkungen haben.« Das klingt so kühl, dachte Blanche. Wann hatte sie angefangen, in dermaßen logischen Begriffen zu denken? »Er ist kein einfacher Mann, Lee. Er hat seine eigenen Dämonen und seine eigene Art, mit ihnen umzugehen. Ich weiß nicht, ob er sie mit mir teilen würde und ob ich das überhaupt wollte.«

»Er bemüht sich, kalt zu sein«, bemerkte Lee. »Aber ich habe ihn mit Sarah gesehen. Ich muss zugeben, dass mich die grundlegende Freundlichkeit in ihm überrascht hat, aber sie ist vorhanden.«

»Sie ist vorhanden«, stimmte Blanche zu. »Es ist nur schwer, zu ihr vorzustoßen.«

»Abendessen ist fertig!« Sarah riss die Fliegengittertür auf und ließ sie gegen die Wand knallen. »Sidney und ich haben Spaghetti gemacht, und sie sind großartig.«

Das waren die Spaghetti tatsächlich. Blanche beobachtete Sidney während des Essens. Genau wie Lee hatte sie seine problemlose Beziehung zu Sarah bemerkt. Das war mehr als Toleranz, fand sie, während sie beobachtete, wie er mit dem kleinen Mädchen lachte. Das war Zuneigung. Es wäre ihr nicht in den Sinn gekommen, dass Sidney seine Zuneigung so rasch und mit so wenigen Beschränkungen verschenken konnte.

Vielleicht sollte ich zwölf Jahre alt sein und Zöpfe haben, dachte sie und schüttelte den Kopf über ihre eigenen Gedanken. Sie wollte nicht Sidneys Zuneigung. Seinen Respekt, ja.

Erst nach dem Abendessen erkannte sie, dass sie sich getäuscht hatte. Sie wollte wesentlich mehr.

Es war der letzte gemütliche Abend, bevor die Gruppe sich trennte. Auf der vorderen Veranda betrachteten sie den Himmel, an dem die ersten Sterne erschienen, und lauschten den Geräuschen der Nacht.

Lee und Hunter saßen auf der Schaukel auf der Veranda, Sarah zwischen ihnen. Sidney hatte es sich gleich daneben auf einem Stuhl bequem gemacht, entspannt, ein wenig müde und geistig befriedigt nach seinen langen Stunden in der Dunkelkammer. Während er dasaß und mit den Browns plauderte, erkannte er, dass er diesen Besuch genauso sehr wie Blanche gebraucht hatte, vielleicht sogar noch mehr.

Er hatte eine einfache Kindheit gehabt. Bis zu diesen letzten Tagen hatte er fast vergessen, wie einfach und wie solide. Die Dinge, die mit ihm als Erwachsener passiert waren, hatten einen Großteil von seinen Erinnerungen verschüttet. Ohne dass es ihm bewusst wurde, holte Sidney einiges davon wieder in die Gegenwart zurück.

Blanche saß auf der ersten Stufe, gegen einen Pfosten zurückgelehnt. Je nach Stimmung beteiligte sie sich an der Unterhaltung oder hielt sich heraus. Es wurde nichts Wichtiges gesagt, und die Schlichtheit der Unterhaltung machte die Atmosphäre wunderbar angenehm. Ein Nachtfalter flatterte gegen die Lampe auf der Veranda, Grillen zirpten, und ein Lufthauch raschelte in den Blättern der umstehenden Bäume. Die Geräusche erzeugten ihre eigene besänftigende Unterhaltung.

Sie mochte es, wie Hunter seinen Arm über die Rückenlehne der Schaukel gelegt hatte. Obwohl er zu Sidney sprach, strichen seine Finger leicht über das Haar seiner Frau. Der Kopf seiner Tochter ruhte an seiner Brust, aber von Zeit zu Zeit legte sie eine Hand auf Lees Bauch, als wollte sie prüfen, ob es eine Bewegung gab. Obwohl Blanche die Szene nicht arrangiert hatte, entstand sie einfach vor ihren Augen. Unfähig zu widerstehen, schlüpfte sie ins Haus.

Als sie kurz darauf zurückkehrte, hatte sie ihre Kamera, ihr Stativ und die Fotoleuchte bei sich.

»Oh Mann.« Sarah warf einen Blick auf sie und richtete sich kerzengerade auf. »Blanche will uns fotografieren.«

»Nicht posieren«, sagte Blanche lächelnd zu ihr. »Redet einfach weiter«, fuhr sie fort, bevor irgendjemand protestieren konnte. »Tut so, als wäre ich gar nicht hier. Es ist so perfekt«, murmelte sie zu sich selbst, während sie ihre Geräte aufbaute. »Wieso habe ich das nicht sofort gesehen?«

»Lass mich dir helfen.«

Blanche blickte überrascht zu Sidney auf und wollte schon ablehnen, hielt jedoch die Worte zurück. Es war das erste Mal, dass er versuchte, mit ihr zusammenzuarbeiten. Ob die Geste nun ihr galt oder der Zuneigung, die er für ihre Freunde entwickelt hatte, sie würde ihn nicht zurückweisen. Stattdessen reichte sie ihm lächelnd ihren Belichtungsmesser.

»Gibst du mir die Werte, ja?«

Sie arbeiteten zusammen, als hätten sie das schon seit Jahren getan. Wieder eine Überraschung für sie beide. Blanche richtete ihre Leuchte aus, und Sidney nannte ihr die Belichtungswerte. Zufrieden überprüfte Blanche den Blickwinkel und den Bildausschnitt im Sucher, trat zurück und ließ Sidney ihren Platz einnehmen.

»Perfekt.« Wenn sie einen behaglichen Sommerabend gesucht und eine Familie, die mit dem Abend und mit sich selbst zufrieden war, hätte sie es nicht besser machen können. Sidney wich zurück und lehnte sich gegen die Hauswand. Ohne darüber nachzudenken, half er auch weiterhin, indem er das Trio auf der Schaukel ablenkte.

»Was wünschst du dir, Sarah?«, begann er, als Blanche sich wieder hinter ihre Kamera stellte. »Ein Brüderchen oder ein Schwesterchen?«

Während sie überlegte, vergaß Sarah, davon gefesselt zu sein, dass sie fotografiert wurde. »Na ja …« Ihre Hand wanderte wieder zu Lees Bauch. Lees Hand schloss sich spontan um ihre Finger. Blanche drückte auf den Auslöser. »Vielleicht ein Brüderchen«, entschied Sarah. »Meine Cousine sagt, eine kleine Schwester kann fürchterlich sein.«

Während Sarah sprach, lehnte Lee den Kopf zurück, nur leicht, bis er auf Hunters Arm ruhte. Seine Finger strichen erneut über ihr Haar. Blanche fühlte die Emotion in sich hochsteigen und ihren Blick sich verschleiern.

Habe ich mir das immer schon gewünscht? fragte sie sich, während sie weiterschoss. Die Nähe, die Zufriedenheit, die mit Bindung und Vertrautheit kamen? Warum hatte diese Erkenntnis mit ihrer aufwühlenden Wirkung bis jetzt gewartet, wo ihre Gefühle gegenüber Sidney ohnedies schon verworren und viel zu kompliziert waren? Sie blinzelte, bis ihre Augen wieder klar waren, und öffnete den Verschluss, als Lee gerade den Kopf wandte und über etwas lachte, das Hunter sagte.

Beziehung, dachte sie, als das Sehnen in ihr hochstieg. Nicht die einfachen, sorglosen Freundschaften, die sie sich selbst erlaubt hatte, sondern eine solide, fordernde, teilende Beziehung. Genau das sah sie durch den Sucher. Genau das, entdeckte sie, brauchte sie für sich selbst. Als sie sich von der Kamera aufrichtete, war Sidney neben ihr.

»Stimmt was nicht?«

Sie schüttelte den Kopf und schaltete das Licht aus. »Perfekt«, verkündete sie mit einer Lässigkeit, die sie viel Kraft kostete. Sie schenkte der Familie auf der Schaukel ein Lächeln. »Ich schicke euch eine Vergrößerung, sobald wir wieder irgendwo anhalten und entwickeln.«

Sie zitterte. Sidney war nahe genug, um es zu sehen. Er wandte sich ab und kümmerte sich um die Kamera und das Stativ. »Ich nehme das für dich.«

Sie drehte sich um und wollte Nein sagen, aber er trug die Sachen schon ins Haus. »Ich packe besser mein Zeug zusammen«, sagte sie zu Hunter und Lee. »Sidney bricht gern zu unzivilisierten Zeiten auf.«

Als sie hineinging, lehnte Lee den Kopf wieder gegen Hunters Arm. »Es wird gut mit ihnen gehen«, sagte er. »Es wird gut mit ihr gehen.«

Lee blickte zu der Tür. »Vielleicht.«

Sidney trug Blanches Ausrüstung in ihr Schlafzimmer und wartete. Sobald sie mit der Leuchte hereinkam, wandte er sich ihr zu. »Was stimmt nicht?«

Blanche öffnete den Koffer und packte das Stativ und die Leuchte weg. »Nichts. Warum?«

»Du hast gezittert.« Ungeduldig ergriff Sidney ihren Arm und drehte sie herum. »Du zitterst noch immer.«

»Ich bin müde.« Auf gewisse Weise stimmte das. Sie war ihrer Emotionen müde, die sich ihr aufdrängten.

»Spiel keine Spielchen mit mir, Blanche. Darin bin ich besser als du.«

Himmel, ob er eine Ahnung hatte, wie sehr sie sich in diesem Moment wünschte, festgehalten zu werden? Konnte er auch nur annähernd verstehen, was sie alles dafür gegeben hätte, wenn er sie jetzt in die Arme genommen hätte? »Dräng mich nicht, Sidney.«

Sie hätte wissen müssen, dass er nicht auf sie hören würde. Mit einer Hand umschloss er ihr Kinn und hielt ihr Gesicht ruhig. Die Augen, die viel mehr sahen, als ihm zustand, blickten in ihre Augen. »Sag es mir.«

»Nein.« Sie sprach es ruhig aus. Wäre sie wütend gewesen, beleidigt, kalt, hätte er gegraben, bis er alles aus ihr herausgebracht hätte. Aber so konnte er nicht gegen sie kämpfen.

»Na schön.« Er trat zurück und schob seine Hände in die Hosentaschen. Er hatte draußen auf der Veranda etwas gefühlt, etwas, das ihn bedrängt hatte, sich ihm angeboten hatte. Hätte Blanche bloß eine Geste gemacht, auch nur die allerkleinste Geste, hätte er ihr in diesem Moment vielleicht mehr gegeben, als einer von ihnen beiden sich vorstellen konnte. »Vielleicht solltest du ein wenig schlafen. Wir brechen um sieben auf.«

»Okay.« Sie wandte sich ab, um ihre restliche Ausrüstung wegzupacken. »Ich werde bereit sein.«

6. Kapitel

Weizenfelder. Blanche fand ihre vorgefasste Meinung nicht zerstört, als sie durch den Mittleren Westen fuhren, sondern bekräftigt. Kansas bestand aus Weizenfeldern, unendlich vielen Weizenfeldern.

Was immer Blanche auch bei der Durchquerung des Staates sah, die endlosen, sich wiegenden goldenen Ähren nahmen sie zuallererst gefangen. Farbe, Oberfläche, Gestalt und Form. Emotion. Es gab auch Ansiedlungen, natürlich, Städte mit modernen Gebäuden und vornehmen Häusern, aber dies zu sehen – weite Kornfelder gegen den Himmel – war für Blanche der Inbegriff von Amerika.

Manche mochten die endlose Ausbreitung sonnengereiften, sich wiegenden Korns eintönig finden. Nicht so Blanche. Das war eine neue Erfahrung für eine Stadtbewohnerin. Es gab keine herausragenden Berge, keine schimmernden Wolkenkratzer, keine geschwungenen Freeways, um die Konturen einer Landschaft zu unterbrechen. Hier war Weite genauso beeindruckend wie das Gebiet von Arizona, nur üppiger und irgendwie ruhiger. Sie konnte es betrachten und sich wundern.

In den Weizenfeldern und den weiten Flächen von Mais sah Blanche das Herz und den Schweiß des Landes. Es war nicht immer eine idyllische Szene. Es gab Insekten, Schmutz, lehmige Maschinen. Die Menschen arbeiteten hier mit ihren Händen, mit ihren Rücken.

In den Städten sah sie das Tempo und die Energie. Auf den Farmen sah sie einen Zeitplan, der einen leitenden Angestellten eines Unternehmens schlappmachen ließe. Jahr um Jahr gab sich der Farmer dem Land und wartete darauf, dass das Land ihm zurückgab.

Mit dem richtigen Blickwinkel und dem passenden Licht konnte sie ein Weizenfeld fotografieren und es endlos erscheinen lassen, machtvoll. Mit abendlichen Schatten konnte sie ein Gefühl von heiterer Ruhe und Beständigkeit erzeugen. Im Grunde war es nur Gras, nur Halme, die wuchsen, geschnitten, bearbeitet, genutzt wurden. Doch das Korn besaß ein eigenes Leben und eine eigene Schönheit. Blanche wollte es so zeigen, wie sie es sah.

Sidney sah die harte, unausweichliche Abhängigkeit des Menschen von der Natur. Der Pflanzer, Bewahrer und Schnitter von Weizen war unwiderruflich an das Land gebunden. Es war gleichzeitig seine Freiheit und sein Gefängnis. Der Mann, der im Sonnenschein von Kansas auf seinem Traktor fuhr, schweißnass, hager von Jahren voll Arbeit, war von dem Land genauso abhängig wie das Land von ihm. Ohne den Menschen würde der Weizen zwar wild wachsen und gedeihen, dann jedoch verwelken und absterben. Es war dieses Band, das Sidney erfühlte, und das Band wollte er festhalten.

Vielleicht zum ersten Mal seit ihrem Aufbruch von L. A. fotografierten er und Blanche nicht als getrennte Personen. Sie mochten es noch nicht erkannt haben, aber ihre Gefühle, ihre Intuition und ihre Sehnsüchte zogen sie beide näher zu demselben Ziel.

Einer brachte den anderen zum Nachdenken. Wie sah sie diese Szene? Was empfand er bei diesem Motiv? Während sie zuvor ihre Fotos voneinander getrennt gesehen hatten, begannen sie nun behutsam, unbewusst zwei Dinge zu tun, die das Endergebnis verbessern würden: konkurrieren und konsultieren.

Sie hatten einen Tag und eine Nacht zur Feier des Unabhängigkeitstages am 4. Juli in Dodge City verbracht, einer ehemaligen Wildweststadt. Blanche dachte an Wyatt Earp, an Doc Holliday und die Desperados, die einst durch die Stadt geritten waren, doch sie war von dem Straßenumzug angelockt worden, der in jeder x-beliebigen Stadt in den USA hätte stattfinden können.

Es war hier gewesen, bei all dem Prunk und dem Gepränge, dass sie Sidney um seine Meinung über den richtigen Blickwinkel bei der Aufnahme eines Pferdes mit seinem Reiter fragte, und er wiederum hatte ihren Rat befolgt, als er eine kleine goldbetresste Majorette fotografierte.

Der Schritt, den sie damit taten, war ihnen beiden durch die Hast der Arbeit entgangen. Aber sie hatten Seite an Seite am Randstein gestanden, als die Parade mit schmetternder Musik und wirbelnden Taktstöcken vorbeimarschierte. Ihre Bilder waren unterschiedlich gewesen. Sidney hatte nach dem Gesamteindruck von Festtagsparaden gesucht, während Blanche individuelle Reaktionen wollte. Aber sie hatten Seite an Seite gestanden.

Blanches Gefühle für Sidney waren komplexer, persönlicher geworden. Wann die Veränderung begonnen hatte und wie, konnte sie nicht sagen. Doch weil ihre Arbeit meistens ein direktes Ergebnis ihrer Gefühle war, reflektierten ihre Fotos sowohl die Komplexität als auch die Intimität. Sie beide mochten von demselben Weizenfeld eine völlig andere Sicht haben, aber Blanche war entschlossen, dass am Ende, wenn die Fotos von ihnen aneinandergereiht wurden, ihre Aufnahmen die gleiche Wirkung erzielen würden wie seine.

Sie war nie ein aggressiver Mensch gewesen. Das war einfach nicht ihr Stil. Doch Sidney hatte in ihr den Drang geweckt, sich zu messen – als Fotograf und als Frau. Wenn sie gezwungen war, wochenlang auf engstem Raum mit einem Mann zu reisen, der sie beruflich aufgerüttelt und ihre weiblichen Sehnsüchte geweckt hatte, musste sie sich direkt mit ihm auseinandersetzen – auf beiden Ebenen. Direkt, entschied sie, aber auf ihre eigene Art und zu dem von ihr gewählten Zeitpunkt. Als die Tage vorbeigingen, fragte Blanche sich, ob es wohl möglich wäre, beides zu haben, Erfolg und Sidney, ohne etwas Lebenswichtiges zu verlieren.

Sie war so verdammt ruhig! Es machte ihn wahnsinnig. Jeder Tag, jede Stunde, die sie zusammen verbrachten, trieb Sidney näher zur Verzweiflung. Er war nicht daran gewöhnt, jemanden so heftig zu wollen. Es bereitete ihm kein Vergnügen herauszufinden, dass er dazu in der Lage war und dass er nichts dagegen tun konnte. Blanche brachte ihn dazu, sich nach ihr zu sehnen und Selbstverleugnung zu üben. Manchmal glaubte er fast, dass sie es absichtlich tat. Aber er hatte nie jemanden kennengelernt, der weniger zu derartigen Spielchen neigte als Blanche. Bestimmt dachte sie gar nicht daran – und falls sie es doch tat, hielt sie es garantiert für zu mühevoll, um sich groß darum zu kümmern.

Auch jetzt, während sie durch die Abenddämmerung von Kansas fuhren, war sie neben ihm auf dem Sitz ausgestreckt und fest eingeschlafen. Es war eine der seltenen Gelegenheiten, dass sie ihr Haar frei fallen ließ. Voll, wellig und üppig, schimmerte es in dem abnehmenden Licht wie dunkles Gold. Die Sonne hatte ihrer Haut alle Farbe geschenkt, die sie brauchte. Ihr Körper war entspannt, gelöst wie ihr Haar. Sidney fragte sich, ob er jemals fähig sein würde, seinen Geist und seinen Körper so beneidenswert zu entspannen. War es das, was ihn lockte, was ihn antrieb? Fühlte er sich einfach gedrängt, diesen Energiefunken zu finden, den sie auf Befehl ein- und ausschalten konnte? Den er zum Leben erwecken wollte. Für sich selbst.

Versuchung. Je länger er sich zurückhielt, desto heftiger wurde sie. Blanche zu bekommen. Sie zu erforschen. Sie in sich aufzunehmen. Wenn er das tat – er benutzte nicht mehr das Wort »falls« –, was würde ihn das kosten? Nichts gab es umsonst.

Ein Mal, dachte er, als sie im Schlaf seufzte. Nur ein Mal. Auf seine Art. Vielleicht würde der Preis hoch sein, aber er würde nicht derjenige sein, der bezahlte. Seine Gefühle waren trainiert und diszipliniert, sie konnten nicht berührt werden. Es gab keine Frau, die ihm Schmerz zufügen könnte.

Sein Körper und sein Geist spannten sich an, als Blanche langsam erwachte. Benommen und zufrieden mit dieser Benommenheit gähnte sie. Der Geruch von Rauch und Tabak hing in der Luft. Aus dem Radio kam leiser, sanfter Jazz. Die Fenster waren halb offen, sodass sie bei der Veränderung ihrer Haltung von einem Windstoß schneller geweckt wurde, als ihr angenehm war.

Es war jetzt vollständig dunkel. Überrascht streckte Blanche sich und blickte aus dem Fenster auf den halb von Wolken verdeckten Mond. »Es ist spät«, sagte sie mit einem zweiten Gähnen. Das Erste, was ihr einfiel, sobald ihre Gedanken sich vom Schlaf klärten, war, dass sie nichts gegessen hatten. Sie presste eine Hand auf ihren Magen. »Abendessen?«

Er sah sie lange genug an, um zu beobachten, wie sie ihr Haar aus dem Gesicht schüttelte. Es fiel wellig über ihre Schultern und auf ihren Rücken. Während er beobachtete, musste er den Drang unterdrücken, ihr Haar zu berühren. »Ich möchte noch heute Abend über die Grenze.«

Sie hörte es in seiner Stimme – die Spannung, die Verärgerung. Blanche wusste nicht, wodurch es ausgelöst worden war, und wollte es im Moment auch gar nicht wissen. Stattdessen hob sie eine Augenbraue. Wenn er es eilig hatte, nach Oklahoma zu kommen, und gewillt war, dafür bis in die Nacht hinein zu fahren, war das seine Sache. Sie hatte einen der Schränke hinten im Campingbus für solche Situationen mit einigen unentbehrlichen Dingen ausgestattet.

Es war fast drei Uhr nachts. Sidney hatte bereits die Erfahrung, dass in diesen frühen Morgenstunden der Verstand am hilflosesten war. Der Campingbus war dunkel und still, auf einem kleinen Campingplatz gleich hinter der Grenze von Oklahoma abgestellt.

Während der ersten Monate nach seiner Rückkehr aus Kambodscha hatte Sidney den Traum regelmäßig gehabt. Im Laufe der Jahre war er dann immer seltener gekommen. Oft konnte Sidney sich selbst wecken und gegen den Traum ankämpfen, bevor er voll einsetzte. Aber jetzt, auf diesem winzigen Campingplatz in Oklahoma, war er machtlos.

Er wusste, dass er träumte. In dem Moment, als die Gestalten begannen, Form anzunehmen, begriff Sidney, dass es nicht wirklich war – dass es nicht mehr länger wirklich war. Das hielt jedoch nicht die Panik oder den Schmerz auf. Der Sidney Colby im Traum würde genau das alles durchexerzieren, was er vor vielen Jahren durchlitten hatte und zu dem gleichen Ende gelangen. Und in dem Traum gab es keine weichen Linien, keine Nebelschleier, die die Wirkung milderten.

Er sah es genauso, wie es passierte, bei kräftigem Sonnenschein:

Sidney kam aus dem Hotel und trat zusammen mit Dave, seinem Assistenten, auf die Straße. Zwischen ihnen trugen sie ihr gesamtes Gepäck und die Ausrüstung. Sie kehrten heim. Nach vier Monaten harter, oftmals gefährlicher Arbeit in einer zerrissenen Stadt, verwüstet und rauchend, kehrten sie heim. Sidney dachte, dass sie jetzt Schluss machten – aber er hatte schon früher Schluss machen wollen. Jeder zusätzliche Tag vergrößerte das Risiko, nicht mehr rauszukommen. Doch es hatte immer noch ein Foto gegeben, das sie machen mussten. Und es hatte Sung Lee gegeben.

Sie war so jung, so begeistert, so klug gewesen. Als Kontaktperson in der Stadt war sie unschätzbar gewesen. Und privat war sie für Sidney genauso unschätzbar gewesen. Nach einer rauen, hässlichen Scheidung von seiner Frau, die mehr Glamour und weniger Realität wollte, hatte Sidney den langen, fordernden Auftrag gebraucht. Und er hatte Sung Lee gebraucht.

Sie war hingebungsvoll und süß und stellte keine Forderungen. Als er mit ihr ins Bett ging, hatte Sidney endlich den Rest der Welt abblocken und sich entspannen können. Das einzige Bedauern, das in seiner Heimkehr lag, war, dass Sung Lee ihr Land nicht verlassen wollte.

Als sie auf die Straße traten, dachte Sidney an sie. Sie hatten sich schon am Vorabend voneinander verabschiedet, aber er dachte an sie. Hätte er es nicht getan, würde er etwas geahnt haben? Das hatte er sich in den folgenden Monaten Hunderte Male gefragt.

Die Stadt war ruhig, aber es war nicht friedlich. Die in der Luft liegende Spannung konnte jederzeit ausbrechen. Wer immer die Stadt verlassen wollte, tat es in Eile. Morgen oder übermorgen konnten die Tore bereits geschlossen sein. Sidney sah sich noch ein letztes Mal um, als sie auf ihren Wagen zugingen. Ein letztes Foto, dachte er, von der Ruhe vor dem Sturm.

Ein paar sorglose Worte zu Dave, und er war allein, stand am Randstein und zog seine Kamera aus der Tasche. Er lachte, als Dave fluchte und sich auf dem Weg zu dem Wagen mit dem Gepäck abmühte. Nur noch ein letztes Foto. Wenn er das nächste Mal seine Kamera hob, um auf den Auslöser zu drücken, sollte das auf amerikanischem Boden sein.

»Hey, Colby!« Jung, grinsend, stand Dave neben dem Wagen. Er sah wie ein Collegestudent auf Frühjahrsferien aus. »Wie wäre es mit einem Foto eines zukünftigen preisgekrönten Fotografen auf seinem Weg raus aus Kambodscha?«

Lachend hob Sidney seine Kamera und erfasste seinen Assistenten im Sucher. Er erinnerte sich genau, wie Dave ausgesehen hatte. Blond, sonnengebräunt, mit einem schiefen Schneidezahn und einem ausgebleichten USC-T-Shirt.

Er machte die Aufnahme. Dave drehte den Schlüssel im Schloss.

»Auf nach Hause!«, rief sein Assistent in dem Augenblick, bevor der Wagen explodierte.

»Sidney, Sidney!« Mit hämmerndem Herzen schüttelte Blanche ihn. »Sidney, wach auf! Es ist nur ein Traum!« Er packte sie, hart genug, dass es blaue Flecken geben würde, aber sie sprach weiter auf ihn ein. »Sidney, ich bin es, Blanche. Du hast nur geträumt. Nur geträumt. Wir sind in Oklahoma, in deinem Campingbus. Sidney!« Sie legte ihre Hände an sein Gesicht und fühlte, wie kalt und feucht die Haut war. »Nur ein Traum«, sagte sie ruhig. »Versuch dich zu entspannen. Ich bin ja da.«

Er atmete zu schnell. Sidney fühlte, wie er nach Luft rang, und zwang sich zur Ruhe. Himmel, war ihm kalt! Er fühlte die Wärme von Blanches Haut unter seinen Händen, hörte ihre Stimme, ruhig, leise, besänftigend. Mit einem Fluch ließ er sich wieder fallen und wartete darauf, dass das Zittern aufhörte.

»Ich bringe dir Wasser.«

»Scotch.«

»Nun gut.« Das Mondlicht war hell genug. Sie fand einen Plastikbecher und die Flasche und schenkte ein. Hinter sich hörte sie das Zischen seines Feuerzeugs und das Knistern, als Papier und Tabak Feuer fingen. Als Blanche sich umdrehte, saß er auf der Pritsche, den Rücken gegen die Seitenwand des Campingbusses gelehnt. Sie hatte keine Erfahrung mit dem Trauma, das Sidney verfolgte, aber sie wusste, wie man Nerven beruhigte. Sie reichte ihm den Drink und setzte sich neben ihn, ohne zu fragen. Sie wartete, bis er den ersten Schluck genommen hatte.

»Besser?«

Er nahm noch einen Schluck, einen größeren. »Ja.«

Sie berührte seinen Arm nur leicht, aber der Kontakt war hergestellt. »Erzähl es mir.«

Er wollte nicht darüber sprechen, nicht mit irgendjemandem, nicht mit ihr. Noch während sich die Ablehnung in seinem Kopf formte, verstärkte sie den Griff an seinem Arm.

»Wir werden uns beide besser fühlen, wenn du es tust, Sidney …« Sie musste erneut warten, diesmal darauf, dass er sich umwandte und sie ansah. Ihr Herzschlag war jetzt ruhiger, und wie ihre Finger so an seinem Handgelenk lagen, auch der seine. Aber auf seiner Haut lag noch immer ein dünner Schweißfilm. »Nichts wird besser oder vergeht, wenn du es zurückhältst.«

Er hatte es jahrelang zurückgehalten. Es war nie verschwunden. Vielleicht würde es das auch nie. Möglicherweise lag es an dem ruhigen Verständnis in ihrer Stimme oder an der späten Stunde, jedenfalls ertappte er sich beim Reden.

Er erzählte ihr von Kambodscha, und obwohl seine Stimme flach klang, sah sie es genau wie er. Dieses Land, reif für die Explosion, zerbröckelnd, zornig. Lange, monotone Tage, von Momenten des Schreckens unterbrochen. Er erzählte ihr, wie er widerstrebend einen Assistenten angenommen und dann gelernt hatte, den jungen, frisch vom College kommenden Mann zu mögen und zu schätzen. Und Sung Lee.

»Wir trafen sie in einer Bar, in der sich die meisten Journalisten aufhielten. Erst viel später ging mir auf, wie passend das Zusammentreffen war. Sie war zwanzig, schön, traurig. Fast drei Monate lang gab sie uns Tipps, die sie angeblich von einer Cousine erhielt, die in der Botschaft arbeitete.«

»Warst du in sie verliebt?«

»Nein.« Er zog an seiner Zigarette, bis nur noch der Filter übrig war. »Aber sie bedeutete mir etwas. Ich wollte ihr helfen. Und ich vertraute ihr.«

Er ließ seine Zigarette in einen Aschenbecher fallen und konzentrierte sich auf seinen Drink. Die Panik war verschwunden. Er hatte es nie für möglich gehalten, darüber ruhig zu sprechen, ruhig denken zu können. »Die Lage verschärfte sich, und das Magazin beschloss, seine Leute abzuziehen. Wir wollten nach Hause. Wir kamen aus dem Hotel, und ich blieb stehen, um noch ein paar Aufnahmen zu machen. Wie ein Tourist.« Er fluchte und trank den Rest von seinem Scotch. »Dave war als Erster am Wagen, in dem eine Bombe versteckt war.«

»Wie schrecklich.« Sie rückte näher zu ihm.

»Er war dreiundzwanzig. Hatte ein Foto von dem Mädchen bei sich, das er heiraten wollte.«

»Es tut mir leid.« Sie lehnte den Kopf gegen seine Schulter, schlang den Arm um ihn. »Es tut mir so leid.«

Er wappnete sich gegen die Flut von Mitgefühl. Er war nicht dafür bereit. »Ich versuchte, Sung Lee zu finden. Sie war fort, ihr Apartment war leer. Es stellte sich heraus, dass ich ihr Auftrag gewesen war. Die Gruppe, für die sie arbeitete, hatte Informationen durchsickern lassen, damit ich nachlässig wurde und ihr vertraute. Sie wollten eine Erklärung abgeben, indem sie einen wichtigen amerikanischen Reporter in die Luft jagten. Sie haben mich verfehlt. Ein Assistent auf seinem ersten Überseeauftrag erzeugte nicht genug Aufsehen durch seinen Tod. Der Junge starb für nichts.«

»Du gibst dir die Schuld. Das darfst du nicht.«

»Er war noch ein Kind. Ich hätte auf ihn aufpassen müssen.«

»Wie?« Sie drehte sich so, dass sie einander ansehen konnten. Seine Augen waren dunkel, kalte Wut und Frustration spiegelten sich in ihnen. Sie würde nie den Ausdruck seiner Augen in diesem Moment vergessen. »Wie?«, wiederholte sie. »Wärst du nicht stehen geblieben, um diese Fotos zu machen, wärst du mit ihm zusammen in den Wagen gestiegen. Er wäre trotzdem tot.«

»Ja.« Plötzlich überdrüssig, strich Sidney sich mit den Händen über das Gesicht. Die Spannung war abgeflaut, nicht jedoch die Bitterkeit. Vielleicht war er der Bitterkeit überdrüssig.

»Sidney …«

Diesmal hatte sie seine Hand in der ihren gefangen. »Du hast getan, was du tun musstest.«

Er wollte nicht, dass sie ihn reinwusch, aber sie spülte seine Schuld weg. Er hatte so viel gesehen – zu viel – von der dunklen Seite der menschlichen Natur. Sie bot ihm das Licht. Es lockte ihn, und es erschreckte ihn.

»Ich werde die Dinge nie so sehen wie du«, murmelte er.

Nach kurzem Zögern verschlang er seine Finger mit den ihren. »Ich werde nie so tolerant sein.«

Verwirrt runzelte sie die Stirn, während sie einander ansahen. »Nein, das wirst du wirklich nicht sein. Ich glaube auch nicht, dass du es sein musst.«

»Ich habe keine Geduld und nur sehr wenig Mitgefühl.«

Sah er sich denn seine eigenen Fotos nicht an? Sah er in ihnen nicht die sorgfältig abgeschirmten Gefühle? Aber sie sagte nichts, sondern ließ ihn behaupten, was immer er für nötig fand.

»Ich habe aufgehört, an Vertrautheit zu glauben, an echte Vertrautheit und Beständigkeit zwischen zwei Menschen. Schon vor langer Zeit. Aber ich glaube an Ehrlichkeit.«

Sie hätte sich vor ihm zurückziehen sollen. Etwas in seiner Stimme warnte sie, aber sie blieb, wo sie war. Ihre Körper waren einander nahe. Sie fühlte seinen stetigen Herzschlag, während der ihre zu rasen begann. »Ich glaube, dass Beständigkeit bei manchen Menschen funktioniert.« War das ihre Stimme, fragte sie sich. So ruhig, so praktisch. »Ich habe nur aufgehört, für mich selbst danach zu suchen.«

Hatte er das nicht hören wollen? Sidney blickte auf ihre miteinander verschlungenen Hände hinunter und fragte sich, wieso ihre Worte ihn nicht befriedigten. »Dann ist es also klar, dass keiner von uns irgendwelche Versprechungen will oder braucht.«

Blanche öffnete den Mund und staunte, dass sie widersprechen wollte. Sie schluckte. »Keine Versprechungen«, brachte sie hervor. Sie musste nachdenken, brauchte Abstand, um das zu schaffen. Sie lächelte bewusst. »Ich glaube, wir beide könnten Schlaf brauchen.«

Er verstärkte den Griff an ihrer Hand, als sie sich von ihm lösen wollte. Ehrlichkeit, hatte er gesagt. Obwohl ihm die

Worte nicht leichtfielen, hatte er gesagt, was er meinte. Er sah sie eine Weile an. Das Mondlicht übergoss ihr Gesicht und warf einen Schatten auf ihre Augen. Ihre Hand in seiner war ruhig. Ihr Puls war es nicht.

»Ich brauche dich, Blanche.«

Es gab so viele Dinge, die er hätte sagen können, und auf alle hätte sie eine Antwort gehabt. Begehren … nein, Begehren war nicht genug. Das hatte sie ihm schon erklärt. Forderungen konnte man zurückweisen oder abtun.

Brauchen. Brauchen war tiefer, wärmer, stärker. Brauchen war genug.

Er bewegte sich nicht. Er wartete. Während sie ihn ansah, erkannte Blanche, dass er es ihr überließ, ob sie den nächsten Schritt auf ihn zu oder weg von ihm machte. Die Möglichkeit zu wählen. Er war ein Mann, der selbst wählen wollte, aber auch fähig war, es anderen zuzugestehen. Wie konnte er wissen, dass sie keine Möglichkeit zu wählen mehr hatte, nicht von dem Moment an, als er gesprochen hatte.

Langsam entzog sie ihm die Hand. Genauso langsam hob sie beide Hände an sein Gesicht und senkte ihren Mund auf den seinen. Mit offenen Augen teilten sie einen langen, ruhigen Kuss, der gleichzeitig anbot und nahm.

Sie bot an, mit ihren Händen leicht auf seiner Haut. Sie nahm, mit ihrem Mund, warm und bestimmt. Sidney akzeptierte. Und gab. Und dann vergaßen sie beide die Regeln.

Ihre Lider senkten sich flatternd, ihre Lippen öffneten sich. Ohne zu überlegen, zog Sidney sie an sich, bis ihre Körper sich aneinanderdrängten. Sie widerstrebte ihm nicht, sondern folgte ihm, als er von der Pritsche auf den Teppich glitt.

Das hatte sie gewollt – den Triumph und die Schwäche, von ihm berührt zu werden. Sie hatte die Freude erleben wollen, sich selbst gehen zu lassen, ihren Sehnsüchten die Freiheit zu schenken. Mit seinem verlangenden Mund an ihren Lippen brauchte sie nicht nachzudenken, brauchte sie nicht zurückzuhalten, was sie ihm so verzweifelt hatte schenken wollen. Nur ihm.

Nimm mehr. Die Forderungen ihres Körpers beeinflussten das Denken. Nimm alles. Sie fühlte, wie Sidney den weiten Ausschnitt ihres Nachthemdes herunterzog, bis ihre Schulter nackt und seinem Mund ausgeliefert war. Noch mehr. Sie strich mit den Händen seinen Rücken hinauf, der warm war von der Nachtluft, die durch die Fenster hereinstrich.

Sidney war kein unkomplizierter Liebhaber. Aber hatte sie das nicht gewusst? Er kannte keine Geduld. Hatte er ihr das nicht gesagt? Sie hatte es vorher gewusst, aber jetzt spürte sie, dass sie bei Sidney nie zum Entspannen kommen würde. Er trieb sie voran, schnell, gründlich. Während sie all das erfuhr, hatte sie keine Zeit, Empfindungen zu genießen. Und die verschiedensten Empfindungen bestürmten sie.

Vielleicht war es ihr Stöhnen, das ihn verharren ließ, obwohl er zur Eile angetrieben wurde. Sie war so schlank, so glatt. Das Mondlicht strömte herein, sodass er sehen konnte, wo ihre Sonnenbräune in blassere, verletzbarere Haut überging. Früher hätte er sich von Verletzbarkeit abgewandt, da er die Gefahren kannte. Jetzt zog sie ihn an, Verletzbarkeit und Sanftheit. Ihr Duft war da, haftete an der Unterseite ihrer Brust, wo er ihn nicht nur riechen, sondern auch schmecken konnte. Sexy, verlockend, zart. Der Duft war genau wie sie, und Sidney war verloren.

Er fühlte, wie seine Kontrolle nachgab, wie sie ihm entglitt. Gnadenlos holte er sie sich wieder. Sie mochten sich in dieser Nacht einmal lieben oder auch hundert Mal, aber er würde die Kontrolle behalten. Genau wie jetzt, dachte er, als sie sich ihm entgegenbog. Wie er sich selbst versprochen hatte, die Kontrolle immer zu behalten. Er wollte Blanche antreiben, aber er wollte sich nicht, konnte sich nicht von ihr treiben lassen.

Er zog das Nachthemd weiter herunter und erforschte erbarmungslos jeden Zentimeter von ihr. Er wollte für keinen von ihnen Erbarmen zeigen. Blanche konnte schon nicht mehr denken, und er wusste es. Ihre Haut war heiß und wurde durch die Hitze irgendwie weicher, ihr Duft verstärkte sich. Er konnte seine hungrigen Küsse mit weit offenem Mund überallhin wandern lassen, wohin er nur wollte.

Ihre Hände waren frei. Energie und Leidenschaft tobten gemeinsam in ihr. Sie taumelte über den ersten Gipfel, atemlos und stark. Jetzt konnte sie ihn berühren, jetzt konnte sie ihn in Raserei versetzen, ihn aufreizen, ihn schwach machen. Sie bewegte sich rasch und forderte, während er Hingabe erwartet hatte. Es passierte zu plötzlich, zu hektisch, als dass er sich dagegen hätte wappnen können. Sogar während sie auf den nächsten Gipfel zujagte, fühlte sie die Veränderung in ihm.

Er konnte es nicht aufhalten. Sie erlaubte ihm nicht, nur zu nehmen, ohne zu geben. Seine Gedanken verschwammen. Obwohl er versuchte, sie zu klären, darum kämpfte, sich selbst zurückzuhalten, verführte sie ihn. Nicht seinen Körper. Den hätte er ihr rückhaltlos gegeben. Sie verführte seinen Verstand, bis er völlig von ihr erfüllt war. Emotion durchströmte ihn. Sauber, heiß, stark.

7. Kapitel

Sie waren beide sehr vorsichtig. Weder Blanche noch Sidney wollten etwas sagen, das der andere missverstehen könnte. Sie hatten sich geliebt, und für jeden von ihnen war es intensiver, bedeutungsvoller gewesen als alles, was sie je zuvor erfahren hatten. Sie hatten Regeln aufgestellt, und für jeden von ihnen war die Notwendigkeit, sich daran zu halten, bestimmend.

Was zwischen ihnen geschehen war, hatte sie beide mehr als nur ein wenig überwältigt und wachsamer gemacht als je zuvor.

Für eine Frau wie Blanche, die gewöhnt war zu sagen, was sie wollte, und zu tun, was ihr gefiel, war es nicht einfach, vierundzwanzig Stunden am Tag wie auf rohen Eiern zu gehen. Aber sie beide hatten sich ganz klar festgelegt, bevor sie sich liebten, ermahnte sie sich. Keine Komplikationen, keine Bindungen. Keine Versprechungen. Beide hatten sie einmal in der wichtigsten aller Beziehungen versagt, der Ehe. Warum sollte einer von ihnen einen erneuten Fehlschlag riskieren?

Sie reisten durch Oklahoma und widmeten einen ganzen Tag einem Kleinstadt-Rodeo. Blanche hatte nichts so sehr genossen seit den Feiern zum 4. Juli, die sie in Kansas gesehen hatten. Sie genoss es, den heißen Wettbewerb zu beobachten, den Kampf Mann gegen Tier und Mann gegen Mann und die Uhr. Dann fuhren sie weiter.

Blanche hatte von sogenannten Ein-Pferd-Städten gehört, aber auf nichts passte diese Bezeichnung besser als auf die Ansammlung von Häusern direkt hinter der Grenze zwischen Oklahoma und Texas. Alles wirkte staubig und von der Hitze ausgebleicht. Selbst die Gebäude sahen müde aus. Vielleicht war der Staat durch Öl und Wachstum reich geworden, aber diese kleine Ecke hatte es verschlafen.

Gewohnheitsmäßig nahm Blanche ihre Kamera mit, als sie aus dem Campingbus stieg, um ihre Beine zu strecken. Während sie um den Bus herumging, gaffte der dünne junge Tankwart sie an. Sidney sah den Jungen starren und Blanche lächeln, bevor er in den kleinen, von Ventilatoren gekühlten Laden hinter den Zapfsäulen ging.

Blanche fand einen winzigen eingezäunten Garten auf der anderen Straßenseite. Eine Frau in einem baumwollenen Hauskleid und einer ausgebleichten Schürze begoss den einzigen farbenfrohen Fleck: ein Beet mit Stiefmütterchen entlang des Hauses. Das Gras war gelb, von der Sonne verbrannt, aber die Blumen waren saftig und üppig. Vielleicht waren sie alles, was die Frau brauchte, um zufrieden zu sein. Der Zaun brauchte dringend einen Anstrich, und die Fliegengittertür des Hauses hatte mehrere kleine Löcher, aber die Blumen waren ein leuchtender, fröhlicher Kontrast. Die Frau lächelte, während sie sie begoss.

Dankbar hob Blanche die Kamera, in die sie einen Farbfilm eingelegt hatte. Sie wollte das sonnengebleichte Holz des Hauses und den verdorrten Rasen einfangen, beides als Gegensatz zu diesem Beet der Hoffnung.

Unzufrieden veränderte sie erneut ihren Standpunkt. Das Licht war gut, die Farben perfekt, aber das Bild war falsch. Warum? Sie trat zurück, nahm noch einmal alles in sich auf und stellte sich die einzig wichtige Frage. Was fühle ich?

Dann hatte sie es. Die Frau war nicht nötig, nur die Illusion von ihr. Ihre Hand mit der Gießkanne, nicht mehr. Sie konnte irgendeine Frau sein, irgendwo, die Blumen brauchte, um ihr Heim zu vervollständigen. Es waren die Blumen und die Hoffnung, die sie symbolisierten, die wichtig waren, und das war es, was Blanche letztlich aufnahm.

Sidney kam mit einer Papiertüte aus dem Laden heraus. Er sah, wie Blanche auf der anderen Straßenseite mit Blickwinkeln experimentierte. Er hatte nichts dagegen zu warten, stellte die Tüte in den Campingbus, holte die erste kalte Dose heraus, ehe er sich an den Tankwart wandte, um das Benzin zu bezahlen. Der Tankwart war so damit beschäftigt, Blanche zu beobachten, dass er kaum den Tankverschluss aufsetzen konnte.

»Hübscher Campingbus«, bemerkte er, aber Sidney glaubte nicht, dass er ihn auch nur eines Blickes gewürdigt hatte.

»Danke.« Er ließ seinen eigenen Blick dem des Jungen folgen, bis er auf Blanche gerichtet war. Er musste lächeln. Sie war schon eine große Ablenkung in diesem Hauch von Stoff, den sie Shorts nannte. Diese Beine, dachte er. Sie schienen an der Taille zu beginnen und nicht aufzuhören. Jetzt wusste er, wie empfindsam sie sein konnten – in der Kniekehle, gleich oberhalb des Knöchels, an der warmen glatten Haut am Ansatz des Schenkels.

»Fahren Sie und Ihre Frau noch weit?«

»Hmm?« Sidney hatte den Tankwart nicht mehr beachtet, so fasziniert war er von Blanche.

»Sie und die Gattin«, wiederholte der Junge und zählte das Wechselgeld. »Fahren Sie weit?«

»Dallas«, murmelte Sidney. »Sie ist nicht …« Er wollte den Fehler des Jungen über ihre Beziehung korrigieren, stockte jedoch. Die Gattin. Es war ein altmodisches Wort und irgendwie ansprechend. Es spielte kaum eine Rolle, ob ein Junge in einer Grenzstadt glaubte, Blanche würde zu ihm gehören. »Danke«, sagte er abwesend, stopfte das Wechselgeld in seine Tasche und ging zu ihr.

»Gutes Timing«, erklärte sie ihm, als sie ihm entgegenkam. Sie trafen sich in der Mitte der Straße.

»Etwas gefunden?«

»Blumen.« Sie lächelte und vergaß die gnadenlose Sonne. Wenn sie tief genug einatmete, konnte sie die Blumen über dem Staub riechen. »Blumen, wo sie eigentlich nicht hingehörten. Ich glaube, es ist …« Der Rest der Worte blieb ihr in der Kehle stecken, als er die Hand ausstreckte und ihr Haar berührte.

Er berührte sie sonst nie, nicht einmal auf eine völlig beiläufige Weise. Es sei denn, sie liebten sich, und dann geschah es nie beiläufig. Es gab nie ein leichtes Aneinanderstreichen von Händen, nie einen sanften Druck. Nichts. Bis jetzt, mitten auf der Straße zwischen einem verdorrten Garten und einer schmutzigen Tankstelle.

»Du bist so schön. Manchmal überwältigt es mich.«

Was konnte sie sagen? Er sprach nie sanfte Worte aus. Jetzt waren sie wie eine zärtliche Berührung. Seine Augen waren so dunkel, als er die Finger an ihre Wange legte. Sie hatte keine Ahnung, was er sah, während er sie betrachtete, was er fühlte. Sie hätte niemals gefragt. Vielleicht gab er ihr zum ersten Mal die Gelegenheit, aber sie konnte nicht sprechen, konnte ihn nur anstarren.

Er hätte ihr vielleicht gesagt, dass er Ehrlichkeit sah, Freundlichkeit, Stärke. Er hätte ihr vielleicht gesagt, dass er Verlangen verspürte, das weit über die Grenzen hinausging, die er zwischen sich und dem Rest der Welt errichtet hatte.

Hätte Blanche ihn gefragt, hätte er ihr vielleicht gesagt, dass sie in seinem Leben eine Veränderung bewirkte, die er nun nicht mehr aufhalten konnte.

Zum ersten Mal beugte er sich zu ihr herunter und küsste sie mit untypischer Zärtlichkeit. Der Moment erforderte es, obwohl er nicht sicher war, warum. Die Sonne war heiß und sengend, die Straße staubig, und der Geruch von Benzin war durchdringend. Aber der Moment erforderte Zärtlichkeit von ihm. Er gab sie und war überrascht, dass er es in sich hatte, etwas anzubieten.

»Ich fahre«, murmelte er, als er seine Hand in die ihre schob. »Es ist ein weiter Weg nach Dallas.«

Seine Gefühle hatten sich verändert. Nicht für die Stadt, in die sie fuhren, sondern für die Frau neben ihm. Dallas hatte sich verändert, seit er hier gelebt hatte, aber Sidney wusste aus Erfahrung, dass die Stadt sich ständig zu verändern schien. Obwohl er nur kurz hier gelebt hatte, war scheinbar täglich ein neues Gebäude über Nacht gewachsen. Hotels, Bürogebäude schossen hoch, wo immer sie Platz fanden, und es schien unerschöpflich viel Platz in Dallas zu geben. Die Architektur neigte sich dem Futuristischen zu: Glas, Spiralen, Spitztürme. Aber man brauchte nie lange zu suchen, um diese einzigartige Atmosphäre des Südwestens zu finden. Männer trugen Cowboyhüte genauso lässig wie dreiteilige Anzüge.

Sie hatten sich auf ein Innenstadthotel geeinigt, weil man von dort aus zu Fuß die Dunkelkammer erreichen konnte, die sie für zwei Tage gemietet hatten. Während der eine mit der Kamera unterwegs war, stand dem anderen die Ausrüstung zum Entwickeln und Vergrößern zur Verfügung. Dann wollten sie sich abwechseln.

Blanche blickte beinahe ehrfürchtig an dem Hotel hoch,

vor dem sie vorfuhren. Fließendes Warmwasser, Daunenkissen. Room Service. Sie stieg aus und begann, ihren Anteil an Gepäck und Ausrüstung auszuladen.

»Ich kann es kaum erwarten«, sagte sie, während sie noch einen Koffer ins Freie hob und Schweiß über ihren Rücken laufen fühlte. »Ich werde in der Badewanne versinken. Ich werde vielleicht sogar darin schlafen.«

Sidney holte sein Stativ aus dem Wagen, dann das ihre. »Willst du deine eigene?«

»Meine eigene?« Sie schlang den Riemen der ersten Kameratasche über ihre Schulter.

»Wanne.«

Sie blickte auf und begegnete seinem ruhigen, fragenden Blick. Er nahm wohl kaum an, dass sie ein Hotelzimmer miteinander teilten, wie sie den Campingbus geteilt hatten. Sie mochten ein Liebespaar sein, aber das Fehlen von Bindung zwischen ihnen war noch immer sehr, sehr deutlich. Ja, sie waren übereingekommen, dass es keine Versprechungen geben würde, aber vielleicht war es Zeit, dass sie den ersten Schritt tat. Sie lächelte.

»Kommt darauf an.«

»Worauf?«

»Ob du einverstanden bist, mir den Rücken zu waschen.«

Er schenkte ihr eines seiner seltenen, spontanen Lächeln, als er den Rest ihres Gepäcks ergriff. »Klingt vernünftig.«

Fünfzehn Minuten später ließ Blanche ihre Koffer in ihrem Hotelzimmer fallen. Genauso nachlässig warf sie ihre Schuhe dazu. Sie machte sich nicht die Mühe, zum Fenster zu gehen und nach draußen zu sehen. Das hatte Zeit bis später. Es gab einen anderen vitalen Aspekt des Zimmers, der sofortige Aufmerksamkeit erforderte. Sie ließ sich der Länge nach auf das Bett fallen.

»Himmlisch«, seufzte sie und schloss wohlig die Augen. »Absolut himmlisch.«

»Stimmt was nicht mit deiner Pritsche im Campingbus?« Sidney verstaute seine Ausrüstung in einer Ecke, bevor er die Vorhänge aufzog.

»Überhaupt nicht. Aber es liegen Welten zwischen einer Pritsche und einem Bett.« Sie rollte sich auf den Rücken und streckte sich diagonal auf der Überdecke aus. »Siehst du? So was kann man einfach nicht auf einer Pritsche machen.«

Er warf ihr einen nachsichtigen Blick zu, während er seinen Koffer öffnete. »Und du wirst es auch nicht auf einem Bett machen können, wenn du es mit mir teilst.«

Wie wahr, dachte sie, während sie zusah, wie er methodisch auspackte. Sie warf ihrem eigenen Koffer einen abwesenden Blick zu. Er konnte warten. Mit der gleichen Begeisterung, mit der sie sich hatte fallen lassen, sprang Blanche wieder auf. »Ein heißes Bad«, sagte sie und verschwand im Badezimmer.

Sidney legte sein Rasierzeug auf die Kommode, als er das Wasser laufen hörte. Er hielt einen Moment inne und lauschte. Blanche begann schon zu summen. Die Verbindung dieser Geräusche war seltsam intim – die leise Stimme einer Frau, das Plätschern von Wasser. Merkwürdig, dass ihn etwas so Schlichtes zum Brennen brachte.

Vielleicht war es ein Fehler gewesen, nur ein Zimmer zu nehmen. Das war nicht das Gleiche wie der Campingbus. Hier hätten sie die Wahl gehabt, eine Chance auf Abgeschiedenheit und Abstand. Noch bevor der Tag vorüber war, würden Blanches Sachen überall im Zimmer verstreut sein. Es sah ihm nicht ähnlich, Unordnung zuzulassen. Dennoch hatte er es getan.

Er blickte auf und sah sich selbst im Spiegel: ein dunkler Mann mit einem schlanken Körper und einem schmalen Gesicht. Augen ein wenig zu hart, Mund ein wenig zu empfindsam. Er war zu sehr an sein eigenes Spiegelbild gewöhnt, um sich zu fragen, was Blanche sah, wenn sie ihn betrachtete. Er sah einen Mann, der ein wenig müde wirkte und eine Rasur brauchte. Und er wollte sich nicht fragen, obwohl er sich selbst betrachtete wie ein Künstler sein Objekt, ob er einen Mann sah, der bereits einen unwiderruflichen Schritt in Richtung Veränderung getan hatte.

Sidney betrachtete sein Gesicht, das vor dem Hintergrund des Hotelzimmers reflektiert wurde. Gleich neben der Tür standen Blanches Sachen und ihre Schuhe. Flüchtig fragte er sich, falls er jetzt seine Kamera nahm und sein Spiegelbild und das des Zimmers und der Koffer hinter ihm aufnahm, was für ein Foto er dann bekommen würde. Und ob er fähig sein würde, es zu verstehen. Er schüttelte die Stimmung ab, durchquerte den Raum und betrat das Bad.

Sie wandte ihm den Kopf zu, aber das war alles. Obwohl ihr der Atem stockte, als er hereinkam, hielt Blanche sich still. Diese Art von Intimität war neu und machte sie verletzbar. Es war dumm, aber sie wünschte sich eine Schaumschicht, um etwas Geheimnisvolles an sich zu haben.

Sidney lehnte sich gegen das Waschbecken und betrachtete sie. Falls sie vorhatte, sich zu waschen, ließ sie sich damit Zeit. Das kleine Seifenstück lag eingewickelt in der Schale, während sie nackt in der Wanne lag. Ihm wurde bewusst, dass er sie zum ersten Mal richtig bei Licht nackt sah. Ihr Körper war eine einzige lange ansprechende Linie. Das Bad war klein und von Dampf vernebelt. Er wollte sie. Sidney fragte sich, ob ein Mann an Verlangen sterben konnte.

»Wie ist das Wasser?«, fragte er sie.

»Heiß.« Blanche ermahnte sich, entspannt und natürlich zu sein. Das Wasser, das sie besänftigt hatte, fing an, sie jetzt zu erregen.

»Gut.« Ruhig begann er, sich auszuziehen.

Blanche hatte nie gesehen, wie er sich auszog. Sie hatten sich stets an ihre unausgesprochenen strengen Regeln gehalten. Wenn sie campierten, zog sich jeder von ihnen in den Duschen um. Seit sie zum Liebespaar geworden waren, waren sie am Ende des Tages dem Drang erlegen, sich selbst und einander in dem dunklen Campingbus auszuziehen, während sie sich bereits liebten. Jetzt konnte sie zum ersten Mal zusehen, wie ihr Liebhaber lässig seinen Körper vor ihr entblößte.

Sie wusste, wie er aussah. Ihre Hände hatten es erfühlt. Aber es war eine ganz andere Erfahrung, die Formen und Umrisse zu sehen. Athletisch, dachte sie, in der Art eines Läufers. Eines Hürdenläufers. Das passte wohl noch besser. Sidney wartete stets auf die nächste Hürde und war bereit, sie zu überspringen.

Er legte seine Kleider ordentlich auf das Waschbecken, sagte jedoch nichts, als er über ihre Kleider steigen musste, die Blanche einfach hatte fallen lassen.

»Du hast etwas davon gesagt, dass ich dir den Rücken waschen soll«, bemerkte er, während er sich hinter ihr in die Wanne gleiten ließ. Dann fluchte er etwas über die Temperatur des Wassers. »Kochst du gern beim Baden ein paar Lagen Haut weg?«

Sie lachte, entspannte sich und rückte sich zurecht, um sich ihm anzupassen. Als sein Körper sich an ihrem rieb und Haut über Haut glitt, fand sie, dass kleine Wannen schon etwas für sich hatten. Zufrieden schmiegte sie sich an ihn, was ihn zuerst überraschte, dann freute.

»Wir sind beide etwas lang geraten«, sagte sie, während sie ihre Beine neu ordnete. »Aber es hilft, dass wir beide schlank sind.«

»Iss ruhig weiter.« Er gab dem Verlangen nach, einen Kuss auf ihren Kopf zu drücken. »Früher oder später muss es ansetzen.«

»Hat es noch nie.« Sie strich mit ihrer Hand an seinem Schenkel hoch, vom Knie beginnend. Es war ein leichtes, lässiges Streicheln, bei dem sich sein Innerstes zusammenzog.

Sidney griff nach der Seife und wickelte sie aus. »Willst du morgen in der Dunkelkammer die erste Schicht, Blanche?«, wollte er wissen.

»Mhmm.« Sie beugte sich vor und streckte sich, während er die schäumende Seife über ihren Rücken gleiten ließ.

»Du kannst sie von acht bis zwölf haben.«

Sie wollte gegen die frühe Stunde protestieren, gab dann aber nach. Manche Dinge änderten sich nie. »Was wirst du …« Die Frage ging in ein Seufzen über, als er mit der Seife um ihre Taille herum und zu ihrem Hals hinauf strich. »Ich lasse mich gern verwöhnen.«

Ihre Stimme war schläfrig, doch dann fuhr er mit einem seifigen Finger über ihre Brustspitze und fühlte das rasche Schaudern. Er strich mit der Seife in ständigem Kreisen über sie, tiefer, noch tiefer, bis jeder Gedanke an Entspannen vorbei war. Abrupt drehte sie sich um, sodass er unter ihr gefangen war, ihren Mund auf den seinen gepresst. Ihre Hände streichelten ihn, trieben ihn an den Abgrund, bevor er eine Chance hatte, sich dagegen zu wappnen.

»Blanche …«

»Ich liebe es, dich zu berühren.« Sie glitt tiefer, bis ihr Mund über seine Brust streichen konnte, Haut und Wasser schmeckte. Sie knabberte, lauschte auf das Hämmern seines

Herzens, rieb dann ihre Wange an seiner feuchten Haut, nur um zu fühlen, nur um zu erforschen. Sie fühlte, wie er bebte und einen Moment still lag. Wann hatte er sich das letzte Mal lieben lassen, fragte sie sich. Vielleicht ließ sie ihm diesmal keine andere Wahl.

»Sidney.« Sie ließ die Hände wandern, um ihm Lust zu schenken. »Komm mit mir ins Bett.« Bevor er antworten konnte, erhob sie sich. Während das Wasser von ihr strömte, lächelte sie auf ihn herunter und zog langsam die Klammern aus ihrem Haar. Als es frei fiel, schüttelte sie es nach hinten, dann griff sie nach einem Handtuch.

Sie wartete, bis er aus der Wanne gestiegen war, dann nahm sie ein anderes Handtuch und rieb ihn damit ab. Er erhob keinen Einwand, aber sie fühlte, wie er eine emotionale Abwehr aufbaute. Nicht dieses Mal, dachte sie. Dieses Mal sollte es anders sein.

Während sie ihn abtrocknete, beobachtete sie seine Augen. Sie konnte seine Gedanken nicht lesen, sie konnte nicht wissen, was er hinter dem offensichtlichen Verlangen noch an Gefühlen verbarg. Für jetzt war es genug. Sie ergriff seine Hand und ging zum Bett.

Diesmal würde sie ihn lieben. Ganz gleich wie stark, wie drängend das Begehren war, sie wollte ihm zeigen, was er sie fühlen ließ. Langsam, ihre Arme bereits um ihn geschlungen, ließ sie sich auf das Bett sinken. Als die Matratze nachgab, fand ihr Mund den seinen.

Das Verlangen brannte in ihm. Doch diesmal war Sidney unfähig zu fordern, unfähig, das Tempo zu bestimmen. Sie verwöhnte ihn. Ihre Lippen liebkosten ihn auf eine träge, sinnliche Weise. Er erfuhr, dass mit ihr die Leidenschaft Schicht um Schicht aufgebaut werden konnte, bis es nichts anderes mehr gab. Sie dufteten beide nach dem gemeinsamen

Bad, nach der Seife, mit der er sie eingeschäumt hatte. Sie atmete diesen Duft genießerisch ein, während sie ihn langsam zum Wahnsinn trieb.

Es war Genuss genug, Sidney in dem Sonnenschein des späten Nachmittags zu sehen. Keine Dunkelheit jetzt, keine Schatten. Sie hatte nicht einmal gewusst, dass sie Liebe bei Licht, frei und ohne Schranken, mochte. Seine Schultern waren noch feucht. Sie sah den Wasserfilm auf ihnen, konnte ihn schmecken. Als ihre Lippen sich trafen, konnte sie den Ausdruck seiner Augen beobachten und dort das Verlangen sehen, das widerspiegelte, was in ihr pulsierte. Darin waren sie gleich, sagte sie sich. Darin, wenn schon in sonst nichts, verstanden sie einander.

Und als er sie berührte, als sie sah, wie sein Blick dem Pfad seiner Hand folgte, erbebte sie. Verlangen, seines und ihres, prallten aufeinander, ließen sie erschauern.

Sidney holte sie näher an sich, brauchte sie. Dich, dachte er benommen, als ihre Körper verschmolzen und ihre Gedanken sich miteinander verbanden.

8. Kapitel

In Malibu waren sie am Strand getrennte Wege gegangen. In Galveston waren sie nach zwei Stunden Arbeit Hand in Hand an der Küste entlanggeschlendert. Eine Kleinigkeit für viele Leute, überlegte Blanche, jedoch nicht für sie beide.

Jedes Mal, wenn sie sich liebten, schien es dabei mehr zu geben. Sie wusste nicht, was es war, aber sie stellte es nicht infrage. Es war Sidney, mit dem sie zusammen sein wollte, mit dem sie lachen, mit dem sie sprechen wollte. Täglich entdeckte sie etwas Neues, etwas anderes an dem Land und seinen Leuten. Sie entdeckte es zusammen mit Sidney. Vielleicht war das die ganze Antwort, die sie brauchte.

Sie waren im lauten, rauen New Orleans gewesen. Schwitzende Trompeter auf der Bourbon Street, Händler, die sich auf dem Farmers Market Kühlung zufächelten, Künstler und Touristen auf dem Jackson Square.

Von da aus reisten sie nördlich nach Mississippi für einen Hauch von Juli im tiefen Süden. Hitze und Feuchtigkeit. Große kühle Drinks und kostbare Schatten. Das Leben war anders hier. In den Städten schwitzten Männer in weißen Hemden und mit gelockerten Krawatten. In den ländlichen Gegenden arbeiteten Farmer unter der drückenden Sonne. Aber sie bewegten sich langsamer als die Farmer im Norden oder Westen. Vielleicht kam es von den Temperaturen über vierzig Grad, vielleicht war es auch nur die Lebensweise.

Kinder nahmen ihr Privileg für sich in Anspruch und trugen so gut wie gar nichts am Leib. Ihre Körper waren gebräunt und feucht und staubig. In einem Stadtpark machte Blanche eine Nahaufnahme von einem grinsenden Jungen mit mahagonifarbener Haut, der sich in einem Brunnen abkühlte.

Die Kamera hatte ihn nicht eingeschüchtert. Als Blanche ihn anpeilte, lachte er und kreischte, während das Wasser über ihn strömte, weiß und kühl.

In einer Kleinstadt nordwestlich von Jackson stolperten sie über ein Baseballspiel der Jugendliga. Es war kein besonderes Spielfeld, und die Zuschauertribüne sah aus, als würde sie nicht mehr als fünfzig Leute gleichzeitig aufnehmen, aber Blanche und Sidney fuhren von der Straße und parkten zwischen einem Pick-up und einem rostigen Pkw.

»Das ist großartig.« Blanche griff nach ihrer Kameratasche.

»Du riechst doch nur die Hotdogs.«

»Das auch«, stimmte sie bereitwillig zu. »Aber das hier ist der Sommer. Vielleicht gehen wir in New York zu einem Spiel der Yankees, aber hier und heute bekommen wir bessere Bilder.« Sie hakte sich bei ihm unter, bevor er weggehen konnte. »Ich behalte mir die Beurteilung der Hotdogs vor.«

Sidney machte einen langen, weiten Rundblick. Die Leute hatten sich verteilt, saßen auf dem Gras, auf Klappstühlen, auf den Zuschauerbänken. Sie jubelten, beschwerten sich, tratschten und schütteten kalte Drinks in sich hinein. Er war ziemlich sicher, dass hier alle einander beim Namen oder vom Sehen kannten. Er beobachtete einen alten Mann mit einer Baseballmütze, der lässig eine Prise Tabak ausspuckte, ehe er den Schiedsrichter beschimpfte.

»Ich werde ein wenig herumwandern«, entschied Sidney, weil er einen Platz auf den Zuschauerbänken für den Moment zu einengend fand.

»Okay.« Blanche hatte sich ebenfalls umgesehen und fand,

dass die Zuschauerbänke der Punkt waren, auf den sich ihre Aufmerksamkeit richten musste.

Sie trennten sich, und Sidney näherte sich dem alten Mann, der bereits seine Aufmerksamkeit erregt hatte. Blanche ging zu den Bänken, von denen sie und die Zuschauer einen guten Blick auf das Spiel hatten.

Die Spieler trugen weiße Hosen, schon staubig und mit Grasflecken, dazu hellrote oder blaue Hemden mit den aufgestickten Namen der Teams. Viele Spieler waren zu klein für die Kleidung, und die Handschuhe wirkten riesengroß. Manche trugen Noppenschuhe, andere Turnschuhe. Einige ließen wie wahre Profis Baseballhandschuhe aus ihren Gesäßtaschen baumeln.

Es waren die Mützen, fand Blanche, die etwas über die Persönlichkeit der Einzelnen aussagten. Der eine trug sie fest sitzend oder nach hinten geschoben, der andere verwegen ins Gesicht gezogen. Sie wollte eine Aufnahme der Action, etwas, das die Farbe und die Persönlichkeiten mit dem Sport an sich zusammenbrachte. Solange sich nichts für sie anbot, begnügte Blanche sich damit, einen Schnappschuss von einem der Spieler zu machen, der sich die Zeit damit vertrieb, mit seinem Kaugummi Blasen zu machen.

Sie rutschte auf der Tribüne eine Stufe höher und versuchte es mit ihrem Teleobjektiv. Besser, fand sie, und freute sich darüber, dass der Spieler ein Gesicht voller Sommersprossen hatte. Über ihr ließ jemand seinen Kaugummi schnalzen und pfiff, während der Schiedsrichter für einen Schlag entschied.

Blanche senkte ihre Kamera und ließ sich von dem Spiel fesseln. Wenn sie die Atmosphäre darstellen wollte, musste sie sie zuerst fühlen. Es war mehr als das Spiel, fand sie. Es war das Gefühl der Gemeinschaft. Als die Spieler mit den Schlägern aufmarschierten, riefen die Leute in der Menge sie beim Namen und machten beiläufige Bemerkungen, die von persönlicher Bekanntschaft zeugten.

Eltern waren zu dem Spiel von der Arbeit gekommen, Großeltern hatten auf ein frühes Abendessen verzichtet, und Nachbarn zogen das Spiel einem Abend mit Fernsehen vor. Sie hatten ihre Favoriten und scheuten sich nicht, für sie Stimmung zu machen.

Die nächste Spielerin interessierte Blanche hauptsächlich, weil sie ein ausnehmend hübsches Mädchen von etwa zwölf Jahren war. Auf den ersten Blick hätte Blanche sie viel eher an eine Ballettstange als auf ein Spielfeld gestellt. Als das Mädchen jedoch den Schläger packte und in Position ging, hob Blanche ihre Kamera. Das war sehenswert.

Blanche fing sie beim ersten Schwung eines Schlages ein. Obwohl die Menge stöhnte, war Blanche von dem Fluss der Bewegung begeistert. Sie mochte nur ein Spiel der Jugendliga in einer halbwegs vergessenen Stadt in Mississippi fotografieren, aber sie dachte an ihre Studioarbeit mit der Primaballerina. Die Spielerin ging in Position für den nächsten Schlag, und Blanche ging in Position für das nächste Foto. Sie wurde ungeduldig, als sie zwei Bälle abwarten musste.

»Niedrig und draußen«, hörte sie jemanden neben sich murmeln. Sie konnte nur daran denken, dass sie das Bild verlor, wenn das Mädchen jetzt ging.

Dann kam der Ball, zu schnell für Blanche, um seine Platzierung zu beurteilen, aber das Mädchen tat einen festen Schlag und jagte los, und unter Einsatz des Filmtransportmotors folgte Blanche ihr auf ihrem Lauf um das Feld. Als sie die Runde vollendete, zielte Blanche auf ihr Gesicht. Ja, Maria würde diesen Gesichtsausdruck verstehen, dachte Blanche. Anspannung, Entschlossenheit und purer Wille zu siegen. Blanche fing sie ein, wie sie in einer Staubwolke ihr Ziel erreichte.

»Wundervoll!« Sie senkte so begeistert die Kamera, dass sie nicht einmal merkte, dass sie laut gesprochen hatte. »Einfach wundervoll!«

»Ja, das ist unser Mädchen.«

Abwesend blickte Blanche zu dem Paar neben ihr. Die Frau war in ihrem Alter, vielleicht ein oder zwei Jahre älter. Sie strahlte. Der Mann neben ihr grinste mit einem Kaugummi im Mund.

Vielleicht hatte sie nicht richtig gehört. Die beiden waren so jung. »Sie ist Ihre Tochter?«

»Unsere Älteste.« Die Frau schob ihre Hand in die ihres Mannes. Blanche sah die beiden schlichten Eheringe. »Hier laufen noch drei von uns herum, aber die interessieren sich mehr für den Imbissstand als für das Spiel.«

»Nicht unsere Carey.« Der Vater blickte zu seiner Tochter hinüber. »Sie ist voll dabei.«

»Sie haben hoffentlich nichts dagegen, dass ich sie fotografiere.«

»Nein.« Die Frau lächelte erneut. »Wohnen Sie in der Stadt?«

Das war eine höfliche Art herauszufinden, wer sie war. Blanche zweifelte nicht daran, dass die Frau jeden im Umkreis von zehn Meilen kannte. »Nein, ich bin auf Reisen. Ich bin freischaffende Fotografin, im Auftrag von LIFE-STYLE unterwegs. Vielleicht haben Sie schon von dem Magazin gehört.«

»Sicher.« Der Mann deutete mit einem Kopfnicken auf seine Frau, während er den Blick auf das Spiel gerichtet hielt. »Sie kauft es jeden Monat.«

Blanche holte eine Veröffentlichungsgenehmigung aus ihrer Tasche und erklärte ihr Interesse daran, Careys Foto zu benutzen. Obwohl sie sich kurz hielt und leise sprach, verbreitete sich die Nachricht auf der Tribüne. Blanche musste Fragen beantworten und mit der Neugierde fertig werden. Um alles auf die einfachste Weise zu lösen, kletterte sie von der Tribüne, wechselte zu einem Weitwinkelobjektiv und machte ein Gruppenbild. Keine schlechte Studie, fand sie, aber sie wollte nicht die nächste Stunde damit verbringen, dass Leute für sie posierten. Um den Baseballfans Gelegenheit zu geben, ihre Aufmerksamkeit wieder auf das Spiel zu lenken, wanderte sie zu dem Imbissstand.

»Glück gehabt?«

Sie drehte den Kopf und sah Sidney, der sich zu ihr gesellte. »Ja. Und du?«

Er nickte und lehnte sich gegen die Theke des Standes. Es gab keine Erleichterung von der Hitze, obwohl die Sonne sich senkte. Die Nacht versprach, genauso schwül zu werden wie der Tag. Sidney bestellte zwei große Drinks und zwei Hotdogs.

»Weißt du, was ich jetzt möchte?«, fragte sie und begann, ihren Hotdog unter Relish zu begraben.

»Eine Schaufel?«

Sie ignorierte ihn und häufte Senf obenauf. »Ein langes kühles Bad in einem gewaltigen Pool und danach einen eisgekühlten Margarita.«

»Erst einmal musst du dich mit dem Fahrersitz des Campingbusses zufriedengeben. Du bist dran.«

Sie zuckte die Schultern. Ein Job war ein Job. »Hast du vorhin dieses Mädchen gesehen?« Sie gingen über die unebene Wiese zu dem Bus.

»Das Kind, das wie ein Geschoss gerannt ist?«

»Ja. Ich saß neben den Eltern auf der Tribüne. Sie haben vier Kinder.«

»Und?«

»Vier Kinder«, wiederholte sie. »Und ich würde schwören, die Frau war nicht älter als dreißig. Wie machen die Leute das?«

»Frag mich das später, und ich zeige es dir.«

Lachend rammte sie ihm den Ellbogen in die Seite. »Das habe ich nicht gemeint – obwohl mir die Idee gefällt. Was ich meine, da ist dieses Paar – jung, attraktiv. Man merkte, dass sie einander sogar mögen.«

»Erstaunlich.«

»Sei nicht zynisch«, befahl sie, als sie die Tür des Campingbusses öffnete. »Eine Menge Paare mögen einander nicht, besonders mit vier Kindern, einer Hypothek und zehn oder zwölf Ehejahren auf dem Buckel.«

»Und wer ist jetzt zynisch?«

Sie setzte zum Sprechen an und runzelte stattdessen die Stirn. »Ich bin es wahrscheinlich«, überlegte sie und startete den Motor. »Vielleicht habe ich mir eine Welt ausgesucht, die meinen Blickwinkel verzerrt hat, aber wenn ich ein glücklich verheiratetes Paar mit etlichen vorweisbaren Erfolgen sehe, bin ich beeindruckt.«

»Es ist auch beeindruckend.« Sorgfältig verstaute er seine Kameratasche unter dem Armaturenbrett. »Und nun fahr los!«

9. Kapitel

Sie nahmen eine Scheibe von Tennessee mit – Nashville, Chattanooga –, fingen die östliche Ecke von Arkansas ein – Berge und Legenden, und fuhren durch Twains Missouri nach Kentucky hinauf. Dort fanden sie Tabakblätter, Berglorbeer, Fort Knox und die Mammoth Cave, doch wenn Blanche an Kentucky dachte, dachte sie an Pferde. Kentucky, das waren schlanke, schimmernde Vollblüter, die auf saftigem Gras weideten. Sie dachte an langbeinige Fohlen, die über weite Wiesen liefen, und kraftvolle Rennpferde auf der Strecke von Churchill Downs.

Als sie den Staat Richtung Louisville durchquerten, sah sie viel mehr. Saubere Vorstadthäuser umgaben die größeren und die kleineren Städte, wie sie das in jedem Staat des ganzen Landes taten. Farmen erstreckten sich über viele Morgen – Tabak, Pferde, Getreide. Großstädte ragten auf mit ihren geschäftigen Bürogebäuden und ihren viel befahrenen Straßen. So viel war gleich wie im Westen und im Süden, und doch war so viel anders.

»Daniel Boone und die Cherokees«, murmelte Blanche, als sie wieder einen langen, monotonen Highway befuhren.

»Was?« Sidney blickte von der Landkarte auf, die er gerade überprüfte. Wenn Blanche fuhr, schadete es nicht, die Richtung im Auge zu behalten.

»Daniel Boone und die Cherokees«, wiederholte Blanche. Sie beschleunigte, um ein Wohnmobil zu überholen, das am Heck mit Fahrrädern und an der Front mit Angelruten zusätzlich beladen war. Wohin fahren sie, fragte sie sich. Woher kommen sie? »Mir kam der Gedanke, dass es vielleicht die Geschichte eines Ortes ist, die ihn von anderen unterscheidet. Vielleicht ist es auch das Klima oder die Topografie.«

Sidney betrachtete wieder die Landkarte und überschlug die Zeit und die Entfernung. Er schenkte dem hinter ihnen dahinrollenden Wohnmobil nicht mehr als einen flüchtigen Gedanken. »Ja.«

Blanche lächelte genervt. Eins und eins ergab für Sidney immer zwei. »Aber die Menschen sind grundsätzlich gleich, findest du nicht? Wenn du einen Querschnitt durch das Land nimmst und eine Umfrage veranstaltest, würdest du herausfinden, dass die meisten Menschen das Gleiche wollen. Ein Dach über dem Kopf, einen guten Job, ein paar Wochen Urlaub im Jahr.«

»Blumen im Garten?«

»Na schön, ja.« Sie zuckte sorglos die Schultern. »Ich glaube, die Wünsche der meisten Menschen sind reichlich einfach. Italienische Schuhe und eine Reise nach Barbados kommen vielleicht noch dazu, aber die grundsätzlichen Dinge berühren doch jedermann. Gesunde Kinder, Ersparnisse, ein Steak auf dem Grill.«

»Du hast so eine Art, die Dinge zu vereinfachen, Blanche.«

»Vielleicht, aber ich sehe auch keinen Grund, sie zu komplizieren.«

Interessiert legte er die Landkarte weg und wandte sich ihr zu. Vielleicht hatte er vermieden, tiefer in sie vorzudringen aus Angst, was er entdecken könnte. Aber jetzt, hinter seiner Sonnenbrille, waren seine Augen direkt. Genau wie seine Frage. »Was willst du?«

»Ich …« Sie zögerte einen Moment und runzelte die Stirn, während sie den Campingbus um eine lange Kurve zog. »Ich weiß nicht, was du meinst.«

Er glaubte, dass sie es wusste, aber letztlich machte sie doch immer wieder Ausflüchte. »Ein Dach über dem Kopf, ein guter Job? Sind das für dich die wichtigsten Dinge?«

Vor zwei Monaten hätte sie vielleicht die Schultern gezuckt und zugestimmt. Ihr Job kam an erster Stelle und gab ihr alles, was sie brauchte. So hatte sie es geplant, so hatte sie es gewollt. Jetzt war sie sich dessen nicht mehr sicher. Seit sie L. A. verlassen hatte, hatte sie zu viel gesehen, zu viel gefühlt. »Ich habe diese Dinge«, sagte sie ausweichend. »Natürlich will ich sie.«

»Und?«

Sie rutschte unbehaglich auf ihrem Sitz. Sie hatte nicht gewollt, dass sich ihre müßigen Spekulationen über den Sinn des Lebens gegen sie richteten. »Ich würde eine Reise nach Barbados nicht ablehnen.«

Er lächelte nicht, wie sie das gehofft hatte, sondern betrachtete sie weiterhin hinter dem Schutz der dunklen Gläser. »Du vereinfachst noch immer.«

»Ich bin ein einfacher Mensch.«

Ihre Hände lagen leicht und sicher am Lenkrad, ihr Haar war zu dem üblichen Zopf geflochten. Sie trug kein Make-up, eine ausgebleichte abgeschnittene Jeans und ein zwei Nummern zu großes T-Shirt. »Nein«, entschied er nach einem Moment. »Du bist kein einfacher Mensch. Du tust nur so.«

Sofort vorsichtig, schüttelte sie den Kopf. Seit ihrem Ausbruch in Mississippi hatte Blanche es geschafft, kühlen Kopf zu bewahren und sich davor zu bewahren, zu tief nachzudenken. »Du bist ein komplizierter Mensch, Sidney, und du siehst Komplikationen, wo keine sind.«

Sie wünschte sich, sie könnte seine Augen sehen. Sie wünschte sich, sie könnte die Gedanken hinter ihnen sehen.

»Ich weiß, was ich sehe, wenn ich dich betrachte, und das ist nicht einfach.«

Sie zuckte sorglos die Schultern, aber ihr Körper hatte begonnen, sich zu verkrampfen. »Ich bin leicht zu durchschauen.«

Er korrigierte sie mit einem kurzen präzisen Wort, das er ruhig aussprach. Blanche blinzelte einmal und richtete dann ihre ganze Aufmerksamkeit auf die Straße. »Nun, ich stecke sicher nicht voller Geheimnisse.«

Tatsächlich nicht? Sidney beobachtete, wie die dünnen Goldringe an ihren Ohren baumelten. »Ich frage mich, was du denkst, wenn du neben mir liegst, nachdem wir uns geliebt haben – in diesen Minuten nach der Leidenschaft und vor dem Schlaf. Ich frage mich das oft.«

Sie fragte sich das auch. »Nachdem wir uns geliebt haben«, erwiderte sie mit einer leidlich sicheren Stimme, »habe ich Schwierigkeiten, überhaupt zu denken.«

Diesmal lächelte er. »Du bist immer weich und schläfrig«, murmelte er und brachte sie zum Beben. »Und ich frage mich, was ich zu hören bekäme, wenn du deine Gedanken laut aussprächest.«

Dass ich mich in dich verlieben könnte. Dass uns jeder Tag zusammen einen Tag näher an das Ende heranbringt. Dass ich mir nicht vorstellen kann, wie mein Leben sein wird, wenn ich dich nicht habe, um dich zu berühren, um mit dir zu sprechen. Das waren ihre Gedanken, aber sie sagte nichts.

Sie hat ihre Geheimnisse, dachte Sidney. Genau wie er. »Eines Tages, bevor das alles vorbei ist, wirst du sie mir sagen.«

Er drängte sie in eine Ecke … Blanche fühlte es, wusste aber nicht, warum. »Habe ich dir nicht schon genug gesagt?«

»Nein.« Er gab dem Wunsch nach, der ihn immer häufiger heimsuchte, und berührte ihre Wange. »Bei Weitem nicht.«

Sie versuchte zu lächeln, musste sich jedoch räuspern, um zu sprechen. »Das ist eine gefährliche Unterhaltung, wenn ich mit sechzig Meilen in der Stunde auf einem Interstate Highway fahre.«

»Das ist eine gefährliche Unterhaltung in jedem Fall.« Langsam zog er seine Hand zurück. »Ich will dich, Blanche. Ich kann dich nicht ansehen, ohne dich zu wollen.«

Sie verfiel in Schweigen, nicht weil er Dinge sagte, die sie nicht hören wollte, sondern weil sie nicht mehr wusste, wie sie damit fertig werden sollte – und mit ihm. Hätte sie gesprochen, hätte sie vielleicht zu viel gesagt und das Band zerrissen, das begonnen hatte, sich zwischen ihnen zu formen. Sie konnte es ihm nicht sagen, aber es war ein Band, das sie wollte.

Er wartete darauf, dass sie sprach, sehnte sich danach, dass sie etwas sagte, nachdem er so gut wie die Grenze überschritten hatte, die sie zu Beginn gezogen hatten. Risiko. Er war eines eingegangen. Konnte sie das nicht erkennen? Sehnsucht. Er sehnte sich nach ihr. Konnte sie das nicht fühlen? Doch sie schwieg, und der Schritt nach vorn wurde zu einem Schritt zurück.

»Deine Ausfahrt kommt gleich«, sagte er, griff nach der Karte und faltete sie sorgfältig. Blanche wechselte die Spur, verlangsamte das Tempo und verließ den Highway.

Kentucky hatte Blanche an Pferde denken lassen. Pferde führten sie beide nach Louisville und von Louisville nach Churchill Downs. Das Derby war schon lange vorbei, aber es gab Rennen, und es gab Menschenmengen. Wenn sie in ihre Betrachtung über den Sommer in Amerika auch die Menschen einbeziehen wollten, die einen Nachmittag bei Rennen und Wetten verbrachten, wohin sonst sollten sie fahren?

Sobald Blanche die Rennstrecke erblickte, sah sie Dutzende von Motiven. Kathedralartige Gewölbe und saubere weiße Gebäude verliehen der Hektik eine ruhige Eleganz. Die Rennbahn war der Mittelpunkt, ein langes Oval aus festgepacktem Sand. Um sie herum erhoben sich Tribünen. Blanche wanderte herum und fragte sich, was für eine Art von Mensch hierher – oder auf irgendeine andere Rennstrecke – kommen würde, um zwei Dollar oder zweihundert auf ein Rennen zu setzen, das nur Minuten dauerte. Erneut fand sie Vielfalt.

Da war der Mann mit geröteten Armen und verschwitztem T-Shirt, der sich eifrig über einen Wettschein beugte, und ein anderer in lässig eleganter Anzughose, der an irgendetwas Kühlem in einem Kelchglas nippte. Sie sah Frauen in unaufdringlich teuren Kleidern mit Feldstechern in den Händen und Familien, die ihre Kinder zum Sport der Könige ausführten. Da waren ein Mann mit grauem Hut und Tätowierungen auf beiden Armen und ein Junge, der auf den Schultern seines Vaters lachte.

Sie und Sidney waren bei Baseballspielen, Tennismatches und Rennen querfeldein im Land gewesen. Stets sah sie Gesichter in der Menge, die nichts miteinander gemeinsam hatten als das Spiel. Die Spiele waren erfunden und in Industrien verwandelt worden. Das war ein interessanter Aspekt der menschlichen Natur. Aber Menschen hielten die Spiele am Leben, sie wollten unterhalten werden, sie wollten am Wettkampf teilnehmen.

Sie entdeckte einen Mann, der gegen die Brüstung lehnte und ein Rennen verfolgte, als hinge sein Leben vom Ausgang ab. Sein Körper war angespannt, sein Gesicht feucht. Sie erwischte ihn im Profil.

Bei einem raschen Rundblick entdeckte sie eine Frau in einem blassrosa Kleid und mit Sommerhut, die das Rennen beiläufig verfolgte, distanziert wie eine Kaiserin bei einem

Wettbewerb im Kolosseum. Blanche hielt sie im Bild fest, während die Menge beim Zieleinlauf tobte.

Sidney lehnte mit einer Hüfte an der Brüstung, er schoss die Pferde in verschiedenen Positionen rings um die Rennstrecke und schloss mit dem letzten Satz über die Ziellinie ab. Davor hatte er die Tafel mit den Quoten aufgenommen, auf der Zahlen aufblitzten und lockten. Jetzt wartete er darauf, bis die Ergebnisse angezeigt wurden, und richtete seine Kamera erneut darauf.

Bevor die Rennen vorüber waren, erblickte Sidney Blanche an dem Zwei-Dollar-Schalter. Mit ihrer um den Hals hängenden Kamera und ihrem Wettschein in der Hand kehrte sie zu den Tribünen zurück.

»Hast du denn gar keine Willenskraft?«, fragte er sie.

»Nein.« Sie fand einen Automaten und bot Sidney einen Schokoriegel an, der in der Hitze bereits weich wurde. »Außerdem, im nächsten Rennen gibt es ein Pferd namens ›Shade‹.« Als Sidney die Augenbrauen hob, grinste sie. »Wie konnte ich da widerstehen?«

Er wollte ihr sagen, dass sie albern war. Er wollte ihr sagen, dass sie unerträglich süß war. Stattdessen zog er ihre Sonnenbrille über ihre Nase herunter, bis er ihre Augen sehen konnte. »Welche Nummer hat das Pferd?«

»Sieben.«

Sidney warf einen Blick auf die Tafel mit den Quoten und schüttelte den Kopf. »Fünfunddreißig zu eins. Wie hast du gewettet?«

»Auf Sieg natürlich.«

Er ergriff sie am Arm und führte sie wieder zur Brüstung. »Deinen zwei Dollar kannst du Lebewohl winken, Hitzkopf.«

»Oder ich kann siebzig gewinnen.« Blanche schob ihre Brille wieder an ihren Platz. »Dann führe ich dich zum Dinner aus. Wenn ich verliere«, fuhr sie fort, während die Pferde in die Startboxen geführt wurden, »habe ich immer noch eine Kreditkarte. Ich kann dich trotzdem zum Dinner ausführen.«

»Abgemacht«, erklärte Sidney, als die Glocke erklang.

Blanche beobachtete, wie die Pferde losjagten. Sie waren fast schon an der ersten Kurve, als sie Nummer sieben an dritter Stelle von hinten entdeckte. Sie blickte auf und sah Sidney den Kopf schütteln.

»Gib ihn noch nicht auf.«

»Wenn du auf einen Außenseiter setzt, Liebste, musst du bereit sein zu verlieren.«

Ein wenig verlegen über seinen beiläufigen Gebrauch des Kosewortes, wandte sie sich wieder dem Rennen zu. Sidney sprach sie selten mit ihrem Namen an, noch seltener mit einer dieser reizend intimen Bezeichnungen. Ein Außenseiter, stellte sie im Stillen fest. Aber sie war absolut nicht sicher, ob sie bereit war zu verlieren, wie sie das hätte sein sollen. »Er holt auf«, sagte sie hastig, als Nummer sieben drei Pferde mit langen, harten Sätzen überholte. Selbstvergessen beugte sie sich über die Brüstung und lachte. »Schau es dir an! Er holt auf.«

Sie hob ihre Kamera und benutzte das Teleobjektiv wie einen Feldstecher. »Himmel, ist das Pferd schön«, murmelte sie. »Ich wusste nicht, dass es so schön ist.«

Während sie das Pferd beobachtete, vergaß sie das Rennen, den Wettbewerb. Es war schön. Sie sah den Jockey tief gebeugt reiten, ein verwischter Farbfleck mit einem eigenen Stil, aber es war das Pferd mit seinen angespannten Muskeln und den trommelnden Beinen, das sie faszinierte. Es wollte gewinnen, sie konnte es fühlen. Ganz gleich, wie viele Rennen es verloren hatte, wie oft es schwitzend in die Ställe zurückgeführt worden war, es wollte gewinnen.

Hoffnung. Sie fühlte es, hörte jedoch nicht mehr den Aufschrei der Menge um sie herum. Das Pferd, das sich anstrengte, um die Anführer des Feldes zu überholen, hatte die Hoffnung nicht verloren. Es glaubte, dass es gewinnen konnte, und wenn man nur fest genug glaubte … In einem letzten Spurt ging es an dem führenden Pferd vorbei und überquerte die Ziellinie wie ein Champion.

»Hol mich der Teufel«, murmelte Sidney. Er bemerkte plötzlich, dass er seinen Arm um Blanches Schultern gelegt hatte, während sie zusahen, wie der Sieger seine Siegesrunde mit langen, gleichmäßigen Bewegungen drehte.

»Schön.« Ihre Stimme war leise und belegt.

»Hey.« Sidney hob ihr Kinn an, als er die Tränen in ihrer Stimme hörte. »Es war nur eine Zwei-Dollar-Wette.«

Sie schüttelte den Kopf. »Das Pferd hat es geschafft. Es wollte gewinnen, und es hat einfach nicht aufgegeben, bis es gewonnen hat.«

Sidney fuhr behutsam mit einem Finger über ihre Nase. »Hast du schon einmal etwas von einem Glückstreffer gehört?«

»Ja.« Schon etwas gefasster, nahm sie seine Hand in ihre Hände. »Und das hier hatte nichts damit zu tun.«

Für einen Moment betrachtete er sie, senkte dann mit einem Kopfschütteln seinen Mund auf den ihren, leicht, süß. »Und das von einer Frau, die behauptet, einfach zu sein.«

Und glücklich, dachte sie, während ihre Finger sich mit den seinen verschlangen. Lächerlich glücklich. »Holen wir meinen Gewinn ab.«

»Es hat da ein Gerücht gegeben«, begann er, während sie sich ihren Weg über die Tribüne bahnten, »dass du mich zum Dinner einlädst.«

»Ja, davon habe ich auch gehört.«

Blanche war eine Frau, die Wort hielt. An diesem Abend, als die Blitze eines Sommergewitters über den Himmel zuckten und der Donner grollte, betraten sie ein ruhiges, gedämpft erleuchtetes Restaurant.

»Leinenservietten«, murmelte Blanche Sidney zu, während sie an einen Tisch geführt wurden.

Er lachte an ihrem Ohr, als er ihr den Stuhl zurechtrückte. »Du lässt dich leicht beeindrucken.«

»Wie wahr«, stimmte sie zu, »aber ich habe seit Juni keine Leinenserviette mehr gesehen.« Sie nahm ihre Serviette von dem Teller und ließ sie durch ihre Hände gleiten. Das Leinen war glatt und schwer. »Hier drinnen gibt es keinen Vinylstuhl und keine Kunststofflampe. Es wird auch keine kleinen Plastikbehälter mit Ketchup geben.« Augenzwinkernd klopfte sie mit einem Finger gegen den Teller und ließ ihn erklingen. »Versuch das mit Pappe.«

Sidney beobachtete, wie sie als Nächstes das Wasserglas ausprobierte. »Und das alles höre ich von der Königin des Fast Foods?«

»Eine beständige Diät mit Hamburgern ist in Ordnung, aber ich mag auch mal Abwechslung. Nehmen wir Champagner«, entschied sie, als der Kellner an den Tisch kam. Sie warf einen Blick auf die Karte, traf ihre Wahl und wandte sich wieder an Sidney.

»Du hast soeben deinen Gewinn für eine Flasche zum Fenster hinausgeworfen.«

»Wie gewonnen, so zerronnen.« Sie stützte ihr Kinn auf ihre Hände und lächelte ihn an. »Habe ich schon gesagt, dass du bei Kerzenschein wunderbar aussiehst?«

»Nein.« Amüsiert beugte auch er sich vor. »Sollte das nicht ich sagen?«

»Vielleicht, aber du hattest es offenbar nicht eilig, damit

herauszurücken. Außerdem habe ich dich eingeladen. Allerdings …« Sie warf ihm einen trägen Blick zu. »Falls du irgendetwas Schmeichelhaftes sagen willst, wäre ich bestimmt nicht beleidigt.«

Lässig fuhr sie mit einem Finger über seinen Handrücken, worauf er sich fragte, wieso sich auch nur ein einziger Mann über die Segnungen der Emanzipation der Frau beschwerte. Es war bestimmt nichts Schlimmes, mit Speis und Trank versorgt zu werden. Es würde auch nicht schlimm sein, sich zu entspannen und sich verführen zu lassen. Desgleichen, fand Sidney, als er ihre Hand an seine Lippen hob, konnte man nichts gegen Partnerschaft einwenden.

»Ich könnte sagen, dass du immer zauberhaft aussiehst, aber heute Abend …« Er ließ seinen Blick über ihr Gesicht wandern. »Heute Abend raubst du mir den Atem.«

Für einen Moment verlegen, ließ sie ihre Hand in der seinen liegen. Wie konnte er so etwas so ruhig, so unerwartet sagen? Und wie konnte sie, die an lässige, folgenlose Komplimente von Männern gewöhnt war, mit einem fertig werden, das so ernsthaft wirkte? Vorsichtig, warnte sie sich. Sehr vorsichtig.

»Wenn das so ist, muss ich öfter Lippenstift benutzen.«

Mit einem raschen Lächeln küsste er erneut ihre Finger. »Du hast vergessen, welchen aufzulegen.«

»Oh.« Sprachlos starrte Blanche ihn an.

»Madam?« Der Weinkellner hielt ihr die Champagnerflasche hin, Etikett nach oben.

»Ja.« Sie atmete ruhig aus. »Ja, sehr gut.«

Während sie Sidney unverwandt ansah, hörte sie, wie der Korken dem Druck nachgab und der Champagner in ihr Glas sprudelte. Sie nippte, schloss die Augen, um zu genießen. Dann nickte sie und wartete, bis der Kellner beide Gläser gefüllt hatte. Gefasster hob Blanche ihr Glas und lächelte Sidney zu.

»Worauf?«

»Auf einen Sommer«, sagte er und ließ die Gläser klingen. »Auf einen faszinierenden Sommer.«

Ihre Lippen lächelten, und ihre Augen reflektierten das Lächeln, während sie nippte. »Ich hatte eigentlich erwartet, dass es schrecklich langweilig sein würde, mit dir zu arbeiten.«

»Tatsächlich.« Sidney ließ den Champagner einen Moment auf seiner Zunge ruhen. »Und ich habe erwartet, dass du eine richtige Nervensä…«

»Wie auch immer«, unterbrach sie ihn trocken. »Ich war froh, dass mein Vorurteil sich nicht bestätigt hat.« Sie wartete einen Moment. »Und deines?«

»Meines hat sich bestätigt«, sagte er leichthin und lachte, als sie die Augen schmal zusammenzog. »Aber ich hätte dich bei Weitem nicht so genossen, wäre es anders gewesen.«

»Dein anderes Kompliment hat mir besser gefallen«, murmelte sie und griff nach der Speisekarte. »Aber da du mit Komplimenten sehr knauserig umgehst, muss ich wohl nehmen, was ich bekomme.«

»Ich sage nur, was ich meine.«

»Ich weiß.« Sie schob ihren Stuhl zurück, während sie die Speisekarte überflog. »Aber ich … oh, sieh nur, sie haben Schokoladenmousse.«

»Die meisten Leute fangen mit der Vorspeise an.«

»Ich arbeite lieber verkehrt herum. Dann kann ich abschätzen, wie viel ich essen will, und immer noch Platz für Dessert haben.«

»Ich kann mir nicht vorstellen, dass du irgendetwas mit Schokolade ablehnst.«

»Recht hast du.«

»Ich verstehe allerdings immer noch nicht, wie du dermaßen in dich hineinschaufeln kannst, ohne fett zu werden.«

»Ich habe einfach Glück.« Sie lächelte ihn über die offene Speisekarte hinweg an. »Hast du denn keine Schwächen, Sidney?«

»Doch.« Er sah sie an, bis sie erneut verlegen wurde. »Ein paar.« Und eine dieser Schwächen, dachte er, während er ihre Augen beobachtete, wird immer akuter.

»Möchten Sie jetzt bestellen?«

Zerstreut blickte Blanche zu dem höflichen Kellner auf. »Wie bitte?«

»Möchten Sie jetzt bestellen?«, wiederholte er. »Oder wollen Sie noch etwas warten?«

»Die Lady nimmt Schokoladenmousse«, sagte Sidney ruhig.

»Ja, Sir.« Ungerührt notierte es der Kellner. »Ist das alles?«

»Noch lange nicht«, erklärte Sidney und griff erneut nach seinem Glas. Lachend arbeitete Blanche sich durch die Speisekarte.

»Ich bin voll bis oben hin«, entschied Blanche über eine Stunde später, während sie durch den hart peitschenden Regen fuhren. »Absolut voll.«

Sidney fuhr über eine gelbe Ampel. »Dir beim Essen zuzusehen, ist ein erstaunlicher Zeitvertreib.«

»Wir sind hier, um uns zu unterhalten«, sagte sie leicht. In ihren Sitz zurückgekuschelt, mit Champagner, der sich in ihrem Kopf drehte, und Donner, der an einem übellaunigen Himmel grollte, wäre sie mit Sidney an ihrer Seite überallhin gefahren. »Es war süß von dir, dass du mir einen Bissen von deinem Käsekuchen abgegeben hast.«

»Die Hälfte«, verbesserte Sidney sie. Bewusst fuhr er an dem Campingplatz vorbei, den sie am Nachmittag ausgesucht hatten. Die Wischer erzeugten schnelle zischende Geräusche an der Windschutzscheibe. »Aber es war gern geschehen.«

»Es war herrlich.« Sie stieß einen ruhigen, schläfrigen Seufzer aus. »Ich liebe es, verwöhnt zu werden. Der heutige Abend wird mir über einen weiteren Monat von Fast-Food-Ketten und Abendessen mit altbackenen Donuts hinweghelfen.« Zufrieden blickte sie auf die dunklen, nassen Straßen und die Pfützen am Straßenrand hinaus. Sie mochte Regen, besonders nachts, wenn er alles zum Glänzen brachte. Vom Hinsehen versank sie in Träumen und schrak erst hoch, als Sidney auf den Parkplatz eines kleinen Motels fuhr.

»Kein Campingplatz heute Nacht«, sagte er, bevor sie fragen konnte. »Warte hier, während ich ein Zimmer besorge.«

Er war schon aus dem Wagen und jagte durch den Regen. Kein Campingplatz, dachte sie und blickte über ihre Schulter auf die beiden schmalen Pritschen zu beiden Seiten des Campingbusses. Keine dürftigen behelfsmäßigen Betten und tröpfelnde Duschen.

Lächelnd sprang sie auf und begann, seine und ihre Ausrüstung zusammenzusuchen. Auf die Koffer verschwendete sie keinen Gedanken.

»Champagner, Leinenservietten und jetzt ein Bett.« Sie lachte, als Sidney klatschnass in den Wagen kletterte. »Ich werde restlos verwöhnt.«

Er wollte sie verwöhnen. Es war nicht logisch, lediglich eine Tatsache. Heute Nacht, und wenn es auch nur für diese Nacht war, wollte er sie verwöhnen. »Das Zimmer liegt nach hinten hinaus.« Während Blanche die Ausrüstung nach vorne zog, fuhr er langsam um das Gebäude herum und las die

Nummern an der Reihe der Türen ab. »Hier.« Er hängte die Kamerataschen über seine Schulter. »Warte einen Moment.« Sie hatte nach einer weiteren Tasche und nach ihrer Handtasche gegriffen, bis er die Tür von außen öffnete. Zu ihrem Erstaunen fand sie sich auf seinen Armen wieder.

»Sidney!« Doch der Regen klatschte ihr ins Gesicht und ließ sie nach Atem ringen, während Sidney mit ihr im Arm über den Parkplatz zu einer Außentür hetzte.

»Das Mindeste, was ich tun konnte, nachdem du für das Dinner bezahlt hast«, erklärte er, während er den übergroßen Schlüssel ins Schloss schob. Blanche lachte, als er mit der Tür kämpfte, wobei er sie, die Kamerataschen und die Stative hielt.

Er stieß die Tür mit seinem Fuß zu und presste seinen Mund auf Blanches Lippen. Noch immer lachend, klammerte Blanche sich an ihn.

»Jetzt sind wir beide nass«, murmelte sie und fuhr mit ihren Fingern durch seine Haare.

»Wir werden im Bett trocknen.« Bevor sie seine Absichten erkannte, fiel Blanche durch die Luft und landete federnd auf der Matratze.

»Wie romantisch«, sagte sie trocken, aber ihr Körper blieb locker. Sie lag da, lächelnd, weil Sidney einem seiner seltenen unbekümmerten Impulse nachgegeben hatte und sie das genießen wollte.

Das Kleid klebte an ihr, ihr Haar lag auf dem Bett ausgefächert. Sidney hatte gesehen, wie sie sich für das Dinner umgezogen hatte, und wusste, dass sie ein dünnes Shirty trug, an den Schenkeln hoch und über ihren Brüsten tief geschnitten, und dünne, hauchdünne Strümpfe. Er hätte sie jetzt lieben können, stundenlang lieben können – es wäre nicht genug gewesen. Er wusste, wie entspannt, wie nachgiebig ihr Körper sein konnte. Wie voll von Feuer, Stärke, Lebenskraft. Er hätte alles begehren, alles haben können – es wäre nicht genug gewesen.

Er war Experte darin, den Moment einzufangen, die Emotionen, die Botschaft. Er ließ seine eigenen Gefühle brodeln, während er nach seiner Kameratasche griff.

»Was machst du da?«

Als sie sich aufsetzen wollte, drehte Sidney sich wieder zu ihr. »Bleib einen Moment so.«

Fasziniert und vorsichtig beobachtete sie, wie er die Kamera einstellte. »Nicht, ich ...«

»Leg dich einfach zurück wie vorhin«, unterbrach er sie. »Entspannt und ganz zufrieden mit dir selbst.«

Seine Absicht war jetzt offensichtlich. Blanche hob eine Augenbraue. Besessenheit, dachte sie amüsiert. Die Kamera war eine Besessenheit für sie beide. »Sidney, ich bin Fotografin, nicht Model.«

»Tu mir den Gefallen.« Sanft drückte er sie zurück auf das Bett.

»Ich habe zu viel Champagner in meinem Kreislauf, um mit dir zu streiten.« Sie lächelte zu ihm hoch, als er die Kamera über ihr Gesicht hielt. »Du kannst spielen, wenn du willst, oder ernsthafte Fotos machen, wenn du musst, solange ich nichts tun muss.«

Sie tat nichts anderes als zu lächeln, und er begann zu pulsieren. So oft hatte er die Kamera als Barriere zwischen ihm und seinem Objekt benutzt, bei anderen Gelegenheiten als Ventil für seine Emotion, eine Emotion, die er auf keine andere Art freisetzen wollte. Jetzt war keines von beidem der Fall. Die Emotion war bereits in ihm, und Barrieren waren nicht möglich.

Er schoss mehrere Bilder von ihr, war jedoch nicht zufrieden.

»Das ist es nicht.« Er war so professionell, dass Blanche es nicht als Abwehr, sondern als seine Art ansah. Doch als er zu ihr kam, sie in sitzende Position zog und den Reißverschluss ihres Kleides öffnete, blieb ihr der Mund offen stehen.

»Sidney!«

»Es ist dieser träge Sex«, murmelte er, während er das Kleid über ihre eine Schulter herunterschob. »Diese unglaublichen Wellen der Sinnlichkeit, die überhaupt keine Mühe erfordern, sondern einfach da sind. Es ist die Art, wie deine Augen blicken.« Als seine Augen sich wieder auf die ihren richteten, vergaß sie den Scherz, den sie gerade hatte machen wollen. »Wie deine Augen blicken, wenn ich dich berühre – genau so.« Langsam strich er mit einer Hand über ihre nackte Schulter. »Wie sie blicken, wenn ich dich küsse – genau so.« Er küsste sie, ließ sich dabei Zeit, während sie aufhörte zu denken und nur empfand. »Genau so«, flüsterte er, entschlossener als je zuvor, diesen Moment einzufangen, ihn greifbar zu machen, sodass er ihn in seinen Händen halten und sehen konnte. »Ganz genau so«, sagte er erneut, trat einen Schritt zurück, dann einen zweiten. »Genau so, wie du aussiehst, bevor wir uns lieben. Genau, wie du hinterher aussiehst.«

Hilflos erregt starrte Blanche in die Linse, als er die Kamera hob. Er fing sie ein, wie eine Beute im Fadenkreuz eines Zielfernrohrs, leer von Gedanken, angefüllt mit Empfindungen. Gleichzeitig fing er sich selbst ein.

Für einen Moment war ihr Herz in ihren Augen. Der Kameraverschluss öffnete sich, schloss sich und fing es ein. Wenn er das Foto vergrößerte, dachte er, während er behutsam die Kamera wegstellte, würde er dann sehen, was sie fühlte? Würde er dann seiner eigenen Gefühle sicher sein?

Jetzt saß sie auf dem Bett, ihr Kleid in Unordnung, ihr Haar zerzaust, ihre Augen verschleiert. Geheimnisse, dachte Sidney erneut. Sie beide hatten welche. War es möglich, dass er einen Teil der Geheimnisse von ihnen beiden auf den Film in seiner Kamera gebannt hatte?

Als er Blanche jetzt anblickte, sah er eine Frau, die erregt war, eine Frau, die erregte. Er sah Leidenschaft und Nachgiebigkeit und Aufnahmebereitschaft. Er sah eine Frau, die er besser kennengelernt hatte als sonst irgendjemanden. Dennoch sah er auch eine Frau, in deren Innerstes er erst noch eindringen musste – weil er bisher vermieden hatte, in ihr Innerstes einzudringen.

Er ging stumm zu ihr. Ihre Haut war feucht, aber warm, wie er es erwartet hatte. Viele kleine Regentropfen hingen in ihren Haaren. Er berührte einen, und der Tropfen verschwand. Ihre Arme hoben sich. Während draußen das Gewitter tobte, brachte er Blanche und sich selbst an einen Ort, an dem man keine Antworten brauchte.

10. Kapitel

Wenn sie mehr Zeit hätten …

Als der August vorbeizugleiten begann, war das der Gedanke, der Blanche immer wieder durch den Kopf ging. Mit mehr Zeit hätten sie sich an jeder Station länger aufhalten können. Mit mehr Zeit hätten sie mehr Staaten durchqueren können, mehr Städte, mehr Gemeinden. Es gab so viel zu sehen, so viel aufzunehmen, aber die Zeit neigte sich ihrem Ende zu.

In weniger als einem Monat würde die Schule, die sie leer und wartend im Nachmittagslicht fotografiert hatte, wieder gefüllt sein. Blätter, die jetzt saftig und grün waren, würden diese leuchtenden Farben annehmen, bevor sie abfielen. Sie selbst würde zurück in Los Angeles sein, zurück in ihrem Studio, zurück in dem Alltag, den sie sich eingerichtet hatte. Zum ersten Mal in all den Jahren hatte das Wort »allein« einen hohlen Klang.

Wie war das geschehen? Sidney Colby war ihr Partner geworden, ihr Liebhaber, ihr Freund. Er war – obwohl das Eingeständnis erschreckend war – zum wichtigsten Menschen in ihrem Leben geworden. Irgendwie war sie von ihm abhängig geworden, von seiner Meinung, seiner Gesellschaft, von den Nächten, in denen sie sich nur miteinander beschäftigten.

Sie konnte es sich vorstellen, wie es sein würde, wenn sie nach L. A. zurückkehrten und getrennte Wege gingen. Getrennte Teile der Stadt, dachte sie, getrennte Leben, getrennte Ausblicke.

Die Nähe, die sich so langsam, fast schmerzhaft zwischen ihnen entwickelt hatte, würde sich auflösen. Hatten sie das nicht beide von Anfang an angestrebt? Sie waren darin übereingekommen, genau wie sie übereingekommen waren, zusammenzuarbeiten. Wenn ihre eigenen Gefühle sich geändert hatten, war sie dafür verantwortlich und musste mit ihnen fertig werden. Während der Kilometerzähler weiterlief, während sie den nächsten Staat hinter sich ließen, fragte sie sich, wie sie es anstellen sollte.

Sidney hatte seine eigenen Gedanken, mit denen er sich herumschlagen musste. Als sie in Maryland ankamen, hatten sie den Osten der U.S.A. erreicht. Der Atlantik war nahe, so nahe wie das Ende des Sommers. Es war das Ende, das ihn störte. Das Wort bedeutete nicht länger mehr: ›Auftrag abgeschlossen‹, sondern ›vorbei‹. Er begann zu erkennen, dass er absolut nicht bereit war, diesen Schlussstrich zu ziehen. Es gab dafür vernünftige Begründungen, die er alle ausprobierte.

Sie hatten zu viel verpasst. Wenn sie sich auf der Rückfahrt Zeit ließen, anstatt sich an ihren ursprünglichen Plan zu halten, schnurgerade durch das Land zu fahren, könnten sie einen Umweg machen, um all die Orte aufzusuchen, die sie auf der Herfahrt ausgeklammert hatten. Das machte Sinn. Sie könnten eine Woche in New England bleiben, zwei Wochen nach dem Labor Day. Nach den langen Tagen im Campingbus und der intensiven Arbeit, die sie beide geleistet hatten, verdienten sie etwas Urlaub. Das war vernünftig.

Sie sollten langsam zurückfahren und sich nicht abhetzen. Wenn sie nicht darauf achteten, schnell voranzukommen, wie viele Fotos würden dabei noch herausspringen? Wenn auch nur ein einziges Foto etwas Besonderes wurde, hätte es sich schon gelohnt. Das war professionell.

Wenn sie nach L.A. zurückkehrten, könnte Blanche vielleicht zu ihm ziehen, sein Apartment mit ihm teilen, wie sie den Campingbus geteilt hatten. Das war unmöglich. Oder?

Sie wollte ihre Beziehung nicht komplizieren. Hatte sie das nicht gesagt? Er wollte nicht die Verantwortung, die die Bindung an eine Person mit sich brachte. Hatte er sich nicht klar ausgedrückt? Vielleicht brauchte er mittlerweile ihre Gesellschaft auf einer gewissen Ebene. Und es stimmte schon, er hatte es schätzen gelernt, wie sie alles betrachtete und den Spaß und die Schönheit in den Dingen sah. Das wog jedoch nicht Versprechungen, Bindungen und Komplikationen auf.

Mit etwas Zeit und etwas Abstand musste die Sehnsucht verblassen. Er war sich nur dessen sicher, dass er diesen Punkt so lange wie möglich hinausschieben wollte.

Blanche entdeckte ein Cabrio – rot, todschick. Die Fahrerin hatte einen Arm über die Lehne des weißen Ledersitzes gelegt, während ihr blondes Haar im Wind flatterte. Blanche packte ihre Kamera und beugte sich aus dem offenen Fenster. Halb auf dem Sitz kniend, halb kauernd, regulierte sie die Tiefenschärfe.

Sie wollte von hinten schießen und den Wagen in einen verwischten Farbfleck verwandeln. Sie wollte aber auch nicht den arroganten Winkel des Arms der Fahrerin verlieren oder die lässige Art, in der ihr Haar nach hinten wehte. Sie wusste auch schon, dass sie den schlichten grauen Highway und die anderen Wagen in der Dunkelkammer weglassen würde. Nur das rote Cabrio, dachte sie, während sie ihre Kamera einstellte.

»Versuch, genau den Abstand zu halten«, rief sie Sidney zu. Sie machte eine Aufnahme, war nicht zufrieden, beugte sich noch weiter hinaus. Obwohl Sidney schimpfte, schoss Blanche noch eine Aufnahme, ehe sie sich lachend wieder auf ihren Sitz fallen ließ.

Er wusste, dass er genauso war. Hatte man die Kamera erst einmal vor das suchende Auge gedrückt, hielt man sie für eine Art Schutzschild. Nichts konnte einem passieren – man war einfach nicht mehr Teil des Geschehens. Obwohl er es besser wusste, war es ihm doch oft genug so ergangen, selbst nach seinem ersten Einsatz in Übersee. Vielleicht war es dieses Verstehen, dass seine Stimme sanft klang, obwohl er wütend war.

»Bist du noch bei Verstand, dich so weit aus dem Fenster eines fahrenden Wagens zu lehnen?«

»Ich konnte nicht widerstehen. Nichts kommt einem Cabrio auf einem offenen Highway im August gleich. Ich spiele immer mit der Idee, mir selbst eins zu kaufen.«

»Warum tust du es nicht?«

»Einen neuen Wagen zu kaufen, ist harte Arbeit.« Sie blickte auf die grünen und weißen Straßenschilder, wie sie das so oft in diesem Sommer getan hatte. Es gab Städte, Straßen und Routen, von denen sie nie gehört hatte. »Ich kann es kaum glauben, dass wir in Maryland sind. Wir sind so weit gekommen, und doch … ich weiß nicht … irgendwie kommt es mir nicht so vor wie zwei Monate.«

»Zwei Jahre?«

Sie lachte. »Manchmal. Bei anderen Gelegenheiten wirkt es wie Tage. Nicht genug Zeit«, sagte sie. »Nie genug.« Sidney ließ sich keine Zeit für Überlegungen, ehe er den ersten Schritt tat. »Wir mussten viel auslassen.«

»Ich weiß.«

»Wir sind durch Kansas gefahren, aber nicht durch Nebraska, durch Mississippi, aber nicht durch North und South

Carolina. Wir waren nicht in Michigan oder Wisconsin«, bemerkte er.

»Auch nicht in Florida, Washington State, North und South Dakota.« Sie zuckte die Schultern und versuchte, nicht daran zu denken, was sie hinter sich gelassen hatten. Nur das Heute, mahnte Blanche sich. Nimm nur das Heute.

»Ich habe mir überlegt, ob wir das alles auf der Rückfahrt einbauen sollen.«

»Auf der Rückfahrt?« Blanche wandte sich ihm zu, als er nach einer Zigarette griff.

»Wir wären dann auf eigene Faust unterwegs.« Der Zigarettenanzünder glühte rot an der Spitze der Zigarette. »Ich denke, wir könnten uns beide so ungefähr einen Monat nehmen, um den Job abzuschließen.«

Mehr Zeit. Blanche verspürte das rasche Aufkeimen von Hoffnung und unterdrückte es sofort unbarmherzig. Er wollte den Job auf seine Art zu Ende bringen. Es war seine Art, erinnerte sie sich selbst, alles gründlich zu machen. Aber spielte der Grund wirklich eine Rolle? Sie hätten dann mehr Zeit. Ja, erkannte sie, während sie aus dem Seitenfenster starrte. Der Grund spielte eine viel zu große Rolle.

»Der Job ist in New England erledigt«, sagte sie leichthin. »Der Sommer ist vorüber, und es geht wieder an die normale Arbeit. Meine Arbeit im Studio wird zwar noch für einen Monat zurückgestellt bleiben, aber …« Sie fühlte, wie sie weich zu werden anfing, obwohl er gar nichts sagte, nichts tat, um sie zu überreden. »Ich hätte nichts gegen ein paar Umwege auf der Rückfahrt.«

Sidney hielt seine Hände locker am Steuer, seine Stimme klang beiläufig. »Wir denken noch darüber nach«, sagte er und ließ das Thema vorerst fallen.

Des Highways müde, wichen sie auf Seitenstraßen aus. Blanche machte Aufnahmen von Kindern, die sich gegenseitig mit Gartenschläuchen abspritzten, von Wäsche, die im Wind trocknete, von einem alten Paar, das auf einer offenen Veranda in Schaukelstühlen saß. Sidney machte seine Fotos von schwitzenden Arbeitern, die Teer auf Dächern auftrugen, von Pfirsichpflückern und – überraschenderweise – von zwei zehnjährigen Geschäftsleuten, die Limonade in ihrem Vorgarten feilboten.

Gerührt nahm Blanche den Pappbecher, den Sidney ihr reichte. »Das ist süß.«

»Du hast noch nicht gekostet«, bemerkte er und kletterte auf den Beifahrersitz. »Um die Unkosten niedrig zu halten, sind sie mit Zucker sehr sparsam umgegangen.«

»Ich habe dich gemeint.« Impulsiv beugte sie sich zu ihm herunter und küsste ihn, leicht, wohlig. »Du kannst ein sehr süßer Mann sein.«

Wie immer rührte sie ihn, und er konnte es nicht verhindern. »Ich kann dir eine Liste von Leuten geben, die dir widersprechen würden.«

»Was wissen die schon?« Mit einem Lächeln berührte sie erneut seinen Mund mit ihren Lippen. Sie fuhr die saubere, schattige Straße entlang und betrachtete wohlgefällig die gemähten Wiesen, die Blumengärten und die in den Höfen bellenden Hunde. »Ich mag die Vorstädte«, sagte sie lässig. »Jedenfalls zum Ansehen. Ich habe nie in einer gelebt. Sie sind so ordentlich.« Mit einem Seufzer bog sie an der Ecke rechts ab. »Hätte ich hier ein Haus, würde ich wahrscheinlich vergessen, den Rasen zu düngen, und würde mit Unkraut und Löwenzahn dastehen. Meine Nachbarn würden eine Petition unterschreiben, und am Schluss müsste ich mein Haus verkaufen und in eine Eigentumswohnung ziehen.«

»Und so endet Blanche Bryan Mitchells Karriere als Vorstadtbewohnerin.«

Sie zog ihm eine Grimasse. »Manche Leute sind eben nicht für Lattenzäune gemacht.«

»Wie wahr.«

Sie wartete, aber er sagte nichts, das ihr das Gefühl gab, unzulänglich zu sein. Sie lachte begeistert, ergriff seine Hand und drückte sie. »Du bist gut für mich, Sidney. Das bist du wirklich.«

Er wollte ihre Hand nicht loslassen und gab sie nur zögernd frei. Er war gut für sie! Sie sagte es so leicht und lachte dabei. Dass sie das tat, zeigte ihm, dass sie keine Ahnung hatte, was ihm diese Worte bedeuteten. Vielleicht war es an der Zeit, dass er es ihr sagte. »Blanche …«

»Was ist das?«, fragte sie plötzlich und fuhr an den Straßenrand. Erregt ließ sie den Wagen ein Stück weiterrollen, bis sie das farbenfrohe Plakat lesen konnte, das an einer Telegrafenstange befestigt war. »Nightingale's Wanderjahrmarkt«. Sie zog die Handbremse an und kletterte fast über Sidney, um besser sehen zu können. »Voltara, die elektrische Frau.« Mit einem Jauchzer drückte sie sich näher an Sidney. »Großartig, einfach großartig! Sampson, der tanzende Elefant. Madame Zoltar, Wahrsagerin. Sidney, sieh nur, sie sind den letzten Abend in der Stadt. Das dürfen wir nicht verpassen. Was ist schon ein Sommer ohne Jahrmarkt? Aufregende Karussellfahrten, Geschicklichkeitsspiele und Glücksspiele.«

»Und Dr. Wren, der Feuerschlucker.«

Es war leicht, seinen trockenen Tonfall zu ignorieren. »Schicksal.« Sie kletterte auf ihren eigenen Sitz zurück. »Es muss Schicksal sein, dass wir in diese Straße eingebogen sind. Wir hätten das sonst verpasst.«

Sidney blickte zu dem Schild zurück, als Blanche losfuhr.

»Man stelle sich vor«, murmelte er. »Da hätten wir diese ganze Strecke von Küste zu Küste zurückgelegt, ohne einen einzigen tanzenden Elefanten gesehen zu haben.«

Eine halbe Stunde später lehnte Sidney auf seinem Sitz, rauchte gelassen, die Füße gegen das Armaturenbrett gestützt. Genervt zog Blanche den Campingbus um die nächste Ecke.

»Ich habe mich nicht verfahren.«

Sidney blies träge den Rauch aus. »Ich habe kein Wort gesagt.«

»Ich weiß, was du denkst.«

»Den Satz sagt Madame Zoltar.«

»Und du kannst aufhören, so selbstgefällig vor dich in zu grinsen.«

»Tue ich das?«

»Du siehst immer selbstgefällig drein, wenn ich mich verfahre.«

»Du hast gesagt, du hättest dich nicht verfahren.«

Blanche biss die Zähne zusammen und schoss ihm einen vernichtenden Blick zu. »Warum nimmst du nicht einfach diese Karte und sagst mir, wo wir sind?«

»Ich wollte sie vor zehn Minuten nehmen, und du hast mich angefaucht.«

Blanche stieß den Atem aus. »Das lag an der Art, wie du die Karte genommen hast. Du hast gegrient, und ich konnte förmlich deine Gedanken hören, wie du …«

»Du brichst schon wieder in Madame Zoltars Territorium ein.«

»Verdammt, Sidney!« Aber sie musste ein Lachen unterdrücken, während sie die endlose, unbeleuchtete Landstraße entlangfuhr. »Es macht mir nichts aus, wenn ich mich zum

Narren mache, aber ich hasse es, wenn jemand darüber die Augenbraue hochzieht.«

»Habe ich das getan?«

»Du weißt, dass du es getan hast. Also, wenn du jetzt einfach …« In dem Moment erhaschte sie das erste Schimmern von flackernden roten, blauen, grünen Lichtern. Ein Riesenrad, dachte sie. Das musste es sein. Blecherne Musikfetzen trieben durch die sommerliche Abenddämmerung. Eine Jahrmarktsorgel. Jetzt war es Blanche, die selbstgefällig dreinsah. »Ich wusste, dass ich es finde.«

»Ich habe nie daran gezweifelt.«

Ihr wäre bestimmt etwas Vernichtendes eingefallen, aber die in der frühen Abenddämmerung leuchtenden Lichter und die ulkig pfeifende Musik lenkten sie ab. »Es ist Jahre her«, murmelte sie. »Es ist wirklich Jahre her, seit ich so etwas gesehen habe. Ich muss auf den Feuerschlucker achten.«

»Und auf dein Portemonnaie.«

Sie schüttelte den Kopf, während sie von der Straße auf das holperige Feld bog, auf dem die Autos parkten. »Zyniker.«

»Realist.« Er wartete, bis sie den Campingbus neben einen Pick-up neuesten Datums gesteuert hatte. »Verschließ den Wagen.« Sidney griff nach seiner Tasche und wartete vor dem Bus, bis Blanche ihre Tasche hatte. »Wohin zuerst?«

Sie dachte an rosa Zuckerwatte, hielt sich jedoch zurück. »Warum wandern wir nicht zuerst ein wenig herum? Vielleicht machen wir jetzt schon ein paar Aufnahmen, aber in der Dunkelheit haben sie dann noch mehr Wirkung.«

Ohne Dunkelheit und ohne hell leuchtende, bunte Lichter sah der Jahrmarkt zu sehr so aus, wie er wirklich war: ein wenig matt, mehr als nur ein wenig schäbig. Seine Illusionen ließen sich jetzt zu leicht demaskieren, und Blanche war nicht deshalb hergekommen. Jahrmärkte hatten, genau wie Santa

Claus, ein Recht auf ihren geheimnisvollen Zauber. Wenn in einer Stunde die Sonne vollständig hinter diesen rollenden blau gefärbten Hügeln im Westen untergegangen sein würde, war der Jahrmarkt in seinem Element. Dann fiel auch die abblätternde Farbe nicht mehr auf.

»Sieh nur, da ist Voltara.« Blanche packte Sidney am Arm und drehte ihn so herum, dass er ein lebensgroßes Poster sehen konnte, das ihre üppigen Kurven und spärliche Bekleidung zeigte, während sie auf etwas festgeschnallt war, das wie ein selbst gebastelter elektrischer Stuhl aussah.

Sidney betrachtete den gemalten Flitter über einem großzügigen Dekolleté. »Das Ansehen könnte sich sogar lohnen.«

Mit einem abfälligen Schnauben zog Blanche ihn zu dem Riesenrad. »Machen wir eine Fahrt. Von da oben können wir die ganze Anlage überblicken.«

Sidney holte einen Geldschein aus seiner Brieftasche. »Das ist der einzige Grund, warum du fahren willst.«

»Mach dich nicht lächerlich.« Sie gingen hin und warteten, während der Helfer ein Paar aussteigen ließ. »Es ist eine gute Methode, um einen Überblick zu gewinnen und dabei gleichzeitig zu sitzen«, begann sie, als sie den frei gewordenen Sitz einnahm. »Es bietet einen ausgezeichneten Blickpunkt für ein paar Luftaufnahmen, und …« Sie schob ihre Hand in die seine, als sie mit dem langsamen Aufstieg begannen. »Es ist der allerbeste Platz, um auf einem Jahrmarkt zu schmusen.«

Als er lachte, schlang sie die Arme um ihn und brachte ihn mit ihren Lippen zum Verstummen. Sie erreichten den höchsten Punkt, an dem der Abendwind klar vorbeistrich, hingen dort einen Moment – oder zwei – nur ineinander versunken. Beim Abstieg erhöhte sich die Geschwindigkeit und ließ Blanches Magen erbeben und ihre Gedanken verschwimmen. Dieses Gefühl glich dem, wenn Sidney sie hielt, wenn er sie liebte. Sie hielten einander während zweier Umdrehungen eng umschlungen.

Während er Blanche dicht an sich gepresst hielt, überfielen ihn die seltsamsten Gedanken. Es war schon Jahre her, dass er ein weibliches Wesen auf einem Riesenrad im Arm gehalten hatte. Highschool? Er konnte sich kaum noch erinnern. Jetzt erkannte er, dass er sich seine Jugend hatte entgehen lassen, weil ihm während jener Zeit so viele andere Dinge wichtiger erschienen waren. Er hatte sie sich freiwillig entgehen lassen, und obwohl er sie nicht ganz zurückverlangen wollte und es auch nicht konnte, zeigte ihm vielleicht Blanche, wie er Teile davon wieder einfangen konnte.

»Das gefällt mir«, murmelte sie. Die Sonne ging in einer letzten großartigen Explosion unter, Musikfetzen trieben herauf, Stimmen verebbten und schwanden, als das Rad sich erneut drehte. Blanche konnte hinunterblicken und gerade so weit von dem Geschehen abgerückt sein, um es zu genießen, gerade so weit davon getrennt sein, dass sie es verstand. »Eine Fahrt auf dem Riesenrad sollte einmal im Jahr vorgesehen sein, genau wie eine routinemäßige Untersuchung beim Arzt.«

Den Kopf gegen Sidneys Schulter gelehnt, betrachtete sie die Szenerie unter ihr, den Mittelgang, die Stände, die Buden für die Geschicklichkeitsspiele. Sie wollte alles aus der Nähe sehen. Sie roch Popcorn, gegrilltes Fleisch, das aufdringliche Aftershave des Helfers, als die Gondel an ihm vorbeiglitt. Sie bekam einen Gesamtüberblick. Das war Leben, ein Seitenblick darauf. Das war die kleine Nische des Lebens, wo Kinder noch Wunder sehen und Erwachsene sich für eine Weile etwas vormachen konnten.

Sie griff nach ihrer Kamera und richtete sie zwischen den Gondeln und Drähten hindurch auf den Helfer. Er wirkte ein wenig gelangweilt, als er den Sicherheitsriegel für ein Paar hob und ihn für das nächste senkte. Bloß ein Job für ihn, dachte Blanche, ein kleiner Nervenkitzel für die anderen. Sie lehnte sich zurück und war zufrieden, sich einfach fahren zu lassen.

Als es dunkel war, gingen Blanche und Sidney an die Arbeit. Menschen scharten sich um das Glücksrad und legten einen Dollar für eine Chance auf mehr hin. Teenager spielten sich vor ihren Mädchen oder ihren Eltern auf, indem sie mit Bällen nach übereinander getürmten Flaschen warfen. Kleine Kinder beugten sich über das Seil und warfen Tischtennisbälle nach Fischgläsern in der Hoffnung, einen Goldfisch zu gewinnen, dessen Lebenserwartung reichlich kurz war. Junge Mädchen quietschten auf dem sich schnell drehenden Kraken, während Jungen die Plakate entlang des Mittelganges begafften.

Blanche machte einen wirkungsvollen Schnappschuss von einer Frau, die ein Baby auf ihrer Hüfte trug, während ein Dreijähriger sie gnadenlos weiterzog. Sidney machte eine Aufnahme von einem Trio von Jungen in Muskelshirts, die ein Stück abseits standen und ihr Bestes taten, um cool und selbstbewusst zu wirken.

Sie aßen Pizza mit Gummikrusten, während sie zusammen mit der übrigen Menge zusahen, wie Dr. Wren, Feuerschlucker, aus seinem Zelt trat und eine kurze, aufreizende Demonstration seiner Kunst bot. Genau wie der zehnjährige Junge, der neben ihr zusah, war Blanche begeistert.

Mit der Übereinkunft, einander in dreißig Minuten wieder am Anfang des Mittelganges zu treffen, trennten sie sich. Vertieft in das Geschehen um sie herum, begann Blanche zu wandern. Sie konnte Voltara nicht widerstehen und schlich sich in einen Teil der Vorführung, um die etwas überdrüssig dreinblickende Frau mit dem grell geschminkten Gesicht auf einen Stuhl geschnallt zu sehen, der sie angeblich unter zweitausend Volt setzte.

Sie machte es ganz gut, fand Blanche, als Voltara die Augen schloss und mit einem königlichen Nicken das Zeichen gab, den Hebel zu senken. Die Spezialeffekte waren nicht gerade Spitzenklasse, aber sie funktionierten. Blaues Licht züngelte an dem Stuhl hoch und um Voltaras Kopf und tauchte ihre Haut in die Farbe von sommerlichem Wetterleuchten. Für fünfzig Cents bekam das Publikum etwas für sein Geld, entschied Blanche, als sie wieder ins Freie trat.

Interessiert wanderte sie vom Mittelgang hinten herum, wo die Schausteller ihre Wohnwagen parkten. Hier gab es keine bunten Lichter. Keine hübschen Illusionen, dachte sie, während sie die kleine Karawane betrachtete. Heute Nacht würden sie ihre Ausrüstung zusammenpacken, die Plakate abnehmen und weiterfahren.

Helles Mondlicht fiel auf einen Wohnwagen und enthüllte die Kratzer und Dellen. Die Vorhänge waren an den kleinen Fenstern zugezogen, und auf der Außenwand stand in verblassenden Buchstaben NIGHTINGALE'S.

Blanche fand es anrührend und kauerte sich für eine Aufnahme hin.

»Haben Sie sich verlaufen, kleine Lady?«

Überrascht sprang Blanche auf und stieß beinahe mit einem gedrungenen, untersetzten Mann in T-Shirt und Arbeitshose zusammen. Wenn er für den Jahrmarkt arbeitete, dachte Blanche hastig, hatte er eine lange Pause gemacht. Wenn er hergekommen war, um sich umzusehen, hatten die Lichter und die Darbietungen nicht sein Interesse geweckt. Der Geruch von Bier, warm und schal, haftete ihm an.

»Nein.« Sie lächelte vorsichtig und hielt sicherheitshalber Abstand zu ihm. Furcht hatte nichts damit zu tun. Die Bewegung war automatisch gekommen. Lichter und Menschen waren nur wenige Meter entfernt. Und sie dachte, dass er ihr vielleicht einen neuen Blickpunkt für ihre Fotos verschaffen konnte. »Arbeiten Sie hier?«

»Eine Frau sollte nicht allein in der Dunkelheit herumlaufen. Es sei denn, sie sucht etwas Bestimmtes.«

Nein, Furcht war nicht ihre erste Reaktion gewesen und war es auch jetzt nicht. Ärger war es. Und er zeigte sich jetzt auch in ihren Augen, ehe sie sich abwandte. »Entschuldigen Sie.«

Aber da hatte er sie am Arm, und jetzt wurde ihr bewusst, dass die Lichter doch wesentlich weiter entfernt waren, als ihr lieb sein konnte. Frechheit siegt, sagte sie sich. »Hören Sie, meine Leute warten auf mich.«

»Sie sind recht groß, wie?« Seine Finger waren sehr fest, auch wenn seine Standfestigkeit es nicht war. Er wankte leicht, als er Blanche musterte. »Macht mir nichts aus, eine Frau Auge in Auge anzusehen. Trinken wir was.«

»Ein anderes Mal.« Blanche legte ihre Hand an seinen Arm, um ihn wegzuschieben, und fand ihn hart wie Beton. Da erst setzte die Furcht ein. »Ich bin hier nach hinten gekommen, um ein paar Fotos zu machen«, sagte sie so ruhig, wie sie konnte. »Mein Partner wartet auf mich.« Sie stieß erneut gegen den Arm. »Sie tun mir weh.«

»Ich hab noch mehr Bier in meinem Truck«, murmelte er, während er sie weiter von den Lichtern wegzerrte.

»Nein.« Ihre Stimme wurde mit der ersten Welle von Panik lauter. »Ich will kein Bier.«

Er blieb einen Moment schwankend stehen. Als Blanche einen Blick in seine Augen warf, erkannte sie, dass er so betrunken war, wie ein Mann überhaupt sein konnte, wenn er sich noch auf den Beinen zu halten vermochte. Angst schnürte ihr heiß die Kehle zu. »Vielleicht willst du etwas anderes.« Er ließ den Blick über ihre dünne Sommerbluse und die kurzen Shorts gleiten. »Gewöhnlich will eine Frau etwas ganz Bestimmtes, wenn sie halb nackt rumläuft.«

Ihre Angst klang ab, als kalter Zorn sie überkam. Blanche starrte ihn wütend an. Er grinste.

»Du Schwachkopf«, zischte sie, genau in dem Moment, als sie ihr Knie hochbrachte, hart. Er stieß keuchend den Atem aus und ließ die Hand sinken. Blanche wartete nicht ab, bis er sich nach vorne krümmte. Sie rannte.

Aus vollem Lauf prallte sie mit Sidney zusammen.

»Du kommst zehn Minuten zu spät«, begann er. »Aber ich habe dich noch nie so schnell bewegen sehen.«

»Ich war nur … ich musste …« Atemlos verstummte sie und lehnte sich gegen ihn. Solide, zuverlässig, sicher. Sie hätte so bleiben können, bis die Sonne wieder aufging.

»Was ist los?« Er spürte die Spannung, noch bevor er Blanche von sich schob und in ihr Gesicht blickte. »Was ist passiert?«

»Eigentlich gar nichts.« Ärgerlich über sich selbst, strich Blanche das Haar aus dem Gesicht. »Ich bin nur mit einem Blödmann zusammengetroffen, der mir einen Drink spendieren wollte, ganz gleich, ob ich wollte oder nicht.«

Seine Finger spannten sich an ihren Armen an, und sie zuckte zusammen, als er genau die Stelle traf, die bereits schmerzte. »Wo?«

»Es war nichts«, sagte sie erneut und war wütend auf sich selbst, weil sie sich nicht die Zeit genommen hatte, sich erst zu fassen, ehe sie mit ihm zusammentraf. »Ich bin hinten herum gegangen, um einen Blick auf die Wohnwagen zu werfen.«

»Allein?« Er schüttelte sie einmal. »Wie idiotisch kann man sein? Weißt du denn nicht, dass es auf Jahrmärkten nicht nur Zuckerwatte und bunte Lichter gibt? Hat er dir wehgetan?«

Es war nicht Sorge, die sie in seiner Stimme hörte, sondern Zorn. Ihr Rücken drückte sich durch. »Nein, aber du tust es.«

Sidney ignorierte ihre Worte und zog sie durch die Menschenmenge zum Parkplatz. »Wenn du endlich aufhören würdest, alles durch eine rosarote Brille zu betrachten, würdest du wesentlich klarer sehen. Hast du überhaupt eine Vorstellung, was hätte passieren können?«

»Ich kann auf mich selbst aufpassen. Ich habe auf mich selbst aufgepasst.« Als sie den Campingbus erreichten, riss sie sich von Sidney los. »Ich betrachte das Leben so, wie es mir passt. Ich habe es nicht nötig, mir von dir eine Predigt anzuhören, Sidney.«

»Und ob du es nötig hast.« Er riss ihr die Schlüssel aus der Hand und schloss den Bus auf. »Es ist hirnlos, allein in der Dunkelheit an so einem Ort herumzulaufen«, murmelte er, während er auf den Fahrersitz kletterte.

»Du klingst bemerkenswert ähnlich wie der Idiot, den ich da hinten im Gras liegen ließ mit seinen Händen zwischen seinen Beinen.«

Er schoss ihr einen Blick zu. Später, wenn er sich beruhigt hatte, mochte er es bewundern, wie sie mit einem aufdringlichen Betrunkenen fertig geworden war. Aber im Moment konnte er nicht hinter ihre Sorglosigkeit sehen. Bei aller Selbstständigkeit, eine Frau war nun einmal verletzbar. »Ich hätte dich nicht allein losziehen lassen dürfen.«

»Also, jetzt mal langsam.« Sie wirbelte auf ihrem Sitz zu ihm herum. »Du lässt mich gar nichts tun, Colby. Falls du es dir in den Kopf gesetzt hast, dass du mein Aufpasser oder so was Ähnliches bist, dann schlag es dir ganz schnell wieder aus dem Kopf. Ich habe mich nur mir gegenüber zu verantworten. Ausschließlich mir gegenüber.«

»Für die nächsten paar Wochen hast du dich auch mir gegenüber zu verantworten.«

Sie versuchte, ihre Gereiztheit zu zügeln, aber es war unmöglich. »Ich arbeite vielleicht mit dir«, sagte sie und betonte jedes Wort. »Ich schlafe vielleicht auch mit dir. Aber ich habe mich dir gegenüber nicht zu verantworten. Nicht jetzt. Niemals.«

Sidney drückte den Zigarettenanzünder ein. »Das werden wir ja noch sehen.«

»Erinnere dich bloß an den Vertrag.« Vor Wut zitternd, wandte sie sich ab. »Wir sind Partner bei diesem Auftrag, fifty-fifty.«

Er sagte ihr, was sie mit dem Vertrag machen konnte. Blanche verschränkte die Arme, schloss die Augen und zwang sich selbst in den Schlaf.

Sidney fuhr stundenlang. Blanche mochte schlafen, aber zu viel tobte in ihm, als dass er die gleiche Entspannung hätte finden können. Also fuhr er ostwärts weiter auf den Atlantik zu.

Sie hatte recht gehabt, als sie behauptete, dass sie ihm keine Rechenschaft schuldig war. Das war eine der ersten Regeln, die sie beide festgelegt hatten. Er war dieser Regeln verdammt überdrüssig. Sie war eine selbstständige Frau. Er war mit ihr genauso wenig verstrickt wie sie mit ihm. Sie waren zwei intelligente, unabhängige Menschen, die es auch so haben wollten.

Aber er hatte sie beschützen wollen. Abgesehen von allem anderen, hatte er sie beschützen wollen. War sie so begriffsstutzig, um es nicht zu sehen, dass er nicht auf sie wütend gewesen war, sondern auf sich selbst, weil er nicht zur Stelle gewesen war, als sie ihn gebraucht hatte?

Sie hat es mir gegeben, dachte Sidney grimmig, während er sich mit der Hand über die brennenden Augen fuhr. Sie hatte ihn sehr klar, sehr präzise auf seinen Platz verwiesen. Und sein Platz war, daran erinnerte er sich selbst, ganz gleich, wie intim sie auch miteinander geworden waren, noch immer auf Armeslänge entfernt. Das war für sie beide das Beste.

Durch das offene Fenster konnte er das Meer riechen. Sie hatten das Land durchquert. Sie hatten mehr Grenzen überschritten, als ihm lieb war. Aber sie waren noch weit davon entfernt, die letzte Grenze zu überschreiten.

Was empfand er für Blanche? Er hatte sich diese Frage immer und immer wieder gestellt, aber er hatte es stets geschafft, die Antwort abzublocken. Wollte er sie wirklich hören? Aber es war drei Uhr nachts, die Stunde, die er nur zu gut kannte. Abwehr brach leicht um drei Uhr nachts zusammen. Die Wahrheit schlich sich leicht ein.

Er liebte sie. Es war zu spät, einen Schritt zurück zu machen und »Nein, danke!« zu sagen. Er liebte sie auf eine Weise, die ihm völlig fremd war. Selbstlos. Grenzenlos.

Zurückblickend konnte er beinahe den Punkt festlegen, an dem es passiert war, obwohl er es damals anders bezeichnet hatte. Als er in Arizona auf der Felseninsel in dem künstlichen See gestanden hatte, hatte er sie begehrt, mehr begehrt als irgendetwas oder irgendjemanden jemals zuvor. Als er aus dem Albtraum erwacht war und sie neben sich gefunden hatte, warm und solide, hatte er sie gebraucht, wiederum mehr als irgendetwas anderes oder irgendjemand anderen.

Doch als er über die staubige Straße an der Grenze von Oklahoma geblickt und sie vor einem traurigen kleinen Haus mit einem Beet voller Stiefmütterchen stehen gesehen hatte, da hatte er sich verliebt.

Sie waren jetzt weit von Oklahoma, weit von diesem Moment entfernt. Liebe war gewachsen, hatte ihn überwältigt. Damals hatte er damit nicht umgehen können. Jetzt hatte er keine Ahnung, was er damit machen sollte.

Er fuhr auf das Meer zu, wo die Luft feucht war. Als er den Campingbus zwischen zwei flache Dünen steuerte, konnte er so gerade das Wasser sehen, ein Schatten mit Geräuschen in der Ferne. Während er auf das Wasser hinausblickte, während er lauschte, schlief er ein.

Blanche wachte auf, als sie die Seemöwen hörte. Steif, desorientiert, öffnete sie die Augen. Sie sah den Ozean, blau und still in dem frühen Licht, das noch nicht ganz Morgendämmerung war. Am Horizont war der Himmel rosig und heiter. Neblig. Langsam erwachend, beobachtete sie, wie die Möwen in weitem Bogen über die Küste glitten und sich wieder über die See hinausschwangen.

Sidney schlief neben ihr, leicht auf dem Sitz gedreht, sodass sein Kopf an der Tür ruhte. Er war stundenlang gefahren, erkannte sie. Aber was hatte ihn angetrieben?

Sie dachte an ihren Streit mit einer Art müder Nachsicht.

Ruhig glitt sie aus dem Campingbus. Sie wollte den Geruch des Meeres.

War es erst zwei Monate her, dass sie an der Küste des Pazifiks gestanden hatten? War das hier wirklich so anders? Sie schlüpfte aus ihren Schuhen und fühlte den Sand kühl und rau unter ihren Füßen. Sidney war durch die Nacht gefahren, um hierherzukommen, überlegte sie. Um hierherzukommen, einen Schritt näher an das Ende heran. Sie brauchten jetzt nur noch an der Küste hinaufzufahren, ihren Weg durch New England zu winden. Ein kurzer Aufenthalt in New York für Fotos und Arbeit in einer Dunkelkammer und dann zum Cape Cod, wo für sie beide der Sommer enden würde.

Am besten wäre, dachte sie, wenn sie dort auseinandergingen. Die gemeinsame Rückfahrt und das Wiedersehen mit Orten, die sie gemeinsam als Team entdeckt hatten, konnten nicht leicht zu handhaben sein. Vielleicht sollte sie, wenn es so weit war, eine Entschuldigung finden und nach L. A. zurückfliegen. Es war wohl am besten, überlegte sie, wenn nach diesem Sommer jeder sein eigenes Leben wieder aufnahm.

Der Kreis schloss sich. Von der Spannung und dem Ärger am Anfang über die vorsichtige Freundschaft zur heftigen Leidenschaft und wieder zurück zur Spannung.

Blanche bückte sich und hob eine Muschel auf, die klein genug war, um ganz in ihre Handfläche zu passen.

Spannung zerbrach Dinge, oder etwa nicht? Durch Druck konnte etwas Ganzes in kleine Stücke brechen. Dann war das verloren, was man besessen hatte. Sie wollte das nicht für Sidney. Seufzend blickte sie auf den Ozean hinaus, wo das Wasser grün, dann blau war. Der Nebel hob sich.

Nein, das wollte sie nicht für ihn. Wenn sie sich voneinander abwandten, sollten sie das tun, was sie getan haben, bevor sie sich einander zugewandt hatten. Als vollwertige, selbstbestimmende Menschen, die unabhängig für sich standen.

Sie behielt die Muschel in der Hand, als sie zu dem Campingbus zurückging. Die Erschöpfung war jetzt verflogen. Als sie Sidney neben dem Bus stehen sah, wie er sie beobachtete, die Haare vom Wind zerzaust, das Gesicht überschattet, die Augen schwer, krampfte sich ihr Herz zusammen.

Der Bruch kommt noch früh genug, sagte sie sich. Im Moment sollte es keinen Druck geben.

Lächelnd ging sie zu ihm. Sie nahm seine Hand und drückte die Muschel hinein. »Du kannst das Meer darin hören.«

Er sagte nichts, sondern legte den Arm um sie und hielt sie fest. Gemeinsam sahen sie zu, wie die Sonne langsam im Osten aufging.

11. Kapitel

An einer Straßenecke in Chelsea, New York City, lösten fünf unternehmungslustige Kids die Bolzen an einem Feuerhydranten und ließen das Wasser herausschießen. Blanche gefiel es, wie sie unter dem Wasserstrom hinwegtauchten, mit durchweichten Turnschuhen, klatschnassen Haaren. Blanche brauchte nicht lange darüber nachzudenken, was sie bei dieser Szene fühlte. Als sie die Kamera hob und einstellte, war ihr überwiegendes Gefühl Neid, purer und schlichter Neid.

Diese Kinder hatten sich nicht nur abgekühlt und waren herrlich nass, wohingegen sie schlaff von Hitze war, sondern sie hatten auch keine einzige Sorge auf der ganzen Welt. Sie brauchten sich nicht den Kopf darüber zu zerbrechen, ob ihr Leben in der richtigen Richtung verlief oder überhaupt in irgendeiner Richtung. Es war ihr Vorrecht, während dieser letzten atemlosen Wochen des Sommers zu genießen – ihre Jugend, ihre Freiheit und eine kühle Dusche des Wassers der City.

Wenn sie neidisch war, so gab es andere, die genauso empfanden. Blanche machte die beste Aufnahme von einem Passanten, einem zufälligen Augenzeugen dieser Szene. Der nicht mehr junge Bote in dem verschwitzten blauen Hemd und den staubigen Arbeitsschuhen blickte über seine Schulter, als eines der Kinder seine Arme hob, um einen Wasserstrahl einzufangen. Auf dem einen Gesicht zeichnete sich Vergnügen ab, pur und überschäumend. Auf dem anderen mischte sich Belustigung mit Bedauern über etwas, das sich nicht wiederbringen ließ.

Blanche ging durch Straßen voll von übellaunigem Verkehr, über Bürgersteige, die einem Hitze wie Beleidigungen entgegenschleuderten. New York überstand den Sommer nicht immer mit einem fröhlichen Lächeln und einem charmanten Winken.

Sidney war in der gemieteten Dunkelkammer, während Blanche zuerst die Arbeit im Freien auf sich genommen hatte. Sie schob es hinaus, gestand sie sich ein, während sie einem Straßenverkäufer und seinem Angebot an bunten Plastiksonnenbrillen auswich. Sie schob die letzte Runde in der Dunkelkammer hinaus, die sie vor ihrer Rückkehr nach Kalifornien haben würde. Nach diesem kurzen Aufenthalt in New York würden sie nach Norden für das letzte Wochenende des Sommers auf Cape Cod fahren.

Sie und Sidney gingen jetzt wieder fast unerträglich vorsichtig miteinander um. Seit dem Morgen, an dem sie am Strand erwacht waren, hatte Blanche einen Schritt zurück gemacht. Ganz bewusst, wie sie zugab. Sie hatte nur zu deutlich festgestellt, dass Sidney ihr wehtun konnte. Vielleicht stimmte es, dass sie sich selbst überhaupt nicht abgeschirmt hatte. Blanche wollte nicht abstreiten, dass sie irgendwann ihre Entschlossenheit aufgegeben hatte, einen gewissen Abstand einzuhalten. Es war aber noch nicht zu spät, sich so weit zurückzuziehen, dass sie nicht verletzt wurde. Sie musste akzeptieren, dass der Sommer fast vorbei war, und zusammen mit ihm endete ihre Beziehung zu Sidney.

Mit diesen Gedanken ging sie langsam und im Zickzack zurück zu der gemieteten Dunkelkammer.

Sidney hatte bereits zehn Streifen Probeabzüge gemacht. Er legte einen Streifen unter den Vergrößerungsapparat und begann, methodisch auszuwählen und auszusortieren. Wie stets war er mit seiner Arbeit gnadenloser und kritischer als mit der von irgendjemandem sonst. Er wusste, dass Blanche bald zurückkommen würde, sodass er mit dem Vergrößern bis morgen warten musste. Dennoch wollte er ein Bild jetzt für sich selbst betrachten.

Er erinnerte sich an das kleine Motelzimmer, das sie in jener regnerischen Nacht gleich außerhalb von Louisville genommen hatten. Er erinnerte sich daran, wie er sich damals gefühlt hatte – an sie gebunden und ein wenig wagemutig. Diese Nacht war ihm zur quälenden Erinnerung geworden, seitdem er und Blanche ein jeder um sich selbst wieder Mauern errichteten. In jener Nacht hatte es zwischen ihnen keine Grenzen gegeben.

Er fand den Abzug, den er suchte, und hielt das Vergrößerungsglas darüber. Blanche saß auf dem Bett, Regentropfen hingen in ihrem Haar, ihr Kleid am Ausschnitt so verrutscht, dass ihre Schultern entblößt waren. Weich, leidenschaftlich, zögernd. All das war da in der Art, wie sie sich hielt, in der Art, wie sie in die Kamera blickte. Aber ihre Augen …

Frustriert zog er seine eigenen Augen zusammen. Was war in ihren Augen? Er wollte das Bild jetzt vergrößern, wollte es so stark vergrößern, dass er sehen und betrachten und verstehen konnte.

Sie hielt sich jetzt zurück. Jeden Tag konnte er es fühlen, konnte er es spüren. Jeden Tag ein wenig mehr Abstand. Aber was war in jener regnerischen Nacht in ihren Augen gewesen? Er musste es wissen. Bevor er das nicht wusste, konnte er keinen Schritt tun, weder auf sie zu noch von ihr weg.

Als es an der Tür klopfte, fluchte er. Er wollte noch eine Stunde. In einer Stunde würde er den Abzug und vielleicht auch seine Antwort haben. Er wollte einfach das Klopfen ignorieren.

»Sidney, komm schon. Zeit zum Wechseln.«

»Komm in einer Stunde wieder.«

»In einer Stunde!« Blanche hämmerte erneut gegen die Tür. »Hör mal, ich schmelze hier draußen. Außerdem habe ich dir schon zwanzig Minuten mehr als deinen Anteil zugestanden.«

In dem Moment, als er die Tür aufriss, fühlte Blanche die Wellen der Ungeduld. Weil sie nicht in der Stimmung war, sich damit auseinanderzusetzen, hob sie bloß eine Augenbraue und schob sich an ihm vorbei. Wenn er schlecht gelaunt sein wollte, fein. Er sollte nur seine schlechte Laune mit nach draußen nehmen. Lässig stellte sie ihre Kamera und einen Pappbecher mit Limonade und Eis ab.

»Na, wie ist es gelaufen?«

»Ich bin noch nicht fertig.«

Mit einem Schulterzucken begann sie, die Patronen mit unentwickeltem Film aufzureihen, die sie in ihrer Tasche mit sich getragen hatte. »Du hast morgen noch Zeit.«

Er wollte nicht bis morgen warten, nicht einmal eine Minute, wie er jetzt herausfand. »Wenn du mir noch die Zeit zugestehst, die ich brauche, kann ich auf morgen verzichten.«

Blanche begann, Wasser in eine flache Plastikwanne einlaufen zu lassen. »Tut mir leid, Sidney, aber da draußen ist mir die Puste ausgegangen. Wenn ich jetzt nicht hier drinnen anfange, wäre es das Beste, ich würde ins Hotel zurückgehen und den Rest des Nachmittags verschlafen. Dann würde ich in Rückstand kommen. Was ist denn so wichtig?«

Er schob die Hände in die Hosentaschen. »Nichts. Ich möchte einfach fertig werden.«

»Und ich muss anfangen«, murmelte sie abweisend, während sie die Temperatur des Wassers überprüfte.

Er sah ihr einen Moment zu, wie sie fachkundig alles aufbaute und die Flaschen mit Chemikalien nach ihren Wünschen ordnete. Kleine Löckchen kräuselten sich feucht von der Schwüle um ihr Gesicht. Noch während sie alles für die Arbeit aufbaute, schlüpfte sie aus ihren Schuhen. Er fühlte eine Woge von Liebe, von Verlangen, von Verwirrung, und er streckte die Hand aus, um ihre Schulter zu berühren. »Blanche …«

»Hmm?«

Er wollte näher treten, hielt sich jedoch zurück. »Wann wirst du fertig sein?«

Ein Hauch von Belustigung und Ärger schwang in ihrer Stimme mit. »Sidney, hörst du endlich auf, mich zu drängen?«

»Ich will dich abholen.«

Sie unterbrach sich und warf einen Blick über ihre Schulter. »Warum?«

»Weil ich nicht will, dass du in der Dunkelheit da draußen allein herumläufst.«

»Um Himmels willen.« Genervt drehte sie sich ganz um. »Hast du eine Ahnung, wie oft ich allein in New York war? Sehe ich dumm aus?«

»Nein.«

Etwas in der Art, wie er es sagte, ließ sie die Augen zusammenziehen. »Hör mal …«

»Ich will dich abholen«, wiederholte er und berührte diesmal ihre Wange. »Tu mir den Gefallen.«

Sie stieß den Atem aus, versuchte ärgerlich zu sein und hob letztlich ihre Hand zu der seinen. »Acht, halb neun.«

»Okay. Auf dem Rückweg können wir eine Kleinigkeit essen.«

»Das ist etwas, worauf wir uns einigen können.« Sie lächelte und senkte die Hand, bevor sie dem Wunsch nachgeben konnte, sie um sein Gesicht zu schmiegen. »Und jetzt geh und mach ein paar Fotos, ja? Ich muss mit der Arbeit anfangen.«

Er nahm seine Kameratasche und ging zur Tür. »Nach halb neun bezahlst du das Dinner.«

Blanche schloss die Tür hinter ihm mit einem entschiedenen Klicken.

Blanche verlor nicht die Zeit aus den Augen, während sie arbeitete. Zeit war zu wesentlich. In der Dunkelheit ging ihr die Arbeit gut von der Hand. Dann, in dem roten Licht, behielt sie den Rhythmus bei. Als ein Satz Negative entwickelt und zum Trocknen aufgehängt war, ging sie an den nächsten, danach an den nächsten. Als sie zuletzt die Deckenlampe einschalten konnte, drückte sie den Rücken durch, streckte die Schultern und entspannte sich.

Ein flüchtiger Blick zeigte ihr, dass sie den Drink vergessen hatte, den sie sich unterwegs gekauft hatte. Gleichmütig nahm sie einen Schluck von der lauwarmen, abgestandenen Limo.

Die Arbeit befriedigte sie – die Präzision, die dafür erforderlich war. Jetzt schweiften ihre Gedanken bereits zu den Vergrößerungen hin. Erst dann würde sie kreativ voll befriedigt sein. Sie hatte Zeit, stellte sie mit einem raschen Blick auf ihre Uhr fest, und konnte sich eine Weile mit den Negativen beschäftigen, bevor Sidney zurückkam. Dann allerdings würde es ihr so ergehen wie vorhin ihm – irgendetwas würde halb fertig liegen bleiben. Doch erst einmal ging sie ein wenig neugierig an seine Probeabzüge.

Beeindruckend, entschied sie, aber weniger hatte sie gar nicht erwartet. Vielleicht würde sie ihn sogar um eine Vergrößerung bitten von dem alten Mann mit der Baseballmütze. Nicht Sidneys üblicher Stil, überlegte sie, während sie sich über den Streifen beugte. Es war so selten, dass er sich auf eine Person konzentrierte und die Emotionen frei fließen ließ. Der Mann, der dieses Foto geschossen hatte, hatte ihr einmal erzählt, er habe kein Mitgefühl. Blanche schüttelte den Kopf, während sie die Probeabzüge überflog. Glaubte Sidney das wirklich, oder wollte er nur, dass der Rest der Welt es glaubte?

Dann sah sie sich selbst und hielt erstaunt und verwundert inne. Natürlich erinnerte sie sich daran, wie Sidney dieses Foto arrangiert hatte, zuerst amüsant, dann erregend, während er Blickwinkel und Entfernung verändert hatte. Die Art, wie er sie berührt hatte … Das war etwas, das sie nicht vergessen würde. Also sollte es sie nicht überraschen, davon den Beweis zu sehen. Dennoch war es für sie mehr als überraschend.

Mit leicht zitternden Händen griff Blanche nach einer Lupe und hielt sie über das kleine Viereck. Sie wirkte … nachgiebig. Sie hörte, wie sie nervös schluckte, als sie tiefer blickte. Sie wirkte … weich. Es konnte ihre Einbildung, wahrscheinlicher aber das Geschick des Fotografen sein. Sie wirkte … verliebt.

Langsam legte Blanche die Lupe weg und richtete sich auf. Das Geschick des Fotografen, wiederholte sie und kämpfte darum, es zu glauben. Ein Trick des Blickwinkels, von Licht und Schatten. Was ein Fotograf auf Film bannte, war nicht immer die Wahrheit. Oft war es Illusion, oft dieser verschwommene Schleier zwischen Wahrheit und Illusion.

Eine Frau wusste, wann sie liebte. Das sagte Blanche sich selbst. Eine Frau wusste, wann sie ihr Herz verschenkt hatte. Es war nicht etwas, das passieren konnte, ohne dass man es fühlte.

Sie schloss für einen Moment die Augen und lauschte auf die Stille. Gab es etwas, das sie nicht gefühlt hatte, wenn es um Sidney ging? Wie lange wollte sie noch so tun, als könnten Leidenschaft, Sehnen und Verlangen getrennt voneinander existieren? Liebe hatte sie miteinander verbunden. Liebe hatte sie zu etwas Solidem und Starkem und Unleugbarem zusammengefügt.

Sie wandte sich zu den aufgehängten Negativen um. Es gab da eines, das sie bisher hatte ignorieren können. Da war ein winziges Stückchen Film, das sie impulsiv aufgenommen und dann vergessen hatte, weil sie vor der Antwort, die sie darin finden konnte, Angst bekommen hatte. Jetzt, da sie die Antwort schon hatte, starrte Blanche darauf.

Es war ein Negativ, also waren Sidneys Haare hell, sein Gesicht war dunkel. Der kleine Abschnitt des Flusses in der Ecke war weiß, wie die Ruder in seinen Händen. Aber sie sah ihn deutlich.

Seine Augen waren zu intensiv, obwohl sein Körper entspannt wirkte. Würde er seinem Geist jemals wirkliche Ruhe gönnen? Sein Gesicht war hart, schmal, die einzige greifbare Empfindsamkeit um seinen Mund herum. Er war ein Mann mit wenig Geduld für Fehler – seine eigenen und die von anderen. Er war ein Mann mit einem ausgeprägten Empfinden für das Wichtige. Und er war ein Mann, der seine eigenen Emotionen zügeln und vor anderen verleugnen konnte. Was er gab, wann er gab, das richtete sich nach seinen Regeln.

Sie wusste und verstand und liebte trotzdem.

Sie hatte schon früher geliebt, und die Liebe hatte damals mehr Sinn ergeben. Zumindest hatte es so geschienen. Dennoch hatte letztlich Liebe nicht genügt. Was wusste sie schon darüber, wie man Liebe zum Funktionieren brachte? Wenn sie schon einmal gescheitert war, konnte sie dann wirklich glauben, bei einem Mann wie Sidney Erfolg zu haben?

Sie liebte jetzt, und sie sagte sich, dass sie klug genug sei, stark genug, um ihn fortzulassen.

Regel Nummer eins, rief Blanche sich ins Gedächtnis, während sie die Dunkelkammer aufräumte. Keine Komplikationen. Sie ließ es wie eine Litanei immer wieder durch ihren Kopf laufen, bis Sidney an die Tür klopfte. Als sie ihm öffnete, glaubte sie beinahe daran.

Sie hatten die letzte Station erreicht, den letzten Tag. Der Sommer war nicht, wie sich so mancher wünschen mochte, endlos. Vielleicht blieb das Wetter noch ein paar Wochen lang mild. Blumen mochten auch weiterhin beharrlich blühen, doch wie Blanche den letzten Schultag als Anfang des Sommers betrachtet hatte, so betrachtete sie das Wochenende des Labor Days als seinen Abschluss.

Gebackene Muscheln, Strandpartys, Freudenfeuer. Heiße Strände und kühles Wasser. Das war Cape Cod. Volleyballspiele im Sand und plärrende tragbare Radios. Teenager perfektionierten die Sonnenbräune, die sie in den ersten Wochen der Schule herumzeigen würden. Familien stürzten sich noch ein letztes Mal hektisch ins Wasser, bevor der Herbst das Ende signalisierte. In den Gärten rauchten die Grills. Noch hatte Baseball die Nase vorn, bevor Football sich behaupten konnte. Als wüsste der Sommer, dass seine Zeit begrenzt war, verströmte er Hitze.

Blanche störte es nicht. Sie wollte, dass dieses letzte Wochenende alles war, was der Sommer bieten konnte – heiß, dunstig, sengend. Sie wollte, dass ihr letztes Wochenende mit Sidney das alles reflektierte. Liebe konnte mit Leidenschaft getarnt werden. Blanche konnte sich treiben lassen. Lange feuchtheiße Tage führten zu langen feuchtheißen Nächten, und Blanche klammerte sich an ihnen fest.

Wenn ihre Leidenschaft etwas hektisch, ihr Verlangen etwas verzweifelt war, konnte sie es auf die Hitze schieben. Während Blanche aggressiver wurde, wurde Sidney sanfter.

Er hatte die Veränderung bemerkt. Obwohl er nichts gesagt hatte, war es ihm an dem Abend aufgefallen, an dem er sie von der Dunkelkammer abgeholt hatte. Vielleicht weil sie sonst nur selten nervös war, glaubte Blanche, ihre Nervosität gut verbergen zu können. Sidney konnte jedoch förmlich sehen, wie ihre Nerven jedes Mal zuckten, wenn er sie ansah.

Blanche hatte in der Dunkelkammer eine Entscheidung getroffen – eine Entscheidung, die sie für das Beste hielt, sowohl für sich selbst als auch für Sidney. Auch Sidney hatte in der Dunkelkammer eine Entscheidung getroffen, einen Tag später, als er beobachtete, wie die Vergrößerung von Blanche langsam sichtbar wurde.

Auf der Fahrt von Westen nach Osten waren sie ein Liebespaar geworden. Jetzt musste er auf der Fahrt von Osten nach Westen Blanche so umwerben, wie ein Mann das mit einer Frau tat, mit der er sein Leben verbringen wollte.

Zuerst kam Sanftheit, obwohl er darin kein Experte war. Druck, falls nötig, konnte er später anwenden. Darin war er schon erfahrener.

»Was für ein Tag.« Nach langen Stunden des Wanderns, Beobachtens und Fotografierens ließ Blanche sich im Heck des Campingbusses, dessen Türen für frische Luft geöffnet waren, auf den Boden sinken. »Ich weiß gar nicht mehr, wie viele halb nackte Menschen ich gesehen habe.« Sie lächelte Sidney zu und drückte ihren Rücken durch. Sie trug nichts außer ihrem eng anliegenden roten Badeanzug und einem lockeren weißen Umhang, der von einer Schulter schlaff herabhing.

»Du passt sehr gut dazu.«

Träge hob sie ein Bein an und untersuchte es. »Na ja, es ist jedenfalls hübsch zu wissen, dass dieser Auftrag nicht meine Sonnenbräune ruiniert hat.« Gähnend streckte sie sich. »Wir haben noch etwa zwei Stunden Sonne. Warum ziehst du nicht etwas Unanständiges an und gehst mit mir an den Strand hinunter?« Sie stand auf und hob die Arme, sodass sie sich mühelos um seinen Hals schlingen konnten. »Wir könnten uns im Wasser abkühlen.« Sie drückte aufreizend verlockend ihre Lippen auf seinen Mund. »Dann könnten wir hierher zurückkommen und uns wieder aufwärmen.«

»Mir gefällt der zweite Teil.« Er verwandelte den Kuss durch wachsenden Druck und veränderten Angriffswinkel zu etwas Atemberaubendem. Er fühlte förmlich, wie sie unter seinen Händen weich und nachgiebig wurde. »Geh doch du hinunter und kühl dich ab. Ich habe noch etwas zu tun.«

Blanche lehnte den Kopf an seine Schulter und kämpfte mit sich, ihn nicht noch einmal zu bitten. Sie wollte, dass er mit ihr ging, in jeder Sekunde bei ihr war, die ihnen noch blieb. Morgen musste sie ihm sagen, dass sie schon für ihren Rückflug an die Westküste Vorsorge getroffen hatte. Heute war ihre letzte gemeinsame Nacht, aber das wusste nur sie.

»Na schön.« Sie schaffte ein Lächeln, als sie sich von ihm löste. »Ich kann dem Strand nicht widerstehen, wenn wir so nahe campen. Ich bin in zwei Stunden wieder da.«

»Viel Spaß.« Er gab ihr einen raschen, geistesabwesenden Kuss und sah ihr nicht nach, als sie wegging. Hätte er es getan, hätte er gesehen, wie sie zögerte und sogar ansetzte, wieder zurückzugehen, sich dann aber doch umdrehte und ihren Weg fortsetzte.

Die Luft hatte sich abgekühlt, als Blanche zu dem Campingbus zurückging, und fühlte sich kalt auf ihrer Haut an, ein sicheres Zeichen, dass der Sommer in den letzten Zügen lag. Freudenfeuer waren aufgetürmt worden, bereit, auf den Strand hinunterzuleuchten. In der Ferne hörte Blanche ein paar zögernde, amateurhafte Akkorde auf einer Gitarre. Es würde keine ruhige Nacht werden, fand sie, während sie auf ihrem Weg zum Bus an zwei anderen Campingplätzen vorbeiging.

Sie blieb einen Moment stehen, um auf das Wasser zu sehen, wobei sie ihr Haar nach hinten warf. Diesmal trug sie keinen Zopf, es fiel ihr frei auf die Schultern und war feucht vom Schwimmen im Atlantik. Beiläufig überlegte sie, ob sie ihr Shampoo aus dem Campingbus holen und rasch zu den Duschen laufen sollte. Das konnte sie noch machen, bevor sie sich ein Sandwich bereitete. In ein oder zwei Stunden, wenn die Freudenfeuer richtig brannten und die Musik ihren Höhepunkt erreichte, würden sie und Sidney wieder an den Strand gehen und arbeiten.

Zum letzten Mal, dachte sie, als sie die Hand nach der Tür des Campingbusses ausstreckte.

Zuerst stand sie nur da und blinzelte, verwirrt von dem schwachen flackernden Licht. Kerzen, stellte sie verblüfft fest. Kerzen und weißes Leinen. Auf dem kleinen Klapptisch, den sie manchmal zwischen den Pritschen aufstellten, lag ein schneeweißes Tischtuch und standen zwei schlanke rote Kerzen in Glashaltern. Rote Leinenservietten lagen gefaltet daneben. Eine Rosenknospe steckte in einer schmalen durchsichtigen Glasvase. In dem kleinen Radio hinten im Wagen spielte sanfte, leise Musik.

An der schmalen behelfsmäßigen Küchentheke stand Sidney, die Beine gespreizt, während er noch einige Pinienkerne über einen Salat streute.

»War das Schwimmen schön?«, fragte er lässig, als hätte sie jeden Abend beim Betreten des Kleinbusses einen solchen Anblick vorgefunden.

»Ja, ich … Sidney, wo hast du das alles her?«

»Bin schnell in die Stadt gefahren. Hoffentlich magst du deine Krabben gut gewürzt. Ich habe sie nach meinem Geschmack gemacht.«

Sie konnte es riechen. Über dem Geruch von Kerzenwachs und dem Duft der einzelnen Rose hing das volle Aroma von gewürzten Krabben. Lachend schob Blanche sich zu dem Tisch und strich mit einem Finger an einer der Kerzen entlang. »Wie hast du das alles geschafft?«

»Man hat mich gelegentlich schon als tüchtig bezeichnet.« Sie blickte von der Kerze zu ihm auf. Ihr Gesicht war zauberhaft mit seinen klaren Linien. In dem weichen Licht waren ihre Augen dunkel, geheimnisvoll. Aber vor allem sah er, wie ihre Lippen zögernd lächelten, als sie die Hand nach ihm ausstreckte.

»Du hast das für mich getan.«

Er berührte sie leicht, nur mit der Hand am Haar. Beide fühlten, wie etwas zwischen ihnen schimmerte. »Ich möchte auch essen.«

»Ich weiß nicht, was ich sagen soll.« Sie spürte, wie ihre Augen feucht wurden, versuchte aber nicht, die Tränen zurückzuhalten. »Ich weiß es wirklich nicht.«

Er hob ihre Hand und küsste mit einer Einfachheit, die er noch nie gezeigt hatte, ihre Finger, einen nach dem anderen. »Versuch es mit ›danke‹.«

Sie schluckte und flüsterte: »Danke.«

»Hungrig?«

»Immer. Aber …« In einer Geste, die ihn jedes Mal berührte, hob sie die Hände an sein Gesicht. »Einige Dinge sind wichtiger.«

Blanche senkte die Lippen auf seinen Mund. Es war ein Geschmack, in dem er hätte versinken können – ein Geschmack, von dem er jetzt zugeben konnte, dass er darin versinken wollte. Langsam und sanft zog er sie in die Arme.

Ihre Körper passten zusammen. Blanche wusste es, und allein schon das Wissen erzeugte schmerzliche Sehnsucht. Sogar ihrer beider Atem schien sich zu vermengen, bis sie sicher war, dass ihre Herzen in exakt dem gleichen Rhythmus schlugen. Er schob die Hände unter ihr T-Shirt auf ihren Rücken, auf dem ihre Haut noch feucht vom Meer war.

Berühre mich. Sie zog ihn näher, als könnte ihr Körper ihm die Worte entgegenschreien.

Genieße mich. Ihr Mund war plötzlich gierig, heiß und offen, als könnte sie allein mit den Lippen das herauslocken, was sie von ihm brauchte.

Liebe mich. Ihre Hände glitten über ihn, als könnte sie die Empfindungen berühren, die sie wollte. Sie berühren, halten, bewahren – wenn auch nur für eine Nacht.

Er konnte das Meer an ihr riechen und den Sommer und den Abend. Er konnte die Leidenschaft fühlen, als ihr Körper sich gegen ihn presste. Verlangen, Forderungen, Begehren – er konnte sie schmecken, konnte sie von ihrem Mund trinken. Doch heute Abend musste er auch die Worte hören. Zu früh, warnte sein Verstand, als er begann, sich selbst zu verlieren. Es war zu früh, um zu fragen, zu früh, um etwas zu sagen. Sie brauchte Zeit, dachte er, Zeit und mehr Finesse, als er für gewöhnlich aufbrachte.

Doch selbst als er sie ein wenig von sich schob, konnte er sie nicht loslassen. Er blickte auf sie herunter und sah seinen eigenen Neubeginn. Was immer er in der Vergangenheit gesehen oder getan hatte, welche Erinnerungen auch immer er besaß, es war unwichtig. Es gab in seinem Leben nur etwas Wichtiges, und das hielt er in den Armen.

»Ich will dich lieben.«

Ihr Atem war bereits ungleichmäßig, ihr Körper zitterte. »Ja.«

Seine Hände umfassten sie fester, als er versuchte, logisch zu denken. »Der Platz ist knapp.«

Sie lächelte und holte ihn näher. »Wir haben den Fußboden.« Sie zog ihn mit sich hinunter.

Später, wenn ihr Verstand klarer und ihr Blut kühler war, würde Blanche sich nur an den Aufruhr der Gefühle, an die Flut der Empfindungen erinnern. Sie konnte nicht mehr zwischen dem berauschenden Gefühl seines Mundes auf ihrer Haut und dem intensiven Geschmack seiner Haut unter ihrem Mund unterscheiden.

Sie hatte gewusst, dass seine Leidenschaft nie zuvor intensiver, ruheloser gewesen war, aber sie konnte nicht sagen, woher sie es gewusst hatte. Lag es an der hektischen Art, wie er ihren Namen aussprach? Lag es an der verzweifelten Art, wie er ihren knappen Badeanzug herunterzog, ihren Körper erforschte, eroberte?

Ihre eigenen Gefühle hatten einen Höhepunkt erreicht, den sie nicht mehr mit Worten auszudrücken vermochte. Worte waren unvollkommen. Sie konnte es ihm nur noch zeigen. Liebe, Bedauern, Verlangen, Wünsche – all das hatte sich in ihr aufgetürmt und war in Aufruhr geraten, bis sie sich an ihn klammerte. Und nachdem sie einander alles gegeben hatten, wozu sie fähig waren, klammerten sie sich noch immer aneinander, hielten den Moment an sich gedrückt, wie sie das mit einem Foto machen würden, das nach Jahren des Betrachtens vergilbt war.

Als sie sich an ihn schmiegte und ihr Kopf auf seiner Brust

ruhte, lächelte sie. Sie hatten einander alles gegeben, was sie nur geben konnten. Was konnte irgendjemand noch mehr verlangen? Die Augen noch immer geschlossen, presste sie die Lippen auf seine Brust. Nichts würde diese Nacht verderben. In dieser Nacht würden sie Kerzenschein und Lachen genießen. Diese Nacht würde sie nie vergessen.

»Hoffentlich hast du viele Krabben gekauft«, murmelte sie. »Ich bin am Verhungern.«

»Ich habe genug gekauft, um einen durchschnittlichen Menschen und einen gierigen zu sättigen.«

Grinsend setzte sie sich auf. »Gut.« Mit einem seltenen Aufflackern von Energie kämpfte sie sich wieder in den weit fallenden Umhang und sprang auf. Sie beugte sich über den Topf mit den Krabben und atmete tief ein. »Wunderbar. Ich wusste gar nicht, dass du so talentiert bist.«

»Ich fand es an der Zeit, dir einige meiner bewunderungswürdigeren Qualitäten vorzuführen.«

Mit einem halben Lächeln warf sie ihm einen Blick zu, während er in seine Shorts schlüpfte. »Ach?«

»Ja. Immerhin haben wir noch einen langen gemeinsamen Weg vor uns.« Er warf ihr einen ruhigen, rätselhaften Blick zu. »Einen sehr langen Weg.«

»Ich werde nicht …« Sie unterbrach sich selbst und wandte sich dem Salat zu. »Das sieht gut aus«, meinte sie zu fröhlich.

»Blanche.« Er hielt sie zurück, ehe sie aus dem Hängeschrank Schüsseln holen konnte. »Was ist los?«

»Nichts.« Musste er immer alles sehen? Konnte sie nichts vor ihm verbergen?

Er ergriff sie an den Armen und hielt sie fest, um ihr in die Augen sehen zu können. »Was ist los?«

»Sprechen wir morgen darüber, ja?« Die Fröhlichkeit war

noch immer vorhanden, wenn auch bemüht. »Ich bin wirklich hungrig. Diese Krabben kühlen schon aus und …«

»Jetzt.« Mit einem kurzen Schütteln erinnerte er sie beide daran, dass seine Geduld nur knapp bemessen war.

»Ich habe beschlossen zurückzufliegen«, platzte sie heraus. »Ich kann einen Flug morgen Nachmittag bekommen.«

Sidney wurde sehr still, aber sie war zu sehr damit beschäftigt, ihre Erklärung auszuarbeiten, als dass sie bemerkt hätte, wie gefährlich still. »Warum?«

»Ich musste meine Termine wie verrückt umstellen, um diesen Auftrag einzuschieben. Wenn ich jetzt etwas Zeit einspare, würde das die Dinge leichter machen.« Es klang schwach. Es war schwach.

»Warum?«

Sie öffnete schon den Mund, um ihm eine Variation desselben Themas zu bieten. Ein Blick von ihm hielt sie davon ab. »Ich will einfach zurück«, brachte sie hervor. »Ich weiß, dass du gern Gesellschaft auf der Fahrt hättest, aber der Auftrag ist beendet. Es ist sogar sehr wahrscheinlich, dass du ohne mich schneller vorankommst.«

Er drängte seinen Zorn zurück. Zorn war nicht der richtige Weg. Hätte er diesem Zorn nachgegeben, hätte er geschrien, getobt, gedroht. Das war nicht der richtige Weg. »Nein«, sagte er einfach und beließ es dabei.

»Nein?«

»Du fliegst morgen nicht zurück.« Seine Stimme war ruhig, aber seine Augen drückten wesentlich mehr aus. »Wir fahren zusammen, Blanche.«

Sie wappnete sich innerlich. Ein Streit, entschied sie, würde leicht sein. »Jetzt hör mir einmal …«

»Setz dich.«

Hochmut überkam sie sehr selten, aber wenn, dann in einer sehr ausgeprägten Form. »Wie darf ich das bitte verstehen?«

Als Antwort beförderte Sidney sie mit einem leichten Schubs auf die Bank. Wortlos zog er eine Schublade auf und holte den großen Umschlag heraus, der seine zuletzt angefertigten Vergrößerungen enthielt. Er warf sie auf den Tisch und fischte das Bild von Blanche heraus.

»Was siehst du?«, fragte er.

»Mich selbst.« Sie räusperte sich. »Mich selbst, natürlich.«

»Reicht nicht.«

»Das sehe ich aber«, warf sie zurück, blickte jedoch nicht noch einmal auf das Bild hinunter. »Mehr ist da nicht.«

Vielleicht spielte Angst eine Rolle in seinem Verhalten. Er wollte es nicht zugeben, aber die Angst war da, Angst, er könnte sich etwas nur eingebildet haben, was gar nicht vorhanden war. »Du siehst dich selbst, ja. Eine schöne Frau, eine begehrenswerte Frau. Eine Frau«, fuhr er langsam fort, »die den Mann ansieht, den sie liebt.«

Er hatte sie entblößt. Blanche kam es so vor, als hätte er tatsächlich Lage um Lage von Vortäuschung, Abwehr, Tarnung entfernt. Sie hatte das Gleiche wie er auf dem Abbild gesehen, das er auf Film eingefroren hatte. Sie hatte es gesehen, aber was gab ihm das Recht, sie zu entblößen?

»Du nimmst zu viel«, sagte sie mit ruhiger Stimme, stand auf und wandte sich von ihm ab. »Verdammt zu viel.«

Erleichterung durchflutete ihn. Er musste seine Augen für einen Moment schließen. Keine Einbildung, keine Illusion, sondern Wahrheit. Liebe war vorhanden und mit ihr sein eigener Neubeginn. »Du hast es bereits gegeben.«

»Nein.« Blanche drehte sich wieder um und klammerte sich an das, was ihr noch übrig blieb. »Ich habe es nicht gegeben. Was ich fühle, ist allein meine Sache. Ich habe dich um nichts gebeten, und ich werde es auch nicht tun.« Sie holte tief Luft. »Wir waren uns einig, Sidney. Keine Komplikationen.«

»Dann sieht es so aus, als hätten wir beide uns um jeweils hundertachtzig Grad gedreht, nicht wahr?« Er packte ihre Hand, ehe sie außer Reichweite zurückweichen konnte. »Sieh mich an.« Sein Gesicht war nahe, Kerzenschein tanzte darüber. Das sanfte Licht erleuchtete irgendwie das, was er gesehen, was er durchlebt, was er überwunden hatte. »Siehst du denn gar nichts, wenn du mich anblickst? Siehst du denn mehr in einem Fremden am Strand, in einer Frau in einer Menschenmenge, in einem Kind an einer Straßenecke, als du in mir siehst?«

»Nicht …«, setzte sie an, wurde jedoch unterbrochen.

»Was siehst du?«

»Ich sehe einen Mann«, sagte sie hastig und leidenschaftlich. »Einen Mann, der mehr gesehen hat, als er sollte. Ich sehe einen Mann, der gelernt hat, seine Gefühle sorgfältig zu kontrollieren, weil er nicht ganz sicher ist, was passieren würde, falls er sie freilässt. Ich sehe einen Zyniker, der es nicht geschafft hat, seine eigene Empfindsamkeit vollständig zu zerstören.«

»Stimmt«, erwiderte er ruhig, obwohl es sowohl mehr als auch weniger als das war, was er hatte hören wollen. »Was noch?«

»Nichts«, erklärte sie am Rand einer Panik. »Nichts.«

Es war nicht genug. Die Frustration brach durch. Blanche konnte es in seinen Händen fühlen. »Wo ist denn jetzt dein Einfühlungsvermögen? Wo ist denn dein Scharfblick, der dich bei irgendeinem launenhaften Star unter all dem Glitzer den Kernpunkt erkennen lässt? Ich will, dass du in mich hineinblickst, Blanche.«

»Ich kann nicht.« Die Worte kamen mit einem Schaudern heraus. »Ich habe Angst davor.«

Angst? Daran hatte er überhaupt nicht gedacht. Sie wurde doch im Handumdrehen mit Emotionen fertig, suchte sie, grub nach ihnen. Er lockerte seinen Griff und sagte die Worte, die für ihn am schwierigsten auszusprechen waren. »Ich liebe dich.«

Sie fühlte, wie die Worte ihr den Atem aus den Lungen pressten. Wenn er die Worte aussprach, meinte er sie auch, dessen konnte sie sicher sein. War sie so in ihren eigenen Gefühlen gefangen gewesen, dass sie die seinen nicht gesehen hatte? Es war verlockend, es wäre einfach gewesen, sich schlicht in seine Arme zu schmiegen und das Risiko einzugehen. Aber sie erinnerte sich daran, dass sie beide schon früher ein Risiko eingegangen waren und versagt hatten.

»Sidney …« Sie versuchte, ruhig zu denken, aber seine Liebeserklärung dröhnte noch in ihrem Kopf. »Ich will … du kannst nicht …«

»Ich will, dass du es sagst.« Er hielt sie wieder an sich gedrückt. Sie konnte nicht ausweichen. »Ich will, dass du mich ansiehst. Du weißt, dass alles, was du über mich gesagt hast, wahr ist. Und ich will, dass du es mir sagst.«

»Es würde nicht gut gehen«, begann sie hastig, weil ihre Knie zitterten. »Siehst du das nicht ein? Ich würde es mir wünschen, weil ich einfach dumm genug bin zu glauben, dass es vielleicht dieses Mal … mit dir … Aber Ehe, Kinder, das ist es nicht, was du willst, und ich verstehe das. Ich dachte ja auch nicht, dass ich es mir wünschen könnte, bis alles so außer Kontrolle geriet.«

Er war jetzt ruhiger, während sie erschöpfter wurde. »Du hast es mir noch nicht gesagt.«

»Also schön.« Sie schrie fast. »Na gut, ich liebe dich, aber ich …«

Er verschloss ihren Mund mit seinen Lippen, sodass es keine Ausreden geben konnte. Im Moment konnte er einfach die Worte tief in sich aufnehmen und alles, was sie für ihn bedeuteten. Rettung. Er konnte daran glauben.

»Du hast verdammt viel Mut«, murmelte er an ihren Lippen, »mir zu sagen, was ich hören will.«

»Sidney, bitte.« Sie gab der Schwäche nach und ließ den Kopf auf seine Schulter sinken. »Ich wollte nichts komplizieren. Ich will es auch jetzt nicht. Wenn ich zurückfliege, gibt das uns beiden die Zeit, die Dinge wieder in die richtige Perspektive zu bringen. Meine Arbeit, deine Arbeit …«

»… sind wichtig«, beendete er den Satz. »Aber nicht so wichtig wie das hier.« Er wartete, bis sich ihre Augen langsam zu seinen hoben. Seine Stimme war jetzt wieder ruhig. Sein Griff lockerte sich. Er hielt sie noch immer fest, aber ohne Verzweiflung. »Nichts ist so wichtig, Blanche. Du wolltest es nicht, ich glaubte, dass ich es nicht wollte, aber ich weiß es jetzt besser. Alles hat mit dir angefangen. Alles Wichtige. Du machst mich rein.« Er fuhr mit seinen Fingern durch ihr Haar. »Himmel, du lässt mich wieder hoffen, wieder glauben. Denkst du denn, ich lasse zu, dass du mir das alles wieder wegnimmst?«

Die Zweifel begannen zu schwinden, ruhig, langsam. Zweite Chance? Hatte sie nicht immer daran geglaubt? Risikofreudigkeit. Man musste nur fest genug gewinnen wollen.

»Nein«, murmelte sie. »Aber ich brauche ein Versprechen. Ich brauche dieses Versprechen, Sidney, und dann, glaube ich, könnten wir alles machen.«

Das glaubte er auch. »Ich verspreche, dich zu lieben und zu ehren, mich um dich zu kümmern, ob es dir gefällt oder nicht. Und ich verspreche, dass alles, was ich bin, dir gehört.« Er griff nach oben und öffnete die Tür eines Hängeschranks.

Sprachlos sah Blanche zu, wie er einen winzigen Plastiktopf mit Stiefmütterchen herausholte. Der Duft war leicht und süß und beständig.

»Pflanze sie mit mir ein, Blanche.«

Ihre Hände schlossen sich um die seinen. Hatte sie nicht immer daran geglaubt, dass das Leben so einfach war, wie man es sich machte? »Sobald wir zu Hause sind.«

Epilog

»Arbeitest du jetzt mit?«

»Nein.« Amüsiert, aber keineswegs erfreut, beobachtete Sidney, wie Blanche die Schirme neben und hinter ihm einrichtete. Ihm erschien es, als würde sie mit der Beleuchtung viel länger herumtrödeln, als nötig war.

»Du hast gesagt, ich könnte zu Weihnachten alles bekommen, was ich mir wünsche«, erinnerte sie ihn, während sie den Belichtungsmesser an sein Gesicht hielt. »Und ich will dieses Bild.«

»Das war ein schwacher Moment«, murmelte er.

»Wie hart.« Ohne jedes Mitgefühl trat Blanche zurück, um die Blickwinkel zu studieren. Die Beleuchtung war perfekt, die Schatten waren da, wo sie sein sollten. Aber ... Sie stieß einen langen, leidvollen Seufzer aus. »Sidney, hörst du bitte auf, so finster dreinzusehen?«

»Ich sagte, du könntest das Foto machen. Ich habe nicht gesagt, dass es hübsch sein würde.«

»Da besteht auch gar keine Gefahr«, sagte sie halblaut.

Genervt fuhr sie sich über ihre Haare, und der dünne Goldring an ihrer linken Hand fing das Licht ein. Sidney betrachtete das Schimmern mit dem gleichen seltsamen Genuss, den er jedes Mal verspürte, wenn ihm klar wurde, dass sie ein Team waren, in jeder Hinsicht. Mit einem Lächeln verschlang er die Finger seiner linken Hand mit ihren, sodass die Zwillingsringe sich leicht berührten.

»Willst du sicher dieses Foto für Weihnachten? Ich dachte daran, dir zehn Pfund französische Schokolade zu kaufen.«

Sie blickte finster drein, aber sie entzog ihm nicht die Hand. »Ein Tiefschlag, Colby. Verdammt unfair.« Sie ließ sich jedoch nicht ablenken und machte einen Schritt zurück. »Ich kriege mein Foto«, erklärte sie ihm. »Und wenn du eklig bist, kaufe ich mir meine Schokolade selbst. Manche Ehemänner«, fuhr sie fort, während sie zu der Kamera auf einem Stativ zurückging, »würden jeder Laune ihrer Ehefrau nachgeben, wenn sie in anderen Umständen ist.«

Er blickte auf ihren flachen Bauch unter dem weiten Overall. Es verblüffte ihn noch immer, dass da neues Leben wuchs. Neues Leben von ihnen beiden. Wenn der Sommer wieder kam, würden sie ihr erstes Kind haben. Es wäre nicht gut gewesen, sie wissen zu lassen, dass er den Wunsch unterdrücken musste, sie zu verwöhnen und zu verhätscheln. Stattdessen zuckte Sidney die Schultern und schob die Hände in die Hosentaschen.

»Ich bin eben nicht so ein Ehemann«, sagte er leichthin. »Du hast gewusst, was du kriegst, als du mich geheiratet hast.«

Sie sah ihn durch den Sucher. Seine Hände steckten in den Hosentaschen, aber er war nicht entspannt. Wie immer war sein Körper bereit, sich zu bewegen, wobei seine Gedanken sich bereits bewegten. Doch in seinen Augen sah sie die Freude, die Freundlichkeit und die Liebe. Gemeinsam sorgten sie dafür, dass es dabei blieb.

Er lächelte nicht, aber Blanche tat es, als sie auf den Auslöser drückte.

»Und ob ich gewusst habe, was ich kriege«, murmelte sie.